02/2006

DuMonts Kriminal-Bibliothek

Charlotte MacLeod wurde 1922 in Kanada geboren und wuchs in Massachusetts, USA, auf. Sie studierte am Boston Art Institute und arbeitete danach kurze Zeit als Bibliothekarin und Werbetexterin. 1964 begann sie, Detektivromane für Jugendliche zu veröffentlichen, 1978 erschien der erste »Balaclava«-Band, 1979 der erste aus der »Boston«-Serie, die begeisterte Zustimmung fanden und ihren Ruf als zeitgenössische große Dame des Kriminalromans festigten.

Von Charlotte MacLeod sind in DuMonts Kriminal-Bibliothek bereits erschienen: »Schlaf in himmlischer Ruh'« (Bd. 1001), »... freu dich des Lebens« (Bd. 1007), »Die Familiengruft« (Bd. 1012), »Über Stock und Runenstein« (Bd. 1019), »Der Rauchsalon« (Bd. 1022), »Der Kater läßt das Mausen nicht« (Bd. 1031), »Madam Wilkins' Palazzo« (Bd. 1035), »Der Spiegel aus Bilbao« (Bd. 1037), »Kabeljau und Kaviar« (Bd. 1041), »Stille Teiche gründen tief« (Bd. 1046), »Ein schlichter alter Mann« (Bd. 1052), »Wenn der Wetterhahn kräht« (Bd. 1063), »Eine Eule kommt selten allein« (Bd. 1066), »Teeblätter und Taschendiebe« (Bd. 1072), »Miss Rondels Lupinen« (Bd. 1078), »Rolls Royce und Bienenstiche« (Bd. 1084), »Aus für den Milchmann« (Bd. 1090), »Jodeln und Juwelen« (Bd. 1092), »Arbalests Atelier« (Band 1097) und »Mona Lisas Hutnadeln« (Bd. 1104) sowie der Sonder-Doppelband »Mord in stiller Nacht« (»Schlaf in himmlischer Ruh'« / »Kabeljau und Kaviar«, Bd. 2002).

Im Jahr 2002 erscheint »Der Mann im Ballon« (Bd. 1110) sowie zu Charlotte MacLeods 80. Geburtstag eine Ausgabe aller neun auf deutsch erschienenen Krimis der Balaclava-Serie in zwei Bänden (Bd. 2003/2004).

Herausgegeben von Volker Neuhaus

Charlotte MacLeod

Jodeln und Juwelen

Aus dem Englischen
von Beate Felten-Leidel

The Gladstone-bag
S. 299

DuMont

Für meine wunderbaren Lektorinnen und Lunchfreundinnen
Sarah Ann Freed und Susan Sandler

Die der Übersetzung zugrundeliegende Ausgabe erschien 1989 unter dem Titel
The Gladstone Bag bei The Mysterious Press, New York

3. Auflage 2002

Umschlagmotiv von Pellegrino Ritter
Umschlag- und Reihengestaltung: Groothuis & Consorten
Druck und Verarbeitung: Clausen & Bosse, Leck
Printed in Germany
ISBN 3-8321-5326-8

Vor der Küste von Maine liegen zahlreiche Inseln. Vielleicht ist irgendwo dort tatsächlich Piratengold versteckt, denn Maine ist ein verzauberter Staat, in dem alles möglich ist. Dennoch sind Ort, Personen und Ereignisse dieses Romans auch diesmal nichts als fein gesponnenes Seemannsgarn. Soweit die Verfasserin in Erfahrung bringen konnte, existiert außerhalb dieser Buchdeckel keine Insel namens Pocapuk, und falls dem Leser eine meiner fiktiven Personen bekannt vorkommen sollte, handelt es sich entweder um einen Zufall oder reines Wunschdenken.

Kapitel 1

»Für so etwas bin ich einfach zu alt.«

Warum musste ihr das ausgerechnet jetzt einfallen? Sie stand bereits auf dem Fenstersims, und aus dem Zimmer hinter ihr quoll schwarzer Rauch, der ihr in Nase und Rachen drang, so dass ihr übel wurde. Zwei Stockwerke unter ihr bildeten Feuerwehrmänner in schwarzen Uniformen einen Kreis und hielten ein Sprungtuch für sie bereit. Sie konnte die verschwitzten roten Gesichter unter den gelben Helmen sehen. Alle schauten mit ernsten Mienen zu ihr hoch. Sie sah auch die Menschenmenge hinter der Absperrung, Erwachsene mit vor Angst geballten Händen, halbhysterische Jugendliche, die »Springen! Springen!« kreischten.

Emma sprang. Landete sicher und wohlbehalten. Mitten im Sprungtuch. Federte hoch. Ließ sich nach hinten fallen. Setzte sich auf und winkte der Menge zu. Die Zuschauer applaudierten. Das Sprungtuch wurde vorsichtig auf den Boden heruntergelassen, dann half man ihr beim Aufstehen. Emma schüttelte dem Einsatzleiter die Hand, rückte ihr Tirolerhütchen zurecht, klopfte sich die olivgrünen Kniebundhosen ab, zog ihre Jacke gerade, winkte ein letztes Mal und verschwand hinter den Löschfahrzeugen. Die Feuerwehrmänner nahmen ihre Helme ab, drehten sie um und begannen mit dem Einsammeln von milden Gaben. Sie sammelten nicht etwa für sich selbst, sondern für Feuerwehrmann Bechleys Witwe.

Es war wirklich nett von Mrs. Kelling, sie so tatkräftig zu unterstützen. Aber auf Emma Kelling hatten sie bisher immer zählen können, wenn Not am Mann gewesen war. Sie war es auch gewesen, die das heutige Spektakel organisiert hatte, nachdem sie erfahren hatte, dass das Geld aus der Versicherung und dem Hilfsfond für bedürftige Feuerwehrleute nicht ausreichte, um den Lebensunterhalt einer verzweifelten Frau mit schlimmen Krampfadern, drei kleinen Kindern, einer pflegebedürftigen Schwiegermutter und einer Riesenhypothek zu sichern.

Die Feuerwehrleute hatten ihre Geschicklichkeit im Umgang mit Haken und Leiter bereits eindrucksvoll unter Beweis gestellt. Sie hatten einen alten Hühnerstall in die Luft gejagt und einen Miniwaldbrand gelegt, indem sie einen von der Parkverwaltung gestifteten Reisighaufen und zwei ehemals elegante Alleebäume, die leider an der Ulmenkrankheit dahinsiechten und ohnehin vernichtet worden wären, den Flammen übergeben hatten.

Die Piraten von Pleasaunce, die normalerweise auf Operetten von Gilbert und Sullivan spezialisiert waren, hatten ein Potpourri aus beliebten Oldies gesungen, unter anderem »Smoke gets in your Eyes« und »I don't want to set the World on Fire«. Hauptchanteuse Jenicot Tippleton hatte einige Schmachtfetzen zum Besten gegeben und eine – zumindest für ihre Maßstäbe – feurige Imitation von Rita Hayworths »Fire Down Below« vorgeführt.

Als Großes Finale hatten die Piraten mehr oder weniger aus dem Stegreif ein Kurzmusical aufgeführt, das auf dem Ohrwurm »The Fireman's Bride« basierte. Mit Ausnahme von Emmas drei Enkeln trugen alle rote Kleidung. Klein-Bed spielte einen Feuerwehr-Dalmatiner und war entsprechend schwarzweiß getupft. Wally und Jem stellten das Vorder- bzw. Hinterteil eines feurigen Rappen dar und waren vor einen antiken Schlauchwagen gespannt, der einst ihrem verstorbenen Großvater gehört hatte. Beddoes Kelling war zeitlebens ein begeistertes Mitglied der freiwilligen Feuerwehr gewesen. Sein Helm hing immer noch in seinem ehemaligen Arbeitszimmer.

Beddoes hatte vor vielen Jahren sein eigenes Orchester vor allem deshalb gegründet, weil er auf keinen Fall mit Tubaspielen aufhören wollte. Wie schon sein Vater vor ihm war auch er stolzes Mitglied der Harvard Band gewesen. Sein Sohn und Namensträger Beddoes Kelling III, der von seiner Familie und seinen Freunden immer noch Bed Junior genannt wurde, hatte diese Tradition weitergeführt. Bed Junior hockte gerade oben auf einem der Löschfahrzeuge und begleitete seine Mitmusiker mit enthusiastischem Umtata. Sogar Beddoes Kelling IV nahm bereits Tubastunden. Als kleiner Junge hatte er zwar von einer Karriere als Quarterback in einer American Footballmannschaft geträumt, doch als echter Kelling wusste er, was man von ihm erwartete, und fügte sich ergeben in sein Schicksal.

Im Großen und Ganzen war es ein wunderbarer Nachmittag gewesen. Jetzt war alles vorbei, nun kam nur noch das Essen. Emma löste sich von einer Gruppe Jugendlicher, die lautstark nach einem Autogramm auf ihrem Kaugummipapier verlangten, und eilte schnurstracks zum Erfrischungspavillon. Sie hatte sich ihren Tee redlich verdient und würde sich keinen Tropfen davon entgehen lassen.

Wie erwartet wurde sie überall im Pavillon gebeten, sich dazuzusetzen, doch sie lächelte nur freundlich und begab sich zu dem kleinen Tisch ganz hinten in der Ecke, wo Marcia Pences liebenswürdige alte Mutter, Adelaide Sabine, ganz allein saß.

Mrs. Sabine trug den breitkrempigen flachen grauen Strohhut, den sie sich 1927 für Ascot zugelegt hatte. Eigentlich sah der Hut immer noch recht passabel aus, dachte Emma. Was man von der armen Adelaide leider nicht sagen konnte. Vor ihr standen eine Tasse Tee und ein Teller mit Obsttörtchen, doch sie hatte beides kaum angerührt. Emma holte sich einen Stuhl und setzte sich zu der alten Dame. »Adelaide, wie schön, Sie zu sehen. Darf ich Ihnen Gesellschaft leisten?«

»Liebend gern. Ich warte auf Marcia und Parker« – Marcia war Adelaides Tochter und Parker entweder ihr Schwiegersohn oder ihr Enkel, je nachdem ob sie Parker II oder Parker III meinte – »aber wenn mich meine alten Ohren nicht täuschen, spielen sie noch. Ihre reizende Mrs. Heatherstone hat mir diese köstlichen Törtchen gebracht. Darf ich Ihnen eins davon anbieten?«

»Nein, danke, im Moment nicht. Ich brauche zuerst etwas Herzhaftes. Aus dem Fenster zu springen macht hungrig, wissen Sie. Diesmal war es sogar richtig aufregend. Einer der Männer hat eine Rauchbombe hinter mir gezündet. Wahrscheinlich stinke ich wie ein Räucherhering.«

»Ganz und gar nicht«, erwiderte die alte Dame höflich. »Ich bedaure sehr, dass ich nicht dabei sein konnte, aber ich hätte die vielen Menschen nicht ertragen. Außerdem habe ich ihre Vorführung im Damenclub während der Brandschutzwoche gesehen. Ich weiß wirklich nicht, wie Sie das immer schaffen. Haben Sie denn gar keine Angst?«

»Wahrscheinlich hätte ich das, wenn Bed noch leben würde. Aber nach seinem Tod sind mir Leib und Leben nicht mehr so wichtig.« Einer betagten Witwe konnte Emma ihre Gefühle ruhig anvertrauen. Die jungen Leute wollten nichts davon hören und regten sich immer schrecklich auf, wenn sie so etwas sagte.

Doch selbst Mrs. Sabine schien ihr nicht zu glauben. »Unsinn. Sie haben noch ein langes Leben vor sich. Wenn ich es nicht besser wüsste, würde ich Sie höchstens auf fünfundfünfzig schätzen.«

Das war sicher ein wenig übertrieben, auch wenn man Emma Kelling durchaus als stattliche Erscheinung bezeichnen konnte, falls dieser Ausdruck überhaupt noch in Mode war. Sie besaß einen frischen Teint, hielt sich gerade, und ihr Haar war genauso blond wie eh und je. Vielleicht sogar noch ein bisschen blonder. Selbst die Falten standen ihr gut. Sie schlüpfte aus ihrer Tweedjacke und enthüllte eine lindgrüne langärmelige Seidenbluse, ab sechzig blieb einem ja leider nichts anderes übrig, als sich mit seinen schrumpeligen Ellbogen abzufinden, und hielt hoffnungvoll nach jemandem Ausschau, der sie bedienen konnte. »Aber Ihnen geht es wieder ein wenig besser, nicht wahr, Adelaide?«

»Jedenfalls besser als letzten Winter. Aber ich bin immer noch recht wackelig auf den Beinen. Marcia besteht darauf, dass ich diesen Sommer nicht auf die Insel fahre, und mein Arzt ist derselben Meinung. Er sagt, er hätte mich lieber in seiner Nähe.«

»Und wie fühlen Sie sich – oh, vielen Dank, Mrs. Heatherstone.«

Natürlich brauchte Emma nur so lange zu warten, bis die Nachricht von Mrs. Kellings Ankunft das Küchenzelt erreicht hatte. Und selbstverständlich bekam sie umgehend ihren Earl Grey Tee und ihre Lieblingssandwiches. Außerdem wurde sie von der obersten Küchenfee persönlich bedient. Mr. und Mrs. Heatherstone führten Emma seit siebenunddreißig Jahren den Haushalt. Wie immer waren sie tatkräftig und gut gelaunt eingesprungen, bereit, ihre Mrs. Kelling bei jedem noch so exzentrischen Unterfangen nach besten Kräften zu unterstützen. Sie waren schon mit größeren Menschenmengen als dieser fertig geworden. Selbst wenn sie manchmal erst wenige Stunden vorher erfahren hatten, was ihnen blühte, hatten sie sich noch nie beklagt. Doch jetzt hatten sie sich den ganzen Sommer frei genommen. Was sollte Emma ohne ihre beiden guten Geister bloß anfangen? Sie kämpfte ihre momentane Verzweiflung nieder und wandte sich wieder der gebrechlichen alten Dame am Tisch zu. »Und wie fühlen Sie sich bei dem Gedanken, nicht auf Ihre Insel fahren zu können?«

Mrs. Sabine griff nach ihrer Gabel und spießte ein winziges Stück Erdbeertörtchen auf. »Ehrlich gesagt ist es mir ziemlich egal, Emma. Ich rede mir zwar das Gegenteil ein, weil Pocapuk Island seit vielen Jahren zu meinem Leben gehört. Aber die Fahrt dorthin ist lang und anstrengend, und wenn man erst einmal dort ist, hat man eine Menge Arbeit. Hier kümmert sich Marcia rührend um mich, und es ist so angenehm, Freunde wie Sie in der Nähe zu wissen, dass es mir nichts ausmacht, hier zu bleiben. Doch meine Abwesenheit wird auf der Insel für ziemlich viele Probleme sorgen, und ich weiß noch nicht, was ich tun soll. Sie haben von den Cottages gehört, nehme ich an?«

»Aber sicher. Bed und ich haben vor vielen Jahren sogar einmal in einem der Häuschen übernachtet, als wir die Küste von Maine erkundet haben. Sie können sich bestimmt nicht mehr daran erinnern, Sie hatten ja im Laufe der Jahre Hunderte von Gästen dort. Haben Sie für diesen Sommer schon jemanden eingeladen?«

»Leider ja. Aber wahrscheinlich kennen Sie keinen von ihnen. Ich habe die meisten selbst noch nie getroffen. George und ich sind im Laufe der Jahre dazu übergegangen, Künstlern unsere Cottages als Sommerateliers zur Verfügung zu stellen. Wir haben sie immer unsere ›Genies‹ genannt. Maler, Schriftsteller, Leute, die ein ruhiges Refugium brauchen, um zu arbeiten, und selbst keine finanziellen Ressourcen besitzen.«

Das war sehr ladylike ausgedrückt. Emma hatte von den armen Schluckern der Sabines gehört. »Einige Ihrer Protegés sind inzwischen erfolgreiche Künstler geworden, soweit ich weiß.«

»Viele von ihnen hatten schon damals sehr gute Arbeiten vorzuweisen«, erwiderte Mrs. Sabine ein wenig spitz. »Außerdem waren unsere Gäste immer recht interessant. Einige mehr, andere weniger, wie ich zugeben muss. Aber im Großen und Ganzen hat es uns viel gegeben. Und man braucht sie nicht zum Kommen zu überreden. In den letzten Jahren, besonders seit Georges Tod, wird es nämlich zunehmend schwieriger, Feriengäste zu finden. Auf der Insel kann es einem allein schnell langweilig werden, wenn man nicht gerade ein Einsiedler ist, was ich keineswegs bin. Und das Leben ist heute auch nicht mehr so wie früher, aber das brauche ich Ihnen ja sicher nicht zu erzählen. Alte Freunde sterben oder werden zu hoffnungslosen Pflegefällen wie ich. Und die jungen Leute haben Interessanteres zu tun als ihre Zeit damit zu verplempern, einer alten Frau zuzuhören, die im Schaukelstuhl sitzt und ihnen etwas vorschnarcht oder ständig von den guten alten Zeiten schwatzt.«

»Sie sprechen mir aus der Seele«, murmelte Emma.

»Unsinn! Sie wissen gar nicht, wovon ich rede. Dazu müssen Sie erst noch zehn Jahre älter werden. Jedenfalls lief es darauf hinaus, dass die Insel in den letzten Jahren fast nur von mir und den Künstlern bewohnt wurde. Einer erzählt es dem anderen, wissen Sie, und dann bekommt man plötzlich ein Empfehlungsschreiben und kann schlecht Nein sagen. In diesem Jahr hat ein Freund von Parker oder vielmehr ein Freund eines Freundes mir einen russischen Dichter empfohlen. Er klingt recht sympathisch, wenn auch ein klein wenig düster. Dann hat sich ein gewisser Professor Wont an mich gewandt. Er und eine Gruppe anderer Künstler hofften, den Sommer auf der Insel verbringen zu dürfen, um an einem gemeinsamen Projekt zu arbeiten, irgendetwas Historisches, soweit ich verstanden habe. Es klang leider alles ein wenig vage. Er hat versprochen, mir den organisatorischen Teil abzunehmen. Daher habe ich ihm freie Hand bei der Belegung der Cottages gelassen und mir eingeredet, ich würde schon da sein und mich um sie kümmern. Was daraus geworden ist, sehen Sie ja selbst. Eigentlich müsste ich schon längst in meinem Haus auf der Insel sein und alles vorbereiten. Stattdessen hocke ich hier herum.«

»Können die Leute denn nicht ohne Sie zurechtkommen?«

»Das ist auf Pocapuk gar nicht so einfach. In den Cottages gibt es keine Kochgelegenheit. Bisher haben wir es immer so gehalten, dass unsere Gäste irgendwann zwischen halb acht und halb zehn zum Frühstücksbuffet ins Haus kamen und sich bei der Gelegenheit ein Lunchpaket mitnahmen, wenn sie Lust dazu hatten. Gegen sechs bekamen sie dann von uns im Haus ein frühes Abendessen und ein paar Drinks. George und ich hielten es für angebracht, dass die Gäste für ihr Nachtmahl auch ein wenig fleißig sein mussten«, Mrs. Sabine lachte verhalten, »außerdem schienen sie Gefallen an unserer Gesellschaft zu finden. Daher habe ich diese Tradition fortgeführt.«

»Das ist ja wohl das wenigste«, sagte Emma. »Die Leute haben Glück, dass sie Ihnen nicht bei der Hausarbeit helfen müssen.«

»Oh, über mangelnde Hilfe konnte ich mich nie beklagen. Es gibt immer genug Studenten auf der Suche nach einem Sommerjob, und ich habe einen äußerst fähigen, sehr netten Hausmeister, der sich einfach um alles kümmert. Vincent heißt er. Ein Freund von ihm bekocht uns alle, und gemeinsam sorgen sie dafür, dass wir jedes Jahr genügend Dienstpersonal haben. Sie wissen ja sicher selbst, wie schwierig es sein kann, wenn man das Haus voller Gäste hat und dann von vorübergehend eingestelltem und häufig unqualifiziertem Personal umgeben ist. Die ganze Zeit ist man damit beschäftigt, ihnen zu erklären, was genau getan werden soll, und dafür zu sorgen, dass es tatsächlich getan wird. Ich schaffe das in meinem Alter einfach nicht mehr, und ich kann mir auch nicht vorstellen, dass ich es irgendwann wieder kann. Eigentlich ist es gar nicht so schlimm, zum alten Eisen zu gehören, wenn man sich erst einmal an den Zustand gewöhnt hat. Aber Schluss mit der Jammerei. Haben Sie auch etwas auf dem Herzen? Oder sind Sie wunschlos glücklich?«

»Wer ist das schon! Ich muss leider zwei ganze Monate lang ohne meine Heatherstones auskommen. Ihr Sohn hält sich mit seiner Familie in England auf und hat seine Eltern eingeladen nachzukommen. Die Gelegenheit konnten sie sich einfach nicht entgehen lassen. Ich hätte an ihrer Stelle genau dasselbe getan. Aber ich fürchte, dass ich ohne die beiden nicht sonderlich gut zurechtkommen werde. Mein Sohn Walter und seine Familie wohnen den Sommer über bei mir. Bei ihnen hat es gebrannt, irgendein Kurzschluss, Gott sei Dank steht das Haus noch. Aber Sie können sich vorstellen, wie alles aussieht, der Rauch und das Löschwasser haben ziemlichen Schaden angerichtet. Daher haben sie beschlossen, das Haus komplett renovieren zu lassen und es möglichst schnell hinter sich zu bringen.«

»Dann sind Sie wenigstens nicht ganz so allein.« Mrs. Sabine nahm sich noch ein winziges Stück von ihrem Törtchen. Emma biss in ihr Shrimpsandwich und seufzte.

»Nein, an Gesellschaft mangelt es mir wirklich nicht. Klein-Wally und Klein-Em haben unzählige Freunde, und all ihre Cousins und Cousinen sind überglücklich, sie endlich in ihrer Nähe zu haben. Ich liebe meine Familie zwar sehr, aber ich habe mir, ehrlich gesagt, schon ernsthaft überlegt, ob ich nicht auf die Galapagos-Inseln flüchten soll. Oder in die Antarktis. Ich hatte gehofft, ich könnte so lange in die Pension meiner Nichte Sarah ziehen, aber das klappt leider nicht – Adelaide, mir kommt gerade eine wunderbare Idee! Was halten Sie davon, wenn ich Sie auf Ihrer Insel vertrete?«

Mrs. Sabine legte ihre Gabel auf den Tisch und griff gerührt nach der Hand ihres Gegenübers. »Emma, meine Liebe, etwas Besseres könnte mir gar nicht passieren! Ich wäre all meine Probleme auf einen Schlag los! Aber wollen Sie sich das wirklich antun?«

»Adelaide, versetzen Sie sich bitte einmal in meine Lage. Meine Schwiegertochter Kippy, so nennen wir Kristina immer, ist in der Schweiz zur Schule gegangen. Ich finde es wirklich reizend, dass sie dort Jodeln gelernt hat, sie scheint sogar ein richtiges Naturtalent zu sein. Und ich kann auch sehr gut verstehen, dass sie Walter das Jodeln beigebracht hat. Und als dann die Kinder kamen, konnte ich es gar nicht abwarten, bis die süßen Frätzchen endlich ihr erstes Jodolahiti trällerten. Aber dass sie sich jeden Morgen stundenlang anjodeln müssen, noch bevor ich meinen Frühstückskaffee getrunken habe, wird mir doch gelegentlich ein klein wenig viel.«

»Meine Güte! Jodeln sie denn tatsächlich so viel?«

»Das ist nur die Spitze des Eisbergs«, erwiderte Emma düster. »Sie haben vier Kakadus, die ebenfalls begnadete Jodler sind. Selbst der Jagdhund würde liebend gern mitmachen, schafft es aber nicht so ganz, wenn Sie verstehen, was ich meine. Muss ich noch mehr sagen?«

»Bitte hören Sie auf, ich kann nicht mehr!« Mrs. Sabine konnte sich kaum halten vor Lachen und tupfte sich bereits mit einem wunderschönen schneeweißen Leinentaschentuch, das schwach nach Lavendel duftete, die Augen ab. »Ich muss zugeben, dass es Ihnen beträchtlich schlimmer geht als mir. Oh, hören Sie doch, sie singen wieder!«

Das Löschfahrzeug parkte unmittelbar vor dem Erfrischungszelt. Die Piraten von Pleasaunce waren alle an Bord und sangen ein letztes Mal gemeinsam das Lied von der Braut des Feuerwehrmannes, die es nicht länger zu Hause am heimischen Herd hielt.

»Bed hat immer behauptet, das Lied würde von mir handeln«, gestand Emma. »Ich kann mir übrigens genau vorstellen, was er gesagt hätte, wenn er mich heute bei meinem Fenstersprung gesehen hätte. Aber wenn ich mich recht erinnere, hat es mit der Frau im Lied kein gutes Ende genommen.«

Mrs. Sabine lächelte immer noch. »Sie würden nie etwas Unziemliches tun, Emma.«

»Wann hätte ich in meinem Alter dazu noch Gelegenheit?« Emma stand auf und griff nach ihrer Jacke. »Dann gehe ich am besten gleich nach Hause und packe, meinen Sie nicht? Ich müsste nur noch die Schlüssel abholen. Wann passt es Ihnen denn am besten?«

Kapitel 2

Da sich die Jodler bereits häuslich bei ihr niedergelassen hatten, konnte Emma problemlos abreisen. Kippy und die Kakadus würden sich schon um den Haushalt kümmern. Das Packen für den langen Aufenthalt ging Emma leicht von der Hand, denn sie war gut organisiert und wusste ziemlich genau, welches Wetter sie im Sommer auf der Insel erwartete. Daher legte sie außer der üblichen leichten Sommerkleidung auch warme Pullover und Strickjacken, bequeme Röcke aus Samt oder Cord und praktische langärmelige Blusen in den Koffer. Keine Abendkleider, die würde sie dort bestimmt nicht brauchen. Ihr Schmuck konnte im Safe bleiben. Die ausgefallenen Klunker, die Klein-Em immer so gern auf Kunsthandwerkermärkten für sie aussuchte, waren genau das Richtige für einen Haufen Künstler.

Künstler im weitesten Sinne des Wortes. In der Gruppe gab es nur zwei Maler, wenn die Liste stimmte, die Adelaide Sabine ihr gegeben hatte. Lisbet Quainley war Malerin und Joris Groot Illustrator. Was bedeutete, dass Emma bei Groot wahrscheinlich erkennen konnte, was er auf sein Papier bannte, bei Miss Quainley dagegen auf wilde Mutmaßungen angewiesen war. Aber vielleicht war es auch genau umgekehrt. Heutzutage war alles möglich.

Der Mensch, der die Gästeliste für Adelaide zusammengestellt hatte, war Historiker. Angeblich wollte er irgendetwas recherchieren, auch wenn Emma sich beim besten Willen nicht vorstellen konnte, warum er sich dazu ausgerechnet Pocapuk Island ausgesucht hatte. Er hieß Everard Wont und klang ganz so, als stamme er aus einem Buch von Barbara Pym. Außerdem gab es noch einen Krimiautor, der wahrscheinlich mit unbewegter Miene dasitzen würde, während Wont redete wie ein Wasserfall, mutmaßte Emma. Historiker redeten unablässig. Emma kannte unzählige Vertreter dieser Gattung, sowohl Profis als auch Amateure. Einen Krimischriftsteller hatte sie dagegen noch nie getroffen. Sie stellte sich die Vertreter dieser Spezies immer als Damen mittleren Alters vor, die merkwürdig gekleidet waren und mit unzähligen Katzen in abgelegenen Häusern lebten. Doch der Name Black John Sendick ließ eher auf ein männliches Wesen schließen.

Außerdem brachte Wont einen Psychologen mit, wenn Adelaide ihn richtig verstanden hatte. Adelaides Angaben zu dieser Person waren ausgesprochen vage gewesen. Sie wusste nicht einmal genau, ob es sich um eine Frau oder einen Mann handelte. Vielleicht ein bisschen von beidem. Auch der Name, Alding Fath, war leider nicht sonderlich hilfreich.

Das Schlusslicht der Liste bildete ein gewisser Graf Alexei Vassilovich Radunov. Angeblich war er Dichter. Adelaide hätte es eigentlich besser wissen müssen. Der Titel war höchstwahrscheinlich falsch, und sein Träger mittellos und weniger mit Poesie beschäftigt als darauf erpicht, einer reichen alten Witwe solange wie möglich auf der Tasche zu liegen. Aber vielleicht war er auch ganz interessant. Das waren Ganoven schließlich häufig.

Die Gruppe bestand somit aus vier Männern und zwei Frauen, Emma inbegriffen, und einer Person unbestimmten Geschlechts. Emma hoffte inständig, dass Alding eine Frau war oder wenigstens so aussah. Sonst würde die Sitzordnung am Dinnertisch nie aufgehen, obwohl sie selbst nicht genau wusste, warum ihr das so wichtig schien.

Was die Gestaltung etwaiger Mußestunden betraf, hatte Adelaide sie beruhigt. »Sie können sich darauf verlassen, dass es Ihnen auf der Insel nie langweilig wird. Man kann wunderschöne Spaziergänge machen, wenn man so etwas mag, oder Vögel beobachten und alle möglichen Pflanzen bewundern. Und das Meer verändert sich unablässig. Ich persönlich kann nie genug davon bekommen. Und lästige Insekten gibt es Gott sei Dank auch nicht. Jedenfalls keine stechenden.«

»Freut mich zu hören«, hatte Emma erwidert. »Wenn mich etwas sticht, schwillt die Stelle immer sofort an und juckt wie verrückt. Wie steht es mit Büchern? Gibt es eine Bibliothek oder etwas Ähnliches auf der Insel?«

»Aber selbstverständlich, meine Liebe. Wie könnte es anders sein, bei so vielen Schriftstellern? Sie finden bestimmt genügend Lesestoff, keine Angst. Außerdem gibt es einen Plattenspieler, jedes Schlafzimmer verfügt über ein Radio, und einen Fernsehapparat haben wir auch. Es gibt sogar ein Klavier, falls Sie Ihre Noten mitnehmen wollen. Vincent sorgt dafür, dass es gestimmt ist.«

Vincent sorgte anscheinend für alles. So war es bisher immer gewesen. Emma brauchte sich um gar nichts zu kümmern, Vincent würde wissen, was zu tun war. Vincent wusste einfach alles.

Ganz so einfach war es bestimmt nicht. Emma war sich in diesem Punkt ziemlich sicher. Nachdem Adelaide die Verantwortung für ihre Insel los war, nahm sie das Privileg älterer Leute für sich in Anspruch und begann, in der Vergangenheit zu schwelgen. Sie schwärmte von den wundervollen Sommern, die sie hätte genießen können, wenn das Leben ihr nicht jedes Mal einen Strich durch die Rechnung gemacht hätte. Fatalerweise war immer irgend ein Künstler mit einer tyrannischen Mutter oder einer nörgelnden jungen Geliebten aufgekreuzt. Oder mit einem brüllenden Baby, das ihm die rachsüchtige Ex-Gattin in letzter Minute aufgehalst hatte, mit der konkreten Absicht, seine Kreativität bereits im Keim zu ersticken. In der einen Gruppe war ein Trunkenbold oder ein Drogensüchtiger gewesen, in der anderen jemand, der ausgerechnet beim ersten Donnerschlag eines schweren Sturms alle Symptome einer akuten Blinddarmentzündung zeigte und unter unvorstellbaren Schwierigkeiten sofort zum Festland transportiert werden musste. Oder jemand reagierte allergisch auf alles, was Vincents Freund kochte, bis besagter Freund schließlich entnervt das Küchenhandtuch warf.

Während des Flugs von Massachusetts nach Maine malte sich Emma zum Zeitvertreib in leuchtenden Farben aus, was alles schief gehen konnte, und überlegte sich interessante Bewältigungsstrategien. Es hatte sich bewährt, stets mit dem Schlimmsten zu rechnen, dann konnte man wenigstens angenehm überrascht sein, wenn die Katastrophen ausblieben.

Den Großteil ihres Gepäcks hatte sie bereits vorausgeschickt. Außer der Tasche aus Gobelinstoff, in der sich ihr Portemonnaie, ihre Schlüssel und ihre Kosmetika befanden, dazu eine Ersatzperücke, eine Garnitur saubere Unterwäsche für alle Fälle und ein Foto ihres verstorbenen Gatten in voller Feuerwehrmontur, das sie immer bei sich trug, hatte sie im Flugzeug nur eine arg mitgenommene Reisetasche dabei, in deren Tiefen die Krone und der Schmuck der Feenkönigin ruhten.

Eigentlich war Emma für den Schmuck gar nicht mehr zuständig, denn sie hatte inzwischen Parker III und Jenicot Tippleton offiziell die Leitung der Piraten von Pleasaunce übertragen. Die Piraten hatten beschlossen, während der nächsten Saison *Iolanthe* aufzuführen, mit Parker als Strephon und Jenicot als Phyllis. Eine Sängerin, die Emma Kelling als Feenkönigin ersetzen konnte, musste allerdings noch gefunden werden.

Man bat sie zwar ständig, wenigstens dieses eine Mal noch die Rolle zu übernehmen, doch Emma blieb hart. Ihre Stimme war erschöpft, ihre Bühnenzeit war abgelaufen. Doch wie ein altes Feuerwehrpferd beim vertrauten Klang der Brandsirene, verspürte sie immer noch unbändige Lust, wenigstens nebenher zu galoppieren. Hinter der Bühne gab es unzählige kleine Arbeiten, die sie besser erledigen konnte als jeder andere, und dazu gehörte auch das Ausbessern des Schmucks.

Sie hatte ihn damals bei Woolworth erstanden, als Glanz und Glamour noch groß in Mode waren und kitschiger Glasschmuck beliebt und preiswert. Seitdem hatten sie ihn für viele Aufführungen gebraucht. Inzwischen waren die Fassungen etlicher Stücke verbogen oder verschmutzt, und einige Steine waren trüb oder fehlten gar. Die Armbänder, Halsketten, Stirnreife und Broschen waren zwar völlig wertlos, doch bei den heutigen Preisen war es ziemlich aufwendig, sie zu ersetzen, wenn man überhaupt vergleichbare Schmuckstücke fand.

Emma hatte die ramponierte Sammlung vom Speicher geholt, die einzelnen Stücke kopfschüttelnd näher untersucht und war auf der Stelle in ein Bastelgeschäft gegangen. Dort hatte sie

Klebstoff, Silberfarbe, eine Drahtzange und mehrere Tütchen mit falschen Diamanten gekauft. All dies lag jetzt in der abgenutzten Reisetasche aus schwarzem Leder, in der die Feenklunker schon immer aufbewahrt worden waren, auch wenn Emma den Grund dafür beim besten Willen nicht mehr wusste.

Die Tasche hatte fast hundert Jahre auf dem Buckel und passte eigentlich überhaupt nicht zu einer makellos gepflegten älteren Dame, was Emma nicht auffiel, und sie andernfalls auch nicht weiter gestört hätte. Nach der Landung löste sie ihren Sicherheitsgurt, nahm Tasche und Reisetasche, schaute nach, ob die Kronjuwelen auch in Sicherheit waren, trug ihre Habseligkeiten aus dem Flugzeug und suchte sich ein Taxi.

»Ich möchte die Fähre nach Pocapuk kriegen«, teilte sie dem Fahrer mit.

»Ob man Ihnen die gibt, weiß ich nich'«, witzelte der Fahrer, »aber vielleicht lässt man Sie mitfahren, wenn Sie sich 'ne Fahrkarte kaufen. Is' das Ihr ganzes Gepäck?«

Er nahm ihr das Gepäckstück aus der Hand, woraufhin der alte Verschluss endgültig seinen Geist aufgab und die Tasche aufsprang. »Jessas! Was issen das? Etwa die Kronjuwelen?«

»Sehr richtig«, sagte Emma. »Und ich würde sie gern selbst tragen, wenn es Ihnen nichts ausmacht.«

»Zu Befehl. Wie sind Sie denn an die Klunker gekommen? Ham Sie etwa den Schatz gehoben?«

»Welchen Schatz?«

»Den von Pocapuk. Sagen Sie bloß, Sie ham noch nie davon gehört. Wenn's nichts Besseres zu berichten gibt, schreiben die hier in der Zeitung immer drüber.«

»Das muss mir wohl entgangen sein. Wessen Schatz ist es denn?«

»Das Zeug gehört dem, der es findet, nehm' ich mal an. Zuerst hat es Pocapuk gehört. Nach dem is' ja auch die Insel benannt. Wie Pocapuk in Wirklichkeit geheißen hat, weiß ich nich', falls er überhaupt 'nen andren Namen hatte. Angeblich soll er Blackbeards Cousin gewesen sein oder zu Käptn Kidds Crew gehört haben un' sich selbständig gemacht haben, nachdem man Kidd aufgeknüpft hat. Jedenfalls hat Pocapuk seine Schaluppe auf Pocapuk Island immer kielgeholt.«

»Kielgewas?«

»An Land gezogen und die Algen abgekratzt, damit sie schneller segelte. Einige sagen, dass sie 'ne Pinasse oder 'ne Barkentine war. Keine Ahnung, was stimmt. Is' schon ewig her und lockt sowieso keinen mehr hinterm Ofen vor.«

»Und wie ist der Mann an den Schatz gekommen?« half Emma nach.

»Angeblich von 'ner spanische Galeone irgendwo unten am Bermuda Dreieck. Wer's glaubt wird selig, sag' ich da nur. Warum soll ausgerechnet immer da sowas passieren? Könnte doch genauso gut hier passieren, wenn's denn überhaupt passiert. Alles Quatsch, wenn Sie mich fragen. Irgendein Typ namens Aint oder so hat sich neulich im Fernsehen den Mund drüber fusselig geredet. Angeblich hat Pocapuk die Galeone überholt, nach Strich und Faden beschossen und is' dann mit gezückten Entermessern an Bord und hat die gesamte Besatzung abgestochen. Einen nach dem anderen, wie Schafe auf der Schlachtbank. So 'ne Galeone war genauso schwerfällig wie 'ne Badewanne auf Rollschuhen, wissen Sie. Menschenskind, die hätte man wahrscheinlich genauso gut mit 'nem Walfänger und 'nem guten Harpunier gekriegt.«

Emma hatte irgendwo zwischen Bermuda Dreieck, Schaluppe und Barkentine ein wenig die Orientierung verloren. »Dann hat Pocapuk also die Galeone tatsächlich geentert?« Die Fahrt dauerte nicht mehr lange und der Fall begann sie zu interessieren. Adelaide hatte keinen Ton von dem versteckten Schatz gesagt.

»Na klar. Hab' ich doch eben gesagt, oder? Pocapuk hat alle Spanier, die noch übrig waren, über die Planke geschickt, die Löcher im Schiffsleib geflickt und is' dann mit der Galeone den ganzen Weg bis zur Insel zurückgesegelt. Er ganz allein, nur mit 'ner Katze un' zwei spanischen Matrosen, die er noch übrig gelassen hatte, damit sie sich um die Segel kümmern konnten.«

»Sind Sie ganz sicher, was die Katze betrifft?«

»Das is' doch wohl sonnenklar, oder? Pocapuk hätte nie im Leben 'ne Katze umgebracht. Er war kein schlechter Pirat, nich' so wie die anderen damals. Außerdem bringt's Unglück, wenn man 'ne Schiffskatze abmurkst. Seine Männer sollten ihm in der Schaluppe folgen, aber die ham sich einfach selbständig gemacht, un' keiner hat sie je wieder gesehen. Also hat Pocapuk den Schatz vergraben un' die beiden Spanier umgebracht, damit ihre Geister für immer den Schatz bewachen, so wie man das damals eben gemacht hat. Dann hat er die Galeone mit ihrem eigenen Pulvermagazin hochgejagt und is' mit dem Rettungsboot un' der Katze un' 'nem dicken Sack voll Golddublonen an Land gerudert.«

»Und was wurde aus ihm und der Katze?«

»Tja, das weiß keiner. Einige sagen, er hat sich 'nen neuen Namen zugelegt, sich die Klamotten von dem spanischen Käptn angezogen un' is' ab nach Boston. Un' da hat er sich dann zum Bürgermeister wählen lassen. Würd' mich nich' wundern, wenn's stimmt.«

»Aber er ist nie zurückgekommen, um den restlichen Schatz zu holen?«

»Wozu hätte er den noch gebraucht? Er hatte doch schließlich die Hand in der Kasse, oder?«

Emma hatte mehrfach gehört, dass einige Bürger von Maine Massachusetts als das Reich des Bösen im Süden ansahen, und ließ sich daher auf keine Diskussion ein. Irgendwie wurde sie den Gedanken nicht los, dass dieser gewisse Aint, den der Taxifahrer vorhin erwähnt hatte, in Wirklichkeit Everard Wont hieß. »Aber Pocapuk Island ist doch ziemlich klein«, sagte sie. »Wieso hat denn bisher keiner den Schatz gefunden? Hat man denn nicht danach gesucht?«

»Wie verrückt sogar. Die Insel is' wer weiß wie oft umgegraben worden. Ein Wunder, dass sie nich' längst gesunken is'. Aber mit den Spaniern is' nich' zu spaßen. Einige Schatzgräber sind bei so genannten Unfällen umgekommen, andre ham's mit der

Angst gekriegt oder einfach nichts gefunden. Schließlich hatten alle die Nase voll un' sind weg. Dann kam irgendso'n Millionär aus Boston, hat sich 'nen Riesenkasten von Haus bauen lassen, überall Verbotsschilder aufgestellt und den Hafenmeister so gut geschmiert, dass hier keiner mehr graben darf, auch wenn er noch so scharf drauf is'. Wolln Sie da etwa hin?«

»Sehr richtig. Ich bin die neue Haushälterin«, fügte Emma aus einer Laune heraus hinzu.

»Ach ja? Da müssen Sie sich wohl mächtig fein machen für die Herrschaften, wie?«

»Ganz und gar nicht. Warum sollte ich?« Doch dann verstand Emma, worauf der Mann hinauswollte. »Um Gottes willen, Sie glauben doch wohl nicht im Ernst, dass der Schmuck hier echt ist? Es ist bloß Theaterschmuck, den ich reparieren will.«

Der Fahrer erwiderte nichts auf diese Erklärung. Sie befanden sich inzwischen in der Nähe der Docks, und der Verkehr wurde immer dichter. Er fuhr den Wagen so nahe an die Rampe heran, wie es ihm möglich war, stieg jedoch nicht aus und half ihr auch nicht mit dem Gepäck. »Ham Sie schon 'ne Fahrkarte?«

»Ja, habe ich.«

Es war gar nicht so einfach, Tasche und Reisetasche fest zu halten und gleichzeitig nach dem Geld zu fischen, um den Fahrer zu bezahlen. Emma gab ihm ein größeres Trinkgeld als geplant, weil sie keine Lust hatte, auch noch mit dem Wechselgeld zu jonglieren. Die Augen des Mannes verengten sich zu Schlitzen. Er nahm das Geld wortlos entgegen und fuhr wieder los.

Die anderen Passagiere hasteten bereits auf die Fähre, daher hastete Emma ebenfalls. Zu ihrem Ärger war die Schnalle nun ganz kaputt, jetzt konnte man die Tasche nicht mehr richtig schließen. Sie bemerkte, dass einige Leute interessierte Blicke auf den glitzernden Schmuck warfen, der durch den Spalt zwischen den Griffen sichtbar war. Sie konnte sich zwar nicht vorstellen, dass sich jemand von dem unechten Zeug täuschen ließ, nahm aber trotzdem den blau gemusterten Liberty-Seidenschal, den sie zu ihrem Leinenkostüm trug, und stopfte ihn in die Tasche, so dass der Inhalt nicht mehr zu sehen war. »Vorsicht ist die Mutter der Porzellankiste«, war zwar ein Motto, dem sie normalerweise kaum Bedeutung zumaß, doch sie sah keinen Grund, sich ihr neues Abenteuer schon am Anfang durch einen unerfreulichen Zwischenfall verderben zu lassen.

Die Fähre erinnerte sie an die alte *Uncateena*, mit der sie, Bed und die Kinder vor Jahren von Woods Hole nach Pocapuk Island gefahren waren. Es gab ein Kabinendeck mit genügend Platz, um darauf umherzugehen oder sich zu setzen, ein Oberdeck, auf das sie keinen Fuß zu setzen gedachte, denn schließlich hatte sie keine Lust, sich nach Strich und Faden durchpusten zu lassen, und ein großes Tor im Schiffsrumpf, durch das Fahrzeuge und Fracht direkt ins Schiffsinnere rollten. Es fuhren immer noch Autos hinein, sie hätte sich also gar nicht so zu beeilen brauchen.

Die Besitzer der Autos wollten sicher nicht nach Pocapuk, denn für Fahrzeuge war die Insel viel zu klein. Die Sabines hatten damals bei Emmas und Beds Besuch noch einen Ponywagen besessen. Inzwischen hatten sie einen elektrischen Buggy, wie sie von Adelaide erfahren hatte, mit dem Gepäck, Vorräte und Gäste vom Dock abgeholt wurden.

Pocapuk war die letzte Anlegestelle auf der Fährenroute, wurde allerdings nur nach vorheriger Absprache angefahren. Somit würde Emma das Deck sicher bald für sich allein haben, es sei denn, einige der Sommergäste waren zufällig ebenfalls an Bord. Emma würde es zu gegebener Zeit herausfinden. Sie wählte einen Liegestuhl auf der Seite, die ihrer Meinung nach während der Fahrt im Schatten liegen würde, und verstaute Tasche und Reisetasche darunter. Dann sorgte sie dafür, dass der cremefarbene breitkrempige Hut, der ihr schon so viele Sommer lang gedient hatte, vorn und achtern sicher mit Hutnadeln verankert war, und machte es sich bequem.

Von ihrem Sitzplatz aus hatte Emma einen guten, wenn auch langweiligen Blick auf die Docks und den Parkplatz. Das Taxi, mit dem sie gekommen war, stand neben dem Fahrkartenhäuschen. Wahrscheinlich wurde in Kürze eine andere Fähre erwartet, und der Fahrer hoffte wohl, einen Fahrgast zu finden, der zurück zum Flughafen wollte. Momentan stand er neben seinem Wagen, schwatzte mit einem Mann, der eine Schirmmütze trug und zwischendurch immer wieder zu reden aufhörte und stattdessen wild mit den Armen herumwedelte, um den Autos zu zeigen, wie sie zu fahren hatten. Ohne viel Erfolg, soweit Emma sehen konnte.

Vielleicht unterhielten sich die beiden über den Schatz von Pocapuk. Die Geschichte war eigentlich ganz interessant, wenn auch für eine frisch gebackene Schlossherrin auf Zeit nicht gerade beruhigend. Was würde passieren, wenn Schriftsteller und Maler Wind von der Sache bekamen und begannen, Adelaides Blumenbeete umzugraben?

Aber warum sollten sie so etwas tun? Keiner ihrer Vorgänger hatte es getan, sonst hätten die Sabines sicher keine Sommergäste mehr eingeladen. Wahrscheinlich war die Geschichte ohnehin erfunden. Emma kannte die Bücher von Edward Rowe Snow und wusste, dass so gut wie jede Insel an der zerklüfteten Nordatlantikküste ihre eigene Geschichte mitsamt Piratengold und Geisterwächtern hatte. Adelaide hatte sicher nichts davon verlauten lassen, weil sie einen erfundenen Schatz nicht für erwähnenswert hielt. Oder weil sie davon ausgegangen war, dass Emma die Geschichte bereits kannte. Vielleicht hatte sie es auch nur vergessen. Adelaides Gedächtnis war leider nicht mehr das beste.

Außerdem hatten sie viele andere Dinge besprechen müssen. Die Zeit war ohnehin knapp bemessen gewesen, wenn man bedachte, wie viele heiße Eisen Emma noch aus dem Feuer hatte holen müssen, bevor sie endlich abreisen konnte. Das gesammelte Geld hatte ausgereicht, um Feuerwehmann Bechleys Witwe und ihrer Familie über die ersten Hürden hinwegzuhelfen und ihr zu zeigen, dass die Stadt hinter ihr stand. Die Bank hatte sich großzügig bereit erklärt, die Hypothek unter günstigeren Bedingungen weiterlaufen zu lassen, nachdem Emma, Cousin Frederick und Cousine Mabel, die wichtigsten Kunden der Bank, ein paar ernste Worte mit dem Bankdirektor gewechselt hatten. Mabel war zwar normalerweise nicht gerade hilfsbereit, ließ sich jedoch nie zweimal bitten, wenn es darum ging, jemandem für einen guten Zweck die Hölle heiß zu machen. Einige hiesige Ladeninhaber hatten der Familie großzügige Einkaufsgutscheine zukommen lassen. Emma selbst hatte heimlich tausend Dollar zum Ergebnis aus der Wohltätigkeitsveranstaltung dazugelegt, Frederick weitere tausend. Cousine Mabel hatte einige sarkastische Bemerkungen beigesteuert, mehr hatte ohnehin niemand von ihr erwartet.

Die Fähre war startklar, die Sirene schrillte, die Laufplanke wurde eingeholt. Die großen Tore im Schiffsrumpf wurden geschlossen und gesichert, die Matrosen warfen die dicken Taue von den Pollern, die Schiffsschrauben begannen, das Wasser aufzuwühlen. Am Fahrkartenhäuschen redete Emmas ehemaliger Taxifahrer immer noch wie der Alte Seemann in Coleridges berühmter Ballade auf sein Gegenüber mit der Schirmmütze ein. Vielleicht war er der Meinung, dass er für heute genug verdient hatte, dachte Emma. Es war dumm von ihr gewesen, ihm so ein fettes Trinkgeld zu geben.

Oh je, jetzt hatte er sie auch noch entdeckt. Er brüllte dem anderen Mann etwas ins Ohr und zeigte dabei viel sagend zu ihr hoch. Oder zeigte er etwa auf die alte Reisetasche, die ihr momentan als Fußschemel diente? Es war zwar albern, aber Emma wünschte sich von Herzen, der Verschluss wäre nicht ausgerechnet in dem Moment kaputtgegangen, als der Mann die Tasche in der Hand hielt.

Die Fähre legte ab und verließ tuckernd den Hafen. Der Tag, den James Russell Lowell in seinem Gedicht *Die Vision von Sir Launfal* beschrieben hatte, musste ähnlich schön gewesen sein, dachte Emma.

Außerdem war dies die erste Gelegenheit seit langem, einfach nur dazusitzen und auszuspannen. Gestern Abend war sie mit ihrem Sohn den weiten Weg nach Boston gefahren und hatte die Heatherstones zum Flughafen gebracht. Heute Morgen war sie früh aufgestanden, um noch letzte Vorkehrungen zu treffen, das riesige Abschiedsfrühstück zu vertilgen, das ihre Enkel liebevoll für sie vorbereitet hatten, und sich von Schwiegertochter nebst Hund zum Springfield Airport kutschieren zu lassen. Obwohl keiner von beiden während der Fahrt gejodelt hatte, stellte Emma jetzt fest, dass sie mit den Nerven ziemlich am Ende war.

Das monotone Tuckern der Fähre und das Klatschen der Wellen gegen den Schiffsrumpf waren zwar laut, aber irgendwie entspannend. Emma hatte sich einen guten Sitzplatz ausgesucht, sie saß weder direkt in der Sonne, noch im Fahrtwind, außerdem befand sich niemand in ihrer unmittelbaren Nähe. Der Liegestuhl war weit bequemer als sie erwartet hatte. Da sie eine relativ lange Fahrt vor sich hatte und nicht genau wusste, was sie am Ende ihrer Reise erwartete, war es eigentlich am vernünftigsten, einfach die Augen zu schließen und ein kleines Nickerchen zu machen.

Doch Emma wollte nicht schlafen. Man sah immer so albern aus, wenn man mit offenem Mund und schlaffem Hals im Liegestuhl lag. Vielleicht würde eine Tasse Kaffee sie wieder munter machen. Sie stand auf und begab sich in die Kajüte, wo es eine Art Erfrischungsstand gab.

Wie erwartet war es dort brechend voll. Fahrgäste drängelten sich an der Theke oder versuchten, sich mit Tabletts voller Softdrinks und Hotdogs den Weg durch die Menge zu bahnen. Emma gelang es gerade noch, ohne größere Verrenkungen aus dem Gewusel wieder herauszukommen. Dabei bekam sie allerdings einen Stoß in die Rippen, der so schmerzhaft war, dass sie sich umdrehte, um den Rowdy mit einem Blick zu stellen. Doch sie konnte nicht mehr ausmachen, wer von den vielen Menschen ihr den Stoß verabreicht hatte. Emma trug ihren Kaffee zum Liegestuhl und nippte versuchsweise daran. Er schmeckte so scheußlich, dass sie sofort noch einen Schluck zu sich nahm, in der Hoffnung, sich geirrt zu haben. Was leider nicht der Fall war. Trotzdem zwang sie sich, die Hälfte der Tasse zu trinken, und stellte den Rest unter ihren Stuhl. Dann versuchte sie, ihre Aufmerksamkeit auf das Taschenbuch zu lenken, das sie als Reiselektüre mitgenommen hatte.

Der Kaffee wirkte alles andere als belebend. Das Taschenbuch fiel ihr aus der Hand. Emma machte sich nicht einmal die Mühe, es aufzuheben.

Kapitel 3

Sie lag auf ihrem Liegestuhl und hatte alle Viere von sich gestreckt. Ihr Rock war bis zu den Knien hoch gerutscht, ihr Kopf schmerzte zum Zerspringen. Sie hatte einen scheußlichen Geschmack im Mund. Ärgerlich über sich selbst setzte Emma sich auf, strich ihren Rock glatt und schaute nach ihrem Gepäck. Die Gobelintasche war Gott sei Dank noch da, sie befand sich direkt neben ihr im Liegestuhl, wo Emma sie vernünftigerweise eingezwängt hatte. Geld, Scheckheft, Kreditkarten, ihr Goldfüller und das blaue Notizbuch, in das sie alles Wissenswerte über das Haus der Sabines eingetragen hatte, lagen nach wie vor darin. Ihre Perücke, die Unterwäsche und das Foto von Beddoes Kelling nebst Schlauchwagen ruhten ebenfalls sicher und wohlbehalten an ihrem Platz. Sie nahm ihr Puderdöschen, öffnete es, um einen Blick in den Spiegel zu werfen, und machte sich auf das Schlimmste gefasst.

Sie bot einen grauenhaften Anblick. Ihr Gesicht war gerötet, der Hut verrutscht. Ihre Augen sahen äußerst merkwürdig aus, die Pupillen waren auf Stecknadelgröße geschrumpft. Es kam sicher nicht von der Sonne, denn Emma hatte die Augen die ganze Zeit fest geschlossen gehabt, außerdem lag ihre Deckseite inzwischen im Schatten.

Sie konnte sich nicht erklären, wie ihr das hatte passieren können. Was in aller Welt war in dem Kaffee gewesen? Sie warf einen Blick unter den Liegestuhl, um nach dem Kaffeebecher zu sehen, doch der Becher war fort. Genau wie ihre Reisetasche.

War es möglich, dass man ihr ein Schlafmittel verabreicht hatte? Emma neigte außerhalb des Theaters nicht zu melodramatischen Exzessen, doch ihre Nichte Sarah war mit einem Privatdetektiv verheiratet und fand sich häufig in weit bizarreren Situationen wieder. Sarah und Emma waren sogar einmal gemeinsam betäubt und beraubt worden. Ja, so musste es gewesen sein. Warum sonst hätte jemand außer der Tasche auch noch den Becher mitgenommen? Auch auf einer Fähre gab es sicher Medikamente, bestimmt hatte irgendjemand Valium oder ein Mittel gegen Seekrankheit dabei. Bei ihr hätte wahrscheinlich schon ein Aspirin gewirkt. Sie hatte sich vorhin so müde gefühlt, dass es sicher kinderleicht gewesen war, sie außer Gefecht zu setzen.

Die Fähre musste zumindest einmal angelegt haben, während Emma im Kaffeekoma gelegen hatte, denn soweit sie sehen konnte waren deutlich weniger Passagiere an Bord als bei der Abfahrt. Die Tasche war wohl von einem der Passagiere mit an Land genommen worden. Oder vielleicht doch nicht? Ein Blick in das Innere hätte eigentlich genügen müssen, um alle Illusionen des Diebes zu zerstören. Vielleicht hatte er seine enttäuschende Beute irgendwo auf der Fähre zurückgelassen. Emma stand auf, griff nach ihrer Tasche und machte sich auf die Suche.

Der Feenschmuck war völlig wertlos und auch die Reisetasche war keine Kostbarkeit, doch Diebstahl war ein persönlicher Affront. Und Affronts nahm Emma Kelling nicht einfach sang- und klanglos hin.

Das Personal, das sie finden konnte, war leider nicht sehr hilfreich. Man wies sie lediglich auf die Schilder hin, die überall verkündeten, dass für das Gepäck von Passagieren keine Haftung übernommen werde. Ein junger Mann erklärte sich zwar bereit, die Augen offen zu halten, klang jedoch nicht besonders überzeugend. Emma beschloss, die Fähre auf eigene Faust zu inspizieren.

Natürlich war nirgends eine alte schwarze Ledertasche zu sehen. Sie erfuhr, dass die Fähre nicht nur einmal, sondern sogar zweimal angelegt hatte, während sie sich in ihrem entstellenden Stupor befunden hatte. Als sie schließlich in den Schiffsrumpf vorgedrungen war, der an eine Höhle für Bergtrolle erinnerte und zum Gotterbarmen nach Autoabgasen stank, sah sie, dass nur noch drei Fahrzeuge übrig waren. Außerdem gab es einen Container mit Lebensmitteln, deren Ziel laut Aufkleber Pocapuk Island war, wie sie erleichtert feststellte. Vincents Vorbereitungen liefen anscheinend bereits auf Höchsttouren.

Der einzige für diesen Bereich der Fähre zuständige Matrose war entweder einsamer oder gelangweilter als seine Kollegen auf den Decks, jedenfalls hörte er sich Emmas Geschichte geduldig an. Nein, er habe niemanden bemerkt, der mit einer alten schwarzen Ledertasche von Bord gegangen sei. Es sei auch keiner der Passagiere nach unten gekommen, um ein zusätzliches Gepäckstück im Wagen zu verstauen. Doch wenn sie wolle, sei er gern bereit, ihr bei der Suche zu helfen. Die Wagenschlüssel befanden sich noch in den jeweiligen Fahrzeugen, für den Fall, dass sie verstellt werden mussten, bevor die Eigentümer zu ihnen konnten.

Emma kam sich unhöflich und neugierig vor, als sie in die Kofferräume blickte und die voll gestopften Rücksitze völlig fremder Menschen inspizierte, und erwartungsgemäß war die ganze Mühe pure Zeitverschwendung. Sie gab dem hilfsbereiten jungen Mann ein moderates Trinkgeld von drei Dollar, weil sie nicht denselben Fehler machen wollte wie bei dem Taxifahrer. Dann ging sie wieder auf Deck, in der Hoffnung, nicht doch zu geizig gewesen zu sein.

Inzwischen war es fast halb drei. Sie war immer noch nicht sonderlich hungrig nach dem Riesenfrühstück, hielt es jedoch für besser, eine Kleinigkeit zu sich zu nehmen. Sie befanden sich jetzt in Sichtweite der vorletzten Anlegestelle, und an der Snackbar gab es nur noch ein wenig einladendes Doughnut, das anscheinend in ranzigem Fett gebacken und dann in eine honigähnliche Substanz getaucht worden war. Emma erstand das dubiose Gebäck in der Hoffnung, dass selbst dies immer noch besser sei als gar nichts. Nach dem ersten Bissen wusste sie, dass sie sich erneut geirrt hatte. Sie warf die Scheußlichkeit in einen Abfalleimer und begab sich wieder nach draußen.

Sie erreichten gerade die Docks. Da Emma die beiden letzten Stopps verschlafen hatte, fühlte sie sich verpflichtet, wenigstens diesmal an der Reling zu stehen und sich das Schauspiel anzusehen wie ein echter Tourist. Es bestand immer noch eine winzige Chance, dass vor ihren Augen einer der Passagiere mit ihrer Tasche die Fähre verließ. Aber was sollte sie in diesem Fall tun? Über die Reling hüpfen und »Haltet den Dieb!« brüllen? Trotz ihrer Vorliebe für waghalsige Sprünge in ausgebreitete Sprungtücher und ihrer großen Erfolge mit den Piraten von Pleasaunce stand Emma nicht gern im Mittelpunkt des allgemeinen Interesses. Wenn sie ehrlich war, konnte sie sich nicht einmal vorstellen, beim Anblick des Diebes irgendetwas zu unternehmen.

Doch in diese Verlegenheit kam sie erst gar nicht, denn es gab nichts zu unternehmen. Etwa ein Dutzend Passagiere verließ die Fähre, doch keiner von ihnen trug etwas, das auch nur entfernt an ihre Tasche erinnerte. Es konnte natürlich sein, dass sich die Reisetasche in einem der großen Seesäcke oder im Mammutschlafsack eines der Rucksacktouristen befand. Doch Emma konnte sich kaum wie ein Zollinspektor am Ende der Gangway aufpflanzen, verlangen, dass sämtliche Gepäckstücke geöffnet würden, und sie eigenhändig durchsuchen. Es blieb ihr anscheinend nichts anderes übrig, als in den sauren Apfel zu beißen und sich im Herbst auf die Suche nach neuem Feenschmuck zu machen.

Vielleicht war es ja besser so. Die alten Stücke sahen wirklich schäbig aus. Außerdem war nicht sicher, ob ihre Reparaturversuche von Erfolg gekrönt gewesen wären. Wer immer das Zeug jetzt hatte, würde bald bitter enttäuscht sein und hatte es nicht besser verdient. Es sei denn, er hatte ebenfalls eine Aufführung von *Iolanthe* vorzubereiten. In diesem Fall konnte Emma diesen Akt der Piraterie sogar irgendwie verstehen. Sie wusste nur zu gut, wie die Suche nach geeigneten Requisiten eine kleine Theatertruppe an den Rand der Verzweiflung treiben konnte.

Doch es war müßig, sich in derartig abwegige Hypothesen zu versteigen. Der Dieb war sicher kein verzweifelter Theaterausstatter, sondern ein gemeiner Opportunist, der die wilde Geschichte des dummen Taxifahrers geglaubt hatte. Er hatte wohl der Versuchung einfach nicht widerstehen können, eine törichte alte Frau hereinzulegen, der nichts Besseres einfiel, als mit einer Tasche voll Diamanten herumzuziehen. Sie hätte dem Taxifahrer das wertlose Zeug zeigen sollen, statt davon auszugehen, dass er ihren Erklärungen auch ohne Beweis Glauben schenken würde. Wenn hier einer dumm war, dann war sie es.

Das Eingeständnis ihres Fehlers war nicht gerade angetan, Emmas Stimmung aufzuhellen. Eigentlich hatte sie sich vorgenommen, nach diesem Stopp auf der Fähre nach potenziellen Pocapuk-Besuchern Ausschau zu halten. Normalerweise setzte Emma zwar stets ihre Pläne in die Tat um, doch diesmal zog sie sich stattdessen in eine geschützte Ecke hinter einen großen Holzkasten zurück, der auf der Vorderseite die Aufschrift »Rettungsringe« trug, und bereitete sich mit düsterer Miene auf das Ende der Reise vor. Bereits zwei Minuten später näherte sich ihr ein groß gewachsener älterer Herr, der nicht besonders bedeutend aussah, es aber doch irgendwie war.

»Entschuldigen Sie bitte die Störung, Madam, aber kann es sein, dass dieses Gepäckstück Ihnen gehört?«

Die Reisetasche! Emma fühlte sich schlagartig um Jahre verjüngt. »Oh, vielen Dank! Wo haben Sie die denn gefunden? Ich habe überall danach gesucht.«

»Das kann ich mir nur schwer vorstellen, Madam. Ich habe sie an einem Ort gefunden, an dem Sie bestimmt nicht gesucht haben.«

Er sprach mit einem leichten ausländischen Akzent und hatte eine wunderschöne, angenehm tiefe, melodische Stimme. Momentan klang sie allerdings ein klein wenig belustigt. Emma konnte gar nicht anders, als ihn anzulächeln, ob sie nun wollte oder nicht.

»Sie meinen vermutlich die Herrentoilette. Entschuldigen Sie bitte, aber ich würde gern nachschauen, ob noch alles da ist.«

Sie stellte erleichtert fest, dass ihr blauer Seidenschal noch an seinem Platz war, auch wenn ihn offensichtlich jemand ziemlich unsanft behandelt hatte. Die Broschen, Halsketten und Armbänder waren zwar in Unordnung geraten, doch auf den ersten Blick sah es nicht so aus, als sei etwas gestohlen worden.

»Ich glaube, da hat sich irgendein Möchtegern-Juwelendieb eine herbe Enttäuschung eingehandelt. Es handelt sich bloß um

Theaterschmuck, wie sie zweifellos bereits erkannt haben. Ich habe ihn nur mitgenommen, weil einige Stücke unbedingt ausgebessert werden müssen. Er ist für die Feen in einer Produktion von *Iolanthe*, die ich mit den Gilbert & Sullivan-Fans in meinem Heimatort vorbereite. Die Aufführung soll in der nächsten Spielzeit stattfinden.«

»Wie reizend.« Er hatte wirklich eine umwerfende Stimme. »Dann sind Sie sicher eine der Sängerinnen?«

Emma schüttelte den Kopf. »Das war ich früher einmal, aber dazu bin ich inzwischen zu alt. Und Sie sind sicher einer der Gäste, die wir auf Pocapuk erwarten. Mein Name ist Kelling, ich bin ihre Ersatz-Pensionswirtin. Mrs. Sabine kann leider nicht kommen. Ihr Arzt hat ihr die Reise verboten.«

Der Herr machte eine kleine Verbeugung und drückte damit geschickt sowohl Bedauern als auch Freude aus. »Es tut mir Leid zu hören, dass Mrs. Sabine krank ist. Aber ich freue mich natürlich über die glücklichen Umstände, die dazu geführt haben, dass man Sie an ihrer Stelle geschickt hat.«

Dieser Mann konnte nur Graf Radunov sein. Emma hatte jemanden mit Monokel und exzentrischer Weste erwartet, doch der Graf sah auch in seiner grauen Flanellhose und dem maulwurfsgrauen Tweedjackett äußerst distinguiert aus. Emma hielt jede Wette, dass die Jacke vor dreißig oder vierzig Jahren für ihn in der Saville Row angefertigt worden war, als er noch ein paar Pfund mehr gewogen und noch nicht zu schrumpfen begonnen hatte. Das braune Brooks-Brothers-Sporthemd passte hervorragend dazu. Das einzige, das entfernt an einen Hochstapler denken ließ, war das fast gänzlich verblasste Muster mit den Doppeladlern auf dem dunkelbraunen Seidenschal, der aus dem offenen Hemdkragen hervorlugte. Der Schal selbst war geschmackvoll, distinguiert und genau richtig für einen in die Jahre gekommenen Hals. Apropos Hals. Emma griff nach ihrem Liberty-Schal, glättete die Falten so gut es ging und schlang ihn sich um den ihren.

Der Herr zeigte sich beeindruckt. »Diesen Schal kann nur jemand ausgesucht haben, der Sie sehr liebt, denn er passt einfach wunderbar zu ihren Augen. Oh Verzeihung, ich habe mich noch gar nicht vorgestellt. Mein Name ist Alexei Radunov.«

»Das dachte ich mir bereits.« Emma hatte den Schal in Wirklichkeit bei einem ihrer seltenen Ausflüge in Filene's Basement aus einem Berg mit Sonderangeboten herausgefischt, hütete sich jedoch, dies verlauten zu lassen, und konterte gekonnt: »Lautet die korrekte Anrede Graf Alexei oder Graf Radunov? Ich bin mir immer so unsicher mit russischen Adelstiteln.«

»Darüber brauchen Sie sich wirklich nicht den Kopf zu zerbrechen. Diese russischen Titel aus der Zarenzeit sind heute nur noch ein Witz, über den schon niemand mehr lacht. Aber da Sie die Freundlichkeit hatten, zu fragen: Die korrekte Anrede lautet Graf Radunov. Aber was Sie betrifft, wäre ich überglücklich, wenn Sie mich einfach Alexei nennen würden.«

Das war ja mal wieder typisch. Wenn sie anfing, ihn Alexei zu nennen, würde er sich todsicher die Freiheit herausnehmen und sie Emma nennen, und die anderen würden es ihm bald nachtun. Sie zog es vor, weiterhin Mrs. Kelling zu bleiben, bis sie herausgefunden hatte, mit wem genau sie es zu tun hatte.

»Wahrscheinlich werden wir uns früher oder später alle beim Vornamen nennen, wenn wir uns erst näher kennen gelernt haben.« Das musste eigentlich reichen, um ihn in seine Schranken zu verweisen. »Sind noch mehr Sommergäste an Bord, die nach Pocapuk wollen?«

»Auf dem Oberdeck befinden sich fünf Personen, die sich recht gut zu kennen scheinen. Ein Mann mit einem buschigen schwarzen Bart, der in den Zwanziger- und Dreißigerjahren den idealen Bühnenbolschewiken abgegeben hätte, sitzt etwas abseits von den anderen. Er hält einen Krug mit Rotwein zwischen den Knien, aus dem er allerdings, soweit ich gesehen habe, fast nichts getrunken hat. Ich persönlich kenne keinen der Herrschaften.«

»Warum gehen wir dann nicht einfach hoch und machen uns miteinander bekannt?« schlug Emma vor. »Es würde mich nicht wundern, wenn der Mann mit dem Weinkrug Black John Sendik ist. Er schreibt Kriminalromane, soweit ich weiß.«

»Ah, das würde natürlich alles erklären.«

»Sie sind ebenfalls Dichter, hat mir Mrs. Sabine mitgeteilt.«

»Ich bin nichts weiter als ein kritzelnder Dilettant. Wie Sie sicher wissen, kann man von der Dichtkunst nicht leben. Ich schreibe daher unter wechselnden Pseudonymen Ballett- und Opernkritiken für diverse Zeitungen und Zeitschriften und drücke dabei unterschiedliche Meinungen aus, um auch allen Lesern gerecht zu werden. Ich verfasse Artikel mit tiefsinnigen Hypothesen und wenig beweisbaren Fakten über die Gemälde in der Hermitage und die kostspieligen Seltsamkeiten des verstorbenen Monsieur Fabergé.«

»Ach ja?« sagte Emma. »Dann kennen Sie vielleicht meinen angeheirateten Neffen Max Bittersohn? Er schreibt gerade ein Buch über antiken Schmuck.«

»Bittersohn schreibt ein Buch?« Sekundenlang verlor der Graf beinahe die Fassung. »Mr. Bittersohn ist ein Mann mit vielen Talenten.«

»Momentan ist er leider ein wenig unpässlich«, erwiderte Emma. »Er hatte das Pech, sich während einer Geschäftsreise das Bein zu brechen. Ein dreifacher Bruch. Die Ärzte haben den Knochen genagelt, und meine Nichte musste nach Danzig fliegen, um ihren Gatten abzuholen. Sie hatte jede Menge Ärger, mit dem Gipsverband durch den Zoll zu kommen. Die Stahlnägel haben am Flughafen immer wieder Alarm ausgelöst. Die Beamten dachten schon, er hätte irgendwo eine Waffe versteckt.«

»So etwas kann auch nur Bittersohn passieren. Dann ist diese entzückende Frau, die er geheiratet hat, Ihre Nichte? Die Familienähnlichkeit ist in der Tat nicht zu übersehen.«

Was natürlich völliger Unsinn war. Es gab keinerlei Blutsverwandtschaft zwischen Sarah und der Witwe ihres verstorbenen Onkels, auch wenn dies durchaus möglich gewesen wäre. Die Kellings neigten dazu, entfernte Familienmitglieder zu heiraten, um ihr Vermögen nicht in alle Winde zu zerstreuen und es Außenstehenden in den Rachen zu werfen, die möglicherweise in die Versuchung gekommen wären, es auszugeben. Doch

Emma war willens, Radunov einige Pluspunkte für seine gute Absicht zu geben.

»Dann kennen Sie meine Nichte also bereits?«

»Zu meinem großen Bedauern habe ich Sie nur ein einziges Mal getroffen. In der französischen Botschaft in Washington. Sie war die eleganteste Frau dort, dabei trug sie noch nicht einmal ein Designermodell. Ich berichte auch über die Haute Couture, müssen Sie wissen. In diesem Sommer hoffe ich, durch die Großzügigkeit von Mrs. Sabine mein Glück zu machen und mein trauriges Dasein als literarischer Tagelöhner zu beenden. Ich beabsichtige nämlich, einen Bestseller zu schreiben. Unter einem weiteren Pseudonym, versteht sich. Es soll eine spannende Liebesgeschichte werden. Über Leidenschaft und Intrigen am russischen Zarenhof, über den ich allerdings, ganz im Vertrauen, nur das weiß, was ich in anderen spannenden Liebesgeschichten gelesen habe. Mrs. Sabine ist eine wundervolle Frau, sie sammelt die Bettler an den Toren auf und gewährt ihnen Unterschlupf.«

»Ich glaube, so haben es die Sabines noch nie gesehen«, widersprach Emma. »Es bot ihnen schließlich auch die willkommene Möglichkeit, stimulierende Gespräche mit interessanten Menschen zu führen.«

»Was für Sie sicher nicht nötig wäre, verehrte Mrs. Kelling. Ich kann mir unmöglich vorstellen, dass es Ihnen zu irgendeiner Zeit an Stimulation mangeln könnte.«

»Da könnten Sie Recht haben. In meinem Fall ist es eher eine Frage der Überstimulation.«

Emma weihte Radunov kurz in die Geheimnisse des Alltagslebens in Pleasaunce ein und weckte sein amüsiertes Mitgefühl. »Sie sehen also, dass ich auf der Insel einfach nur die Gelegenheit nutze, mich eine Weile auszuruhen, während ihr Genies eure Gehirne und Talente ausschöpft. Sollen wir?«

Sie machte Anstalten, in Richtung Oberdeck zu gehen. Sofort griff der Graf nach ihrer Reisetasche.

»Darf ich? Ich verspreche auch hoch und heilig, nicht zuzulassen, dass sie Ihnen noch einmal gestohlen wird. Der Himmel möge verhüten, dass Ihre Feenkönigin ihre Krone verliert wie unsere beklagenswerte Zarin, mit deren Privatleben ich mir einige schockierende Freiheiten herausnehmen werde. Sehen Sie? Das müssen die anderen Gäste sein.«

Sonderlich adrett sahen sie wirklich nicht aus, fand Emma. Warum waren Menschen jeglichen Alters, Geschlechts und Körperbaus bloß immer der irrigen Meinung, Blue Jeans seien die ideale Reisekleidung?

In Gedanken kehrte sie zurück zu dem Feriencamp für Mädchen, das sie vor mehr Jahren besucht hatte, als ihr heute lieb war. Ihre Eltern hatten sie zum Zug gebracht, wo sie ein Betreuer in Empfang nahm und mit den Mädchen bekannt machte, die sie noch nicht kannte. Niemand hatte sich für die Zugfahrt sonderlich in Schale geworfen, man trug ein kariertes Baumwollkleidchen mit passendem Blazer oder ein Sommerkostüm mit Hemdbluse, dazu Baumwollkniestrümpfe und solides Schuhwerk. Dazu passte entweder ein Kurzhaarschnitt oder ein Knoten. Zöpfe und Korkenzieherlocken waren verpönt und galten als Indiz für sentimentale Väter. Selbstverständlich trug jedes Mädchen eine Kopfbedeckung, entweder ein keckes kleines Barett, einen breitkrempigen Strohhut oder ein glockenförmiges Hütchen, das Mutters Putzmacherin aus demselben Stoff angefertigt hatte, aus dem auch das Kostüm geschneidert war.

Sobald sie im Camp angekommen waren, hatten sie sich umgezogen und waren in kurzärmelige weiße Matrosenblusen mit grünen Krawatten und weite grüne Pumphosen geschlüpft. Grün war natürlich die Campfarbe gewesen. Es hatte als besonders schick gegolten, das Ensemble mit nackten Beinen und nicht allzu neuen weißen Leinenschuhen zu kombinieren. Ein Knoten im Schnürsenkel oder ein Loch in der Zehengegend hatte die Betreffende als Sportenthusiastin und Feriencampveteranin ausgewiesen. Einmal die Woche mussten sie die Schnürsenkel unter dem wachsamen Blick des Betreuers herausziehen, gemeinsam mit den Turnschuhen mit Schlämmkreide weißen und zum Trocknen auf die lange Holzveranda vor dem Blockhaus legen, während sie schwimmen gingen. Dazu trugen sie Gummilatschen, Badekappen und grüne Badeanzüge aus Wolle, auf deren Vorderseite in Höhe des eines Tages zu erwartenden Busens CAMP SEETONKA gestickt war. Das Wort Badeanzug galt damals übrigens als unschicklich, und von allen Mädchen wurde erwartet, dass sie in der Lage waren, sich auf dem Rücken treiben zu lassen, ohne zu sinken, sich nach Froschmanier vorwärts zu bewegen, wie ein Hund zu paddeln und dass sie den »toten Mann« beherrschten. Die besten Mädchen taten sich darüber hinaus im Seitenschwimmen, Rückenschwimmen und, wie man es dezent nannte, Frontschwimmen hervor.

Damals war das Leben noch einfach gewesen. Junge Mädchen brauchten sich nicht mit Verabredungen herumzuschlagen, sondern besuchten im Beisein ihrer Eltern Partys und tanzten mit Jungen, die sie seit Kindertagen kannten. Make-up wurde nur heimlich aufgelegt. Niemand las unziemliche Bücher, hauptsächlich deswegen nicht, weil sie einem nicht in die Hände fielen. Keiner wusste so recht, was in der Hochzeitsnacht passieren würde, doch man wusste sehr wohl, dass »es«, was immer es auch sein mochte, auf keinen Fall vorher geschehen durfte.

Wahrscheinlich wurde sie langsam alt. Emma riss sich zusammen, setzte ein freundliches Pensionswirtinnenlächeln auf und ging zu den Liegestühlen hinüber. »Guten Tag. Gehe ich recht in der Annahme, dass Sie alle Sommergäste von Mrs. Sabine sind?«

Zustimmendes Murmeln und Brummeln ließen darauf schließen, dass ihre Annahme stimmte.

»Dann darf ich mich Ihnen vorstellen. Ich bin Mrs. Beddoes Kelling.« Ihren Vornamen behielt sie wohlweislich für sich. »Mrs. Sabine bedauert sehr, dass sie in diesem Jahr nicht kommen kann. Ihr Arzt hat in letzter Minute beschlossen, dass sie momentan nicht reisefähig ist. Um Ihre Ferienpläne nicht zunichte zu machen, hat sie mich gebeten einzuspringen. Sie hat mir detaillierte Anweisungen mitgegeben, so dass hoffentlich alles wie geplant vonstatten gehen kann.«

»Das ist aber eine Überraschung«, sagte eine grauhaarige

Dame, die wahrscheinlich das älteste Mitglied der Gruppe war und immerhin genug Anstand besaß, zu ihrer blauen Denimjacke einen passenden Wickelrock zu tragen. Dafür hatte sie sich bei der Wahl ihres rosagelben Sonnenhutes mit passender Kordel ziemlich vergriffen, fand Emma. Das Ding sah aus wie ein Sonnenschirm.

Der Mann mit dem Krug, der inzwischen definitiv beschlossen hatte, sich der Gruppe anzuschließen, ließ ein heiseres Gelächter hören. »Das haben Sie doch bestimmt vorher gewusst, oder?«

»Ich wusste lediglich, dass Mrs. Sabine eine Dame im fortgeschrittenen Alter ist, die seit einiger Zeit kränkelt«, erwiderte die Frau gut gelaunt. »Sie hatte im Februar ziemliche Probleme mit den Bronchien, und man fürchtete schon um ihr Leben, doch sie hat es noch einmal geschafft. Vorige Woche ging es ihr so gut, dass sie sogar an einer größeren Veranstaltung teilgenommen hat. Eine Art Picknick. Dabei hat sie sich auch mit dieser Dame hier unterhalten und das Problem mit der Insel geregelt. Die beiden haben in einem rotweiß gestreiften Zelt gesessen und zusammen Tee getrunken, und es waren noch viele andere Leute da. Sie bedauert übrigens keineswegs, dass sie nicht kommen kann, sondern freut sich diebisch, dass sie sich so geschickt aus der Affäre gezogen hat. Lassen Sie sich von ihr nicht täuschen, Mrs. Kelling. Sie wäre auch ohne die Diagnose ihres Arztes froh gewesen, wenn Sie für sie eingesprungen wären. Sie hat noch ziemlich viel Energie, auch wenn man es ihr auf den ersten Blick nicht zutraut. Damit will ich natürlich nicht sagen, dass Mrs. Sabine Sie an der Nase herumgeführt hat. Wer das versucht, wird es verdammt schnell bereuen. Werft mir also später nicht vor, ich hätte euch nicht rechtzeitig gewarnt.«

Kapitel 4

Die Dame mit dem Sonnenhut blickte die anderen vielsagend an. Ein oder zwei grinsten, was sie nicht weiter zu stören schien. »Warum trugen sie diese merkwürdige Kleidung, Mrs. Kelling? Etwa weil sie aus dem Fenster springen mussten, aus dem der schwarze Rauch quoll?«

Graf Radunov lächelte sie an. »Was sagen Sie dazu, Mrs. Kelling?«

»Mich würde interessieren, wo diese Dame vorigen Donnerstagnachmittag gegen vier Uhr war.«

»In Cape May, New Jersey. Ich habe dort einen Vortrag in einem Club gehalten, was Sie gern jederzeit nachprüfen können. Ich gebe Ihnen Namen und Adresse des Veranstalters, wenn Sie mögen. Glauben Sie nur nicht, ich hätte in der Zeitung etwas über Sie gelesen. Ich habe Schwierigkeiten mit der kleinen Schrift, und außerdem hätte ich ohnehin nicht gewusst, welche Zeitung ich kaufen sollte. Ich weiß ja nicht einmal, aus welcher Gegend Sie kommen. Jedenfalls war das Feuer nicht groß genug, um in die Schlagzeilen zu kommen. Außerdem sehe ich kein richtiges Feuer, sondern nur eine dicke Rauchwolke. Aber kurz vorher muss es dort ein richtiges Feuer gegeben haben, denn die Feuerwehr war noch da. Ziemlich viele Feuerwehrmänner sogar. Was war denn los? Etwa eine Art Picknick für Feuerwehrmänner?«

»So ungefähr.« Emma war immer noch skeptisch, doch sie war bereit mitzuspielen, bis sie herausgefunden hatte, wer diese komische Person war. »Es war eine Wohltätigkeitsveranstaltung für die Familie eines Feuerwehrmannes, der dort bei einem Brand ums Leben gekommen ist.«

»Er wurde von einem Pferd getreten«, ergänzte die Frau.

»Jetzt reicht es aber langsam.« Vielleicht war es der Rotwein, der den Mann mit dem Bolschewikenbart so streitsüchtig machte. »Heutzutage gibt es überhaupt keine Feuerwehrpferde mehr.«

»Bei dem Picknick gab es eins«, korrigierte ihn die Frau seelenruhig. »Sogar ein zweiköpfiges. Familienmitglieder von Ihnen, Mrs. Kelling?«

Die Bemerkung wurde mit erstauntem Lachen quittiert, doch Emma lachte nicht. »Ja«, sagte sie nur.

»Die beiden sehen Ihrem Ehemann ähnlich, nicht? Er ist auch der Mann auf dem Foto, das Sie in Ihrer Handtasche bei sich tragen, nehme ich an. War er auch Feuerwehrmann?«

»Nein, eigentlich nicht. Mein Mann war nur ein Feuerwehrfan, einer dieser Enthusiasten, die aus purem Vergnügen hinter dem Löschwagen herlaufen. Er gehörte zu den Begründern des Hilfsfonds für bedürftige Feuerwehrleute in unserer Stadt. Daher ernannte man ihn zum Dank zum Ehrenmitglied des Ersten Löschzuges.«

»Was hat es nun wirklich mit dem zweiköpfigen Pferd auf sich?« erkundigte sich eine angespannt wirkende jüngere Frau, der Jeans ausnahmsweise gut standen.

»Es war kein richtiges Pferd. Nur zwei meiner Enkel, die sich als vordere und hintere Hälfte eines Pferdes verkleidet hatten. Für ein kleines Theaterstück, das einige der jungen Leute vorbereitet hatten. Mein dritter Enkel spielte einen Dalmatiner.«

»Wie langweilig. Ich dachte, jetzt käme etwas richtig Abstruses. Und was war mit dem Pferd, auf dem der Feuerwehrmann ums Leben gekommen ist? Was hat er angestellt? Etwa versucht, mit dem Vieh die Feuerwehrleiter hoch zu reiten?«

Was für ein freches kleines Biest! »Ganz im Gegenteil«, erwiderte Emma kühl. »Er wollte das Tier aus einem brennenden Gebäude retten. Bei Feuer reagieren Pferde bekanntlich völlig kopflos. Der Feuerwehrmann hielt das Tier am Zügel, aber das Pferd richtete sich auf und schlug wie wild um sich. Ich weiß nicht genau, ob es ihn tatsächlich getreten hat, aber es ist durchaus möglich.«

»In den Magen«, erklärte die ältere Frau. Dies war wirklich eines der merkwürdigsten Gespräche, die Emma je geführt hatte. »Er hat keine Luft mehr bekommen, und dann ist das Pferd über ihn weggetrampelt und rausgelaufen, gerade noch rechtzeitig, bevor das Dach einstürzte. Der Mann wäre wahrscheinlich ohnehin gestorben. Es war nicht mehr viel übrig von ihm, als das Pferd an ihm vorbei war. Aber das arme Tier konnte nichts dazu. Es geht ihm übrigens wieder gut, abgesehen von einer großen Narbe auf dem Rücken.«

»Stimmt«, musste Emma zugeben. »Sie sind Mrs. Fath, nehme ich an.« Sie war also keine Psychologin, sondern ein Medium. Was würde Adelaide Sabine wohl dazu sagen?

»Richtig. Alding Fath.« Die mollige Dame klang gleichzeitig stolz und ein wenig erstaunt. »Sie haben von mir gehört?«

»Sie stehen auf der Liste, die Mrs. Sabine mir gegeben hat. Ich muss unbedingt herausfinden, wer Sie alle sind.« Emma wandte sich an das dritte weibliche Wesen, die Schlanke, die das Pferd langweilig gefunden hatte. »Sie müssen Lisbet Quainley sein.«

»Genau.« Der jungen Frau war inzwischen wohl bewusst geworden, dass sie sich ziemlich unhöflich verhalten hatte, denn sie erhob sich und streckte Emma die Hand hin. »Ich freue mich, dass Sie für Mrs. Sabine eingesprungen sind, Mrs. Kelling. Haben Sie sich tatsächlich aus dem Fenster gestürzt?«

»Ich habe lediglich demonstriert, wie man wohlbehalten im Sprungtuch der Feuerwehr landet«, erklärte Emma.

»Hatten Sie denn gar keine Angst?«

»Oh nein. Es war doch völlig sicher. Außerdem war das Fenster im ersten Stock.«

»Allerdings in einer Kirche«, ergänzte Mrs. Fath.

»Nun ja, aber die Kirche ist ziemlich klein. Sie steht oben auf dem Dorfanger, daher war sie der ideale Ort für unsere Vorführung. Um das Ganze ein wenig spannender zu gestalten, haben wir eine Rauchbombe gezündet. Ein einfaches Mittel, um die Zuschauer zu unterhalten und mehr Leute in unser Erfrischungszelt zu locken. Und Sie«, versuchte sie ihr Glück bei dem Mann mit dem Weinkrug, »sind sicher Mr. Sendik?«

Anscheinend war sie weniger Ehrfurcht gebietend als Adelaide Sabine. Jedenfalls sah der Mann keine Veranlassung aufzustehen, was in der gegebenen Situation angebracht gewesen wäre. Aber wenigstens stellte er den Krug ab.

»Ich bin Everard Wont.« Es klang ganz so wie die Ankündigung des Jüngsten Gerichts. »*Doktor* Everard Wont, falls Sie in Ihrem Inselparadies Wert auf akademische Titel legen. Ich bin Historiker, wie Sie zweifellos wissen.«

»Selbstverständlich weiß ich das«, antwortete Emma mit zuckersüßer Stimme. »Ihre amüsante Geschichte der alten Bostoner Familien war einfach köstlich! Ich habe mich bei der Lektüre fast halbtot gelacht. Sie besitzen ein wunderbares Gespür für das Absurde.«

Emma wusste sehr wohl, dass Wont keineswegs beabsichtigt hatte, etwas Absurdes zu schreiben. Er hatte nur den Fehler gemacht, sich bei seinen Recherchen von einigen von Cousin Jeremys Kumpanen helfen zu lassen. Wenn dieser törichte Mensch sich die Mühe gemacht hätte, seine Quellen etwas genauer zu überprüfen, hätte er bald herausgefunden, dass sämtliche Mitglieder der Bruderschaft vom Geselligen Kabeljau logen und flunkerten, dass sich die Balken bogen. Mit Ausnahme eines einzigen Mitbruders, der jedoch so zwanghaft ehrlich war, dass ihm kein Mensch glaubte.

Bestimmt hatte Wont inzwischen mehrere Prozesse gegen sich laufen. Emma konnte zwar nicht sehen, was sich hinter seinem Bart tat, vermutete jedoch, dass es nichts Gutes war. Wont brummte etwas und widmete sich wieder seinem Krug.

Der Mann neben ihm, ein grünäugiger Rotschopf, der stumm gelächelt hatte, als Emma das Wort »absurd« gebraucht hatte, stand bereits stramm und schien nur darauf zu warten, dass Emma ihm die Hand schüttelte. »Ich bin Black John Sendick. Das ist übrigens mein richtiger Name. Mein Großvater war völlig verrückt nach Geschichten über einen Goldsucher namens Black John, die damals im *Boston Sunday Globe* erschienen. Der Verfasser hieß Hendrix, was ein bisschen wie Sendick klingt. Daher beschloss mein Opa, mich Black John zu nennen. Er war ziemlich wohlhabend, und meine Mutter ist zufällig eine geborene

Black, daher haben meine Eltern ihm seinen Willen gelassen. Ich habe schon oft mit dem Gedanken gespielt, mir die Haare färben zu lassen, aber ich fürchte, selbst dass würde nicht viel nutzen.«

»Nur, wenn Sie gleichzeitig auch Ihre Sommersprossen und Augen färben«, konterte Emma lächelnd und gab ihm die Hand. »Jedenfalls ist es der ideale Name für einen Krimiautor. Ich habe gehört, dass Sie sich damit Ihren Lebensunterhalt verdienen.«

»Ich versuche es zumindest. Eigentlich sind es eher Horrorgeschichten als Krimis. Mein erstes Buch hat den Lesern wohl nicht genug Angst gemacht, fürchte ich. Es war ein ziemlicher Flop, aber ich gebe nicht auf. Diesmal habe ich eine wirklich scheußliche Idee für einen Plot. Ich möchte lieber noch nicht darüber sprechen, sonst klappt es am Ende nicht.«

»Dann freuen wir uns halt alle darauf, Ihr Buch zu lesen, wenn es fertig ist.«

Emma hatte zwar keineswegs vor, sich das anzutun, wenn es sich irgendwie vermeiden ließ, wollte den jungen Mann jedoch auf keinen Fall entmutigen. Er war sicher noch nicht einmal dreißig. Er sah gepflegt aus, war in der Lage, sich verständlich auszudrücken, und strotzte nicht vor Selbstgefälligkeit. Durchaus Gründe, dankbar zu sein.

»Dann müssten Sie gemäß der Ausschlusskriterien eigentlich Joris Groot sein«, sagte sie zu der letzten Person auf der Liste.

Groot machte sich anscheinend nichts daraus, das Schlusslicht zu spielen. Er war ein kräftiger Mann, groß, nicht gerade dick, aber gut gepolstert. Er hatte helles, schütteres Haar, das er wahrscheinlich normalerweise eng an den Kopf geklatscht trug, wenn es nicht wie momentan vom Wind zerzaust war. Seine Nase würde sich in ein bis zwei Tagen heftig pellen. Menschen mit derart heller Haut taten besser daran, in der Sonne einen Hut zu tragen oder sich im Schatten aufzuhalten. Emma schätzte Groot auf etwa fünfundvierzig Jahre. Er sah aus wie jemand, der eigentlich verheiratet sein müsste. Sie fragte sich, was er wohl mit seiner Frau angestellt hatte.

»Sie sind Grafiker, soweit ich weiß«, sagte sie, »Mrs. Sabine hat mich gebeten, Ihnen zu sagen, dass sie einen Skizziertisch, einen Hocker und ein Tischchen für Ihre Malutensilien in Ihre Hütte hat bringen lassen. So etwas brauchen Sie doch sicher, nicht wahr?«

»Klingt viel versprechend. Ich hoffe nur, dass das Licht ausreicht.« Für einen so großen kräftigen Mann klang seine Stimme etwas zu hoch und quieksig. »Ich habe meine Ausrüstung mitgebracht.«

Das war ja wohl selbstverständlich! Diese Leute schienen davon auszugehen, dass die Gastfreundschaft der Sabines schier unermesslich war. »Arbeiten Sie momentan an einem bestimmten Projekt?«

»Ich habe gerade die Illustrationen für den neuen Katalog von Footsy-Wootsy fertig gestellt«, informierte er sie mit wahrscheinlich gerechtfertigtem Stolz. »Ein bekannter Schuhhersteller. Produziert in der Hauptsache Kinderschuhe. Ich habe allein siebenundsechzig Itsy-Bitsy-Modelle gezeichnet.«

Emma wusste nicht, ob sie beeindruckt oder enttäuscht sein sollte. Groot entsprach so gar nicht den Vorstellungen, die sie von einem Illustrator hatte. Waren alle Vertreter dieser Spezies ein wenig merkwürdig oder hatte sie es hier mit einer Ausnahme zu tun?

»Aber Sie haben doch sicher nicht vor, auf Pocapuk Schuhe zu zeichnen?« sondierte sie.

»Oh nein«, antwortete er. »Füße vielleicht, aber sicher nicht nur Schuhe. Ich habe die Nase gestrichen voll von Kinderschuhen, wenn ich ehrlich sein soll. Daher habe ich beschlossen, ein wenig zu variieren. Ich werde mit meinem neuen Projekt beginnen, sobald wir etwas gefunden haben, womit wir anfangen können.«

»Wir?«

»Ja, wir alle«, bestätigte er. »Mit Ausnahme dieses Herrn da.« Groot wies mit einer Kopfbewegung auf Graf Radunov. »Keine Ahnung, wie er ins Bild passt.«

»Das wüsste ich auch gern«, konterte Radunov. »Um welches Bild handelt es sich denn, wenn ich mir die Frage erlauben darf?«

»Evs Buch. Über den Schatz. Alding soll mit ihren übersinnlichen Kräften herausfinden, wo wir graben müssen. Ev verfasst täglich einen Bericht über unsere Fortschritte, und ich illustriere das Ganze. Liz soll sich ein flottes Cover für den Umschlag einfallen lassen, und Black John hat eine tolle Idee für seinen Thriller, wie er eben gesagt hat. Wie Sie sehen, sind wir ein perfektes kleines Team.«

»Scheint mir auch so. Weiß Mrs. Sabine, was Sie vorhaben?«

»Da bin ich mir nicht ganz sicher. Ich glaube, Ev wollte sie damit überraschen.«

»Das ist ihm bei mir jedenfalls hervorragend gelungen.«

Emma hatte nicht erwartet, dass die erste Bombe schon so früh platzen würde. Sollte sie Adelaide sofort über die dreisten Pläne unterrichten oder lieber erst abwarten, ob überhaupt etwas bei der Sache herauskam, was ihr höchst unwahrscheinlich erschien. Das Schlimmste, was passieren konnte, war, dass Wont oder einer seiner Verbündeten Informationen über die Schatzsuche an die Presse weitergab, um vorab ein wenig Medienpräsenz zu genießen, und sie sich dann mit einer Horde Sensationstouristen auf der Insel herumschlagen mussten.

Doch selbst das war wohl zu bewältigen. Vielleicht gelang es Vincent und seinen Helfern ja, die Invasion zu verhindern, bevor sie überhaupt begonnen hatte. Adelaides Familie hatte mit Pocapuk nicht viel am Hut, dazu war die Insel zu einsam und abgelegen, außerdem war es zu teuer, sie zu unterhalten. Der große Familiensitz der Pences in Connecticut gefiel ihnen bedeutend besser. Vermutlich würden sie die Insel zum Verkauf anbieten, sobald die alte Dame unter der Erde war. Vielleicht war es klüger, sie schon vor Adelaides Tod zu verkaufen. Auf diese Weise sparte man wenigstens die Erbschaftssteuer. Ein wenig Publicity und die alte Hoffnung, die immer erwachte, wenn von Piratenschätzen die Rede war, würde vielleicht dazu führen, dass die

Pences ein Riesenvermögen mit der Insel verdienten. Emma hielt es für das Beste, zunächst kühlen Kopf zu bewahren.

»Das klingt wirklich hochinteressant«, sagte sie. »Ich werde mich nicht einmischen, solange es nicht notwendig ist. Aber es wäre natürlich in Ihrem eigenen wie in Mrs. Sabines Interesse, das Projekt geheim zu halten. Sie werden hoffentlich keine Löcher auf dem Grundstück graben, ohne vorher die ausdrückliche Erlaubnis der Eigentümerin einzuholen. Und ohne dass absolut sicher ist, dass Sie keinerlei Schäden an Gebäuden, Gartenanlagen oder dem Faulbehälter anrichten. Soweit ich weiß, gibt es einen Hausmeister, der Ihnen genau sagen kann, was erlaubt ist und was nicht.«

Wont stellte seinen Krug unsanft ab und starrte sie durch seinen Bart hindurch an. »Und das bezeichnen Sie als *nicht einmischen*, Mrs. Kelling? Darf ich Sie daran erinnern, dass es sich um *mein* Projekt handelt?«

Wenn sie wollte, konnte Emma überzeugend die Grande Dame herauskehren. »Und darf ich Sie daran erinnern, Mr. Wont, dass Pocapuk nicht Ihre Insel ist? Ihnen ist anscheinend noch nicht aufgefallen, dass Sie bei der Organisation Ihrer Schatzsuche eine erstaunliche Anmaßung an den Tag legen. Sie haben Ihr Vorhaben Mrs. Sabine gegenüber mit keinem Wort erwähnt.« Sie wandte sich an die übrigen Personen. »War Ihnen bewusst, dass Mr. Wont keinerlei Autorisierung bei den Eigentümern eingeholt hat, als Sie sich auf dieses Projekt einließen?«

»Ev sagte, es würde schon alles in Ordnung gehen«, murmelte Groot.

»Mrs. Sabine hat uns schließlich eingeladen zu kommen«, warf Lisbet Quainley ein. »Ich habe einen sehr netten Brief von ihr erhalten.«

Während die anderen sprachen, hatte Mrs. Fath ein zuckerfreies Kaugummi aus ihrer geräumigen blauen Leinentasche gefischt und vorsichtig ausgewickelt. Sie faltete es in der Mitte, steckte es in den Mund, kaute zweimal und meldete sich zu Wort. »Der alten Dame ist es ohnehin egal. Sie hat vor, die Insel zu verkaufen.«

Wahrscheinlich hatte sie Recht, doch Emma hatte keine Lust, sich von dieser unheimlichen Vogelscheuche mittleren Alters die Entscheidung abnehmen zu lassen. »In diesem Fall wäre es doppelt wichtig für uns, die Insel möglichst unberührt zu lassen«, sagte sie.

»Verstehen Sie mich bitte nicht falsch, ich habe wirklich nicht das Geringste gegen Ihre Malerei oder Ihre schriftstellerische Tätigkeit, und über den angeblichen Schatz von Pocapuk wurde vermutlich schon eine Menge geschrieben. Ich glaube auch nicht, dass Mrs. Sabine etwas dagegen hätte, selbst wenn ich das Gefühl habe, dass sie die Piratengeschichte für erstunken und erlogen hält, wie dies bei derartigen Geschichten meist der Fall ist. Soweit ich weiß, hat man die Insel schon mehrfach auf den Kopf gestellt, ohne das Geringste zu finden. Ich halte es für unwahrscheinlich, dass Sie mehr Glück haben sollten als Ihre Vorgänger, wenn ich ehrlich sein soll. Aber ich bin mir durchaus der Tatsache bewusst, dass phantasievolle Autoren oft nur wenig Material benötigen, um spannende Geschichten zu konstruieren.«

Emma schenkte Everard Wont ihr freundlichstes Lächeln. »Und jetzt sollten wir uns besser um unser Gepäck kümmern. Wir nähern uns nämlich gerade Pocapuk Island.«

Die Fähre wurde langsamer und änderte ihren Kurs. Pocapuk Island, eine felsige, mit Kiefern bewachsene schmale Insel, kaum größer als einige der unbewohnten Inselchen, an denen sie vor kurzem vorbeigefahren waren, kam immer näher. Emma konnte schon den Pier sehen. Es stand jemand darauf, winkte jedoch nicht, sondern stand einfach nur bewegungslos da. Die Insel war nicht sehr flach, direkt hinter dem Pier begann ein sanft ansteigender Hügel. Bei ihrem letzten Besuch hatte Emma das Haus bei der Ankunft gut sehen können. Inzwischen waren die Kiefern so hoch, dass man durch die Äste nur ab und zu einen Blick auf das fleckig braune Holz erhaschte.

Emma konnte keine der Ferienhütten sehen. Sie befanden sich alle auf der Rückseite des Hauses, wo es damals eine steinige kleine Bucht gegeben hatte, in der man baden konnte, wenn einem das eisige Wasser nichts ausmachte. Die Brücke war sicher immer noch da. Irgendwie war es aufregend, an einer Insel anzulegen, auf der man, wenn auch nur für kurze Zeit, die Herrin war. Emma hoffte inständig, dass Everard Wont ihr nicht zu sehr den Nerv töten würde. Es war schlimm genug, dass er sie gezwungen hatte, ihn vor den anderen zurechtzuweisen, andererseits gab es keinen Grund, einen arroganten Flegel wie ihn mit Samthandschuhen anzufassen. Emma hätte gern gewusst, ob Adelaide schon einmal etwas Ähnliches widerfahren war.

Außerdem fragte sie sich, ob wohl einer der Anwesenden ihre Ledertasche gestohlen und in der Herrentoilette abgestellt hatte. Es hätte sie nicht überrascht, wenn Graf Radunov nicht nur der ehrliche Finder, sondern auch der hinterlistige Dieb gewesen wäre. Er hatte vielleicht nicht gewusst, dass sie ebenfalls nach Pocapuk fuhr. Er hatte sie vielleicht nur für eine ältere Dame gehalten, möglicherweise für eine Witwe, die ihre Reichtümer mit sich herumschleppte, und aus Prinzip beschlossen, sich ihr Gepäck ein wenig genauer anzusehen.

Trotzdem war Radunov sicher ein guter Gegenpol zu Everard Wont. Emma fragte sich, ob der zweifellos selbst ernannte Graf tatsächlich beabsichtigte, ein Buch zu schreiben. Aber warum eigentlich nicht? Das wollten fast alle Menschen, und allzu viele setzten ihre Absicht leider auch noch in die Tat um.

Die Fähre drosselte ihre Geschwindigkeit noch mehr und kam am Pier zum Stehen. Der Mann – es war tatsächlich ein Mann, und zwar ein ziemlich kräftiger – hob die Arme, um das Tau aufzufangen, das ihm einer der Matrosen zugeworfen hatte. Emma schaute sich ihre windzerzausten, sonnenverbrannten Mitreisenden an, sagte in ihrem üblichen Dinner-Party-Ton: »Sollen wir?« und machte sich bereit, an Land zu gehen. Sie hatte keine Lust, Everard Wont die Führung zu überlassen.

Adelaide hatte versprochen, Vincent anzurufen und ihn über ihre geänderten Pläne zu informieren. Anscheinend hatte sie ihr Versprechen gehalten, denn der stämmige Mann mittleren Alters in dem sauberen karierten Hemd und der Khakihose schien kein bisschen überrascht zu sein, Emma an Stelle seiner Arbeitgeberin zu sehen.

»Guten Tag«, begrüßte sie ihn. »Sie müssen Vincent sein.«

»Stimmt genau. Und Sie sind sicher Mrs. Kelling. Wohl die ganze Truppe im Schlepptau, was?«

»Ja, obwohl ich gar keine Ahnung davon hatte. Wir haben uns erst bei unserem letzten Stopp kennen gelernt. Mrs. Sabine hat mir erzählt, sie hätten die Cottages schon vorbereitet. Ich bin sicher, dass sich jeder so schnell wie möglich einrichten möchte.«

»Okay, wir kümmern uns drum. Sie gehn am besten schnurstracks hoch zum Haus, Mrs. Kelling. Eins von den Mädchen kann Ihnen beim Auspacken helfen, Ihre Sachen sind schon in Ihrem Zimmer. Die andern schmeißen ihr Gepäck am besten hier auf die Karre und folgen mir. Ich hab' die Liste, auf der steht, wer wo wohnt. Lassen Sie mich das doch tragen, Ma'am.«

Da die Männer und Miss Quainley schwer an Reiseschreibmaschinen, Kameras, großen Mappen, Malutensilien, zusammenklappbaren Stativen und anderen Kennzeichen ihrer jeweiligen Zunft zu tragen hatten, kämpfte Mrs. Fath einsam und allein mit ihrem riesigen blauen Vinylkoffer, zwei bis zum Bersten gefüllten Papiertragetaschen und einem kleinen viereckigen Gepäckstück. Wahrscheinlich transportierte sie darin ihre Kristallkugel, mutmaßte Emma.

»Dann sehen wir uns alle um sechs im Haupthaus. So hat man es hier bisher immer gehalten, nicht wahr, Vincent?«

»Genau. So is' es immer gewesen. Drinks um sechs, Dinner um sieben. Kommen Sie mit dem Gepäck klar, Mrs. Kelling?«

»Aber sicher. Die Tasche ist ganz leicht. Vielen Dank für das Angebot, Vincent.«

Emma war mit ihrem Hausmeister sehr zufrieden und nahm den Weg, der zum Haus hoch führte, weitaus glücklicher in Angriff als erwartet. Es war ein wunderschöner Weg, gesäumt von alten Eisenbahnschwellen und mit einer zentimeterdicken federnden Schicht aus herabgefallenen Kiefernnadeln bedeckt. Überall, wo es nötig erschien, waren Trittsteine in den Boden eingelassen. Alles wirkte malerisch und natürlich und ausgesprochen gepflegt.

Falls es auf dieser Insel wirklich einen Schatz gab, dachte Emma, dann war es Vincent. War Vincent eigentlich sein Vorname oder sein Familienname? Im Grunde war es egal, es war auf jeden Fall der Name, mit dem die Sabines ihn anredeten. Es lag Emma fern, den seit langem perfekt eingespielten Haushalt ausgerechnet in der wahrscheinlich letzten Saison durch irgendwelche Änderungen zu verwirren. Sie verspürte einen Anflug von Melancholie beim Gedanken, dass bald alles vorbei sein würde.

Doch als sie im Inneren des Hauses war, änderte sie ihre Meinung. Alles in dem riesigen Wohnzimmer war makellos sauber und aufgeräumt, alles war gemütlich und geräumig, alles stimmte genau und erfüllte perfekt seinen Zweck. Jemand mit einem hervorragenden Sinn für effektvolle Gestaltung hatte große Krüge mit Schnittblumen platziert. Oder jemand, der genau wusste, wo ähnliche Arrangements immer schon gestanden hatten. Aber alles war alt, nicht im Sinne von antik oder schäbig, sondern müde und erschöpft, genau wie die Eigentümerin. Kein Wunder, dass Adelaide nicht bedauerte, diesmal nicht hier sein zu können. Sie hatte sicher schon viel zu viele ewig gleiche Sommer hier verbracht. Wäre es ihr Haus, hätte Emma möglicherweise kurzentschlossen den ganzen Kasten abreißen lassen und noch einmal von vorn angefangen.

Doch da kam ein junges Mädchen, das nach Emmas Schätzung kaum älter als vierzehn sein konnte, mit einer sich pellenden Nase und einer Frisur, die anscheinend von Medusa inspiriert worden war. Sie trug ein knallgelbes Sweatshirt mit einem großen Schlumpf auf der Brust, dazu die unvermeidlichen Blue Jeans und schenkte ihr das strahlendste Lächeln, das man sich überhaupt vorstellen konnte.

»Hi, Mrs. Kelling. Ich bin Sandy. Wenn Sie mit raufkommen, zeige ich Ihnen Ihr Zimmer. Es wird Ihnen bestimmt super gefallen! Sind Sie zum ersten Mal auf der Insel? Kann ich Ihnen ’ne

Tasse Tee oder sowas holen? Soll ich Ihnen beim Auspacken helfen?«

Emma sagte, sie sei vor vielen Jahren schon einmal hier gewesen. Ja, sie würde sich über eine Tasse Tee freuen, und ja, es wäre sehr nett, wenn Sandy ihr beim Auspacken helfen würde, nicht weil sie es allein nicht geschafft hätte, sondern weil Sandy offenbar darauf brannte, ihr zu helfen. Emma überließ Sandy die alte Reisetasche und folgte ihr die Treppe hinauf.

RHENANIA BuchVersand
Geschäftsleitung

Liebe Rhenania-Kundin, lieber Rhenania-Kunde,

vielen Dank für Ihre Geduld! Leider mußten Sie länger als sonst üblich auf Ihre Lieferung warten.

Für diese lange Wartezeit bitten wir Sie höflich um Entschuldigung und schenken Ihnen als kleinen Trost einen spannenden DuMont Krimi.

Aus betrieblichen Gründen mußten wir vorübergehend den Standort unseres Lagers wechseln. So kam es stellenweise zu Verzögerungen, von denen Ihre Lieferung leider betroffen war. Sämtliche Schwierigkeiten sind in Kürze behoben, so daß wir Sie zukünftig wieder wie gewohnt schnell und zuverlässig beliefern werden.

Doch zunächst wünsche ich Ihnen spannende Lesestunden mit Ihrem neuen Krimi.

Mit freundlichen Grüßen aus Koblenz

Ihr Frederik Palm

Kapitel 5

Es fiel Emma nicht schwer, Sandys Enthusiasmus für das ihr zugedachte Zimmer zu teilen. Es hatte genau die richtige Größe, weder riesig wie eine Scheune noch eng wie ein Hühnerstall, und strahlte mit seinen weißen Wänden, grünen Weidenstühlen und verblichenem Chintz einen ganz besonderen Charme aus. Natürlich gab es bei den Sabines keine farbig gestrichenen Dielen und bunten Flickenteppiche. Einige in die Jahre gekommene verblasste Kirmanteppiche genügten, um dem Parkett die Kälte zu nehmen. Sandy öffnete die großen Fenster und ließ den Geruch des Meeres ins Zimmer. Die altmodischen lackierten Fliegengitter ließen die Aussicht ein wenig verschwommen erscheinen, doch der Blick war immer noch atemberaubend.

Ihr Fenster ging auf die Inselseite mit dem Weg hinaus, den sie eben erst hochgekommen war, und man sah das Dock und ein riesiges Stück Atlantik. Jetzt lag nichts mehr zwischen ihr und Spanien. Oder war es Frankreich? Ganz egal, welches Land es war, allein der Gedanke war schon überaus angenehm. Trotzdem ging Emma zum Fenster und schloss es bis auf einen schmalen Spalt. Die Luft fühlte sich ein wenig klamm an, wie dies auf kleinen Inseln oft der Fall ist. Zu ihrer großen Erleichterung entdeckte sie eine Heizung, die aussah, als funktioniere sie einwandfrei, und die strategisch günstig links neben einem gemütlichen Schaukelstuhl mit dicken Kissen angebracht war. Daneben stand ein praktischer Lampentisch in genau der richtigen Größe.

Das Zimmer war ein angenehmes Refugium, in das man sich zurückziehen konnte, wenn man von der langweiligen Perfektion des Erdgeschosses genug hatte, dachte sie. Sie musste sich unbedingt ein paar Bücher hochholen. Emma überlegte gerade, ob man die Möbel ein wenig effizienter platzieren sollte, als Sandy auch schon mit einem liebevoll mit Köstlichkeiten beladenen Teetablett erschien.

»Ah, das ist gut«, sagte sie. »Das ging aber schnell, Liebes.«

Es bestand nicht der geringste Grund, dieses fröhliche Wesen wie eine Dienstbotin zu behandeln, daher beschloss Emma, Sandy einfach als eine temporäre Enkelin anzusehen.

»Bubbles – das ist unser Koch – hatte alles schon vorbereitet, Mrs. Kelling. Er hat sofort den Wasserkessel aufgesetzt, als er die Schiffssirene gehört hat. Die Sandwiches sind mit Lachs belegt. Bubbles hat ihn gestern frisch gefangen. Dazu Gurke und ein bisschen frischer Dill, den er bei sich zu Hause im Gewächshaus zieht. Aber wenn Sie das alles nicht mögen, macht er Ihnen auch gern was anderes. Was halten Sie davon, wenn ich das Tablett einfach hier lasse und den Stuhl umdrehe, damit Sie beim Essen nach draußen aufs Wasser sehen können? Soll ich schon einschenken?«

»Danke, das schaffe ich schon«, antwortete Emma, als Sandy ihr endlich Gelegenheit gab, auch etwas zu sagen. »Wunderbar. Ich bin halb verhungert. Bist du so lieb und öffnest den großen Koffer für mich? Und vielleicht könntest du schon anfangen, die Kleider in den Schrank zu hängen?«

Sie hielt es für das Beste, die unerschöpfliche Energie dieses kleinen Wirbelwindes konstruktiv zu nutzen. Emma hatte eigentlich für einen Tag schon genug Wasser gesehen. Dennoch setzte sie sich in den Sessel, den Sarah ihr vor das Fenster geschoben hatte, nippte an ihrem Tee, stellte fest, dass er wie erwartet genau richtig schmeckte, und probierte die Sandwiches. Absolut perfekt, selbst Mrs. Heatherstone hätte es nicht besser machen können. Es gab auch heiße Scones in einer Serviette, dazu Johannisbeerkonfitüre und echte Clotted Cream. Wo in aller Welt bekam Bubbles hier auf der Insel frische Clotted Cream her?

Wahrscheinlich hielt er sich eine Seekuh in einer Bucht und melkte sie höchstpersönlich. Diese Hypothese hätte von Emmas Enkelin stammen können. Jammerschade, dass Klein-Em nicht mitgekommen war, sie hätte sich mit Sandy bestimmt bestens verstanden. Und zweifellos Vincents ganzes System durcheinander gebracht, so dass er das arme Kind zum Schluss wahrscheinlich gefeuert hätte. Sandy widmete sich ihrer neuesten Aufgabe mit sichtlicher Begeisterung. Sie konnte sich gar nicht einkriegen über die schönen bestickten Seidenblusen, die Emma für die Abendgarderobe mitgebracht hatte, und gab sich redlich Mühe, sie sorgfältig auf die gepolsterten Bügel zu hängen. Emma bedauerte, dass sie nicht wenigstens ein oder zwei wirklich elegante Abendkleider dabei hatte, wenn auch nur, um Sandy beim Auspacken zuzusehen. Sie hatte ja nicht ahnen können, dass man ihr eine persönliche Kammerzofe zugedacht hatte. Dieser Haushalt war selbst ohne die Hausherrin hervorragend organisiert.

Als Emma mit ihrem Tee fertig war, hatte Sandy alle Koffer geleert. Nachthemden, Dessous und Strümpfe ruhten fein säuberlich in den Schubladen, die Schuhe standen im Schrank. Emmas Toilettensachen hatte das Mädchen auf dem Frisiertisch in dem geräumigen Badezimmer aufgestellt, das Emma Gott sei Dank mit niemandem zu teilen brauchte.

»Kann ich sonst noch was für Sie tun, Mrs. Kelling?« Sandy verspürte anscheinend noch keine Lust zu gehen.

Emma war da anderer Meinung. »Würdest du bitte das Tablett mitnehmen? Ich möchte mich gern ein bisschen hinlegen, bevor ich mich umziehe und wieder nach unten komme.«

»Alles klar! Möchten Sie ein Negligé?«

Wenn es Sandy Freude machte, solide maßgeschneiderte Gewänder als Negligé zu bezeichnen, würde Emma ihr nicht widersprechen. »Ja, das weiche blaue, bitte. Mir wird allmählich ein wenig kühl.«

»Ich kann die Heizung anmachen.«

»Nicht nötig. Ein heißes Bad wird mich schon aufwärmen.«

»Soll ich das Wasser schon einlaufen lassen?«

»Nein, vielen Dank, noch nicht.«

Selbst Sandy merkte, wenn sie unerwünscht war. »Okay. Rufen Sie einfach, wenn Sie mich brauchen.«

Mit offenkundigem Bedauern nahm das Mädchen das Tablett und ließ Emma allein. Emma schlüpfte aus ihrer Reisekleidung, zog das blaue Gewand an und machte es sich auf der Chaiselongue unter dem Fenster bequem. Eigentlich durfte sie nach dem unfreiwilligen Nickerchen auf der Fähre nicht mehr müde sein, doch ihr Kopf schmerzte immer noch, wahrscheinlich von dem Mittel, das man ihr verabreicht hatte, und sie war erschöpft von der abwechselnd langweiligen und aufregenden Reise. Wahrscheinlich würde sie sich nach einem ordentlichen Bad besser fühlen. Es war undenkbar, dass Vincent nicht genug heißes Wasser für sie im Tank hatte, und falls doch nicht, würde Bubbles sicher auf dem Herd Wasser heiß machen. Und Sandy würde es freudestrahlend krügeweise nach oben schleppen wie die abgearbeiteten Mägde vergangener Zeiten.

Emma musste sich unbedingt mit Bubbles über den Speisezettel für den nächsten Tag unterhalten. Vielleicht aber auch nicht. Möglicherweise arbeitete er nach einem festgelegten Schema, das sich seit vielen Jahren bewährt hatte. Heute Abend gab es bestimmt irgendein Hummergericht. Gäste, die gerade an einem Ort wie diesem eingetroffen waren, erwarteten am ersten Abend immer Hummer. Sicher war er nicht einfach nur gekocht, das passte eher zu einem Picknick am Strand, allerdings musste der Abend dafür ein wenig wärmer sein.

Hummer Thermidor vielleicht oder eine Hummercremesuppe, gefolgt von einem einfachen, aber guten Gericht wie Hühnchen Cordon bleu und frischem Spargel. Letzteres wäre Emmas Wahl gewesen, auch wenn sie nach Bubbles köstlichem Tee kaum noch Hunger verspürte. Doch bekannterweise wirkt Meerluft appetitanregend. Sie sann noch eine Weile über ihre Taille nach, entschied, dass sie zu alt war, um sich über derartige Dinge den Kopf zu zerbrechen, wärmte ihre Füße mit einer lila Mohairdecke, lag da und fragte sich, wie der Sommer auf der Insel wohl aussehen würde.

Es war noch zu früh, sich ein Bild von Adelaides Gästen zu machen. Oder vielmehr Emmas Gästen. Was hatte Adelaide nur veranlasst, dem prätentiösen Schreiberling Wont die Auswahl der übrigen Gäste zu überlassen? Offenbar hatte sie sein letztes Buch nicht gelesen.

Man sollte Adelaide zumindest anrufen und ihr mitteilen, dass alle Sommergäste sicher eingetroffen waren, dachte Emma. Das erledigte sie am besten, wenn sie zum Dinner nach unten ging. Hier in ihrem Zimmer sah sie kein Telefon, doch das hatte sie auch nicht erwartet. Vielleicht gab es irgendwo im Haus eine Art Funkgerät, so ähnlich wie das Ding, das sie und Bed damals auf dem Boot gehabt hatten. Vincent würde es ihr sicher zeigen. Vielleicht hatte er seine Arbeitgeberin auch bereits selbst angerufen. Es würde Emma nicht sonderlich überraschen.

Hoffentlich hatten die Gäste ihm nicht zu viele Umstände gemacht. Wont war bestimmt eine erstklassige Nervensäge, doch Vincent war mit den Vertretern dieser Gattung sicher hinreichend vertraut. Das eigentliche Problem war Mrs. Fath.

Emma wusste natürlich genau, wie diese so genannten Medien arbeiteten. Sie hatten Komplizen, die alle möglichen unwichtigen Informationen über einen zusammentrugen, die Frau Hellseherin dann im geeigneten Moment höchst effektvoll zur Verblüffung ihrer Zuhörer einflechten konnte. Mrs. Fath hatte sicher im Rahmen ihrer Reisevorbereitung jemanden auf Adelaide Sabine angesetzt. Der Spion war Adelaide zum Wohltätigkeitsfest der Feuerwehr gefolgt und hatte im Zelt das Gespräch zwischen ihr und Emma belauscht. Bei den vielen Menschen dürfte das nicht sonderlich schwierig gewesen sein. Und nachdem Emma sich bereit erklärt hatte, für Adelaide einzuspringen, war natürlich sie das Objekt der Recherchen geworden.

Vielleicht hatte Mrs. Fath auch Emmas Tasche auf der Fähre gestohlen, in der Hoffnung darin ein wenig neue Nahrung für ihre übersinnlichen Kräfte zu finden. Die Tatsache, dass sie von Beds Foto wusste, erklärte sich möglicherweise daraus, dass sie heimlich einen Blick in Emmas Tasche geworfen hatte. Dazu hätte sie ganz schön dreist sein müssen, doch waren Medien nicht bekanntermaßen Spezialisten für Taschenspielertricks und Gaukeleien? Manche konnten sogar mit der Nase Trompete spielen und mit Kleiderbügelhaken, die sie im Ärmel versteckt hatten, auf Schiefertafeln schreiben und dergleichen.

Mrs. Fath sah zwar nicht aus, als liefe sie mit einem Drahthaken im Ärmel herum, doch war geschickte Tarnung nicht ein wichtiger Teil der Täuschung? Um Emma Kelling wirklich zu überzeugen, musste Alding Fath mehr vorweisen als ein Jeanskostüm, einen albernen Baumwollhut und ein paar Orakelsätze.

Eigentlich schade. Gespräche mit interessanten Männern mochten noch so unterhaltsam sein, die besten Ansprechpartner waren und blieben doch Frauen. Bei Lisbeth Quainley hatte Emma leider noch nichts potenziell Sympathisches entdecken können. Mrs. Fath dagegen schien jemand zu sein, mit dem sie zwar wenig gemeinsam hatte, aber sicher gemütlich bei einer Kanne Tee sitzen und über Gott und die Welt plaudern konnte. Falls man sich überhaupt in der Gegenwart eines Menschen entspannen konnte, der sich jede klitzekleine Kleinigkeit merkte, um sie irgendwann im richtigen Moment wieder hervorzubringen.

Wenn man ein gewissenloser Schurke wie Jem Kelling und seine Kumpane war, konnte man die selbst ernannte Sibylle aus Spaß mit unerhörten Falschinformationen versorgen und gespannt abwarten, wann diese wieder auftauchten. Emma versuchte, sich ein paar phantastische Lügen auszudenken, doch sie war noch nie gut im Flunkern gewesen. Genauso gut konnte sie einfach hier liegen bleiben und ihre Gedanken treiben lassen. Wen störte es schon, wenn sie für ein paar Minuten ins Schlummerland abdrifteten?

Emma war sich vage bewusst, dass sie einen faszinierenden Traum hatte. Sie befand sich in einem fremden Haus auf einer kleinen Insel und ruhte auf einer altmodischen grünen Chaiselongue aus Weidengeflecht mit ausgeblichenem lila Chintzbezug. Durch die Fenster neben sich konnte sie einen Pier sehen, der sich bis ins Meer erstreckte. Am Ende dieses Piers stand ein Pirat. Sie wusste genau, dass es ein Pirat war, denn er trug hautenge schwarze Hosen und Stiefel, einen breiten Gürtel, wahrscheinlich für seine Pistolen und Messer, und hatte ein rotes Tuch um den Kopf gebunden.

Emma hätte statt Kopftuch lieber einen Zweispitz mit einem Totenschädel und gekreuzten Knochen auf der hochgebogenen

Krempe gesehen, doch leider konnte man seine Träume nicht immer genau so gestalten wie es einem gefiel. Aber wenigstens hatte er einen dichten schwarzen Bart, genau wie der abscheuliche Mann, den sie auf der Fähre getroffen hatte. Da keine brennenden Kerzen darin steckten, konnte er kaum der berühmte Blackbeard sein. Oder hieß er Blaubart? Nein, Blaubart war der Mensch, der ständig seine Frauen umgebracht hatte. Meine Güte, was für ein verrückter Traum. Sie konnte sogar das Salzwasser riechen und die Glätte des Chintzstoffes spüren. Jetzt fühlte sie sogar, wie sie sich aufsetzte.

Emma saß tatsächlich aufrecht und befand sich mitnichten in einem Traum. Der Pirat war verschwunden, hatte sich einfach vom Pier aus ins Wasser gleiten lassen, und sie wünschte, er fröre sich seinen – nein, Emma war eine anständige Frau, die derartige Wünsche nicht einmal zu denken wagte. Der vermeintliche Blackbeard war natürlich dieser lächerliche Everard Wont gewesen, der seinen Auftritt als Pirategeist probte, um eine alte Dame, die sich über sein albernes Buch lustig gemacht hatte, damit zu Tode zu erschrecken.

Emma riss sich zusammen. Vielleicht hatte Wont nur für eine Skizze posiert, damit Mr. Groot schon mit der Illustration anfangen konnte. Ein Motiv, das durchaus verständlich und sogar lobenswert war. Man durfte sich von persönlichen Vorurteilen nicht zu voreiligen Schlüssen hinreißen lassen. Die Tatsache, dass Wont sich von den Brüdern des Geselligen Kabeljaus hatte hereinlegen lassen, bedeutete noch lange nicht, dass er ein Dummkopf oder Schurke war.

Oder vielleicht doch? Emma begab sich ins Badezimmer und ließ heißes Wasser für ein Bad ein. Sie schloss die Tür hinter sich ab, damit die kleine Sandy nicht plötzlich hereingeschneit kam und sich erbot, ihr den Rücken zu schrubben. Wie hatte es der verstorbene Ralph Bergengren noch so treffend ausgedrückt? »Dinieren kann man mit der Welt, aber baden sollte man allein.«

Emma genoss ihr Bad, machte sich zurecht und schlüpfte in einen ihrer langen Samtröcke. Er hatte einen ungewöhnlichen matten Altrosaton, der an die getrockneten Blüten erinnerte, die man so oft in Potpourri-Schalen sah. Die Farbe harmonierte hervorragend mit der gedämpften Atmosphäre des langsamen Verfalls, den das Haus der Sabines ausstrahlte.

Dazu passte eine ihrer bestickten Seidenblusen, ebenfalls in Altrosa, aber nicht zu grell. Emma liebte dezente, zarte Farben. Alles Tarnung, behauptete Fred Kelling, wie die Streifen eines bengalischen Tigers. Fred war ein komischer alter Kauz, dachte sie liebevoll. Siebzig Jahre lang hatte er den unerreichbaren Junggesellen gespielt und war dann urplötzlich mit Jenicot Tippletons attraktiver Mutter durchgebrannt, weil er der Meinung war, dass Jack Tippleton sie nicht verdiene. Womit er durchaus Recht hatte. Jack wehrte sich nach wie vor gegen die Scheidung, daher lebten Fred und Martha einfach so zusammen. Emmas Segen hatten sie. Emma warf einen letzten Blick in den Spiegel mit dem geflochtenen Weidenrahmen, war mit ihrem Spiegelbild zufrieden und steckte sich ihre Perlenohrringe an. Heute Abend hatte sie keine Lust, die kunstvollen Spielereien ihrer Enkelin zu tragen.

Der Schal aus feinem Musselin mit den riesigen Pfingstrosenblüten, ebenfalls in gedämpften Rosa- und Rottönen, verlieh ihrem Aufzug den nötigen Boheme-Touch. Die Zimmer im unteren Stockwerk waren bestimmt kühl und zugig, wenn die Sonne untergegangen war. Doch jetzt sollte sie endlich aufhören herumzutrödeln und sich nach unten begeben, um noch in Ruhe mit Vincent reden zu können, bevor die Gäste eintrudelten.

Der Hausmeister hatte anscheinend genau dieselbe Idee, denn er war sofort zur Stelle, als sie den Fuß ins Wohnzimmer setzte. »Darf ich Ihnen etwas zu trinken holen, Mrs. Kelling?«

»Nein danke, noch nicht«, antwortete sie. »Ich warte lieber, bis die anderen hier sind. Aber ich würde mich gern kurz mit Ihnen unterhalten, wenn Sie die Zeit erübrigen können.«

»Klar kann ich das. Ich bin heute Abend nur der Barkeeper.«

»Gut. Zuerst hätte ich gern gewusst, ob Sie Mrs. Sabine schon angerufen haben, um ihr mitzuteilen, dass alle gut angekommen sind. Falls nicht, würde ich das gern übernehmen. Sie müssen mir nur zeigen, wie ich es bewerkstelligen kann.«

»Kein Problem. Sehen Sie selbst.«

Vincent fischte einen Schlüsselbund aus der Tasche, zeigte ihr einen kleinen Messingschlüssel und steckte ihn in das Schloss eines chinesischen Lackkabinetts, das Emma bis zu diesem Moment für einen Barschrank gehalten hatte. Darin befand sich ein ganz gewöhnliches Telefon, wenn man denn poliertes Messing und Perlmutt als gewöhnlich bezeichnen konnte. Es funktioniere drahtlos über einen Sender auf dem Festland, erklärte Vincent.

»Aber wie können Sie hören, wenn es klingelt?« erkundigte sich Emma. »Das Holzschränkchen erstickt doch bestimmt jedes Geräusch.«

»Richtig. Deshalb haben wir 'ne Nebenstelle in der Küche. Wenn jemand für Sie anruft, sagen wir Ihnen sofort Bescheid. In der Küche ist immer jemand. Den Gäste verraten wir normalerweise gar nicht erst, dass es ein Telefon gibt. Nur wenn's unbedingt nötig ist. Wenn sie es doch rausfinden, sagen wir immer, es muss eingeschlossen bleiben, weil es sonst durch die feuchte Luft verrostet«, erklärte er. »Aber eigentlich ist es nur hier drin, damit die Gäste Mrs. Sabine nicht arm telefonieren. Einigen von denen ist das nämlich schnurzegal. Ich hab' übrigens tatsächlich schon angerufen. Mrs. Sabine schlief gerade, aber Mrs. Pence hat gesagt, dass sie ihrer Mutter sofort Bescheid sagt, wenn sie wieder wach ist. Sie hat versprochen, dass sie Ihre Familie anruft, damit Sie das nicht brauchen. Es sei denn, sie wollen es selbst tun.«

»Dann kann ich mir den Anruf ja sparen«, erwiderte Emma. »Kein Grund, hier die Telefonrechnung in die Höhe zu treiben. Reichlich spät für ein Mittagsschläfchen. Hoffentlich hatte Mrs. Sabine nicht wieder einen ihrer Schwächeanfälle. Hat Mrs. Pence etwas davon gesagt?«

»Sie klang nicht gerade glücklich.« Vincent auch nicht.

»Ach herrje.« Emma hätte gern eine aufmunternde Bemerkung gemacht, doch ihr fiel nichts Passendes ein. »Nun ja, wir müssen halt versuchen, sie nicht unnötig zu belasten, egal was hier auch passieren mag. Sicher haben Sie nichts dagegen, wenn ich mich stattdessen an Sie wende.«

»Dafür bin ich schließlich hier.«

»Ich nehme an, die Gäste sind zu ihrer Zufriedenheit untergebracht. War einer von ihnen schon früher hier?«

»Nein, alles Neue.«

»Ich muss zugeben, dass ich ein wenig verwirrt bin. Mrs. Sabine hat mir mitgeteilt, sie habe Dr. Wont das Aufstellen der Gästeliste überlassen, doch irgendwie habe ich den Eindruck, dass sie ihn gar nicht besonders gut kennt.«

»Vielleicht ist er mit ihrem Schwiegersohn befreundet.«

Emma kannte Parker Pence ziemlich gut. Er war Mitglied ihres Orchesters. Parker interessierte sich ausschließlich für seine Familie, seine Geldanlagen, Golf, Bridge und seine Kesselpauke. Seine Freunde waren entweder Mitglieder des Orchesters, des Bridgeclubs oder des Country Clubs. Wont war möglicherweise einer von Parkers Kunden, aber auch das gab ihm nicht das Recht, sich anzumaßen, die philanthropischen Wagnisse von Parkers Schwiegermutter nach eigenem Gutdünken zu regeln.

Doch es stand ihr kaum an, mit Adelaides Dienstboten über Adelaides Sommergäste zu sprechen, auch wenn dieser salzgegerbte Koloss sehr wenig von einem Dienstboten hatte. »Ich möchte auf keinen Fall Mrs. Sabines Entscheidungen in Frage stellen«, erklärte sie. »Ich bin nur ein wenig beunruhigt darüber, dass sie anscheinend nichts von den Gründen weiß, die Dr. Wont veranlasst haben, ausgerechnet diese Personen einzuladen. Wissen Sie, dass er eine Schatzsuche plant?«

»Nein!« Vincent war genauso wenig angetan von dieser Aussicht wie sie. »Was meinen Sie mit Schatzsuche?«

»Wenn das, was man mir auf der Fähre gesagt hat, stimmt, soll Mrs. Fath mit Hilfe ihrer übersinnlichen Kräfte feststellen, wo Pocapuks Piratenschatz vergraben liegt. Sie ist eine Art Hellseherin, aber vielleicht hat sie Ihnen ja schon die Zukunft vorausgesagt.«

»Bisher nicht.«

»Dr. Wont will eine Art Dokumentation über die Schatzsuche schreiben. Miss Quainley und Mr. Groot sollen das Werk illustrieren. Mr. Sendick beabsichtigt ebenfalls, ein Buch zu schreiben, allerdings ein fiktionales Werk.«

»Was Wonts Buch nicht ist. Na ja. Und was hat Graf Radunov mit alledem zu tun?«

»Radunov gehört anscheinend nicht zu Wonts Gruppe. Er ist lediglich der Freund eines Freundes von Mrs. Sabines Schwiegersohn. Er hat mir erzählt, dass er einen faszinierenden Bestseller schreiben und reich werden will. Allerdings nicht über den Schatz von Pocapuk.«

Vincent stieß ein Schnauben aus, das möglicherweise in Wirklichkeit ein Lachen war. »Dann wär' er der Erste, der damit richtig absahnt. Wont will doch nicht etwa die Insel umgraben, oder?«

»Nicht, so lange ich es verhindern kann. Ich habe ihm bereits klar gemacht, dass er nichts anrühren darf, bevor er nicht Mrs. Sabine um Erlaubnis gefragt hat. Und selbst wenn sie es erlauben sollte, müssen immer noch Sie entscheiden, ob an der Stelle, die Mrs. Fath auserkoren hat, tatsächlich gegraben werden darf. Ich finde die ganze Geschichte mehr als absurd, aber ich glaube nicht, dass dabei ernsthafter Schaden angerichtet werden kann. Ich weiß ein wenig darüber, wie Dr. Wont zu recherchieren pflegt. Daher nehme ich an, dass er lediglich eine lange Aufzählung der früheren Grabungsversuche macht, die Einleitung so lang wie möglich gestaltet und eine kleine Probegrabung an einer besonders malerischen Stelle vornimmt. Dabei findet er dann zufällig ein paar hübsche Stücke und diverse kleine Piratenutensilien.«

»Wie ist das möglich?«

»Das ist wahrscheinlich ganz einfach. Mrs. Faths hilfreiche Geister haben bestimmt sicherheitshalber ein oder zwei Kleinigkeiten mitgebracht.« Emma stellte mit einiger Genugtuung fest, dass Vincent sie anscheinend interessanter fand, als er bisher gedacht hatte.

»Ah ja. Und was dann?«

»Dann werden die bösen Piratengeister die armen Schatzgräber vertreiben. Dr. Wont war bereits auf dem Pier und hat sein Piratenkostüm ausprobiert. Und dabei einige Spezialeffekte einstudiert. Oder vielleicht auch nur für Mr. Groot posiert. Ich habe ihn leider nur ganz kurz gesehen.«

»Wann genau war das, Mrs. Kelling?«

»So um fünf Uhr, vielleicht auch noch etwas früher.«

Vincent schüttelte den Kopf. »Das kann er nicht gewesen sein. Vielleicht war's doch eins von den Gespenstern.«

Kapitel 6

Emma straffte ihren Rücken, schob das Kinn vor und blickte dem Hausmeister fest in die Augen. »Ich bin keine verschrobene alte Frau, Vincent. Machen Sie bitte nicht den Fehler, das zu glauben.«

Vielleicht errötete er ein wenig, Emma konnte es nicht so genau sehen. »Ich hab' nur gesagt, dass Sie Mr. Wont gegen fünf nich' auf dem Pier gesehen haben können. Da war ich nämlich in seiner Hütte, und zwar schon 'ne halbe Stunde lang. Ich hab' versucht, 'ne kaputte Lampe zu reparieren. Er hat die ganze Zeit hinter mir gestanden und mir verklickert, was ich alles falsch mache. Wenn er gegangen wär' und mich in Ruhe meine Arbeit hätte machen lassen, wär' ich verdammt viel schneller fertig gewesen. Aber leider war er die ganze Zeit da. Von den anderen kann's auch keiner gewesen sein. Die lagen nämlich alle unten an der Bucht in ihren Liegestühlen und tranken Cola und sowas aus 'ner Kühltasche. Ich konnte sie durchs Fenster genau sehen. Bloß die Hellseherin fehlte. Die saß auf ihrer Veranda in 'nem Schaukelstuhl und machte irgendwas Komisches. Aber ich kann mir schlecht vorstellen, dass Sie die beiden verwechselt haben.«

»Dann muss ich ihn offensichtlich mit jemand anderem verwechselt haben. Wer es auch war, er hatte einen dichten schwarzen Bart wie Dr. Wont, war groß und dürr wie er und trug ein – oh!«

»Was is' denn, Mrs. Kelling?«

»Ich dachte die ganze Zeit, er hätte ein Piratenkostüm getragen, aber vielleicht war es auch ein Taucheranzug. Er war schwarz und eng anliegend, und der Mann trug irgendetwas Rotes auf dem Kopf. Wahrscheinlich habe ich phantasiert und schwarze Stiefel, enge Hosen und ein rotes Tuch gesehen, weil ich die Piratengeschichten noch im Kopf hatte. Der Taxifahrer, der mich zur Fähre gebracht hat, erzählte mir von Pocapuk und den spanischen Matrosen, die er umgebracht haben soll, damit sie den Schatz bewachen. Außerdem habe ich mir natürlich Gedanken über Dr. Wonts Projekt gemacht.«

»Wär' der erste Sommer, in dem nicht irgendwer ein oder zwei Piraten sichtet.« Falls Vincent sich über sie lustig machte, zeigte er es nicht. »Und wo is' der Kerl hin? Is' er den Pier hochgekommen?«

»Nein«, sagte Emma. »Ich glaube, er ist rückwärts ins Wasser geglitten. Erst war er da, und dann war er plötzlich weg.«

»Ham Sie sich darüber nich' gewundert?«

»Eigentlich nicht. Wie ich bereits erwähnte, war ich der Meinung, dass Dr. Wont für sein Projekt probte. Wenn ich ehrlich sein soll, war ich weniger verwundert als verärgert, dass er Sie nicht mal um Erlaubnis gefragt hatte und einfach weitermachte. Was wieder einmal zeigt, wie töricht es ist, voreilige Schlüsse zu ziehen. Könnte es vielleicht einer der Angestellten gewesen sein, der ein kleines Tauchpäuschen eingelegt hat?«

»Unmöglich. Hier macht keiner Pause, ohne mich vorher zu fragen. Außerdem kann keiner von ihnen tauchen. Ham Sie irgendwo in der Nähe 'n Boot gesehen?«

»Nein, nichts dergleichen, aber Sie wissen ja, dass meine Fenster alle nach vorne hinausgehen. Meinen Sie, wir sollten uns nach einem Eindringling umsehen? Falls Sie sich selbst darum kümmern möchten, könnte ich Sie hier bei den Getränken vertreten.«

»Nich' nötig. Ich schick' einen der Jungs.«

»Wo sind die anderen eigentlich? Ich habe bisher nur Sandy getroffen. Ein reizendes Mädchen, übrigens. Wie alt ist sie?«

Vincent gab sich Mühe, seinen Stolz über das Lob zu verbergen. »Im Februar dreizehn geworden. Sie is' meine Jüngste.«

»Dann sind Sie ein beneidenswerter Vater. Lebt Sandy hier auf der Insel?«

»Momentan ja. Zusammen mit ihrer Freundin Bernice. Meine Frau ist weg zu 'ner Ausgrabung, und die beiden großen Jungs sind den größten Teil des Tages mit ihrem Onkel beim Hummerfangen. Neil ist fünfzehneinhalb und arbeitet auch hier. Ich wollte nich', dass sie den ganzen Sommer allein rumhängen. Dachte mir, es tut ihnen sicher gut, wenn sie hier was zu tun haben und ich 'n Auge auf sie werfen kann.«

»Sehr vernünftig. Nach was gräbt Ihre Frau denn?« Emma hätte beinahe »Nach Piratenschätzen?« hinzugefügt, verkniff sich die Frage jedoch.

»Mayastädte. Sie is' Dozentin für Archäologie am College. Wird nich' gut bezahlt, aber macht ihr Spaß. Wir haben noch 'n paar Minuten Zeit, falls Sie den Rest der Crew kennen lernen wollen. Sie essen grade in der Küche.«

»Ich möchte den Koch auf keinen Fall inkommodieren.«

Vincent schien es herzlich egal zu sein, ob sein Koch inkommodiert wurde oder nicht. Er führte Emma durch das Esszimmer, wo der Tisch bereits mit elegantem Silberbesteck und Wedgewood Porzellan mit maritimem Muster gedeckt war. Durch eine Schwingtüre gelangten sie ins Servierzimmer und von dort in die geräumige Küche.

Am Herd stand ein kräftiger, rothaariger Mann, der nicht nur die übliche weiße Baumwollhose mit passender Jacke trug, sondern auch eine Kochmütze, die er so zurechtgerückt hatte, dass die Spitze keck über seinem rechten Ohr hing. Er war damit beschäftigt, etwas in einem Topf umzurühren. Hummercremesuppe, sagte Emmas Nase. Dann hatte sie also mit ihrer Vermutung, was das Abendessen betraf, richtig gelegen.

In einer anderen Ecke des Raumes stand ein blank gescheuerter Tisch aus Kiefernholz. Dort saßen Sandy und ihre Freundin Bernice, ein rothaariger Teenager, bei dem es sich wahrscheinlich um Neil handelte, ein gut aussehender junger Mann um die zwanzig, und ein älterer Mann mit einem buschigen schwarzen Bart, der dem von Dr. Wont ähnelte. Sie aßen Fischsuppe aus dickwandigen weißen Schalen, erhoben sich jedoch sofort, als Emma den Raum betrat, allen voran Sandy.

»Oh! Mrs. Kelling! Sie sehen ja aus wie eine gute Fee! Findest du nicht auch, dass sie einfach toll aussieht, Bern?«

»Jetzt reicht's aber, Sandy.« Vincent wirkte verstimmt, auch wenn er sich bemühte, es sich nicht anmerken zu lassen, schien sich jedoch nicht über seine Tochter zu ärgern. »Würde es Ihnen was ausmachen, mir zu sagen, wer Sie sind und was Sie hier machen, Mister?«

Der Bärtige schüttelte den Kopf. »Weiß ich selbst nicht.«

»Er kann sich nicht mehr an seinen Namen erinnern, Dad«, rief Neil. »Er kann sich an gar nichts erinnern.«

»Ach ja? Wie is' er denn hergekommen?«

»Ich hab' ihn gefunden, Vince«, erklärte der ältere Junge. »Auf den Felsen drüben am Piney Point. Er hatte 'nen Taucheranzug an. Mit 'nem langen Riss drin. Ich hab' ihn gefragt, wo er herkommt, aber er hat mich bloß angestarrt. Mir war sofort klar, dass es dem armen Kerl nich' gut ging. Er hatte ganz verschrumpelte Hände und blaue Lippen. Und konnte sich kaum auf den Beinen halten. Da hab' ich Neil gerufen. Zusammen haben wir ihm den Taucheranzug ausgezogen, ihn in 'ne warme Decke gepackt und heißen Kaffee in ihn rein geschüttet. Als er dann gehen konnte, haben wir ihn hergebracht und ihm 'n paar von meinen Sachen zum Anziehen gegeben. Bubbles meint, dass sein Gedächtnis vielleicht wieder funktioniert, wenn er erst mal 'ne heiße Suppe intus hat, also versuchen wir's gerade damit.«

»Warum has' du Neil gerufen und nich' mich?«

»Neil war in Hörweite, und Sie waren drüben bei den Cottages.«

Vincent akzeptierte diese Erklärung nicht. »Wir sprechen uns später, Ted. Mrs. Kelling, darf ich Ihnen Bubbles Ryan vorstellen. Zeit zum Händeschütteln wird er ja wohl haben.«

»Ich möchte Sie auf keinen Fall bei der Arbeit stören, Mr. Ryan«, sagte Emma.

»Bitte nennen Fie mich Bubblef, daf machen alle«, erwiderte der Dicke. Emma verstand durchaus warum. Während er seine Wörter lispelte, formten sich nämlich winzige kleine Bläschen an den Ecken seines kleinen rosa Mundes. Er sah aus wie eine übergroße Version des kleinen Kochs in der Reklame für Campbell's Soup, die sie als Kind immer bestaunt hatte.

»Herzlich gern, Bubbles, wenn ich darf. Was zaubern Sie uns denn heute Abend?«

»Hummercremefuppe und Hühnchen mit Fpargel. Wir machen immer waf einfachef am erften Abend.«

»Sehr vernünftig«, sagte Emma. »Ich freue mich schon darauf. Aber ich möchte Sie hier nicht weiter stören, wir unterhalten uns dann morgen früh.«

Bubbles sagte, daf fei fön, und rührte weiter. Emma wandte sich an Sandys Freundin.

»Du bist sicher Bernice.« Bernice besaß noch ihren Babyspeck und würde sicher noch mehr zulegen, wenn sie den ganzen Sommer in Bubbles Küche zubrachte, dachte Emma. Das Mädchen hatte rote Wangen, eine Stupsnase, leuchtend braune Augen und eine Frisur, die noch unordentlicher aussah als Sandys. Ihr T-Shirt war grün und ebenfalls mit einem Schlumpf dekoriert. Wie hatte Bernices Mutter es nur übers Herz gebracht, diesen süßen kleinen Wonneproppen allein in die Ferien zu schicken? Vielleicht war sie zusammen mit Mrs. Vincent auf Ausgrabungstour?

Neil saß neben Bernice. Er würde später sicher seinem Vater ähnlich sehen. Emma hätte schwören können, dass der Junge immer größer wurde, als er sich tapfer vor sie hinpflanzte, den Suppenlöffel, den er in der Aufregung wegzulegen vergessen hatte, noch in der Hand. Er wirkte genauso besorgt wie der andere Junge, den Vincent ihr als Ted Sharpless vorstellte. Emma konnte Vincents Ärger verstehen. Egal in welchem Zustand der angeblich Amnesiekranke auch gewesen sein mochte, es war höchst unvernünftig gewesen, ihn einfach ins Haus zu bringen, ohne Neils Vater oder sie vorher um Erlaubnis zu fragen.

Doch sie hatte nicht vor, das Problem jetzt zur Sprache zu bringen. Die Küchenuhr zeigte kurz vor sechs, sie mussten also schleunigst zurück in den Salon. Sie sagte, sie wünsche allen einen glücklichen Sommer auf der Insel, und ging denselben Weg zurück, den sie gekommen war, gerade noch rechtzeitig, um ihre Gäste zu begrüßen.

Alding Fath hatte als ältestes Gruppenmitglied verständlicherweise die Rolle der Rudelführerin übernommen. Sie hatte ihre solide Jeanskleidung gegen ein ebenso solides marineblaues Hemd ausgetauscht, das mit kleinen roten Hähnen bedruckt war, und trug dazu eine Kette aus roten Kunststoffperlen. Außerdem hatte sie marineblaue Strümpfe an, kombiniert mit marineblauen Sandalen, wie sie Damen mittleren Alters gern auf Besichtigungstouren trugen, wenn sie sich fein machen wollten. In der Hand hielt sie eine kleine rote Tasche. Ihr kurzes graues Haar war sorgfältig gekämmt, ihr Gesicht dezent zurechtgemacht, mit einem Hauch Puder und einer Spur Lippenstift. Sie wirkte kein bisschen geheimnisvoll und schon gar nicht wie eine Betrügerin. Wahrscheinlich gehörte genau das zum Erscheinungsbild einer Hellseherin, mutmaßte Emma. Trotzdem war sie irgendwie erleichtert, dass es auf Pocapuk wenigstens eine Person gab, die nicht viel anders aussah als die Damen vom Pleasauncer Gartenclub.

Sämtliche Gäste hatten sich auf ihre Art redlich Mühe gegeben, ihrer Ersatzgastgeberin am ersten Abend keine Schande zu machen. Lisbet Quainley hatte etwas ziemlich Scheußliches mit ihrem Haar angestellt und ihren dünnen Körper in einem langen olivgrünen Schlabberrock und einem langen gelbgrünen Schlabbertop versteckt. Anscheinend verließ sie sich zum Warmhalten auf ihren Schmuck. Davon trug sie wirklich mehr als genug. Genau dieselben Klunker und Kugeln, über die auch Klein-Em stets in Entzücken geriet. Emma bedauerte, dass sie ihre eigene Kollektion nicht angelegt hatte.

Joris Groot und Black John Sendick sahen in ihren Hosen und Sportsakkos durchaus präsentabel aus. Sie trugen keine Krawatten, doch Emma hatte schließlich nicht mit einem Wunder gerechnet. Jedenfalls wirkten die Hemden sauber.

Graf Radunov erschien in weißer Smokingjacke, marineblauer Hose und roter Fliege und war, wie nicht anders zu erwarten, der Fleisch gewordene Traum jeder Gastgeberin. Sie musste ihn unbedingt gegenüber von Mrs. Fath mit ihren Hähnen platzieren, entschied Emma. So würde die Tafel optisch wenigstens ein bisschen ausbalanciert, falls dies überhaupt möglich war.

Es war Emma nicht unlieb, dass Everard Wont noch nicht aufgetaucht war. Sie wollte gerade Radunov bitten, ihr bei den Drinks behilflich zu sein – er hätte durchaus irgendwann in seinem Leben Kellner gewesen sein können –, als sie sah, dass Vincent zurück war und sich bereits seiner Arbeit widmete.

»Was darf ich Ihnen bringen, Mrs. Kelling?« erkundigte er sich.

»Einen sehr leichten Gin Tonic bitte. Mit einem Scheibchen Limone.«

Sie hätte fast den Faux pas begangen und »wenn Sie eine haben« hinzugefügt, ertappte sich jedoch rechtzeitig. Selbstverständlich hatte Vincent für frische Limonen gesorgt. Er hatte sicher auch ihren kleinen Wink verstanden, die Getränke nicht zu stark zu machen, doch wahrscheinlich hätte sie ihm auch in diesem Punkt kaum einen Rat zu geben brauchen. Emma hätte liebend gern gewusst, was er mit dem geheimnisvollen Fremden angestellt hatte, doch es war kaum der geeignete Zeitpunkt, sich danach zu erkundigen. Wenigstens wusste Vincent jetzt, dass sie sich den Mann am Pier nicht eingebildet hatte. Wie gut, dass ihr noch rechtzeitig eingefallen war, dass er möglicherweise einen Taucheranzug getragen hatte! Wie merkwürdig, dass der Mann Everard Wont so verblüffend ähnlich sah, auch wenn es vor allem an seiner Figur und seinem Bart lag.

Vincent reichte ihr ein Glas. Natürlich mit Limone. »Is' es so recht, Mrs. Kelling?«

Emma nippte und nickte. »Wunderbar. Vielen Dank, Vincent.«

Mit dem Glas in der Hand mischte sie sich unter die Gäste und machte die Art höfliche Konversation, die man normalerweise mit Leuten macht, die man gerade erst kennen gelernt hat. Sie erkundigte sich, ob sie mit ihren Cottages zufrieden seien. Sie waren. Sie lobte die herrliche Aussicht. Die anderen waren ganz ihrer Meinung. Sie fragte sich, ob das Wetter morgen wohl schön werden würde. Alding Fath sagte, es werde schön, gab jedoch zu, diese Information nicht ihren übersinnlichen Kräften zu verdanken, sondern der Tatsache, dass sie in dem kleinen Transistorradio, das sie von zu Hause mitgebracht hatte, die Wettervorhersage gehört habe. Mrs. Fath trank ihren Tonic stets ohne Gin, wie sie den anderen erklärte. Alkohol störe ihre Schwingungen, und sie wolle Everard nicht enttäuschen, da er schon so lieb gewesen sei, ihr die Fahrt zu bezahlen.

Emma wusste nicht genau, wie sie reagieren sollte, und erkundigte sich daher: »Wie lange wird es Ihrer Meinung nach dauern, bis Sie mit den Geistern Kontakt aufnehmen?«

»Oh, ich glaube nicht, dass es dazu überhaupt kommen wird. Das meiste Gerede über Geister ist barer Unsinn, wissen Sie. Es ist nicht die Entität, die zurückbleibt, soweit ich dies aus meinen eigenen Erfahrungen sagen kann, sondern nur ein Teil der einstigen Person. Ein bisschen wie ein alter Socken, der noch in der Ecke eines Schrankes liegt, wenn Sie wissen, was ich meine.«

»So habe ich es noch nie gesehen«, meinte Emma, die sich nicht erinnern konnte, überhaupt je einen Gedanken an Geister verschwendet zu haben. »Kann man sie dann nicht einfach wegräumen, wenn ich es einmal so ausdrücken darf?«

»Sicher. Es ist kinderleicht, Geister loszuwerden. Doch Sie können sich gar nicht vorstellen, wie viele Menschen gerade das nicht wollen. Sie hängen an ihren Geistern wie manche Leute an alten Zigarrenkistchen. Zu Königin Viktorias Zeiten machte man um Übersinnliches ein Riesenspektakel, wissen Sie. Als sie um den armen Albert trauerte, spürte angeblich die ganze Bevölkerung ihre Schwingungen. Überall Kränze aus Haaren und Trauerringe und dergleichen. Genau der richtige Nährboden für Geister. Auch für solche, die schon wer weiß wie lange unbemerkt herumschweben.«

Mrs. Fath nahm einen Schluck Tonic zu sich. »Ich will damit beileibe nicht sagen, dass es falsch ist, sich an liebe Verstorbene zu erinnern. Und ich finde es auch ganz normal, dass man ein paar Andenken an sie aufbewahren möchte. Aber der Unsinn, Tante Minnies Asche in der Urne auf dem Kaminsims aufzustellen oder das Glas mit Omas Zähnen auf dem Nachttisch neben ihrem Totenbett, nur damit die armen Angehörigen etwas haben, das ihnen die Tränen in die Augen treibt, wenn sie nichts Besseres zu tun haben, geht meiner Meinung nach entschieden zu weit.«

»Da bin ich ganz Ihrer Meinung.«

Emma dachte an Cousine Mabel in ihrem riesigen Haus, das bis obenhin mit den Habseligkeiten ihrer verstorbenen Verwandten voll gestopft war. Mabel hatte das Schlafzimmer ihrer Eltern nicht angerührt, es war noch genauso, wie sie es verlassen hatten. Ob Mabel je hineinging, um zu weinen, war etwas, das Emma nicht wusste und auch nicht glauben würde, wenn man es ihr erzählte. Vor allem nicht, wenn Mabel selbst es ihr erzählen würde. Schade, dass sie Mabel und Alding Fath nicht zusammenbringen konnte. Vielleicht später, wenn sie die Insel wieder verlassen hatten – plötzlich wurde ihr bewusst, dass sie tatsächlich mit dem Gedanken spielte, die Hellseherin für ein Wochenende zu sich nach Pleasaunce einzuladen. Und dass Mrs. Fath wusste, was sie dachte.

»Sie wissen noch nicht so genau, was Sie von mir halten sollen, nicht wahr, Mrs. Kelling? Aber wenigstens jage ich Ihnen keine Angst ein, wie manchen anderen Leuten, die einfach nicht verstehen, dass telepathische Kräfte nichts Außergewöhnliches sind. In Wirklichkeit sind sie eher wie der Blinddarm oder der kleine Schwanzansatz am Ende der Wirbelsäule. Jeder wird damit geboren, doch wir brauchen sie nicht mehr, und die meisten Menschen wissen nicht einmal, welchen Zweck sie ursprünglich erfüllt haben.«

»Interessant.« Emma hatte Schwierigkeiten, den Bezug zwischen dem Okkulten und ihrem Wurmfortsatz herzustellen.

Mrs. Fath war durchaus gewillt, sie aufzuklären. »In den Zeiten, als die Menschen nur ein gemeinsames großes Gehirn besaßen, wenn ich es einmal so ausdrücken darf, und das Zeitkonzept noch nicht als eine Art Metermaß entwickelt worden war, wurden alle Ideen und Erfahrungen einfach in einen Topf geworfen und zusammen gekocht. Die Gedanken der anderen, die eigenen Gedanken, Vergangenheit, Gegenwart und Zukunft. Wenn man eine Information brauchte, griff man einfach in den Topf und zog das Gewünschte heraus. Als das Leben anfing, komplizierter zu werden, kam immer mehr in den Topf. Und es wurde immer schwieriger, das Richtige herauszufischen. Daher wandte man sich an jemandem, der noch die Fähigkeiten dazu besaß, und ließ sich von ihm helfen.«

»Sie meinen ein Orakel?«

»Oder einen Schamanen, einen Medizinmann oder wie man sie auch nennen mag. Wir alle haben ein wenig vom Schamanen in uns. Doch die meisten Menschen wollen es sich nicht eingestehen, daher unterdrücken sie diese Fähigkeiten und wollen nichts damit zu tun haben. Sie beispielsweise wären sicher sehr begabt, wenn Sie eine andere Erziehung genossen hätten.«

»Glauben Sie?« Emma fühlte sich von diesem zweifelhaften Kompliment, falls es denn ein Kompliment sein sollte, merkwürdig geschmeichelt. »Man hat gelegentlich so seine Ahnungen.«

»Und ich wette, man hat gelernt, seinen Ahnungen mehr zu vertrauen als seinem so genannten logischen Denken. Stimmt's, Mrs. Kelling?«

»Nun ja ...« Emma stellte sich lieber nicht vor, was Cousine Mabel wohl zu diesem Gespräch sagen würde. »Ich muss zugeben, dass ich meistens bereue, wenn ich es nicht tue. Hat es bei Ihnen so angefangen? Dass Sie Ihren Ahnungen vertraut haben?«

»Mein Problem war, dass ich sie zu oft hatte, und dass sie leider immer stimmten. Ich stamme aus einer streng religiösen Familie. Meine Eltern wollten mit Teufelskram nichts am Hut haben, wie sie sich ausdrückten. Daher habe ich entweder den Mund gehalten oder zutiefst bedauert, dass ich es verdammt nochmal nicht getan hatte. Sie waren sicher keine schlechten Menschen, aber sie hielten es für ihre Pflicht, mich hart zu bestrafen. Ich fand es immer schrecklich, geschlagen zu werden, auch wenn ich wusste, dass es in guter Absicht geschah.«

Kapitel 7

»Das kann ich mir sehr gut vorstellen.« Emma hatte keine Ahnung, warum Alding Fath ihr das alles erzählte, wusste jedoch nicht, wie sie es verhindern konnte. Und ob sie das überhaupt wollte. »Aber als Sie dann auf eigenen Füßen standen....« hakte sie nach.

»Von wegen auf eigenen Füßen! Als ich fünfzehn war, bekamen meine Eltern Angst, dass die Schule einen schlechten Einfluss auf mich haben und meine Gesinnung zu weltlich werden könnte, daher nahmen sie mich von der Schule und verheirateten mich mit dem Neffen des Pfarrers. Wir waren gerade mal eine Woche verheiratet, als ich plötzlich absolut sicher war, dass mein Mann es mit der Frau seines Onkels trieb. Und mich nur als Tarnung benutzte, weil er dachte, ich sei zu jung und zu dumm, um was zu merken. Eine Weile habe ich den Mund gehalten. Ein eigenes Heim zu haben, war besser als bei meinen Eltern zu wohnen. Außerdem belegte ihn die Frau so sehr mit Beschlag, dass er mich mit gewissen Dingen nicht behelligte. Irgendwann konnte ich die ganze Heuchelei dann nicht mehr ertragen. Und als er wieder einmal behauptete, zur Chorprobe zu gehen, habe ich ihm meine Meinung gesagt. Er hat mich windelweich geprügelt und mir angedroht, mich umzubringen, falls ich auch nur ein Wort verrate.«

»Wie furchtbar! Und was haben Sie gemacht?«

»Gewartet, bis er weg war, das bisschen Geld genommen, das ich mir heimlich mit Beerenpflücken verdient hatte, und zur Bushaltestelle gegangen. Es reichte gerade für eine Fahrkarte nach Atlanta. Mein Vater hatte dort eine Schwester, die ihn nicht sonderlich mochte, daher nahm ich an, dass Tante Flossie die richtige Anlaufstelle für mich sei. Was sich als richtig herausstellte. Sie nahm mich bei sich auf und besorgte mir Arbeit in einem Kaufhaus. Was bedeutete, dass ich für mein Zimmer bezahlen konnte und außerdem noch ein bisschen Geld für mich selbst übrig hatte. Eine Zeit lang ging alles gut. Doch dann hatte ich so eine Ahnung, dass mein Vater herausgefunden hatte, wo ich war, und mich zurückholen wollte. Daraufhin bin ich weg nach Wilmington und habe in einem Diner Bratkartoffeln gemacht, bis ich genug verdient hatte, um mir ein paar nette Kleider zu kaufen und mich für einen Job in einer Bank zu bewerben. Dort gab es ein Ausbildungsprogramm, und ich wollte zur Abendschule gehen und meinen Schulabschluss machen.«

»Sehr vernünftig.«

»Das fand ich auch. Aber leider hatte ich dann so eine Ahnung, dass jemand in meiner Bank heimlich Geld für sich selbst abzweigte. Und weil ich ein braves Mädchen war, ging ich zum Bankdirektor und erzählte es ihm. Etwa eine Sekunde zu spät wurde mir siedend heiß bewusst, dass er es war, der die Hand in der Kasse hatte. Daraufhin hat er mich natürlich sofort gefeuert.«

»Ach herrje.«

»Und so ging es immer weiter. Ich bekam eine Stelle, es passierte etwas, und schon flog ich wieder. Man hätte eigentlich denken sollen, dass ich irgendwann gelernt hätte, meinen Mund zu halten, aber irgendwie habe ich es nie geschafft. Eines Tages saß ich in einem Straßencafé, als eine Frau an meinen Tisch kam und mich fragte, ob sie sich zu mir setzen dürfe. Ich sagte, aber sicher, sie nahm mir gegenüber Platz und fing auch schon an, mir ihre Lebensgeschichte zu erzählen.

Ihr Mann war ein Spieler. Er war einer Selbsthilfegruppe beigetreten und versuchte, von seiner Sucht loszukommen, doch vor ein paar Tagen war die schöne antike Uhr, die sie von ihrer Großmutter geerbt hatte, plötzlich verschwunden. Sie war sicher, dass ihr Mann sie verkauft hatte, um das Geld zu verspielen. Er schwor Stein und Bein, dass es nicht stimmte, aber es war nicht das erste Mal, dass er sie belogen hatte. Sie wusste nicht, was sie tun sollte.

Also habe ich es ihr gesagt. ›Am besten bitten Sie Ihren Mann um Verzeihung‹, riet ich ihr, ›und werfen den scheinheiligen Mistkerl raus, der bei Ihnen zur Untermiete wohnt. Sagen Sie ihm, er soll Ihre Uhr wieder zurückbringen und aus Ihrem Haus verschwinden, oder Sie hetzen ihm die Polizei auf den Hals. Die Uhr ist in einem Pfandhaus und das Geld hat er mit einem Flittchen durchgebracht.‹

Ich habe den Mann bis ins kleinste Detail beschrieben. Er war der Sohn von jemandem, den sie im Urlaub kennen gelernt hatten, gab sich als Theologiestudent aus, was er entweder nicht war oder nicht hätte sein dürfen. Ich spürte genau, dass er nicht besser war als mein Mann.«

»Meine Güte!« sagte Emma. »Das hat die Frau bestimmt ziemlich schockiert.«

»Oh, sie hat mir kein Wort geglaubt. Hat mir erzählt, was für ein reizender Junge dieser Ernest wäre. Ich sagte ›Kommen Sie mit, wir gehen auf der Stelle in das Pfandhaus, und ich sorge dafür, dass Sie Ihre Uhr zurückbekommen.‹ Daraufhin hat sie ihr Sandwich aufgegessen, ihre Rechnung bezahlt, und wir gingen zum Pfandhaus. Ich war noch nie vorher dort gewesen, aber meine Füße kannten den Weg. Wir schauten uns überall in dem Laden um, aber die Uhr war nirgends zu sehen. Also sagte ich zu dem Pfandleiher ›Sie haben eine kostbare antike Uhr in Ihrem Hinterzimmer‹. Ich beschrieb sie in allen Einzelheiten, nannte ihm sogar den Fabrikatsnamen, der auf dem Zifferblatt stand. ›Am besten beeilen Sie sich ein bisschen‹, sagte ich, ›weil es sich nämlich um Diebesgut handelt und Sie Schwierigkeiten bekommen könnten, wenn Sie die Uhr nicht herausgeben.‹

Ich habe keine Ahnung, was an dem Tag in mich gefahren ist, wahrscheinlich hatte ich einfach endgültig genug davon, herumgestoßen zu werden. Ich war felsenfest entschlossen, mich diesmal unter gar keinen Umständen geschlagen zu geben. Ich machte dem Mann weis, ich sei eine verkleidete Polizistin, und er bekam es mit der Angst zu tun. Zum Schluss wurde er tatsächlich weich und holte die Uhr. Ich ließ ihn den Mann beschreiben, von dem er die Uhr hatte, und es war tatsächlich der junge Untermieter, daran bestand kein Zweifel. Der kleine Mistkerl hatte allerdings den Namen ihres Mannes angegeben.

Die Frau wollte wissen, wie viel der Pfandleiher für die Uhr bezahlt hatte. Sie wollte ihm das Geld zurückgeben, damit er bei der Sache keinen Verlust machte. Er behauptete, es seien zweihundert Dollar gewesen. Was gelogen war. Ich sagte ›Wieso haben Sie dann nur fünfzig in Ihr Buch eingetragen? Sie wussten genau, was die Uhr wert ist. Und Sie wussten auch, dass sie nicht dem Jungen gehörte, sonst hätte er sich mit dem kleinen Betrag nicht zufrieden gegeben. Sie sind davon ausgegangen, dass er nie wiederkommen würde und Sie einen Riesengewinn machen würden. Lassen Sie sich von dem Mann nicht täuschen, Lady, er ist genauso ein Halunke wie der andere.‹

Am Ende gab sie ihm fünfzig Dollar und mir den Rat, meine Fähigkeiten beruflich zu nutzen. Ich sah ein, dass es keine andere Möglichkeit gab, den Mund aufzumachen und die Wahrheit zu sagen, ohne gefeuert zu werden, also habe ich den Rat der Frau befolgt. Und wenn ich Sie wäre, Mrs. Kelling, würde ich mich vor dem Mann in der Küche verdammt in Acht nehmen. Ich sehe noch nicht klar genug im Moment, aber er scheint mir alles andere als koscher zu sein.«

Kapitel 8

Ihre Großmutter hätte diesen Satz wahrscheinlich als Zigeunerwarnung bezeichnet, dachte Emma. Eigentlich war die Warnung nicht nötig, denn sie hatte ohnehin ein schlechtes Gefühl bei der Sache. Emma hätte gern unter vier Augen mit Vincent darüber gesprochen, was er mit Teds unseligen Findelmann anzustellen gedachte, doch Vincent war verschwunden. Wahrscheinlich war er in die Küche gegangen, es war fast sieben Uhr, und sie wurde allmählich hungrig und freute sich schon auf die Hummercremesuppe.

Everard Wont war immer noch nicht aufgetaucht. Emma teilte dies dem zufällig neben ihr stehenden Joris Groot mit. Er zuckte nur mit den Achseln.

»Machen Sie sich wegen Ev keine Sorgen. Er wird schon kommen, wenn ihm danach ist.«

»Dann können wir nur hoffen, dass er nicht erscheint, wenn wir alle fertig sind, und erwartet, dann noch etwas zu essen zu bekommen«, meinte Emma. »Mrs. Sabine hat mir eindeutig zu verstehen gegeben, dass ihr Personal keine Überstunden machen darf, nur weil es den Gästen gefällt. Soweit ich weiß, gibt es eine Art Hausordnung zu diesem Thema in den Cottages.«

Groot trat unruhig von einem Fuß auf den anderen. »Vielleicht ist Ev eingeschlafen oder so. Soll ich schnell mal nachsehen?«

»Auf keinen Fall. Dazu besteht nicht die geringste Veranlassung.«

Wont saß höchstwahrscheinlich schmollend in seiner Hütte und wartete nur darauf, dass jemand zu ihm kam und ihn umsorgte. Wenn Groot dumm genug war, jetzt zu gehen, würde er diese unangenehme Aufgabe für den Rest des Sommers am Hals haben. Vielleicht hatte Wont auch zu seinem Weinkrug gegriffen und sich sinnlos betrunken. In diesem Fall verzichtete Emma gern auf seine Gegenwart am Esstisch.

»Falls er das Abendessen tatsächlich verpasst, gibt Ihnen der

Koch sicher später etwas für ihn mit«, fügte sie hinzu, um nicht allzu herzlos zu erscheinen. »Wie ich sehe, wird bereits aufgetragen.«

Sandy war in der Tür zum Esszimmer erschienen. Diesmal trug sie ein sauberes rosa Baumwollkleid und hatte ihr Schlangengewirr mit einem Haarnetz gebändigt, wie Emma erleichtert feststellte.

»Bubbles lässt ausrichten, dass Sie bitte Platz nehmen möchten, Mrs. Kelling.«

»Vielen Dank, Sandy. Sind alle so weit?«

Emma nahm natürlich den Platz am Kopfende des Tisches ein. Graf Radunov schob ihr mit einer eleganten Verbeugung den Stuhl zurecht, und sie bedankte sich dafür, indem sie ihm den Ehrenplatz zu ihrer Rechten anbot. Neben ihm ließ sie Mrs. Fath Platz nehmen. Den jungen Black John Sendick platzierte sie am anderen Ende. Mit Groot zu ihrer Linken und Lisbet Quainley daneben wirkte der Tisch schließlich doch einigermaßen ausgeglichen, vorausgesetzt, Wont erschien ebenfalls und setzte sich auf den Stuhl neben Miss Quainley.

Bernice tauchte mit zwei Suppentellern auf, setzte vorsichtig einen Fuß vor den anderen und streckte dabei die Zungenspitze heraus, um die Balance besser halten zu können. Sie stellte gerade stolz und erleichtert den ersten Teller vor Emma auf den Tisch, als Wont hereinkam und sich ohne Entschuldigung auf den leeren Stuhl fallen ließ.

Er hatte es nicht für nötig befunden, sich frisch zu machen, und trug immer noch die viel zu engen Jeans und das zerknitterte Hemd, das er während der Überfahrt vollgeschwitzt hatte. Emma war froh, dass sie ihm den Platz am anderen Ende des Tisches zugedacht hatte. Pech für Miss Quainley, aber vielleicht waren Künstler nicht allzu zimperlich. Sie nickte Wont kühl zu und setzte ihre Plauderei mit Graf Radunov fort. Sandy kredenzte zwei weitere Hummercremsuppen. Sie schien Gott sei Dank selbstsicherer zu sein als Bernice und kehrte rasch mit den nächsten beiden Tellern zurück, während Bernice vorsichtig mit dem letzten Teller hereinschlurfte und ihn vor Wont hinstellte. Er starrte ihn an und verlangte lautstark zu wissen: »Was ist denn das für ein Zeug?«

»Es ist eine wunderbare Hummercremesuppe«, flüsterte Lisbet Quainley ihm peinlich berührt zu.

»Gegen Meeresfrüchte bin ich allergisch.«

»Das stimmt doch gar nicht, Ev! Auf der Überfahrt hast du zwei Hummerbrötchen gegessen, und es hat dir nicht das Geringste ausgemacht.«

»Das war etwas ganz anderes.«

»Sandy«, sagte Emma ziemlich ungeduldig. »Nimm Dr. Wonts Teller wieder mit und bringe ihm stattdessen ein Glas Tomatensaft. Falls sonst noch jemand Probleme mit bestimmten Lebensmitteln haben sollte, darf ich Sie bitten, mich darüber zu informieren, damit ich morgen früh dem Koch Bescheid sagen kann.«

Sonst hatte niemand Probleme. Selbst Wont war vorübergehend sprachlos. Dann machte er einen Riesenwirbel und lehnte es vehement ab, seinen Tomatensaft zu trinken, doch die Übrigen stellten sich taub und straften ihn mit Missachtung, woraufhin er wieder in stummes Grübeln verfiel. Emma stellte kurze Zeit später fest, dass er sich von dem Hühnchen zweimal nahm.

Radunov erzählte ihr eine amüsante Geschichte über eine Gräfin aus seinem näheren Bekanntenkreis. Black John Sendick ließ sich daraufhin über die Katze seiner Mutter aus, die der Gräfin ziemlich ähnlich zu sein schien. Emma witzelte über den Raub ihrer Theaterjuwelen auf der Fähre, um einerseits das Gespräch aufrechtzuerhalten und andererseits allen Anwesenden klar zu machen, dass sie nichts Stehlenswertes bei sich hatte.

Dass man ihr ein Schlafmittel verabreicht hatte, erwähnte sie nicht. Es war alles andere als lustig, und außerdem konnte es sein, dass sie sich geirrt hatte. Sie bemerkte, dass Alding Fath ihr merkwürdige Blicke zuwarf. Wenn die Frau tatsächlich so telepathisch veranlagt war wie sie behauptete, warum erzählte sie dann die Geschichte nicht selbst zu Ende, dachte Emma verärgert.

Mrs. Fath nickte, als könne sie tatsächlich Emmas Gedanken lesen und teile ihre Meinung. »Das kann man wohl sagen«, meinte sie. »Hier gibt es eine Menge Schmuck.«

»Wie meinst du das?« Lisbet Quainley beugte sich über den Tisch und blinzelte durch das Kerzenlicht. Ihre Stimme klang schrill und scharf. »Spürst du etwa schon, wo der Schatz liegt?«

»Ich spüre definitiv etwas, aber es ist sehr undeutlich. Schrecklich verschwommen, zu viele gegensätzliche Strömungen. Alles voller Wellen. Schwarzweiß, das ist alles, was ich sehe. Schwarzweiß.«

»Schwarzweiß? Wie merkwürdig.« Joris Groot würdigte die mollige Seherin neben sich keines Blickes. Seine hellblauen Augen waren auf die Kerzenflammen fixiert. »Footsy-Wootsy hat in diesem Jahr eine Serie schwarzweißer Kinderschuhe herausgebracht. In Weißlila wurden sie auch angeboten, aber die haben sich nicht verkauft. Das kann Alding doch nicht meinen, oder? Schwarz und Weiß mit Strömungen. Weißt du, woran mich das erinnert, John? An die großen Felsen draußen im Wasser, die wir bei unserem Spaziergang gesehen haben. Glänzend schwarz, überall Strömungen, und oben darauf die großen weißen Möwen.«

»Die ihre hübschen weißen Visitenkarten überall auf den Felsen verteilten.« Ergänzte Black John belustigt.

Lisbet Quainley reagierte pikiert. »Guano ist nicht hübsch! Starr und leblos, aber nicht wertlos. Anfang und Ende des Kreislaufs.«

»Stimmt genau, Liz. Am einen Ende rein und am anderen wieder raus.«

»Ach halt doch den Mund! Kannst du die symbolische Bedeutung nicht sehen? Leben, Tod, Fruchtbarkeit.«

»Dünger«, korrigierte Black John.

»Segen, du Dummkopf! Segen der Erde. Ev, das ist es! Genau das brauchen wir für dein Cover.«

Wont blinzelte. »Vogelscheiße?«

Dies war mit an Sicherheit grenzender Wahrscheinlichkeit das erste Mal, dass jemand dieses Wort an Adelaide Sabines Tisch benutzt hatte, dachte Emma. Hoffentlich gelang es ihr, ernst zu bleiben.

Wohl kaum, zumal Graf Radunov ihr auch noch ins Ohr flüsterte: »Miss Quainley hat Recht. Das wäre wirklich angemessen.«

»Hören Sie auf, Sie schrecklicher Mensch«, murmelte Emma hinter ihrer Serviette zurück. »Ich kann mich kaum noch halten.«

Eigentlich hätte sie ruhig lachen können, es wäre sicher nicht aufgefallen. Die anderen waren viel zu sehr mit der Wahrsagerin beschäftigt, um zu bemerken, dass die beiden sich daneben benahmen.

»Nun verrate es uns endlich, Alding«, schmeichelte Groot. »Was ist in dem Wasser?«

»Wasser. Überall Wasser. Riesenmengen von Wasser.«

»Auch das ist richtig.« Der nächste Flüsterkommentar von Radunov. Emma beging die schreckliche Indiskretion, ihm einen sanften Tritt vor das Schienbein zu verabreichen.

Alding Fath sprach mit leiernder Stimme und ausdruckslosem Gesicht weiter. »Glitzernde Steine, sie kommen aus dem Wasser. Schwarz und Weiß zwischen den Steinen. Und Tote im Wasser.«

»Die spanischen Matrosen!« Lisbet Quainley wippte unruhig auf ihrem Stuhl herum.

Sandy und Bernice waren genauso fasziniert wie die Malerin, stellte Emma fest. Die beiden Mädchen waren hereingekommen, um das Geschirr vom Hauptgang abzuräumen, standen jedoch völlig gebannt an der Anrichte, und sahen aus, als würden ihnen jeden Moment die Augen aus dem Kopf fallen. Joris Groot strahlte.

»Siehst du, Ev? Wir brauchen nur auf die Ebbe zu warten, nach draußen ins Watt zu marschieren und das Zeug auszugraben.«

Everard Wont richtete sich auf, um seine ganze Größe zur Geltung zu bringen, und schaute ihn verächtlich von oben herab an. »Wenn es so einfach wäre, Joris, wäre der Schatz bestimmt längst gefunden worden. Wir brauchen eine Taucherausrüstung,

Schwimmbagger, Schläuche, ein Boot – wo ist dieser Hausmeister hin? Ich muss ihn unbedingt sprechen.«

Emma wandte sich an die beiden Mädchen. »Würdet ihr bitte den Tisch abräumen? Sandy, wenn dein Vater im Moment nicht zu beschäftigt ist, würdest du ihn dann bitte zu uns ins Esszimmer schicken?«

»Ja, Mrs. Kelling.«

Da sie schließlich nicht dafür bezahlt wurden, Maulaffen feil zu halten, machten sich die beiden jungen Mädchen daran, so schnell wie möglich den Tisch abzuräumen und Geschirr und Besteck in die Küche zu tragen. Die Schwingtür war noch nicht zugefallen, da waren sie auch schon wieder zurück, diesmal in Begleitung von Vincent.

»Sie wollten mich sprechen, Mrs. Kelling?«

Bevor sie antworten konnte, hatte sich Everard Wont eingeschaltet. »*Ich* will mit Ihnen sprechen. Ich will bis auf weiteres das Exklusivrecht für die Nutzung des Bootes. Wo ist es?«

»Hängt ganz davon ab, von welchem Boot Sie sprechen.«

»Das entscheide ich erst, wenn ich die Boote gesehen habe. Wo ist das Bootshaus?«

»Etwa zwei Meilen von hier. Auf dem Festland. Das is' die nächste Stelle, soweit ich weiß.«

»Und wo liegen *Ihre* Boote?« Wont schrie schon fast. Vincent ließ sich nicht provozieren.

»Wir haben keine Boote.«

»Was soll das heißen, keine Boote?«

»Ich würde sagen, es bedeutet entweder, dass wir hier auf der Insel keine Boote haben, oder dass es den Gästen nicht gestattet ist, sie zu benutzen«, warf Emma ein. »Stimmt's, Vincent?«

»Genau, Mrs. Kelling. Is' schon zu oft passiert, dass Leute sich unsre Boote genommen haben, was sie lieber nich' hätten tun sollen. Und dann haben sie Probleme gekriegt, weil sie nich' wussten, wie sie damit umgehen mussten. Also hat Mrs. Sabine mir aufgetragen, die Dinger loszuwerden. Und das hab' ich auch getan. Meine beiden ältesten Söhne kommen jeden Morgen mit der Post vorbei. Und mit allem, was wir grade brauchen. Wenn jemand abgeholt werden muss, sagen wir der Fähre Bescheid. So halten wir's schon seit zehn Jahren.«

»Aber ohne Boot kann ich unmöglich arbeiten!« Jetzt schrie Wont wirklich.

»Sie können eins chartern.« Vincents Augen blitzten verräterisch. »Aber das kostet natürlich was.«

»Wie viel?«

»Ungefähr zweihundert pro Tag.«

»Das soll wohl ein Witz sein?«

»Wie Sie meinen. Brauchen Sie mich noch, Mrs. Kelling?«

»Im Moment nicht, Vincent. Wenn Ihre Söhne morgen früh kommen, könnten Sie vielleicht so nett sein und sie fragen, wo man hier ein Boot mieten kann und wie viel es kostet? In der Zwischenzeit kann Dr. Wont sich ja vielleicht eine Alternative einfallen lassen. Richten Sie bitte Bubbles aus, die Hummercremesuppe sei köstlich gewesen. Ich komme gleich selbst in die Küche. Was gibt es zum Nachtisch, Sandy?«

»Zitronencreme. Und ich soll fragen, wer Schlagsahne dazu möchte.«

»Bring die Sahne einfach mit, dann kann sich jeder selbst bedienen.«

»Super Idee, Mrs. Kelling.«

Sandy eilte hinter ihrem Vater her, und Emma konnte endlich ihr Lachen loswerden. »Was für reizende Kinder! Der Sommer wird bestimmt wunderschön. Dr. Wont, wenn diese Felsen in Ufernähe sind, könnte man dann nicht einfach ein Floß nehmen, an einer geeigneten Stelle vor Anker gehen und von dort aus arbeiten?«

»Und woher bekomme ich bitte schön ein Floß?«

»Selber bauen, würde ich sagen. Es gibt bestimmt genügend Holzstämme auf der Insel, die sie dazu verwenden können. Ich habe von meinem Schlafzimmerfenster aus mehrere tote Bäume gesehen. Wenn Sie möchten, kann ich Vincent bitten, sie von seinen Helfern fällen zu lassen.«

Im Grunde war es Emma gleichgültig, wie Wont sein Problem löste, doch sie wollte auf keinen Fall, dass es zu Unstimmigkeiten kam, und ein Floß schien ihr noch die einfachste Lösung. Tote Kiefern waren ein Brandrisiko, da war es sicher besser, sie zu fällen.

»Ein Floß sähe auf den Illustrationen bestimmt gut aus«, meinte Joris Groot. »Es würde dem Ganzen eine Art Robinson Crusoe-Touch verleihen.«

»Vorausgesetzt, wir kriegen eins.« Wont ließ sich so leicht nicht überzeugen.

»Kein Problem.« Black John Sendick war Feuer und Flamme, daran bestand kein Zweifel. »Wir könnten es staken oder eine Art Takelage konstruieren. Oder waten oder schwimmen. Oder eines dieser kleinen Gummiboote kaufen, die man mit der Luftpumpe aufblasen kann. Meine Güte, was soll das ganze Theater, so weit weg sind die Felsen doch gar nicht. Wir brauchen hier wirklich keine Jacques Cousteau-Nummer abzuziehen, Ev.«

Wont zog es vor, seinen Zorn aufrechtzuerhalten. »Ich dachte, ich sollte mir Alternativen einfallen lassen. Mrs. Kelling, können Sie mir erklären, warum man mich nicht darüber informiert hat, dass es hier keine Boote gibt?«

»Könnte es vielleicht daran liegen, dass Sie Mrs. Sabine nichts von Ihren Plänen erzählt haben?«

»Das ist doch nicht zu fassen! Jetzt sitzen wir hier auf dieser verdammten Insel fest und haben keine Möglichkeit wegzukommen. Und was machen wir, wenn wir einen Notfall haben?«

»Beispielsweise wenn die Piratengeister jemanden zusammenschlagen«, sagte Black John.

Wont war nahe daran zu explodieren, doch Graf Radunov nahm ihm den Wind aus den Segeln. »Ich habe Mr. Vincent bereits gefragt, wie er bei einem Notfall reagieren würde. Er sagte, er würde je nach Lage der Dinge entweder seine Söhne oder die Küstenwache über Funk verständigen. Falls das Funkgerät nicht funktioniert, schießt er Signalraketen in die Luft. Anscheinend hat er davon einen ziemlichen Vorrat. Als allerletzte Alternative könnten wir immer noch mit dem Floß, das wir vielleicht tatsächlich bauen sollten, zum Festland paddeln. Es besteht keinerlei Gefahr, von der Außenwelt abgeschnitten zu werden, Dr. Wont. Ich würde daher vorschlagen, wir entspannen uns wieder und genießen unsere Nachspeise. Ich muss sagen, sie sieht einfach köstlich aus.«

Kapitel 9

Der Kaffee wurde nach alter Sitte und Tradition im Salon serviert. Emma stellte erleichtert fest, dass Vincent bereits ein Treibholzfeuer im Kamin angezündet hatte. Gott sei Dank konnte man die Flammen nicht zwingen, in einem bestimmten Muster zu züngeln, und auch das salzgetränkte Holz würde nicht in einem vorher festgelegten Rhythmus knistern und krachen.

Sandy und Bernice hatten das Kaffeeservice bereits auf den Couchtisch in der Nähe des Sofas gestellt. Die zierlichen kleinen Tassen waren geformt wie Hibiskusblüten, die sich gerade öffnen, jede in einem anderen Farbton einer Palette, die von Zartrosa über Orange und Gelb bis Creme reichte. Ein Gastgeschenk für die Hausherrin, nahm Emma an. Wahrscheinlich von jemandem, der sich die Mühe gemacht hatte herauszufinden, was Adelaide wirklich gefiel. Sie reservierte die zartrosa Tasse für sich selbst und kümmerte sich um ihre Gäste. Oder vielmehr Adelaides Gäste. Oder, um ganz genau zu sein, Everard Wonts Gäste.

Dr. Wont war im Verlauf des Abendessens zwar nicht umgänglicher geworden, hatte jedoch zumindest versucht, sich zurückzuhalten. Momentan wurde kaum noch gesprochen. Selbst Graf Radunov schien der Meinung zu sein, er habe seinen Charme für diesen Abend versprüht, auch wenn er Emma hin und wieder ein vertrautes kleines Lächeln zuwarf. Sie bat Groot und Sendick, neben ihr auf dem Sofa Platz zu nehmen. Sie hatte jedoch nicht vor, auch nur eine Minute länger mit ihnen zusammen zu bleiben, als unbedingt nötig war, um der Höflichkeit Genüge zu tun.

Sie war müde, todmüde. Am liebsten hätte sie die ganze Gruppe kurzerhand in die jeweiligen Hütten verfrachtet und das Feuer eine Weile ungestört allein genossen. Dann hätte sie sich in ihr gemütliches Schlafzimmer zurückgezogen und nach Herzenslust geschlafen, ohne dass jemand im Treppenhaus herumjodelte.

Stattdessen musste sie noch in die Küche, um herauszufinden, was Vincent mit dem geheimnisvollen Gestrandeten anzustellen gedachte. Sie war heilfroh, dass der Hausmeister noch nichts von dem ungebetenen Gast gewusst hatte, als er die Pences angerufen hatte. Er hätte sich todsicher verpflichtet gefühlt, ihnen alles zu erzählen. Dabei hatten die armen Leute gewiss auch so schon genug Sorgen. Emma fragte sich, ob Adelaide wohl noch leben würde, wenn die kleine Party sich auflöste. Mit zunehmendem Alter lernte man, den Ausdruck zu deuten, den sie im Zelt in Adelaides Gesicht gesehen hatte. Adelaide war bereit, diese Welt zu verlassen. Und in eine andere einzugehen, wie immer sie auch aussehen mochte. Emma hatte ähnliche Gefühle gehabt, seit Bed ihr vorausgegangen war, um es ohne sie herauszufinden.

Allerdings nicht allzu oft, denn sie hatte sich mit der Zeit daran gewöhnt, nur noch ein halber Mensch zu sein und ihre andere Hälfte nicht mehr erreichen zu können. Glücklicherweise gab es immer etwas Neues zu tun, so dass sie ihm nicht ohne weiteres folgen konnte, und dafür war sie ihrem Schöpfer dankbar. Sobald es die Höflichkeit zuließ, stellte Emma ihre leere Tasse ab und erhob sich. Ohne sonderliche Anstrengung, wie sie erfreut feststellte. Die festen Sofapolster waren ein wahrer Segen, aber Adelaide Sabine hätte sicher niemals freiwillig ein Möbelstück ausgewählt, aus dem Personen über vierzig nur mit einem Kran hochgehievt werden konnten.

»Wenn Sie mich jetzt bitte entschuldigen würden, ich muss mich noch mit dem Koch unterhalten, bevor er Feierabend macht. Hoffentlich schlafen Sie alle gut in Ihrer ersten Nacht auf der Insel. Ich freue mich schon darauf, Sie morgen beim Frühstück wieder begrüßen zu können. Wenn Sie die Hausordnung gelesen haben, wissen Sie ja, dass es zwischen halb acht und halb zehn ein Frühstücksbuffet hier im Haus gibt. Vergessen Sie nicht, sich ein Lunchpaket geben zu lassen, wenn Sie möchten. Ich schicke eines der Mädchen, um abzuräumen«, fügte sie noch schnell hinzu, da eine telepathische Ahnung ihr sagte, dass Mrs. Fath sich besorgt fragte, ob man von den Gästen erwartete, dass sie beim Spülen halfen.

In der Küche ging es etwas lebhafter zu, auch wenn Neil, Ted und der Amnesiepatient fehlten. Sandy und Bernice kümmerten sich, mit reichlich Gekicher, Geplauder und Seifenblasen um den Abwasch. Vincent und der Koch saßen einträchtig am Küchentisch, vor leeren Tellern und halbvollen Kaffeetassen. Als sie Emma hereinkommen sahen, standen beide Männer auf, nicht im Geringsten verlegen, dass man sie bei etwas ertappt hatte, was völlig normal war.

»Lassen Sie sich bitte nicht stören«, sagte Emma überflüssigerweise. »Ich wollte den Mädchen nur sagen, dass sie im Salon abräumen können, und mich nach dem Fremden erkundigen. Kann er sich inzwischen wieder an etwas erinnern?«

»Sein Gedächtnis wird sich schon melden, wenn ihm danach is'«, knurrte Vincent. »Er schläft heut' Nacht in der Vorratskammer. Neil und Ted haben ihm ein Feldbett reingestellt und ihm alles Nötige gegeben. Sie sind jetzt weg, um nach den Cottages zu schauen. Wir sehn immer noch schnell überall nach dem Rechten, bevor wir ins Bett gehen. Wir schlafen übrigens alle im Anbau, Sie sind also nich' allein in dem Haus.«

»Freut mich zu hören.«

»Aber wir stören Sie bestimmt nich'. Und der Kerl auch nich'.« Vincent wies mit dem Kopf in die Richtung, in der sich wahrscheinlich die Vorratskammer befand. »Ich hab' die Tür abgeschlossen.«

»Sehr vernünftig«, lobte Emma. »Ich nehme an, es gibt keine Fenster in dem Raum.«

»Lüftungsschlitze oben in den Wänden. Da muss er halt bleiben, bis meine Jungs ihn abholen. Ich hab' sie angerufen und ihnen Bescheid gesagt. Sie kommen vorbei und bringen ihn aufs Festland, wenn sie fertig mit Hummerfischen sind. Ich kann nicht verlangen, dass sie ihren ganzen Morgen opfern.«

»Nein, das kann man wirklich nicht erwarten.« Emma fühlte sich irgendwie schuldig, obwohl sie nicht genau wusste, wovon Vincent sprach. »Ich würde übrigens gern noch einmal versuchen, ihm ein paar Informationen zu entlocken, bevor wir ihn gehen lassen.«

»Ich auch.«

Vincent warf einen Blick auf seinen erkaltenden Kaffee. Emma verstand den Wink.

»Aber damit warten wir besser bis morgen früh. Gute Nacht zusammen.«

Emma schleppte sich die Treppe hinauf und hatte Angst einzuschlafen, bevor sie oben ankam. Doch als sie endlich in ihrem Zimmer war, verspürte sie merkwürdigerweise keine Lust mehr, sich hinzulegen. Es dauerte ziemlich lange, bis sie sich endlich ausgezogen hatte und ihre Perücke auf dem dazugehörigen Ständer geparkt hatte. Emma besaß zwar genug eigenes Haar, sah jedoch nicht ein, warum sie ihre Zeit beim Friseur verschwenden sollte, wo es doch viel effektiver war, die Haare allein zu schicken. Wahrscheinlich hatte sie in diesem Sommer keine Möglichkeit, einen Beautysalon aufzusuchen, es sei denn, sie fuhr gemeinsam mit den Hummern aufs Festland. Sie musste daher wohl oder übel versuchen, so gut wie möglich ohne diesen Luxus auszukommen.

Nicht dass es ihr viel ausmachte. Sie hörte auf, an ihrer Perücke herumzuzupfen, und begann, mit einem winzigen rosa Spatel, den sie bisher noch nie benutzt hatte, Creme auf ihr Gesicht aufzutragen, und fragte sich, warum sie sich mit so etwas Albernem abgab. Sie beförderte den Spatel in den Papierkorb, band die Schleife an ihrem Nachthemd neu und schleuderte ihre Pantoffeln weg. Besagtes Schuhwerk war blassgrün, hatte kecke kleine Absätze und einen Besatz aus Marabufedern. Witwe oder nicht, Emma war schließlich noch lange nicht bereit, die Flagge einzuholen. Nachdem sie all dies erledigt hatte, begann sie, barfuß im Zimmer auf und ab zu gehen.

Die pflichtbewusste Sandy hatte Emmas Koffer und Taschen schön ordentlich auf ein Regalbrett im Kleiderschrank gestellt. Nur die alte Ledertasche lag immer noch auf dem kleinen Schemel am Fußende des Bettes. Emma setzte sich neben ihre Tasche und begann, das kitschige Glitzerzeug, das auf der Hinfahrt so viel Aufsehen erregt hatte, ein wenig zu ordnen. Sie wusste selbst nicht, warum sie sich die Mühe machte, sie hatte schließlich nicht vor, den Schmuck in dieser Nacht auszubessern.

Sie sah sofort, dass man den Feenschmuck während seiner kurzen Karriere als Diebesgut nicht sehr rücksichtsvoll behandelt hatte. Emma hatte nämlich vor der Reise alle Stücke herausgenommen, die Tasche neu gepackt und dabei den Schmuck so ordentlich arrangiert, wie es Form und Zustand der einzelnen Stücke erlaubten. Der Reisetaschendieb hatte alles wieder durcheinander gebracht. Wahrscheinlich hatte er seine Beute in die Herrentoilette gebracht und dort ausgekippt, um sie genau zu inspizieren. Als er merkte, dass er seine Zeit mit wertlosem Tand verschwendete, hatte er alles zurück in die Tasche gestopft und diese an der Stelle stehen gelassen, wo Radunov sie gefunden hatte. Oder auch nicht.

Es gab keinen Grund, die Sachen ausgerechnet jetzt wieder herauszuholen, und doch tat Emma genau das. Die Schmuckstücke waren schließlich alte Bekannte. Die anstehende *Iolanthe*-Aufführung war bereits die fünfte, die sie mit den Piraten vorbereitete. Nein, sogar die sechste, ganz zu schweigen von den vielen anderen Stücken, mit denen sie in der Zwischenzeit aufgetreten waren. Oh Gott, wo waren bloß all die Jahre geblieben? Sie nahm die Krone der Feenkönigin mit dem großen Diamantschmetterling in die Hand und setzte sie sich in Erinnerung an die guten alten Zeiten auf den Kopf, während sie die restlichen Klunker auseinanderklaubte. Dann war sie also nicht erst vier, sondern sogar schon fünf Mal die Herrin am Feenhof gewesen. Und genauso oft hatte sie sich heimlich in den Soldaten verliebt, bevor sie der Wahrheit ins Gesicht gesehen und ›Halt‹ gerufen hatte.

»Gib auf, solange du noch gut aussiehst«, hatte Mae West gesagt. Emma erinnerte sich noch gut daran, wie sie und Bed bei ihrem allerersten Rendezvous ohne Anstandswauwau heimlich mit dem Zug nach Boston gefahren waren, um Maes neuesten Film zu sehen. Sie hatten im Copley Plaza gegessen, mit einem Scheck von Beds Vaters bezahlt, und waren dann ins Tremont gegangen. Oder war es das Majestic gewesen? Ihr war so schwindelig gewesen vor lauter Verliebtheit und Aufregung, dass sie sich später nicht mehr erinnern konnte, und leider hatte sie nie daran gedacht, Bed zu fragen.

Damals hatte man sich noch herausgeputzt. Emma hatte ihr Debütantinnenkleid getragen, allerdings nicht mit weißen, sondern mit pinkfarbenen Rosen. Und dazu die flaschengrüne Samtstola, die Bed immer so geliebt hatte. Emma konnte sich nur zu gut daran erinnern. Bed hatte seinen Smoking getragen und darin so attraktiv ausgesehen, dass sich die Leute nach ihm umgeschaut hatten. Bed hatte so getan, als bemerke er es nicht. Aber der liebe Kerl hatte sich nie gut verstellen können. Und der Kinopalast war ein wunderschönes Durcheinander von Rokokowirbeln, bemalten Decken, karminroten Samtvorhängen, riesigen Spiegeln in breiten Goldrahmen und schier unglaublichen, unvorstellbaren Kronleuchtern.

Neulich hatten ihre Enkelkinder sie ins Kino geschleppt. Sie hatten in einem kahlen viereckigen Saal gesessen, der genauso gut ein Vortragssaal in einem Lehrkrankenhaus hätte sein können, und sich einen Film angesehen, der von sprechenden Robotern handelte. Die armen, prachtentwöhnten Kinder, sie hatten ja keine Ahnung, was man ihnen alles vorenthielt. Emma nahm die Krone wieder ab und schaute in die Tasche, um einen geeigneten Platz für das Glitzerding zu finden.

Im Laufe der Jahre hatte die alte Ledertasche eine Menge aushalten müssen. Selbst das dünne Kalbslederfutter war an einigen Stellen zerrissen und ausgebeult. Ein Riss war viel länger, als Emma sich erinnern konnte, irgendetwas schien sich darunter verfangen zu haben. Sie zog das betreffende Schmuckstück heraus und wäre vor Schreck fast in Ohnmacht gesunken. Emma besaß genug Diamanten, um echten Schmuck mit einem Blick zu erkennen. Dies war keine einfache Halskette, sondern etwas, das ihre Großmutter spöttisch als Hundehalsband bezeichnet hätte, ein drei Zentimeter breites, mit vier Diamantreihen besetztes Collier mit erbsengroßen Steinen. Daran baumelten an diamantenbesetzten Platinkettchen drei birnenförmige Anhänger. Der

Erste mit einem blauen Diamanten, der mehr als halb so groß wie der berühmte Hope war, der Zweite mit einem genauso großen gelben Diamanten, der Dritte mit einem feurigen dunklen Stein, bei dem es sich nur um einen der seltenen schwarzen Diamanten handeln konnte. Die drei Steine waren in weitere, kleinere Diamanten eingebettet, die jeder etwa ein halbes Karat haben mochten.

Emma überlegte, was ein derartiges Schmuckstück wohl auf dem heutigen Markt wert war, und gab auf. Die Frauen, die sie kannte, kauften keine Diamanten. Entweder sie erbten sie oder bekamen sie von ihren rechtlich angetrauten Ehegatten. Sie selbst hatte die hübsche edelsteinbesetzte Rosettenbrosche ihrer Großmutter und den bescheidenen Schmuck ihrer Mutter geerbt, außerdem besaß sie den Ring, den Bed ihr in jener schicksalsträchtigen Nacht, als sie vom Lamda Chi-Ball zurückkamen, an den Finger gesteckt hatte, und die Ohrstecker, die er ihr nach Bed Juniors Geburt geschenkt hatte. Alles solide Schmuckstücke, mit denen sich eine Frau in Emma Kellings Position durchaus zu bestimmten Anlässen schmücken konnte. Aber wer in aller Welt würde heutzutage wagen, mit diesem Protzteil am Hals zu erscheinen? Höchstens ein Mitglied eines Königshauses oder ein berühmter Filmstar, aber sicher niemand aus Pleasaunce.

Den rechtmäßigen Eigentümer dieser Kostbarkeit musste die Polizei ausfindig machen. Was der Schmuck im Koffer von Beds Onkel zu suchen hatte, war ziemlich klar. Wer immer die Diamanten gestohlen hatte, wollte sie offenbar möglichst schnell wieder loswerden. Dass Emma mit einer Tasche voll falscher Juwelen auf der Fähre erschienen war, hatte ihm die Gelegenheit gegeben, auf den Trick aus Poes »Gestohlenem Brief« zurückzugreifen und gleichsam den Brief unter anderen Briefen zu verstecken.

Vor kurzem hatte sie in der Zeitung gelesen, in Maine gäbe es mehr Multimillionäre als irgendwo sonst in den Vereinigten Staaten, auch wenn Maine im Großen und Ganzen kein sehr reicher Staat war. Dies lag wohl vor allem an Leuten wie den Sabines, die nur zeitweise hier residierten, und an Wochenendurlaubern und Besuchern, die kamen und gingen, wann immer sie Lust hatten. Es war durchaus vorstellbar, dass eine dieser steinreichen Frauen aus einer Laune heraus die Fähre nahm – wie in einem von Agatha Christies Romanen mit Schmuckköfferchen und langfingriger Kammerzofe oder in Begleitung eines Gatten, dessen Millionen vielleicht weit weniger multi waren, als er seinen Geschäftspartnern weismachte. Ihr erstaunlicher Fund konnte das Ergebnis eines Diebstahls oder eines noch nicht abgeschlossen Versicherungsbetruges sein. Ganz egal, um was es sich handelte, sie hatte nur den Wunsch, das Ding so schnell wie möglich wieder loszuwerden. Aber wie?

Musste sie sich unbedingt darüber den Kopf zerbrechen? Hatte sie nicht bereits genug Sorgen? Sie legte das Hundehalsband aufs Bett, holte die lange Hutnadel, die sie auf der Fähre getragen hatte, um ihren geliebten Panama sicher zu verankern, und machte sich daran, das Futter des Koffers weiter zu untersuchen. Zu ihrer großen Erleichterung wurde sie diesmal nicht fündig. Sie versuchte, ihre Nerven zu beruhigen, indem sie den *Iolanthe*-Schmuck weiter ordnete. Einige Sets waren unvollständig, was sie kaum überraschte. Sie waren schon oft verliehen worden, ein Wunder, dass überhaupt noch etwas von ihnen übrig war.

Keine ihrer schlechten Fälschungen hätte diesen wahr gewordenen Goldgräbertraum ersetzen können. Wahrscheinlich hatte der Dieb ein oder zwei andere Schmuckstücke in das Schmuckkästchen gelegt, aus dem er das Collier gestohlen hatte, falls überhaupt ein Schmuckkästchen existierte, damit es sich genauso schwer anfühlte wie vorher, mutmaßte Emma. Ohne genau zu wissen warum, nahm Emma die Halskette der Feenkönigin, die sie selbst vor so vielen Jahren ausgewählt hatte, legte sie zu einem handlichen Päckchen zusammen und stopfte sie genau dort unter das Futter, wo sie das Hundehalsband gefunden hatte. Doch dann widerte die ganze Geschichte sie plötzlich an. Sie warf den übrigen Schmuck wahllos in die Tasche und schloss sie, so gut es ging.

Wahrscheinlich hatte der Dieb darauf gebaut, dass ein Komplize die Reisetasche in der Herrentoilette abholen würde. Irgendjemand war jetzt vielleicht stinkwütend, weil Graf Radunov ihm zuvorgekommen war. Es sei denn, Radunov selbst war der Komplize. Während sie schlief, hätte er ihr die Tasche jederzeit abnehmen können. Vielleicht hatte er seine Meinung erst vor dem vorletzten Stopp geändert und es für das Sicherste gehalten, Emma die Tasche zurückzugeben und von ihr an Land tragen zu lassen. Er hatte wohl gedacht, dass eine Frau, die dumm genug war, sich auf einer geschäftigen Fähre in aller Öffentlichkeit mit einem Schlafmittel außer Gefecht setzen und vorübergehend bestehlen zu lassen, auch nicht genug Grips hatte, um zu merken, dass ihre Ansammlung falscher Kostbarkeiten sich vergrößert hatte, bevor der Dieb die Gelegenheit fand, sich das echte Collier wieder unter den Nagel zu reißen.

Aber Emma wusste, wie sie dieses Problem lösen konnte. Adelaide Sabine hatte ihr anvertraut, wo sich ihr Wandsafe befand, von dessen Existenz angeblich nicht einmal Vincent etwas wusste. Emma war da anderer Meinung, konnte sich jedoch durchaus vorstellen, dass Vincent die Kombination nicht kannte. Aber er nahm möglicherweise an, dass Mrs. Kelling nichts Wertvolles mitgebracht hatte, das sie darin aufbewahren wollte, und würde sicher nicht schnüffeln. Emma schlüpfte in ihren blauen Morgenmantel und fand ein Paar Hausschuhe mit weichen Sohlen. In den Marabupantöffelchen mit den klackenden Absätzen herumzustolzieren war in dieser Situation sicher unklug.

Sie hatte auch keine Lust, in Adelaides Zimmer Licht zu machen oder eine Taschenlampe zu benutzen. Ted und Neil waren vielleicht immer noch draußen und machten ihre Runde, vielleicht machte auch einer der Gäste noch einen kleinen Abendspaziergang, bevor er sich zur Ruhe begab. Die Fenster waren groß, und der Mond war beinahe voll, sie würde auch so genug sehen. Emma schaltete das Licht in ihrem Zimmer aus, vergrub das Hundehalsband in ihrer Bademanteltasche und begab sich in das einzige andere Schlafzimmer auf dieser Etage.

Ihr eigenes Zimmer war schon groß, doch der Raum, den Adelaide und ihr verstorbener Gatte bewohnt hatten, war riesig. Mr. Sabines Bett war nie entfernt worden, es stand nach wie vor an seinem Platz, inklusive Nachtschränkchen und stummem Diener. Außerdem gab es einen riesigen Kleiderschrank, wahrscheinlich als Kompensation für den fehlenden Stauraum in den Wandschränken. Es gab einen voluminösen Schreibtisch und einen Frisiertisch mit drei Spiegeln, einen Drehspiegel, eine Chiffoniere, eine Semainier-Kommode mit Marmorabdeckung, verschiedene andere Kommoden, einen Fußschemel, einen Sessel, einen Schaukelstuhl mit verblichenem Gobelinbezug und einen Fernseher in einem Walnussholzschrank. Aus den späten Fünfzigerjahren, wenn Emma sich nicht irrte. Dies musste das Refugium der Sabines gewesen sein, wenn ihnen die endlosen Gastgeberpflichten allzu viel wurden.

Der Safe befand sich in einem kleinen Wandschrank neben einem der Betten. Zu Emmas Erleichterung gab es eine kleine Glühbirne mit einer langen Zugschnur in der Schrankdecke. Wahrscheinlich hatte man das Licht angelassen, um die Schimmelbildung möglichst gering zu halten. Wenn man so nahe am Wasser wohnte, waren Feuchtigkeit und Schimmel der Preis, den man bezahlen musste. Sie stieg in den Schrank, schloss die Tür hinter sich und nahm einen Bademantel vom Haken. Der Stoff fühlte sich an, als seien die Motten über ihn hergefallen. Wahrscheinlich hatte er dem verstorbenen George Sabine gehört, und man hatte ihn zum Teil aus Sentimentalität dort hängen lassen. Emma fand das Astloch im Kiefernholz, genau an der Stelle, die Adelaide ihr beschrieben hatte. Emma drückte dagegen.

Eine hervorragende Arbeit, ihr eigener Schreiner hätte es nicht besser machen können. Wo zuvor nicht die kleinste Spur im Holz zu sehen gewesen war, sprang jetzt eine winzige Tür auf. Dahinter befand sich ein Safe. Emma gab die Zahlenkombination ein, die Adelaide ihr genannt hatte, öffnete die Safetür, legte das Schmuckstück auf einige vergilbte Dokumente, die sie nicht las, und schloss den Safe wieder. Sie hängte den Bademantel an den Haken zurück und verließ höchst erleichtert den Wandschrank.

Morgen würde sie sich mit Sarahs Mann in Verbindung setzen. Eine von Max Bittersohns Spezialitäten war das diskrete Auffinden von gestohlenem Schmuck. Er würde wissen, was zu tun war. Für heute Abend hatte sie alles Menschenmögliche getan. Jetzt war es am vernünftigsten, möglichst wenig an das schreckliche Collier zu denken und zu versuchen, ein wenig Schlaf zu bekommen.

Kapitel 10

Es war wirklich wunderschön, in diesem Zimmer aufzuwachen. Emma sah zu, wie die Sonnenstrahlen über den altmodischen Überwurf aus lila Plissee tanzten und freute sich, dass ihr Bett so bequem war. Sie fühlte sich wie neugeboren, draußen sangen die Drosseln, und von irgendwo her unten im Haus drang schwacher Kaffeeduft zu ihr ins Zimmer. Emma schlüpfte aus dem Bett, zog sich den Morgenmantel über, denn die Brise, die vom Meer durch das offene Fenster ins Zimmer wehte, war noch ziemlich kühl, und ging in ihr Badezimmer.

Sie überlegte, ob sie lieber wieder ins Bett kriechen oder endgültig aufstehen sollte. Als sie gerade versuchte, diese wichtige Frage mit einem Pantoffel am Fuß und dem anderen in der Hand zu beantworten, klopfte es an ihrer Tür. Sie zog auch den zweiten Pantoffel an und rief: »Herein!«

Es war Sandy, das liebe Ding, mit einem Tablett. »Ich habe die Toilettenspülung gehört, daher wusste ich, dass Sie auf sind. Bubbles hat den Tee gemacht, und ich hab' die Rose für Sie gepflückt. Es war ein Käfer drin, aber ich hab' ihn weggejagt. Sie können ruhig dran schnuppern, sie riecht echt toll.«

»Sehr nett von dir, Sandy. Vielen Dank.«

Die Rose, die das junge Mädchen ihr mitgebracht hatte, war duftig, klein und rosa, wie man sie um diese Jahreszeit an der Küste oft in der Nähe alter Häuser an großen Büschen blühen sah. Sandy hatte wahrscheinlich die schönste Blüte für sie ausgesucht, und die kleine silberne Vase hatte sie wohl in einem von Adelaides Schränken gefunden. Es gab hier unendlich viele hübsche Dinge, um die sich die Erben streiten konnten, wenn die Zeit gekommen war. Marcia neigte zwar nicht zu Zwistigkeiten, doch bei ihren beiden Schwägerinnen war sich Emma nicht so sicher. Vielleicht hatte Adelaide Listen vorbereitet, auf denen stand, wer was bekam, aber vielleicht war es ihr inzwischen auch völlig egal. Emma goss den Tee aus der eleganten Silberkanne in die zierliche Tasse und probierte einen kleinen Schluck. Perfekt, genau wie sie erwartet hatte.

Sandy zeigte keinerlei Lust, sich zu verabschieden. Emma störte es nicht. »Wie wird der Tag heute?« fragte sie das Mädchen.

»Gemischt, würde ich sagen. Das Wetter ist in Ordnung, aber bei Dad steht alles auf Sturm.«

»Ach herrje. Was hat er denn?«

»Der Mann, den Ted gefunden hat, ist weg.«

»Sandy! Das darf doch nicht wahr sein! Ich dachte, dein Vater hätte ihn in der Vorratskammer eingeschlossen.«

»Hat er ja auch. Deshalb ist er doch so sauer. Er glaubt, dass einer von uns ihn rausgelassen hat.«

»Wer denn?« Emma tat die Frage sofort Leid.

»Ich war es jedenfalls nicht. Und Bernice auch nicht, weil wir im selben Zimmer schlafen und sie sich jedes Mal, wenn sie aufsteht, den großen Zeh am Bettpfosten stößt. Also hätte ich es bestimmt gemerkt. Außerdem hat sie im Dunkeln Angst.«

»Dann verdächtigt dein Vater also deinen Bruder oder Ted?«

»Dad war gestern Abend schon ziemlich sauer, weil Neil und Ted den Kerl einfach ins Haus gebracht haben, ohne vorher zu fragen. Er weiß immer gern, was los ist. Und Neil ist stinkig, weil er Dad unfair findet. Meine Mutter sagt, dass Neil grade 'ne schwierige Phase durchmacht, aber ich glaube, dass er einfach nur stur ist. Eltern verstehen ihre Kinder nie richtig. Möchten Sie noch ein bisschen Tee, Mrs. Kelling? Es ist noch was in der Kanne. Ich könnte Ihnen noch eine Tasse einschenken.«

»Aber nur ein Schlückchen. Ich habe es am liebsten, wenn meine Tasse nicht ganz voll ist.«

Es reichte schon, wenn das Fass dabei war überzulaufen, dachte sie düster. Warum war dieser grässliche Mann nicht in der Speisekammer geblieben? Aber wenigstens war er nicht im Haus herumgeschlichen – oder vielleicht doch? Sie erinnerte sich genau, dass sie ihre Reisetasche gestern Abend auf den Schemel gestellt hatte. Doch da war sie jetzt eindeutig nicht mehr. Emma stellte ihre Tasse ab und begann zu Sandys großer Verwunderung, das Zimmer abzusuchen.

»Was ist los, Mrs. Kelling? Haben Sie was verloren? Kann ich Ihnen irgendwie helfen?«

»Ja, das kannst du. Ich vermisse meine kleine Reisetasche mit dem Feenschmuck. Du hast sie gestern sicher gesehen, als du mir beim Auspacken geholfen hast. Schau dich doch bitte schnell mal im Haus danach um. Wenn du sie nicht findest, geh bitte und sag deinem Vater Bescheid. Ich fürchte, dass sie jemand gestohlen hat.«

»Oh Gott! Sie meinen, der Kerl ist in Ihrem Zimmer gewesen, während Sie geschlafen haben?«

»Entweder er oder jemand anderer, es sei denn, ich bin urplötzlich zur Schlafwandlerin geworden. Sandy, ich bin sehr betroffen über diesen Vorfall. Bitte beeil dich. Ich werde mich jetzt anziehen.«

Das Mädchen stürzte davon. Emma wusch sich in aller Schnelle, schminkte sich, zog einen Khaki-Baumwollrock, eine beigegrün gestreifte Bluse und sandfarbene Espadrillos an. Mit passender Unterkleidung selbstverständlich. Es hatte Zeiten gegeben, in denen sie an heißen Sommertagen strumpflos gegangen war, aber nie, absolut nie war sie ohne Büstenhalter ausgegangen. Emma konnte sich nicht vorstellen, warum sich eine Frau im heiratsfähigen Alter freiwillig diese fürchterliche Unbequemlichkeit antat, nur um ein politisches Zeichen zu setzen. Wussten die Frauen denn nicht, dass die Büstenhalter, wie man sie heute trug, eine moderne Erfindung waren? Dazu gemacht, Frauen von den langen, unbequemen, engen Schnürkorsetts zu befreien, in die ihre barbusigen Großmütter und Urgroßmütter, die nicht einmal das Wahlrecht besaßen, sich hatten zwingen müssen, um an den Stellen Unterstützung zu bekommen, wo sie am dringendsten gebraucht wurde?

Nein, bestimmt nicht. Niemand wusste heute mehr etwas, die Menschen überließen alles den Computern. Emma besprühte sich mit Norell, um zu zeigen, dass ihr Herz ganz dem Kampf der

Frauen gehörte, setzte sich ihre Perücke auf und war gestiefelt und gespornt, als Vincent vor ihrer Schlafzimmertür erschien. Er sah aus, als würde er am liebsten irgendjemand den Kopf abbeißen, was man ihm wirklich nicht verdenken konnte.

»Sandy sagt, Sie wolln mich sprechen?«

»Ja. Sie hat mir erzählt, Ihr Amnesiemensch sei verschwunden. Hat sie Ihnen auch gesagt, dass er anscheinend nicht mit leeren Händen fort ist?«

»Er hat 'ne Tasche mit Schmuck mitgehen lassen, sagt sie. Ich hoffe, es war nichts Wertvolles drin?«

»Nein«, versicherte Emma. »Ganz im Gegenteil. Nur alter Modeschmuck, den ich zum Ausbessern mitgebracht hatte. Aber es ist trotzdem ärgerlich, bestohlen zu werden. Merkwürdigerweise wurde mir die Tasche auch schon gestern auf der Fähre gestohlen und dann in der Herrentoilette abgestellt. Graf Radunov hat sie für mich gerettet. Langsam wünsche ich mir, er hätte es nicht getan.«

Sollte sie Vincent erzählen, was sie in der Tasche gefunden hatte? Oder lieber nicht? Sie beschloss, es nicht zu tun. Jedenfalls noch nicht. Sie kannte zu viele hervorragende Amateurschauspieler, die mühelos den perfekten Ostküsten-Butler imitieren konnten. Außerdem wollte sich Emma noch nicht eingestehen, dass sie keine Lust hatte, die Zügel aus der Hand zu geben. Dazu war sie zu sehr gewohnt, allein Verantwortung zu tragen. Vincent schien es ähnlich zu gehen, er hatte offenbar seit Jahren, vor allem seit George Sabines Tod, so gut wie alles entschieden. Natürlich würde Emma sich keinesfalls auf etwas so Primitives wie einen Machtkampf einlassen, sie hielt es einfach nicht für notwendig. Sie hatte ihm von dem Diebstahl erzählt, das musste genügen, um ihn zu veranlassen, sofort etwas zu unternehmen.

»Ich habe meine Tasche genau untersucht«, fuhr sie fort, »und es scheint nichts zu fehlen. Aber ich fühle mich sehr unwohl bei dem Gedanken, dass jemand in meinem Zimmer herumgeschlichen ist, während ich schlief. Falls es hier irgendwo eine Polizeistation gibt, würde ich vorschlagen, wir rufen dort an.«

»Die wissen schon Bescheid«, sagte Vincent. »Ich hab' schon heute Morgen in aller Frühe dran gedacht, dass wir den Mann noch mal genauer befragen sollten, bevor die Jungs ihn abholen, und wollte mal nach ihm sehen. Also bin ich in die Vorratskammer, um nachzusehen, ob er sich heute 'n bisschen besser erinnert. Aber er war weg, flink wie ein Wiesel. Das Feldbett sah völlig unbenutzt aus. Daraufhin hab' ich mich ans Telefon gehängt und meinen Bruder Lowell angerufen, der is' hier Hafenmeister. Ich hab' ihn gebeten, die Hafenpolizei zu benachrichtigen, und er hat versprochen, den ganzen Hafen höchstpersönlich abzusuchen. Und ich wollte die Insel durchkämmen, zusammen mit den Jungs. Ich kann wirklich nich' verstehen, wie er von der Insel weggekommen is', aber ich weiß ja auch bis jetzt noch nich', wie er hergekommen is'. Ich weiß nich' mal, wie er aus der Vorratskammer rausgekommen is', aber das krieg' ich bald raus.«

Vincents Kiefer erinnerten an eine Hummerfalle, dachte Eva überflüssigerweise, nur wirkten sie noch kräftiger. »Sind Sie sicher, dass er es nicht allein geschafft haben kann?« fragte sie.

»Die Tür war nich' aufgebrochen, das Schloss war intakt, und die Lüftungsschlitze sind nich' mal für 'ne Katze groß genug. Höchstens für 'n ganz kleines Kätzchen. Sieht also ganz so aus, als hätt' ihn jemand rausgelassen. Es sei denn, er hatte 'nen Schlüssel in der Tasche, als ich ihn eingesperrt hab'. Was nich' der Fall war, denn ich hab' ihn eigenhändig gefilzt.«

»Konnte ihn denn jemand einfach herauslassen? Ist der Schlüssel so leicht zugänglich? Hatten Sie ihn denn nicht bei sich?«

Vincent war zwar nicht gerade verzweifelt, aber er schien sich ziemlich unwohl in seiner Haut zu fühlen. »Nein, hatte ich nich'. Das Zimmer, in dem ich schlafe, liegt am andern Ende des Flurs, wissen Sie. Ich hab' es mir ausgesucht, weil es 'ne Tür nach draußen hat. So kann ich raus zum Schiff oder sonst wo hin, ohne die andern zu wecken. Das bedeutet, dass ich ziemlich weit weg bin von der Speisekammer. Im Winter, wenn das Haus leer steht, schieb' ich immer den Riegel vor und nehm' den Schlüssel mit.

Aber mit 'nem Menschen drin fand ich das irgendwie nich' richtig. Es hätte ja sein können, dass es brennt. Oder dass er irgendwas Dummes anstellt und man ihn schnell rausholen muss. Und von meinem Zimmer aus konnte ich ihn ja nich' hören.«

»Verstehe. Sie haben völlig richtig gehandelt.«

»Ich hab' fest geglaubt, dass ich meinen eigenen Leuten trauen kann«, fuhr er mit einiger Bitterkeit fort, »also hab' ich den Schlüssel ins Schlüsselkästchen gehängt, wo wir ihn sonst auch immer reintun, und bin ins Bett gegangen.«

»Hängt das Schlüsselkästchen in der Küche?« erkundigte sich Emma.

»Neben der Speisekammertür, damit wir leicht drankommen. Als Mr. Sabine noch lebte, haben wir nie abgeschlossen. Aber heute, mit all den verrückten Schriftstellern und was weiß ich noch, hab' ich Angst, wenn ich's nich' mache. Ich hab' allerdings nich' damit gerechnet, dass mein eigen Fleisch und Blut mir sowas antun würde.«

»Sind Sie da nicht etwas vorschnell mit Ihrem Urteil? Es hätte doch auch einer der Gäste sein können, oder nicht?«

»Der müsste aber ganz schön gerissen sein, um so schnell rauszufinden, wie er das anstellen kann. Die Leute sind doch erst gestern Nachmittag gekommen. Gestern Abend hat keiner von ihnen auch nur 'nen Fuß in die Küche gesetzt, sagt Bubbles. Also konnte auch keiner wissen, dass der Mann da war. Ich weiß wirklich nich', was ich sagen soll, Mrs. Kelling. Sowas is' hier noch nie vorher passiert, jedenfalls nich', seit ich auf die Insel komme.«

»Nehmen Sie's nicht so schwer, Vincent. Davon geht die Welt nicht unter.«

Inzwischen war Emma sich ziemlich sicher, dass der Hausmeister eine durch und durch ehrliche Haut war. Er war es nicht gewöhnt, dass man seine Autorität untergrub und konnte damit nicht umgehen. Emma konnte das verstehen. »Sie haben doch wahrscheinlich eine Inventarliste von allem, was sich hier im Haus befindet. Wenn Sie möchten, könnte ich nach dem Frühstück nachsehen, ob etwas fehlt, während sie draußen die Insel absuchen. Wenn unser Freund nichts Wertvolleres als meine alte Tasche mitgenommen hat, haben wir noch einmal Glück gehabt. Da die Gäste anscheinend keine Ahnung von seiner Existenz haben, brauchen wir sie auch nicht zu informieren. Falls jemand anfängt, Fragen zu stellen, wissen wir sofort, wer der Schuldige ist. Ich gehe jetzt besser nach unten und frühstücke. Sie haben wahrscheinlich schon gefrühstückt, nehme ich an?«

»Ja, Mrs. Kelling. Ich bring' die Inventarliste hoch und leg' sie auf Ihren Schreibtisch, dann können Sie anfangen, sobald Sie fertig gefrühstückt haben. Falls Sie mich oder die Jungs für irgendwas brauchen, läuten Sie einfach die alte Schiffsglocke neben der Küchentür. Wenn jemand fragt, was wir machen, sagen wir einfach, es wär' für 'ne ökologische Untersuchung.«

Die beiden gönnten sich ein wohlverdientes Lachen und gingen gemeinsam nach unten. Emma hatte als Erste im Esszimmer sein wollen, das war ihr gelungen. Bubbles war noch damit beschäftigt, eine Reihe von Warmhalteplatten auf dem langen Buffet neben dem Tisch zu arrangieren. Er war hocherfreut, sie zu sehen.

»Fetfen Fie fich, Miffif Kelling. Ich bring Ihnen waf Leckeref, wenn ich hier fertig bin.«

»Machen Sie sich meinetwegen bitte keine Umstände, Bubbles. Ich wollte nur als Erste hier sein, damit ich die Gäste begrüßen kann, wenn sie eintreffen. Übrigens vielen Dank für den Tee. Sie können eines der Mädchen hochschicken, damit sie das Tablett holt, sobald sie Zeit hat.«

Bubbles versicherte ihr lispelnd, daf er Fandy oder Bernif jederfeit entbehren könne, wenn Emma fie brauche, und ging furück in die Küche, während er etwas von frischem Toaft und heiffen Muffinf murmelte. Emma fragte sich gerade, ob sie damit anfangen sollte, die Rechauds einer Inventur zu unterziehen, als Black John Sendick in den Raum hüpfte. Er trug Jogging Shorts, die man mit Fug und Recht als winzig bezeichnen konnte, und ein T-Shirt mit einem Bild von Tycho Brahe.

»Hi, Mrs. Kelling. Waren Sie schon im Wasser? Ich schon, aber nur für etwa dreizehneinhalb Sekunden. Meine Güte, ist das Wasser hier in Maine kalt! Was riecht denn hier so gut?«

Emma lächelte. Er erinnerte sie an ihren Enkel Wally, nur dass er glücklicherweise nicht jodelte. »Das wollte ich auch gerade herausfinden. Sollen wir schon anfangen?«

Sie hatten sich gerade mit ihren Tellern hingesetzt, als Joris Groot sich zu ihnen gesellte. Groot erklärte, er habe geschlafen wie ein Murmeltier, und verkündete, es ginge doch nichts über frische Seeluft als Appetitmacher. Danach nahm er sich reichlich von allem und machte sich umgehend daran, es zu verzehren.

Lisbet Quainley erschien mit Everard Wont im Schlepptau, als Emma gerade ihre zweite Tasse Kaffee austrank und darüber nachdachte, ob es nicht sinnvoller wäre, mit der Inventarliste anzufangen, anstatt herumzusitzen und abzuwarten, ob etwa jemand den Mann in der Küche, wie Mrs. Fath ihn gestern genannt hatte, erwähnte.

Oder hatte sie gar nicht den geheimnisvollen Fremden gemeint? Gestern Abend waren vier Männer in der Küche gewesen, sogar fünf, wenn man Neil mitrechnete. Mrs. Fath hätte im Grunde jeden von ihnen meinen können. Oder sie hatte einfach nur so dahingeredet, um sich ein Ziel für ihre vagen Vorhersagen zu sichern, falls tatsächlich etwas passieren sollte.

Momentan stand dieses Thema jedenfalls nicht zur Debatte. Alle waren viel zu sehr damit beschäftigt zu erzählen, wie gut sie geschlafen hatten. Sogar Everard Wont behauptete, eine friedliche Nacht gehabt zu haben, auch wenn Emma ihm dies nicht glaubte. Als die beiden eben hereingekommen waren, hatte Lisbet Quainley ziemlich besitzergreifend seinen Arm umklammert, außerdem sah sie um die Augen herum reichlich übernächtigt aus. Viel wahrscheinlicher war, dass die beiden die Nacht zusammen verbracht hatten, auch wenn Emma sich beim besten Willen nicht vorstellen konnten, was sie aneinander fanden. Aber wenigstens hatte Wont sich rasiert und trug einen sauberen roten Pullover zu seinen Jeans. Vielleicht für Lisbet? Schon eher, weil er es für angebracht hielt, die Wogen bei Mrs. Sabines Stellvertreterin zu glätten. Immerhin hatte er an diesem Morgen noch keinen einzigen Versuch gemacht, sich in den Vordergrund zu drängen.

Emma war überrascht, dass sich Alding Fath noch nicht manifestiert hatte. Sie hatte die Hellseherin für eine Frühaufsteherin und enthusiastische Frühstückerin gehalten, sie war schließlich angeblich auf dem Land aufgewachsen. Emmas Armbanduhr zeigte bereits neun Uhr an, doch von Mrs. Fath war nach wie vor nichts zu sehen.

Dafür erschien Graf Radunov, frisch wie der junge Tag und doppelt so strahlend, mit hellgrauer Hose, blauem Hemd, rotem Halstuch und einem karierten Madrasblazer in Marineblau, Rot und Grau. Emma hatte erwartet, dass er um diese Zeit zu ihnen stoßen würde. Wenigstens hatte sie sich in diesem Fall nicht getäuscht. Der Graf sagte nicht etwa, er habe gut geschlafen, sondern konstatierte galant, man könne sehen, dass Mrs. Kelling gut geschlafen habe, und stellte schmeichelhafte Vergleiche mit dem Morgentau und den Blüten der *Rosa rugosa* an. Von einem verschwundenen Fremden sagte er nichts.

Emma fand, dass sie hier eindeutig ihre kostbare Zeit verschwendete. Außerdem hätte sie das letzte Muffin besser nicht gegessen. Sie schob entschlossen ihren Stuhl nach hinten und erhob sich. »Vergessen Sie nicht, sich ein Lunchpaket machen zu lassen. Sie wissen ja, dass es bis heute Abend nichts mehr zu essen gibt. Hoffentlich hat Mrs. Fath nicht vergessen, dass wir ab halb zehn kein Frühstück mehr servieren. Vielleicht sollte ich besser schnell bei ihr vorbeischauen und sie daran erinnern.«

Niemand bot sich an, ihr diesen Gang abzunehmen. Graf Radunov hatte sich gerade den Teller mit einer Auswahl von Köstlichkeiten beladen und widmete sich seiner Beute mit der gebührenden Aufmerksamkeit. Wont und seine Schatzsucher besprachen gerade eingehend, ob sie nun ein Floß bauen sollten oder nicht. Emma überließ sie ihrer Diskussion, griff nach einem verblichenen Strohhut, der Adelaide gehört haben musste und auf einer Ablage an der Tür lag, und ging hinaus in die Sonne.

Abgesehen von dem kleinen Spaziergang, den sie gestern vom Dock zum Haus gemacht hatte, war dies für sie die erste Gelegenheit, sich auf dem Inselboden die Beine ein wenig zu vertreten. Es war angenehm, die elastische Schicht aus Kiefernnadeln unter den Leinenschuhen zu spüren und den würzigen Kiefernduft zu schnuppern. Emma erinnerte sich gut an den Weg zu den Hütten. Es hatte sich nicht viel verändert, seit sie und Bed damals hier gegangen waren. Inselbäume wurden nie sehr hoch, dazu wurden sie viel zu sehr vom Seewind gezaust. Der saure Regen hatte bisher kaum Schaden an den Granitfelsen angerichtet, soweit Emma sehen konnte, doch sie fühlte sich Felsen ohnehin nicht sonderlich verbunden. Sie waren einfach zu starr für eine Frau ihres Temperaments.

Aber in welcher Hütte wohnte Alding Fath? Ach ja, in dem Häuschen unten an der Bucht, in dem auch Emma und Bed damals geschlafen hatten. Die Tür stand offen, und Emma konnte durch das Fliegengitter in den großen Raum sehen. Mrs. Fath lag in ihrem Bett, ihr Kopf ruhte auf dem Kissen, ihr restlicher Körper unter einer hellblauen Decke. Sie war wach, machte jedoch nicht die geringsten Anstalten aufzustehen, als Emma auf die Veranda trat und an den Holzrahmen der Fliegentür klopfte.

»Mrs. Fath, ist alles in Ordnung mit Ihnen?«

Die Frau im Zimmer hob den Kopf ein wenig. Sie starrte auf die Tür, als könne sie sich nicht erinnern, wo sie war. »Oh, Mrs. Kelling.« Ihre Stimme klang merkwürdig, wie eine Mischung aus Lallen und Krächzen, ganz anders als gestern Abend bei ihrem animierten Geplauder. »Ich weiß auch nicht, was los ist. Ich fühle mich einfach nicht gut. Warten Sie einen Moment.«

Mrs. Fath befreite sich von ihrer Decke und enthüllte dabei Unmengen von pfirsichfarbenem Stoff. Ihr Nachthemd war hoch gerutscht, und sie verbrachte geraume Zeit damit, es wieder in Ordnung zu bringen, während Emma eisern aufs Meer hinaus starrte. Schließlich hatte die Seherin sich in einen grellbunten japanischen Kimonoverschnitt aus Synthetik gehüllt. Emma hatte die Dinger bisher nur in Souvenirläden für Touristen gesehen.

Mrs. Fath steckte ihre nackten Füße in Strohtreter und schlurfte zur Tür.

»Tut mir Leid, dass Sie warten mussten, Mrs. Kelling. Ich habe die Fliegentür eingehakt gelassen. Hatte Angst, die Stinktiere könnten kommen und mich holen, obwohl ich auch nicht genau weiß, warum sie das tun sollten. Es war zu stickig mit der geschlossenen Tür. Ich habe keine Luft mehr gekriegt.«

»Oh je. Haben Sie schlecht geschlafen?«

»Weiß ich auch nicht. Anscheinend bin ich eingeschlafen. Aber als ich wieder wach wurde, fühlte ich mich wie gerädert. Ich kann es mir selbst nicht erklären. Normalerweise schlafe ich immer hervorragend. Aber heute fühle ich mich einfach nicht wohl.«

»Wie meinen Sie das, Mrs. Fath? Ist Ihnen übel?«

»Nein, eigentlich nicht. Es ist nur – na ja, ein komisches Gefühl im Kopf. Und wenn ich aufstehe, ist mir schwindelig. Ich bin nicht wirklich krank, ich fühle mich nur unwohl.«

Sie sah auch aus, als sei ihr unwohl, obwohl Emma nicht genau sagen konnte, was es war. »Hoffentlich haben Sie sich nichts eingefangen, Mrs. Fath. Haben Sie vielleicht gestern auf dem Boot ein bisschen viel Sonne abbekommen?« Emma konnte sich zwar nicht vorstellen, dass jemand bei einem Sonnenstich eine derart verzögerte Reaktion zeigte, doch etwas weniger Ansteckendes fiel ihr momentan nicht ein. »Das Abendessen kann es nicht gewesen sein, denn allen anderen geht es blendend. Wir sind übrigens gerade mit dem Frühstück fertig. Ich wollte nur nachfragen, ob Sie auch etwas möchten. In etwa fünfzehn Minuten wird abgeräumt.«

Mrs. Fath sagte kein Wort.

»Ich könnte eins von den Mädchen mit Tee und Toast zu ihnen schicken.«

Das gehörte zwar nicht zur Hausordnung, aber sicher hätte Adelaide nichts dagegen, wenn Emma eine Ausnahme für jemanden machte, der sich nicht wohl fühlte. Mrs. Fath versuchte verzweifelt, dankbar zu klingen.

»Das ist sehr lieb von Ihnen, Mrs. Kelling, aber ich – ich weiß nicht. Es ist mir alles viel zu anstrengend.«

»Vielleicht sind Sie ja einfach nur erschöpft. Haben Sie in der letzten Zeit zu viel gearbeitet? Hatten Sie nicht vielleicht eine – äh – Vision, die Ihnen sagte, dass Sie dringend Ruhe brauchen?«

»Meine Visionen betreffen immer andere Menschen, niemals mich selbst. Und wenn ich mich nicht wohl fühle, läuft gar nichts mehr. Ev ist sicher stinksauer, wenn sich herausstellt, dass er mir die Fahrt für nichts und wieder nichts bezahlt hat.«

Kapitel 11

Die Wahrsagerin klang nicht so, als versetze diese Aussicht sie in Panik. Emma begann eine eigene Ahnung zu verspüren. Vielleicht beabsichtigte Mrs. Fath, auf diese Weise ihre Unfähigkeit, den imaginären Schatz von Pocapuk zu lokalisieren, zu kaschieren, während sie gleichzeitig einen angenehmen Urlaub auf Kosten anderer verlebte. Emma wusste, dass sie ob dieser Aussicht eigentlich erbost sein sollte, stattdessen reagierte sie leicht amüsiert und durchaus verständnisvoll.

»Dann legen Sie sich besser wieder hin. Ich schicke später jemanden vorbei, der nach Ihnen sieht. Kommen Sie, ich helfe Ihnen.«

Einen Moment lang befürchtete sie, die Frau könne ohnmächtig werden. Vielleicht gehörte das alles zu ihrer Rolle, doch Emma wollte trotzdem keinerlei Risiko eingehen. Sie führte Mrs. Fath zu ihrem Bett, half ihr aus dem Kimono und sorgte dafür, dass sie gut zugedeckt im Bett landete. Ihr Puls war ein wenig langsam. Emma kannte sich aus, immerhin hatte sie in ihrer Familie schon oft genug Kranke versorgt, doch es gab viele Menschen, die gelegentlich ohne besonderen Grund einen schwachen Puls hatten. Mrs. Faths Haut fühlte sich kühl und feucht an, aber auch das war nicht ungewöhnlich, wenn die Tür die ganze Nacht offen stand und die frische Meeresbrise ungehindert ins Zimmer blies. Emma hielt es für das Vernünftigste, die Frau noch eine Weile in Ruhe zu lassen, und dann weiterzusehen.

Sie ging zurück zum Haus, sprach mit Bubbles ab, dass Mrs. Fath in Kürze ein kleiner Snack gebracht werden sollte, und begann, sich mit der Inventarliste zu beschäftigen.

Die gesamte Liste durchzugehen hätte sicher den ganzen Sommer in Anspruch genommen, daher beschloss sie, sich nur auf die wertvolleren Objekte zu konzentrieren. Sie begann mit dem einzigen Gegenstand, der nicht aufgelistet war.

Das Collier befand sich immer noch im Wandsafe, genau an

der Stelle, wo sie es gestern hingelegt hatte. Es war wirklich ein unglaubliches Schmuckstück. Vielleicht hatte sie sich getäuscht, und die Diamanten waren doch nicht echt? Emma nahm das Trinkglas, das zu der Karaffe auf Adelaides Nachttisch gehörte, und testete, ob die Steine Spuren auf dem Glas hinterließen. Die Kratzer waren scharf und klar, es bestand also kein Zweifel. Ganz in Gedanken versunken begann sie, mit den verschiedenen Steinen kleine Enten und Fische in das Glas zu ritzen. Als ihr bewusst wurde, was sie tat, hörte sie auf und legte das Collier zurück in den Safe.

Sie hätte es nicht so bedenkenlos anfassen sollen, vielleicht gab es ja Fingerabdrücke darauf. Aber konnte man auf einem Diamantcollier überhaupt Fingerabdrücke erkennen? Wahrscheinlich nicht, aber im Polizeilabor waren heute die unglaublichsten Dinge möglich. Am besten, sie nahm das zerkratzte Glas mit, tauschte es gegen das Glas in ihrem Zimmer aus und ließ es dann zufällig auf den Badezimmerboden fallen. Jammerschade, das Set zu zerstören, aber diese einfachen Glaskaraffen ließen sich notfalls leicht ersetzen. Sie ging zu Adelaides Frisiertisch.

Parfümfläschchen aus filigranem Silber, Bürsten mit Silbergriff, Kämme, Stiefelknöpfer, ein silbernes Tablett für Haarnadeln, silberne Bilderrahmen, weiß der Himmel was sonst noch alles aus Silber, doch laut Liste fehlte nichts. Vermutlich alles Hochzeitsgeschenke, Geburtstagsgeschenke oder Geschenke zur Silberhochzeit. Die unzähligen Silbergegenstände waren Gästen sicher aufgefallen und hatten Anlass zu der Vermutung gegeben, die Sabines sammelten Silber, woraufhin man ihnen noch mehr davon geschenkt hatte. Das war der Preis, den man für seinen Reichtum bezahlte. Man sammelte immer mehr Dinge an, um die man sich kümmern musste. Das Silber musste dringend geputzt werden, sie würde Sandy und Bernice an einem verregneten Nachmittag dazu abkommandieren.

Nicht dass es ihnen an Arbeit mangelte. Für zwei junge Mädchen gab es hier mehr als genug zu tun. Vincent hätte besser einen Erwachsenen eingestellt. Aber vielleicht hatte er kein älteres Mädchen gefunden, das bereit war, den ganzen Sommer auf einer einsamen Insel zu hocken. Oder er hatte einfach kein Risiko eingehen wollen. Dieser Ted war jemand, den Emmas Mutter als Luftikus bezeichnet hätte. Mama hätte ganz sicher keines ihrer Hausmädchen auch nur in seine Nähe gelassen.

Genug davon. Soweit sie sehen konnte, fehlte nichts. Das Esszimmer war inzwischen sicher wieder aufgeräumt, sie ging also besser dorthin und zählte das Silber. Emma suchte gerade im Buffet nach den Etageren, als Vincent aus der Küche hereingestürzt kam. Er war klatschnass und tropfte auf den Fußboden, was er jedoch nicht zu bemerken schien.

»Vincent, was ist passiert?« rief sie. »Sehen Sie denn nicht, was Sie da – «

»Ich muss unbedingt telefonieren.«

Wenn ein Mann in diesem Ton sprach, wusste eine Frau, dass sie besser nicht weiterfragte. Emma trat einen Schritt zur Seite und ließ ihn vorbei. Obwohl sie eigentlich im Esszimmer bleiben und weiter das Silber zählen sollte, folgte sie ihm ins Wohnzimmer.

Vincent beachtete sie gar nicht. Er nahm das Telefon aus dem Lackkabinett und wählte eine Nummer, die er auswendig wusste. »Is' Lowell da? Mist! Dann finden Sie ihn so schnell wie möglich. Sagen Sie ihm, wir hätten den Kerl gefunden. Unter den Klippen, in anderthalb Meter Wasser, tot wie 'ne Makrele, mit eingeschlagenem Schädel. Sieht aus, als wär' er auf die Felsen gestürzt. Sagen Sie Lowell, er soll kommen, sobald er kann.«

Vincent knallte den Hörer auf die Gabel, ohne eine Antwort abzuwarten, und wandte sich an Emma, die alles mitangehört hatte.

»Wir haben ihn oben am George's Rock gefunden.«

»Wo ist das, Vincent?«

»Am obern Ende der Insel, drüben am Kiefernwald. Da fallen die Felsen ziemlich steil ab. Muss im Dunkeln die Klippen runtergefallen sein und is' dann zwischen Felsen und Schlick aufgeschlagen. Gut, dass Flut war und nich' Ebbe, sonst hätten wir nie rausbekommen, was aus ihm geworden is'. Ted hat Ihre alte Tasche gefunden. Trieb mit dem Boden nach oben im Wasser. Wahrscheinlich hätten wir sonst gar nichts gemerkt. Muss Luft in die Tasche gekommen sein, als sie ins Wasser gefallen is'. Also sind wir runtergeklettert und haben ein bisschen rumgesucht, und dabei haben wir ihn gefunden.«

»Das muss ja ein furchtbarer Schock für Sie gewesen sein.«

»Für ihn war's bestimmt noch schlimmer. Hat wohl die Orientierung verloren und gedacht, er läuft aufs Dock oder so. Und dann is' er da unten gelandet.« Vincent war für seine Verhältnisse äußerst gesprächig. Aber das kam wahrscheinlich vom Schock. Manche Menschen reagierten auf diese Weise.

»Ted pumpt grade das Schlauchboot auf, das wir für Notfälle hier auf der Insel haben. Er wollte nich' verraten, dass wir hier eins haben, vor lauter Angst, dieser Angeber, der Pocapuks Schatz suchen will, würde es sich untern Nagel reißen und an den Felsen zerfetzen. Wir wollten den armen Teufel nich' mit 'nem Seil die Klippen hoch hieven und auf 'ner Bahre aus 'm Wald tragen. Daher haben wir beschlossen, ihn mit unserm Schlauchboot vom Felsen zu holen und zum Dock zu bringen, wo Lowell ihn mit seinem Patrouillenboot abholen kann.«

»Sicher die beste Lösung«, sagte Emma. Sie hatte zwar keine Ahnung, wovon sie sprach, aber was machte das schon? »Vincent, sollten Sie sich nicht lieber einen kleinen Brandy genehmigen und etwas Trockenes anziehen?«

»Mir reicht 'ne Tasse Kaffee. Hat keinen Zweck, sich jetzt umzuziehen, wenn ich gleich sowieso wieder nass werde. Wir haben ein paar von Ihren Schmuckstücken aus dem Wasser gefischt. Die Tasche muss aufgegangen sein, als der Mann gefallen is'. Neil sucht immer noch nach dem Rest.«

»Ja, der Verschluss war kaputt. Bitte sagen Sie Neil, er soll sich die Mühe sparen. Es tut mir furchtbar Leid, dass jemand für diesen wertlosen Tand ums Leben gekommen ist.«

Aber für den Dieb war es mehr als wertloser Tand gewesen, denn der Mann hatte geglaubt, ein Diamantcollier gestohlen zu haben. Und das bedeutete wahrscheinlich, dass es einen Komplizen gab, der ihn aus der Speisekammer gelassen und ihm gesagt hatte, wo er nach dem Schmuck suchen sollte. Sie musste es Vincent unbedingt sagen. Doch Vincent war nicht in der Stimmung zuzuhören.

»Ich muss wieder raus. Sollen wir's den andern sagen?«

»Das werden wir wohl müssen, meinen Sie nicht? Immerhin wird bald eine Leiche auf dem Dock liegen, bis das Boot kommt und sie abholt. Immerhin könnte Dr. Wont es als spannende Episode in sein Buch einbauen«, fügte sie trocken hinzu.

Vincent stöhnte. »Wat dem einen sin Uhl, is' dem andern sin Nachtigall. Sie wollen es doch nicht zu lange aufschieben?«

»Nein, ich werde die Leute sofort informieren. Ich glaube nicht, dass es viel Sinn hat, mit der Inventarliste weiterzumachen, wo wir doch wissen, dass er außer meiner Tasche nichts mitgenommen hat.«

»Das wissen wir eben nich'«, widersprach Vincent. »Vielleicht haben wir den Rest bloß noch nich' gefunden.«

»Dann warten wir eben, bis Ebbe ist. Liegen die Felsen dann frei?«

»Mehr oder weniger, aber vielleicht trägt die Ebbe das Zeug auch raus aufs Meer. Es dauert nich' mehr lange, bis das Wasser abläuft. Viel Zeit zum Suchen bleibt uns nich'.«

»Ich beeile mich«, versprach Emma. »Wissen Sie, wo die Gäste sind?«

»Als ich sie zuletzt gesehen hab', waren sie draußen am Shag Rock und ärgerten sich, dass niemand das Floß für sie bauen will. Nehmen Sie den Weg da vorn an der Hintertür und gehn Sie immer weiter gradeaus, bis Sie entweder auf die Männer oder das Meer stoßen, je nachdem.«

Vincent platschte in Richtung Küche davon. Emma setzte sich Adelaides Hut auf und ging zur Hintertür. Eigentlich brauchte sie den Hut gar nicht. Die Sonne, die eben noch so gestrahlt hatte, als sie nach Mrs. Fath geschaut hatte, war inzwischen hinter großen Wolken verschwunden. So viel zur Wettervorhersage.

Aber Emma hatte keine Lust, den Hut jetzt wieder zurückzubringen.

Sie beschleunigte ihre Schritte. Als sie den Hügel hinter sich gelassen hatte, hörte sie weit entferntes Blaffen. Es klang wie ein Hund, doch wahrscheinlich war es Everard Wont, der jemandem lautstark Anweisungen gab. Sie konnte kein Wort verstehen, aber das war ihr egal.

Auf der Insel trug der Schall erstaunlich weit, dachte Emma, nachdem sie eine Weile gegangen war. Der Weg schien kein Ende zu nehmen, das Meer war nach wie vor nicht zu sehen. Doch das war nicht weiter schlimm, denn die Aussicht, die Gäste über den Todesfall zu unterrichten, war nicht sonderlich angenehm, und Emma genoss trotz ihres schlechten Gewissens die sportliche Betätigung. Wont hatte Gott sei Dank mit Blaffen aufgehört. Stattdessen konnte sie jetzt die unterschiedlichen Vögel hören, die mit ihrem Zwitschern, Tschirpen, Singen, Kreischen und Quaken die Stimmen seiner weniger lauten Begleiter übertönten.

Emma bewegte sich anscheinend völlig geräuschlos, denn Graf Radunov war noch verblüffter als sie, als sie plötzlich hinter einem besonders großen Felsblock auftauchte und ihm genau in die Arme lief.

»Entschuldigen Sie bitte«, rief sie außer Atem, »aber ich bin in Eile.«

Der Graf verlor anscheinend niemals seinen Aplomb. Er erwiderte höflich: »Warum sollte man an einem wunderschönen Tag wie diesem in Eile sein? Meine liebe Mrs. Kelling, kann ich Sie nicht überreden, mit mir ein wenig an diesem bezaubernden Ort zu verweilen?«

Es war absolut kein wunderschöner Tag, der Wind wurde immer stärker und die Wolken mit jeder Sekunde größer und schwärzer. Außerdem gab es wenig Bezauberndes an diesem Ort, soweit Emma sehen konnte. Ganz im Gegenteil, vor dem Felsen, an dem der Graf so lässig gelehnt hatte, wuchs eindeutig Giftsumach.

Oder hatte er gar nicht lässig gelehnt? Radunov erweckte diesen Eindruck, doch Emma hatte einmal als Buttercup in einer *Pinafore*-Aufführung genau den gleichen Trick benutzt. Nur viel überzeugender.

»Zum Verweilen fehlt mir leider die Zeit«, konterte sie ein wenig spitz. »Und Sie sollten sich besser vor dem Giftsumach in Acht nehmen, sonst werden Sie es bald bereuen.«

Das wirkte. Der Graf entfernte sich augenblicklich vom Felsen und schloss sich ihr an. Den Rest des Weges legten sie mehr oder weniger schweigend zurück. Schließlich erreichten sie eine kleine Anhöhe. Wie Vincent gesagt hatte, hockten Everard Wont, Groot, Sendick und Lisbet Quainley am Ufer und starrten hinaus auf ein paar muschelübersäte, mit zottigem Seetang behangene Felsen, die schwarz waren von den ständig gegen sie klatschenden, immer höher werdenden Wellen. Ein Fels war größer als die anderen, wie eine Stele geformt und trug eine weiße Haube. Zweifellos Miss Quainleys Phallussymbol. Emma unterdrückte ein deplatziertes Kichern. Auch Radunov bemühte sich redlich, nicht zu amüsiert auszusehen. Emma wollte lieber nicht darüber nachdenken, was ihm wohl durch den Kopf ging.

Black Johns Sweatshirt lag auf dem Strand, wenn man den schmalen Streifen aus Felsen und trockenem Seetang überhaupt als Strand bezeichnen konnte. Seine Badehose war nass, und seine Haut sah ein klein wenig bläulich aus. Wahrscheinlich hatte er sich wieder dem kalten Wasser ausgesetzt. Groot hatte eine Kamera umgehängt, fotografierte jedoch nicht. Lisbet Quainley machte mit Kohle unkonzentrierte Striche auf einen Zeichenblock, den sie in ihrer linken Armbeuge hielt. Keiner schien sich bei seiner Tätigkeit gestört zu fühlen, auch wenn Wonts Begrüßung alles andere als herzlich ausfiel.

»Ach, Sie sind's. Wo ist Alding?«

»Im Bett«, klärte ihn Emma auf. »Sie fühlt sich nicht wohl.«

Er fasste diese Antwort anscheinend als persönliche Beleidigung auf. »Wie meinen Sie das, sie fühlt sich nicht wohl? Was fehlt ihr denn?«

»Ich habe keine Ahnung. Sie weiß es selbst nicht. Wir hoffen, dass sie lediglich von der Reise erschöpft ist und mit dem Klimawechsel noch nicht richtig zurechtkommt. Sie will es heute langsam angehen lassen. Wahrscheinlich ist sie morgen wieder fit. Doch ich bin nicht hier, um mit Ihnen über Mrs. Fath zu sprechen«, fuhr Emma fort, bevor Wont ihr ins Wort fallen konnte. »Ich muss Ihnen leider mitteilen, dass etwas Furchtbares passiert ist. Das Personal ist wohlauf, da kann ich Sie beruhigen, es betrifft einen Fremden, den niemand hier kennt. Anscheinend wusste er selbst nicht, wer er war.«

Nach dieser Einführung hatte sie die ungeteilte Aufmerksamkeit ihrer Zuhörer. Emma schilderte die ganze Geschichte: wie Ted einen Fremden gefunden hatte, der einen zerrissenen Taucheranzug trug, keinerlei Angaben über seine Identität machen konnte und selbst nicht wusste, wie er nach Pocapuk gekommen war. Sie erzählte, dass er aus der Speisekammer verschwunden war und tot am Fuß der Klippen im Wasser gelegen hatte, zusammen mit ihrer Reisetasche, inmitten ihrer falschen Juwelen.

»Kann man vielleicht verwerten.« Joris Groot machte sich an seiner Kamera zu schaffen. »Ist er noch da?«

»Nein.« Emma nahm an, dass man einem Illustrator vermutlich nicht verübeln konnte, wenn er sich auf die grafischen Möglichkeiten konzentrierte, trotzdem fühlte sie sich von seiner Reaktion abgestoßen. Wont hatte wenigstens genügend Anstand, den Mund zu halten, obwohl Emma nicht entging, wie er Groot viel sagend zunickte. Hervorragender Stoff für sein Buch.

Dafür war Lisbet Quainleys Reaktion einigermaßen angemessen. »Oh, Mrs. Kelling, es tut mir ja so Leid! Gott sei Dank hat er Ihnen nichts angetan! Aber woher wusste er, dass Sie den Schmuck dabei hatten? Sie glauben doch nicht, dass jemand vom Personal – aber das würde doch keiner von ihnen machen, oder? Ich meine, Mrs. Sabine hätte doch sicher niemanden in ihrem Haus, der – « Sie bemerkte, dass sie sich auf schwankendem Boden befand. »Außerdem gibt es hier kein Telefon. Oder gibt es vielleicht doch eins?«

Emma wollte auf keinen Fall, dass es zwischen den Gästen und dem Dienstpersonal zu Unstimmigkeiten kam. »Ich glaube, dass der Mann die lächerliche Lügengeschichte geglaubt hat, die ein Taxifahrer verbreitet hat. Er hat mich zur Fähre gebracht. Als ich einstieg hat er meine Tasche genommen, um sie ins Taxi zu legen, und dabei ist der Verschluss kaputt gegangen. Der Mann hat den Schmuck gesehen und mir daraufhin von Pocapuks Schatz erzählt. Mir schwante, dass er meinen Schmuck für echt halten könnte, daher habe ich ihm versichert, es handele sich nur um Modeschmuck, und ihm gesagt, dass ich Mrs. Sabines neue Haushälterin sei. Offenbar hat er mir kein Wort geglaubt.«

»Wer würde das schon?« murmelte Graf Radunov. »Verehrte Mrs. Kelling, Ihre Fähigkeiten als Haushälterin sind sicher unvergleichlich, doch niemals, wirklich niemals könnten Sie irgendjemanden glauben machen, Sie gehörten zum Dienstpersonal.«

»Das könnte ich sehr wohl, wenn ich genug Zeit hätte, die Rolle einzustudieren«, insistierte Emma. »Sie hätten mich als Hannah in *Ruddigore* sehen sollen!«

»Ich werde bis zu meinem letzten Atemzug bedauern, dass mir dieser Anblick nicht vergönnt war. Aber die Geschichte, die Sie uns gerade erzählt haben, ist wirklich äußerst bemerkenswert. Es erscheint mir reichlich unglaublich, wenn ich mir die Bemerkung erlauben darf, dass jemand so schnell einen Taucheranzug auftreibt und einer Fähre nachschwimmt. Immerhin ist es ein ganzes Stück bis nach Pocapuk. Natürlich wäre es möglich, dass er mit uns zusammen auf der Fähre war und über Bord gesprungen ist, als wir anlegten. Aber warum hat ihn dann keiner von uns gesehen?«

»Wenn er gewartet hätte, bis wir an Land gingen, und dann vom Heck aus ins Wasser gesprungen wäre, hätte er es möglicherweise schaffen können«, meinte Black John Sendick. »Vielleicht ist er auch in einem anderen Boot gekommen. Er hätte bis in die Nähe von Pocapuk die Küste entlang fahren können und sich dann von einem Komplizen so nahe wie möglich heranfahren lassen können. Er wäre von niemandem bemerkt worden und wäre die restliche Strecke geschwommen. So würde ich es jedenfalls machen, wenn es meine Geschichte wäre.«

»Wenn es deine Geschichte wäre, könntest du natürlich nach Belieben einen Komplizen aus dem Ärmel schütteln«, knurrte Joris Groot. »Vielleicht kannte der Mann ja niemanden, der ein Boot hatte?«

»Er hätte doch jemanden bezahlen können, oder? Und der Komplize hat ihn dann gestern Abend nicht wie besprochen abgeholt. Und deshalb ist er ertrunken.«

»Klingt nicht besonders schlüssig.«

»Vielleicht müsste man an dem Plot noch ein bisschen feilen«, gab Black John Sendick zu. »Aber irgendwie muss er hergekommen sein, sonst wäre er jetzt nicht tot. Oder jedenfalls nicht hier auf Pocapuk. Wie soll es denn jetzt weitergehen, Mrs. Kelling?«

»Vincent hat seinen Bruder eingeschaltet. Er ist Hafenmeister und kommt her, um den Toten abzuholen. Ich weiß nicht, wann genau das Boot eintrifft. In der Zwischenzeit wollen Vincent und seine Helfer die Leiche zum Dock bringen, da der Transport über die Klippen zu schwierig ist. Ich schlage vor, dass wir das Gebiet so lange meiden.«

»Soll das heißen, wir können ihn nicht mal sehen?« protestierte der junge Schriftsteller.

»John, du bist wirklich ekelhaft!« rief Lisbet Quainley.

»Ich dachte nur, dass einer von uns ihn vielleicht identifizieren kann, falls er doch auf der Fähre war.«

Sendick war entweder rot angelaufen oder bekam trotz des bedeckten Himmels einen Wahnsinnssonnenbrand, dachte Emma. Sie war sich nicht sicher, ob er tatsächlich so morbide war oder nur versuchte zu helfen. Höchstwahrscheinlich eine Mischung aus beidem. Die Leiche eines geheimnisvollen Fremden stellte sicher eine unwiderstehliche Versuchung für einen angehenden Kriminalautor dar.

»Ich weiß nicht, wie das weitere Procedere aussieht«, teilte sie ihm mit. »Da müssen Sie sich an Vincent wenden. Was mich betrifft, hoffe ich nur, dass möglichst bald jemand kommt und sich um alles kümmert, damit diese schreckliche Geschichte ein Ende hat. In Büchern mag so etwas ja interessant und spannend sein, aber im wirklichen Leben hasse ich es.«

»Verdammtes Pech, dass Alding ausgercchnet jetzt krank ist. Sie hätte den Fall bestimmt im Handumdrehen gelöst.« Lisbet Quainley machte sich anscheinend über die Hellseherin lustig. Offenbar glaubte sie genauso wenig an Alding Faths telepathische Kräfte wie Emma.

Sie fragte sich, wer Mrs. Faths Kräfte überhaupt ernst nahm. Wahrscheinlich Everard Wont, für ihn basierte anscheinend die Arbeit des ganzen Sommers auf der Voraussetzung, dass Mrs. Fath ihn zu Pocapuks vergrabenem Schatz führen konnte und würde. Es sei denn, er plante, den Ausgang zu manipulieren oder zu fälschen. Emma konnte sich schlecht vorstellen, dass er sich die ganze Mühe machte, ohne ein Ass im Ärmel zu haben. Andererseits hatte er auch nicht gemerkt, dass ihn die Brüder vom Geselligen Kabeljau zum Narren gehalten hatten, was bedeutete, dass er unglaublich naiv sein musste. Oder war er einfach nur zu faul gewesen? Was für ein unangenehmer Mann! Warum konnte man ihn nur so schwer einordnen?

Black John Sendick glaubte entweder auch an Alding Fath oder versuchte es zumindest, da war sich Emma ziemlich sicher. Beddoes Kelling hatte ihr vor langer Zeit einmal gesagt, dass die besten Verkäufer zugleich die leichtgläubigsten Käufer seien, daher war anzunehmen, dass die Verfasser von Sensationsbüchern dazu neigten, die unglaublichsten Geschichten zu glauben.

Und Joris Groot? Vielleicht, vielleicht auch nicht. Emma hätte gern gewusst, ob er seine Illustrationen auf gut Glück angeboten hatte oder ob er klug genug gewesen war, Wont einen richtigen Vertrag nebst Vorschuss abzuluchsen. Ein Mensch konnte alles glauben, was seinem Arbeitgeber passte, so lange er wusste, dass ihm sein Geld sicher war.

Kapitel 12

Und wie stand es mit Graf Radunov? Glaubte dieser sympathische Gentleman überhaupt an irgendetwas anderes als die Unwiderstehlichkeit seines altmodischen Charmes? Aber wenigstens stellte der Graf jetzt seinen gesunden Menschenverstand unter Beweis.

»Wenn ich mir den Vorschlag erlauben darf, sollten wir uns schleunigst in Sicherheit bringen, bevor die Wolken da oben noch schwärzer werden. Ich habe bereits einen Tropfen abbekommen.«

Es fiel sehr viel mehr als nur ein Tropfen vom Himmel, und sie waren bereits ziemlich nass, als sie das Haus erreichten. Doch keiner war durchnässt genug, um sich umziehen zu müssen, und keiner der angeblich so engagierten Künstler schien Lust zu haben, in seine Hütte zurückzukehren und sich seiner kreativen Arbeit zu widmen. Groot und Sendick machten ein neues Feuer auf der Asche vom vorigen Abend. Sie standen am Kamin und trockneten sich, während Emma nach Karten und Chips suchte. Sie fand noch eine Menge anderer Spiele: Scrabble, Monopoly, Dame, all die Ablenkungen, mit denen sich Urlauber bei schlechtem Wetter, wenn es nichts anderes zu tun gibt, die Zeit vertrieben. Aber man hatte sich für Poker entschieden.

An Adelaide Sabines Spieltisch war zwar genug Platz für sechs Personen, doch Emma entschuldigte sich. »Machen Sie bitte ohne mich weiter, ich möchte gern nachsehen, ob Mrs. Fath ihr Frühstück bekommen hat.«

Dass sie außerdem herauszufinden gedachte, was mit der Leiche geschehen war, behielt sie für sich. Es wäre unhöflich gewesen, und eine gute Gastgeberin versuchte stets, alles Unangenehme von ihren Gästen fern zu halten, selbst wenn sie sich heimlich eingestehen musste, dass ihr diese Gäste ziemlich auf die Nerven gingen.

Der Regen war inzwischen richtig stark geworden, und auch

der Wind frischte weiter auf. »Kommt der Wind vor dem Regen, kann man bald wieder Segel setzen. Kommt der Regen vor dem Wind, Topsegel streichen und auf die Fallleinen achten.« Emma erinnerte sich noch an einige Wetterregeln aus ihren Segeltagen, und sie stimmten jedes Mal. Im günstigsten Fall würde es den ganzen Tag regnen, und wahrscheinlich kam auch noch ein Sturm auf.

Auch wenn sie den unglückseligen Mann nicht kannten und nicht wussten, was er getan hatte, konnten sie seine Leiche unmöglich während eines Unwetters ungeschützt draußen am Dock liegen lassen. Vielleicht war es absurd, die sterbliche Hülle eines Menschen mit einer Ehrerbietung zu behandeln, die man dem Besitzer zu Lebzeiten nicht gezollt hätte. Doch so war es nun einmal, und Emma würde es Vincent klar machen müssen.

Vincent war ihr natürlich wieder einmal um Längen voraus. Sie fand ihn in der Küche. Er trug trockene Kleidung und hohe Stiefel, stand neben dem großen schwarzen Eisenofen und hielt einen Becher mit frischem Kaffee in der Hand. Der Ofen brannte, Emma konnte die gelben Flammen hinter den offenen Schlitzen der vorderen Ofenklappe sehen. Vincent stellte seine Kaffeetasse ab und nickte ihr zu. »Kann ich was für Sie tun, Mrs. Kelling?«

»Ich wollte mich nur erkundigen, ob Mrs. Fath etwas zu essen bekommen hat und was mit dem Fremden geschehen ist.« Sie brachte es nicht fertig, das Wort Leiche zu benutzen, es klang einfach zu brutal. »Ihn draußen auf dem Dock im Regen liegen zu lassen – « Sie wusste nicht, wie sie ihren Satz beenden sollte.

Vincent wusste es. »Wär' nich' richtig. Und auch nich' sicher, wenn die Wellen noch höher werden. Wir haben ihn mit dem Buggy geholt und in den alten Stall gebracht. Wir haben Planken auf Holzböcke gelegt und ihn mit 'ner Pferdedecke aus der Zeit zugedeckt, als wir das Pony noch hatten. Die Decke is' sauber«, fügte er wie zu seiner Verteidigung hinzu. »Die Alternative wär' die Speisekammer gewesen. Und Sie wollen doch wohl nich', dass er bei unsren Vorräten liegt, oder?«

Emma schauderte es. »Wohl kaum. Besteht die Möglichkeit,

dass man ihn heute noch abholt? Draußen sieht es ja ziemlich schlimm aus.«

»Es wird noch schlimmer, bevor es wieder besser wird«, erklärte Vincent. »Im Radio haben sie was von ’nem tropischen Sturm gesagt, der später die Küste hochziehen soll. Vielleicht is’ er verdammt viel schneller, als die angenommen haben. Wenn wir Glück haben, hat er sich bis morgen früh ausgetobt. Ich hab’ damit gerechnet, dass Lowell noch vor Mittag hier eintrifft, aber er hat wohl genug zu tun mit all den gekenterten Booten im Hafen. Er meint, unser Mann kann bis morgen früh warten. Man kann ihm ja sowieso nich’ mehr helfen.«

Er trank seinen Kaffe aus und stellte die Tasse auf das Regal hinter dem Ofen. »Für Mrs. Fath is’ gesorgt. Bubbles hat sie unter seine Fittiche genommen. Er war schon bei ihr un’ hat ihr ’ne Tasse Tee und ’ne Scheibe Toast gebracht. Jetzt will er ihr auch noch was backen. Er is’ unten im Keller und holt Eier und Sahne.«

»Im Keller? Ich wusste gar nicht, dass wir einen Keller haben«, sagte Emma.

»Is’ ja auch bloß ’n ganz kleiner. Unter der Speisekammer. Da unten bleibt alles schön kühl. Deshalb brauchen wir auch nur einen Kühlschrank. Wolln Sie ihn mal sehen?«

»Vielleicht später«, erwiderte Emma. »Hat Bubbles gesagt, wie sich Mrs. Fath fühlt?«

»So la-la, glaub’ ich. Sie hat ihren Tee getrunken und bei sich behalten. Jedenfalls war er noch drin, als Bubbles ging.«

»Das ist ein gutes Zeichen. Sind die Mädchen schon von den Cottages zurück? Hoffentlich sind sie nicht zu nass geworden.«

»Das bisschen Regen halten die beiden schon aus. Eigentlich müssten sie schon zurück sein. Wenn nich’, geh’ ich sie holen. Ich hielt es nur für besser, sie rüberzuschicken, solange der Professor und seine Leute noch draußen nach Pocapuks Schatz suchen. Ich will nich’, dass die beiden noch in den Hütten sind, wenn die Gäste zurückkommen.«

»Machen Sie sich keine Sorge«, sagte Emma. »Die Gäste sind

alle im Wohnzimmer und spielen Poker. Ich nehme an, sie bleiben noch eine ganze Weile.«

»Gar nich' so schlecht an 'nem Tag wie heute. Dann mach' ich am besten den Kamin an. Hätt' ich schon früher dran denken sollen.«

»Nicht nötig. Zwei von den Männern haben sich darum schon gekümmert. Es wird die Gäste nicht umbringen, wenn sie gelegentlich auch mal etwas tun, Vincent. Im Moment haben Sie sehr viel wichtigere Dinge zu erledigen. Was machen Neil und Ted?«

»Arbeiten draußen, wie's sich gehört. Können nich' einfach aufhören bloß wegen dem bisschen Regen. In so 'nem großen Haus gibt's 'ne Menge zu tun.«

»Dann will ich Sie auch nicht weiter aufhalten. Nur noch eine Sache, Vincent. Mr. Sendick schlug vor, die Gäste sollten sich den Toten anschauen, weil die Möglichkeit bestünde, dass sie ihn wiedererkennen. Es könnte ja sein, dass er auch auf der Fähre war«, fügte sie pflichtschuldig hinzu, auch wenn es sie selbst nicht überzeugte.

Vincent zuckte mit den Achseln. »Wollen sich wohl 'nen langweiligen Tag 'n bisschen interessanter machen. Ich wüsste nich', was dagegen spricht. Passieren kann ja nichts. Und der Leiche is' es egal, soviel ist sicher. Schicken Sie die Leute einfach rüber, wenn Sie genug von ihnen haben. Ich bin sowieso im Stall und repariere den Karren. Das wollte ich eigentlich schon letzte Woche, aber da bin ich nich' dazu gekommen. Es gab immer noch was Wichtigeres zu tun. Aber sie sollen durch die Küche kommen, damit sie nicht den Dreck durchs Haus tragen, wenn sie zurückgehen. An der Hintertür hängen Regenmäntel.«

»Vielen Dank, ich werde es ihnen sagen.«

Emma ging zurück ins Wohnzimmer und amüsierte sich eine Weile damit, den anderen beim Pokern zuzuschauen. Graf Radunov schnitt ziemlich schlecht ab. Jede Wette, dass er schlagartig besser werden würde, wenn es mehr zu gewinnen gab. Joris Groot war ein guter, konzentrierter Spieler. Black John gebärdete sich wie ein Wilder, ging lächerlich hohe Risiken ein und kam trotzdem meist mit heiler Haut davon. Lisbet Quainley war so ängstlich, dass Emma sich fragte, ob sie das Spiel überhaupt verstand. Everard Wont hielt sich anscheinend für einen Fachmann, spielte jedoch genauso schlecht wie Radunov. Wie Emma erwartet hatte, war er ein miserabler Verlierer. Nach einer Weile nahm sie sich einen Stuhl, setzte sich zwischen Sendick und Radunov und ließ sich ebenfalls Karten geben.

Emma war eine ausgefuchste Pokerspielerin. Als Bed noch lebte, hatten sie jahrelang fast jeden Samstagabend mit Freunden gespielt. Als sie sich ihr Blatt genau ansah, entdeckte sie mehrere winzige Knicke an den Kartenrändern, und wusste sofort, was dies bedeutete. Waren die Markierungen noch ein Überbleibsel der Sabine-Ära oder hatte man heute mit einem frischen Spiel angefangen? Aus Neugier fügte sie ein paar weitere Knicke hinzu und markierte ihre Karten bei jeder neuen Runde, bis sie den persönlichen Code des anderen endgültig zerstört hatte.

Eine halbe Stunde später besaß Emma mehr Chips als alle anderen zusammen. Black John Sendick war wie vor den Kopf geschlagen und gab keinen Ton mehr von sich. Mit Joris Groots konzentriertem Spiel war es vorbei. Radunov hatte sich verbessert, war aber immer noch nicht gut genug. Lisbet Quainley spielte nicht besser als vorher, sah dafür aber sehr viel glücklicher aus. Sie schien der Ansicht zu sein, dass Emma gerade eine Lanze für die Gleichberechtigung der Frau brach. Everard Wont gab durch die Blume zu verstehen, dass er Emma für eine Betrügerin hielt. Er verlangte ein neues Blatt und begann, alle möglichen Regeln zu erfinden. Black John Sendick wurde noch rücksichtsloser und gebärdete sich fast wie ein Wahnsinniger. Lisbet Quainley wurde immer verwirrter. Emma blieb beim klassischen Stud-Poker und sahnte weiter ab.

Groot warf als Erster das Handtuch. Er legte die Karten, die Emma ihm gerade gegeben hatte, ruhig auf den Tisch, ging zum Kaminfeuer und warf einen frischen Holzscheit so heftig in die Glut, dass die Funken bis auf den Kaminläufer wirbelten. Dann nahm er seinen Skizzenblock und machte es sich auf dem Sofa bequem. Reumütig gab Emma ebenfalls auf und setzte sich neben ihn. Fast im selben Moment war auch Graf Radunov zur Stelle.

»Ah, verehrte gnädige Frau«, murmelte er, »wie schade, dass die Zeit der großen transatlantischen Luxusliner zu Ende ist.«

Er wollte damit wohl andeuten, dass Emma und er als internationale Falschspieler ein gutes Team abgegeben hätten. Sie lachte ihn aus und fragte Groot, ob sie sich einige seiner Skizzen anschauen dürfe.

Das schien ihn aufzumuntern. Er zeigte ihr bereitwillig ein Blatt nach dem anderen, begann mit Jagdstiefeln zwischen Herbstlaub und arbeitete sich über Füße in durch Pfützen platschenden Gummistiefeln, Füßen in durch Schneematsch watenden Überschuhen bis zu schlanken Frauenfüßen in eleganten Pumps und Männerfüßen in hochmodernen Herrenschuhen vor. Letztere befanden sich anscheinend auf einer Silvesterparty, wie Emma aus dem detailliert gezeichneten Luftrüssel schloss, den ein Damenfuß in einer todschicken hochhackigen Sandale gerade im Begriff war zu zerquetschen. In einer Ecke war ein fremder linker Fuß in einem schwarzen Turnschuh mit weißen Streifen und einem kleinen Loch in der Zehengegend zu sehen. Der Schuh ruhte auf etwas, das wohl eine Barstange darstellen sollte.

»Damit wollten Sie wahrscheinlich eine Art sozialen Kommentar abgeben«, sagte Emma. Groot zuckte mit den Achseln und blätterte weiter zu einem Paar Skistiefel aus Plastik, die an einer fäustlingbewehrten Hand baumelten.

Dies war die erste Zeichnung, aus der hervorging, dass Groot sich der Tatsache bewusst war, dass der menschliche Körper nicht an den Knien begann und sich von dort aus lediglich nach unten fortsetzte. Wie alle anderen Skizzen war auch diese detailliert gezeichnet, sorgfältig schattiert und ohne jede Spur von Originalität. Emma fragte sich, wie die Illustrationen für Wonts Buch wohl aussehen würden. Sie fragte sich außerdem, wie lange Radunov wohl noch fortfahren würde, *sotto voce* Kiplings Gedicht über Stiefel in ihr Ohr zu flüstern.

Er hörte tatsächlich auf, doch nur, um sich mit unglaublicher Unschuldsmiene bei Groot zu erkundigen, ob dieser vielleicht Schuhfetischist sei. Groot verneinte die Frage ruhig und sagte, Schuhe seien ihm einerlei, er zeichne sie nur ausgesprochen gern. Er schien darauf zu brennen, ihnen nach der Winterkollektion auch seine Sommerkollektion vorzuführen. Emma war zutiefst dankbar, als die letzte Runde am Tisch zu Ende ging und Black John zu ihnen eilte.

»Was ich noch fragen wollte, Mrs. Kelling, haben Sie sich inzwischen noch mal nach dem Ertrunkenen erkundigt?«

Emma verstand zwar nicht, warum er so versessen darauf war, beantwortete seine Frage jedoch sofort. »Ja. Vincent sagt, Sie könnten zum Schuppen kommen und sich den Toten anschauen, wenn Sie es verkraften können. Er hofft, dass einer von Ihnen den Toten identifizieren kann, was ich allerdings für wenig wahrscheinlich halte. Möchte sonst noch jemand mitkommen?«

»Ugh, lieber nicht. Ich bleibe hier«, meinte Lisbet Quainley. Eine Reaktion, die Emma für angemessen hielt. Auch Emma hatte kein Bedürfnis, den Toten zu sehen, wollte sich aber die Reaktion der einzelnen Personen nicht entgehen lassen.

Everard Wont und Joris Groot sagten, sie würden mitgehen, da sie ohnehin nichts Besseres zu tun hätten. Radunov zuckte mit den Achseln, warf einen bedauernden Blick auf seine betagten maßgefertigten Schuhe, die auf dem Weg zum Shag Rock bereits einiges hatten verkraften müssen, und schloss sich der Gruppe an. Bubbles war in der Küche und machte gerade ein Clubsandwich, als sie durch den Raum gingen.

»Ich dachte, bei dem Fturm will fowiefo niemand rauf, und Fie hätten vielleicht Luft, Ihr Mittageffen fufammen mit den anderen einfunehmen, Miffif Kelling. Ich mach' grade frifen Kaffee.«

»Eine ausgezeichnete Idee, Bubbles«, lobte Emma. »Für mich bitte Tee. Und als Aperitif vielleicht für jeden einen kleinen Sherry. Wir sind in ein paar Minuten zurück. Wir gehen nur schnell zum Stall.«

»Verftehe.«

Bubbles stieß einen ehrerbietigen Seufzer aus und widmete sich wieder seinem Sandwich. Emma suchte passende Regenmäntel und gab sie den Männern. Wie bedauerlich, dass sämtliche Mäntel schwarz waren. Adelaide musste sie irgendwann bei der Freiwilligen Feuerwehr gekauft haben, dachte sie. Dabei wären gelbe Ölmäntel für Pocapuk sehr viel passender gewesen, aber die rochen natürlich ein wenig unangenehm. Für sich selbst fand sie ein schwarzes Regencape mit Kapuze. Wenigstens passte die düstere Farbe zu dem traurigen Anlass. Graf Radunov half ihr in ihr Cape, richtete die Kapuze für sie und hielt ihr mit einer kleinen Verbeugung die Tür auf.

Es goss immer noch in Strömen. Doch die Südwester, die sich die Männer aufgesetzt hatten, erfüllten ihre Funktion und lenkten das Wasser in dicken Strömen auf die Rücken der alten Ölmäntel hinab. Sie glänzten wie nasse Seehunde, als sie den Stall erreichten.

Trotz des deckenverhüllten Bündels auf dem improvisierten Tisch erschien ihnen das Innere des Stalls bei diesem scheußlichen Wetter fast wie ein freundliches Refugium. Vincent, der seine Kleidung mit einem ölverschmierten Overall schützte, kniete unter einer Hundertwattbirne, die an einem Kabel von einem mit Spinnweben bedeckten Balken hing. Vor sich hatte er eine große Plane ausgebreitet, auf der verschiedene Teile eines kleinen Elektrowagens lagen. Vincent erhob sich bei Emmas Anblick schnell wie eine Katze, und zwar ohne dass seine Gelenke knackten, wie Emma ein wenig neidisch registrierte.

»Sie wolln sich sicher die sterblichen Überreste ansehen.« Er führte sie zum Tisch, zog die Decke vom Gesicht des Toten und legte sie geschickt über der Brust zusammen.

»Mein Gott, Ev, der sieht ja aus wie du!« war Sendicks erste Reaktion.

»Stimmt überhaupt nicht!« widersprach Wont, der verständlicherweise anderer Meinung war, wie aus der Pistole geschossen.

»Ev hat Recht«, sagte Joris Groot.

Der Illustrator machte auf einige anatomische Unterschiede aufmerksam, die nicht gerade zu Wonts Vorteil ausfielen. Emma versprach sich wenig davon, außerdem war es ihr ziemlich egal. Sie wollte nur wissen, wie der Mann gestorben war. Leider hatte sie keine Ahnung, wie Ertrunkene normalerweise aussahen. Der Mann konnte natürlich auch bei seinem Sturz mit dem Kopf aufgeschlagen sein. Es gab genügend Felsen, auf die er hätte fallen können. Sie bedauerte, dass der Sturm den Hafenmeister fern hielt, doch es wäre töricht gewesen, bei diesem Wetter nur für einen Toten die gefährliche Überfahrt zu riskieren.

Der Wind draußen heulte immer eindrucksvoller, und selbst der kurze Weg vom Haus hierher war ein schwieriges Unterfangen gewesen. Als sie da standen und auf das bleiche Gesicht mit dem verfilzten nassen Bart schauten, brach von einer Kiefer ganz in der Nähe ein großer Ast ab und fiel mit lauten Krachen auf das Stalldach, so dass selbst Vincent aufschreckte.

»Dieser verdammte Junge!« schimpfte er zur allgemeinen Verwunderung. »Ich geh' besser nachsehen, was los ist.«

Ohne sich die Zeit zu nehmen, den Regenmantel überzuziehen, hastete er hinaus in den Sturm. Die anderen wussten nicht, was sie tun sollten, standen untätig herum, zuckten mit den Achseln, tauschten verständnislose Blicke aus, versicherten einander, dass sie den Toten noch nie im Leben gesehen hatten, und fragten sich, welchen Jungen Vincent wohl gemeint hatte.

Sie brauchten nicht lange zu warten. Vincent kam zurück und scheuchte einen nassen, zitternden Jungen vor sich her, der nur mit einer Badehose und Gummisandalen bekleidet war. Neil hatte ein weißes Handtuch bei sich, das er wie einen Sack umklammert hielt. Er wirkte sehr zufrieden mit sich, auch wenn sein Vater diese Meinung offenbar nicht teilte.

»Ich hab' es, Pop«, schrie er gegen den Wind.

»Ha!« Sein Vater schob ihn rau, aber herzlich in den Stall. »Hier, zieh dir um Gottes willen was drüber, sons' erfrierst du noch.«

Er hüllte seinen Sohn in einen schwarzen Regenmantel, den er ursprünglich wohl für sich selbst mitgebracht hatte, und verschwand mit ihm in Richtung Küche. Ohne den stämmigen Mann wirkte der Stall plötzlich weit weniger einladend. Emma entschied, sich ebenfalls auf den Rückweg zu machen, und die anderen schlossen sich ihr an.

Neil war gerade dabei, sein weißes Handtuch auf der Arbeitsplatte neben der Küchentür auszubreiten. Auf dem Handtuch lag der Stirnreif der Feenkönigin inmitten anderer Schmuckstücke aus Emmas gestohlener Tasche.

»Ich wusste, dass ich sie vor Ebbe finden musste, bevor sie im Sand versinken oder aufs offene Meer treiben«, erklärte der Junge stolz, »also bin ich raus. War gar nicht so schlimm unter den Klippen, Pop. Ich war die ganze Zeit im Windschatten, weißt du. Aber der Wind wird echt immer stärker. Hoffentlich haben Ches und Wal es noch bis zum Hafen geschafft, bevor der Sturm richtig losging.«

Emma war entsetzt, dass Neil sein Leben riskiert hatte, nur um ihren wertlosen Tand zu retten, und setzte an, sich bei dem Jungen zu bedanken. »Ich bin dir wirklich sehr dankbar, dass du dir so viel Mühe gemacht hast, Neil«, begann sie, doch bevor sie zum »aber« kommen konnte, wurde sie von einem schrillen Schrei unterbrochen. Lisbet Quainley stand an der Tür zur Speisekammer, zeigte auf die Gruppe schwarz gekleideter Menschen, das weiße Handtuch auf der Anrichte und die nassen, glänzenden Strasssteine.

»Das ist ja richtig unheimlich! Genau wie Alding prophezeit hat! Schwarz und weiß, ein Toter im Wasser und glänzende Steine, die im Wasser treiben. Bloß …« Lisbet begann so heftig zu lachen, dass sie sich einen Stuhl nehmen und hinsetzen musste. »Bloß dass sie damit nicht Pocapuks Schatz gemeint hat. Dein Pech, Ev.«

»Ich verstehe nicht, was daran so lustig sein soll, Liz«, erwiderte Wont kühl. »Ich hatte gehofft, wir hätten eine gute Spur. Jetzt müssen wir nochmal ganz von vorn anfangen. Und Alding ist zu nichts zu gebrauchen. Warum muss sie sich ausgerechnet im wichtigsten Moment eine Lebensmittelvergiftung einfangen?« Er starrte Bubbles an, als halte er den Koch für den Schuldigen.

Doch da kam er bei Bubbles schlecht an. »Fie hat keine Lebenfmittelvergiftung, fie ift krank.«

»Und woher wollen Sie das wissen? Sie sind schließlich kein Arzt, oder?«

»Nein, aber ftaatlich anerkannter Krankenpfleger.«

»Stimmt«, sagte Vincent. Er rubbelte Neil mit einem Küchenhandtuch ab und schien Wonts Frustration heimlich zu genießen. »Bubbles arbeitet auf einer geriatrischen Männerstation. Er kommt jeden Sommer her, um ein bisschen Abwechslung zu haben.«

»Ich krieg Depreffionen davon«, teilte Bubbles Emma mit. »Ich arbeite in einem Krankenhauf, und alle meine Patienten fterben. Aber irgendwer muff fich doch um fie kümmern.«

»Sie sind sicher ein unerschrockener und fürsorglicher Mensch«, sagte Emma. »Wie geht es Mrs. Fath? Sind Sie seit dem Frühstück noch einmal bei ihr gewesen?«

»Ich habe ihr um halb fwölf 'nen Teller Fuppe gebracht. Fie hat ein paar Mal dran genippt, dann ift fie wieder eingeflafen. Daf wird ihr gut tun. Fie braucht vor allem viel Ruhe. In ein paar Tagen ift fie wieder in Ordnung.«

»So lange kann ich nicht warten«, blaffte Wont. »Können Sie ihr nicht ein paar Pillen oder sowas geben?«

»Ich tu allef, waf nötig ift«, erwiderte Bubbles mit ruhiger Würde. »Miffif Kelling, wann follen wir das Mittageffen fervieren?«

»In etwa zwanzig Minuten, wenn Ihnen das passt«, schlug Emma vor. »Ich nehme an, wir wollen uns erst alle ein wenig frisch machen und dann einen kleinen Sherry trinken, um uns wieder aufzuwärmen.«

»Klingt gut«, sagte Black John Sendick.

Die Männer konnten die Badezimmer unten im Haus benutzen, und Lisbet Quainley mochte tun, was ihr beliebte. Emma ging hoch in ihr Zimmer, um sich einen Moment auszuruhen. Der Raum war blitzblank und aufgeräumt, und Sandy ließ Bernice gerade einen kleinen Blick auf Emmas Garderobe werfen.

»Oh je! Jetzt haben Sie mich doch glatt auf frischer Tat ertappt.« Sandy errötete noch heftiger als Bernicc. »Tut mir ja so Leid, Mrs. Kelling. Aber Ihre Sachen sind einfach so wunderschön. Und sie riechen so toll.«

»Schon gut. Am besten, ihr lauft jetzt rasch nach unten. Bubbles braucht jemanden, der das Mittagessen serviert. Ihr habt mein Zimmer ja wunderbar aufgeräumt«, fügte sie aus Mitleid hinzu, auch wenn die beiden Rangen es eigentlich nicht verdienten. »Oh, ihr könntet den restlichen Schmuck noch hochbringen. Er liegt in der Küche. Neil war draußen und hat die Sachen aus dem Meer gefischt, was gleichzeitig sehr mutig und sehr leichtsinnig von ihm war. Bitte erinnert ihn daran, dass Kinder weit wertvoller sind als Diamanten, selbst wenn die Diamanten echt sein sollten. Und jetzt beeilt euch.«

Die Mädchen stürzten davon. Emma brachte ihr Gesicht in Ordnung, rückte ihre Perücke zurecht und schlüpfte in ein Paar weichsohlige braune Lederschuhe. Nach kurzem Überlegen tauschte sie Rock und Bluse gegen ihr Lieblingshauskleid aus weichem mausgrauen Stoff aus und wählte dazu eine Kette, die sie immer an die Plättchen eines Flohspiels erinnerte. Die braunen, beigefarbenen und grauen Plättchen wechselten sich mit bunten Glasklümpchen ab, die aussahen, als habe man sie aus den Hälsen leerer Bierflaschen geschnitten.

Dazu gehörten große graubeige Ohrringe, die ihr fast bis auf die Schultern reichten. Emma kam sich beinahe vor wie eine Abbildung im *National Geographic*. Graf Radunov würde sich wahrscheinlich über die Dinger köstlich amüsieren.

Im Grunde war es ihr egal, ob sie ihm gefielen oder nicht, sie bereitete sich lediglich auf einen langen und höchstwahrscheinlich langweiligen Nachmittag vor. Sie hoffte inständig, dass Everard Wont nicht wieder in eine seiner düsteren Stimmungen verfiel, weil Alding Fath immer noch nicht in der Lage war, mit neuen Prophezeiungen aufzuwarten. Was sie da über Schwarz und Weiß, Steine und Tod im Wasser gesagt hatte, war wirklich ein klein wenig unheimlich, das musste selbst Emma zugeben. Wie hatte Mrs. Fath all das voraussehen können?

Nun gut, ihre Tasche war schwarz, und irgendwo gab es immer etwas Weißes, selbst wenn es bloß ein weißer Kieselstein am Strand war oder ein weißer Mann mit einem schwarzen Bart. Mrs. Fath hätte natürlich von der Tasche mit dem Schmuck gewusst, wenn sie vorgehabt hätte, sie dem Mann persönlich zu übergeben. Und sie hätte von seinem Tod gewusst, wenn sie geplant hätte, ihn mit seiner Beute bis zu den Klippen zu verfolgen und ihn dann hinab zu stoßen. Vielleicht hatte Alding Fath gute Gründe, sich unwohl zu fühlen.

Vielleicht sollte Emma Kelling endlich damit aufhören, sich Horrorgeschichten auszumalen, und stattdessen Sherry einschenken gehen, bevor Everard Wont alles allein herunterkippte.

Kapitel 13

Das spontane Picknick am Kaminfeuer war äußerst angenehm. Emma legte zuerst als kleines Zugeständnis an Graf Radunov einige Platten von Rachmaninow und Mussorgski auf und wechselte dann zu Broadway-Melodien. Adelaide besaß eine erstaunlich große Sammlung, einige Aufnahmen waren sogar ein halbes Jahrhundert alt. Wahrscheinlich auch wieder Gastgeschenke für die Hausherrin, dachte Emma.

Viele der Shows waren zuerst in Boston aufgeführt worden, bevor sie an den Broadway gegangen waren. Sie würde nie vergessen, wie aufgeregt sie immer gewesen war, wenn sie mit dem Zug hingefahren, in Back Bay ausgestiegen und für ein oder zwei Nächte im Copley Plaza abgestiegen war. Der Hoteldirektor hatte sie immer persönlich begrüßt, doch Emma bezweifelte, ob es dort heute noch einen Kellner gab, der Mrs. Beddoes Kelling wiedererkennen würde.

Sie war tatsächlich dabei, sich in eine trübselige Desdemona zu verwandeln! Emma stellte den Plattenspieler ab und setzte sich ans Klavier. Ob es den Anwesenden passte oder nicht, sie würden sich jetzt den Schwanengesang von Little Buttercup anhören müssen.

Emmas Stimme war längst nicht mehr so gut wie früher, doch diesmal brauchte sie Gott sei Dank keinen großen Saal zu füllen. Das Klavier war gestimmt, genau wie Adelaide es ihr versprochen hatte. Der Regen, der auf das Haus trommelte, und der Wind, der um die Dachrinne heulte, sorgten für eine dramatische Orchesteruntermalung. Mad Margarets erstes Solo aus *Ruddigore* war für einen Tag wie diesen einfach ideal. »Es jubliert die Lerche über der Wiege, froh pfeift der Bursch und schlägt nach der Fliege.« Eigentlich klang sie gar nicht so schlecht, dachte Emma. »Warum? Wer bin ich? … Mad Margaret! Poor Peg!« Als Nächstes kam Buttercup, zum Teufel mit den hohen Tönen.

Radunov stellte sich neben sie und sang mit. Er kannte sämtliche Texte und die meisten Lieder, die Emma immer noch mit Darrell Fancourt assoziierte. Die übrigen Gäste waren wieder zu ihrem Kartenspiel zurückgekehrt, doch das war Emma gleichgültig. Eine Stunde lang wirkte ihre musikalische Medizin gegen trübselige Gedanken wahre Wunder. Doch dann fing ihr Hals an zu kratzen und ihre Finger wollten nicht mehr gehorchen. Radunov brachte nur noch ein Krächzen zustande. Höchste Zeit für die beiden alten Schwäne, zurück ans Ufer zu kriechen.

Die Kartenspieler waren von Poker auf Bridge umgestiegen, ein Spiel, das Emma schon immer gehasst hatte. Eine Weile saß sie mit Radunov am Cribbage-Brett, doch sie spürten beide die Folgen ihrer Gesangseinlage, und der Sherry, das wärmende Feuer und das monotone Prasseln des Regens taten das ihre dazu. Als der Graf halbherzig fragte, ob sie noch eine Runde spielen wolle, schüttelte Emma den Kopf.

»Das einzige, was ich jetzt wirklich tun möchte, ist ein kleines Nickerchen halten. Aber vorher sollte ich wohl besser kurz nach Mrs. Fath schauen.«

»Das kann ich gern für Sie übernehmen. Es ist ohnehin Zeit, dass ich mich in meine Hütte zurückziehe.«

»Aber dann müssten Sie wieder hierher zurückkommen, um mir zu berichten, wie es ihr geht. Ich glaube, ich frage Bubbles, ob er nicht gehen kann.«

»Sie sind eine überaus liebenswürdige Frau, Mrs. Kelling.«

Nachdem er seiner Schmeichelpflicht genüge getan hatte, holte Radunov sich einen Ölmantel und wagte sich mannhaft hinaus in den Sturm, der momentan ein klein wenig nachgelassen hatte. Emma räumte die Karten und das Cribbage-Brett fort und ging in die Küche.

Von irgendwoher im Nebengebäude hörte man gedämpfte Rockmusik und albernes Gekicher. Die jungen Leute amüsierten sich auf ihre eigene, unergründliche Weise. Emma war froh, dass sie diskret genug waren, wenigstens nicht das ganze Haus damit zu beglücken. Vincent war wohl immer noch im Stall. Bubbles döste in einem Stuhl neben dem Herd und hatte die Füße auf das kleine Regal vor dem Ofen gelegt. Auf der hinteren Herdplatte köchelte ein großer Topf, in dem sich Baked beans befanden, wenn sich ihre Nase nicht irrte.

Der Koch hatte sich seine Ruhepause redlich verdient, sie würde ihn nicht stören. Emma zog sich das alte Regencape an, schlüpfte in ein Paar Gummistiefel, die ihr einigermaßen passten, und schlurfte den Weg zu Mrs. Faths Hütte hinunter. Die Luft war erfrischend, doch es gab Angenehmeres als in klobigen Stiefeln über nasse Kiefernnadeln zu marschieren. Ein Wanderstock wäre in dieser Situation nicht schlecht gewesen. Sie klopfte sich selbst auf die Schulter, als sie Mrs. Faths Hütte erreichte, ohne sich den Fuß verstaucht zu haben, klopfte leise an die Tür, erhielt keine Antwort und betrat das Häuschen.

Mrs. Fath schlief. Sie hatte eine gesunde Farbe, und ihr Atem ging regelmäßig. Sie brauchte keine Florence Nightingale, die um sie herumschwirrte. Emma rutschte und schlitterte den Weg zurück, begab sich in ihr Zimmer und legte sich auf die Chaiselongue.

Obwohl sie so müde war, konnte sie nicht schlafen. Sie versuchte zu lesen, konnte sich jedoch nicht auf das Buch konzentrieren. Sie schaltete das Radio an, fand aber nichts Interessantes. Eigentlich hätte sie mit dem Instandsetzen des Feenschmucks anfangen sollen. Doch der Gedanke, dass Neil seinen Hals riskiert hatte, um den wertlosen Tand für sie zu retten, und der unbekannte Mann ums Leben gekommen war, weil er versucht hatte, den Schmuck zu stehlen, war ihr einfach unerträglich. Sie konnte sich nicht einmal damit trösten, die Kommodenschubladen aufzuräumen, denn Sandy hatte alles so ordentlich eingeräumt, dass Emma schon Schuldgefühle bekam, wenn sie etwas herausnahm. Was hatte sie nur dazu bewogen, sich auf dieses verrückte Abenteuer einzulassen? Eigentlich hätte sie wissen müssen, dass die Geschichte einen Haken hatte.

Emma ging zu den Fenstern und starrte bekümmert nach draußen. Man konnte den Pier in dem grauen, schäumenden, tosenden Chaos kaum erkennen. Wenn der Sturm nicht aufgekommen wäre, hätte Vincents Bruder bereits vor Stunden hier sein können. Der Tote wäre nicht mehr auf der Insel, und auch das verfluchte Collier wäre endlich fort. Sie verspürte das zwanghafte Bedürfnis, noch einmal zum Safe zu gehen und nachzuprüfen, ob die Diamanten noch da waren, doch das wäre äußerst leichtsinnig. Wer immer bei diesem endlosen Bridgespiel den Strohmann machte, war vielleicht gerade auf dem Weg nach oben, um danach zu suchen. Wahrscheinlich nahmen alle an, dass sie schlief. Sie hatte schließlich über dem Cribbage-Brett genug gegähnt. Welcher Gast mochte gestern Abend zurück ins Haupthaus geschlichen sein, um den Mann aus der Vorratskammer zu lassen?

Oder war es doch einer der Dienstboten gewesen? Warum hatte Vincent so schnell seinen eigenen Sohn verdächtigt? Warum nicht den vorlauten Ted? Emma fiel auf, dass Ted die einzige Person auf der Insel war, die sie heute noch nicht zu Gesicht bekommen hatte. Warum war er nicht mit Neil zusammen gewesen, als der Junge den Schmuck geholt hatte? Neil hatte nicht erwähnt, ob Ted bei ihm gewesen war. Es musste schrecklich riskant für einen Jungen sein, mutterseelenallein zwischen diesen gefährlichen Felsen herumzuturnen, noch dazu bei einem derartigen Sturm.

Vincent hatte gewusst, was Neil vorhatte. Er hatte sich Sorgen gemacht, aber warum hatte er seinen Sohn nicht davon abgehalten? Hatte er vielleicht mehr erwartet als den Feenschmuck, den sie bei dem Toten gefunden hatten? War Vincent vielleicht selbst heute Nachmittag draußen gewesen und hatte im Schlamm gestochert? War er vielleicht jetzt bei Flut immer noch dort?

Zu einem derartigen Unterfangen waren zwei Personen nötig, dachte Emma. Einer suchte, der andere hielt die Sicherheitsleine, ohne die sich keiner, der auch nur halbwegs zurechnungsfähig war, in den brodelnden, schäumenden Ozean hineinwagen sollte. Gefährdete sie das Leben anderer Menschen, weil sie das Collier weiterhin versteckt hielt? Wäre es klüger, den Diamantschmuck auf der Stelle nach unten zu bringen, auf den Tisch zu werfen und zu sagen: »Schauen Sie mal, was ich gefunden habe. Gehört das vielleicht einem von Ihnen?«

Nein, es war bestimmt nicht klüger, sondern feige, dumm und zudem auch noch gefährlich. Emma griff nach einem Buch mit Kreuzworträtseln, das sie für Regentage mitgebracht hatte, ging damit zurück zur Chaiselongue und begann entschlossen, Lösungsworte einzutragen. Nach einer Weile schlief sie gegen ihren Willen doch ein.

Sie wachte mit einem steifen Nacken auf und fühlte sich träge und verstimmt. Im Zimmer war es inzwischen dunkel, aber der Sturm draußen heulte und wütete immer noch. Meine Güte, wie spät war es denn schon? Zehn vor sechs, sie sollte sich also schleunigst nach unten begeben. Sie spritzte sich kaltes Wasser ins Gesicht, tat ihr Möglichstes mit Puder und Lippenstift, und eilte nach unten, um die charmante Gastgeberin zu spielen.

Radunov war wieder da und sah bedeutend frischer aus als sie. Da er inzwischen mitbekommen hatte, dass niemand Abendkleidung trug, hatte er sich für seine graue Hose und die Tweedjacke entschieden. Die übrigen Gäste hatten sich anscheinend nicht vom Fleck gerührt. Auf dem Kartentisch lagen immer noch Schreibblocks, Spielkarten und die Poker-Chips, die wegzuräumen niemand sich die Mühe gemacht hatte. Der Kamin sah aus wie ein Schlachtfeld, überall Rinde und Asche, die von ungeschickten Versuchen potenzieller Feuermacher zeugten. Das ganze Zimmer vermittelte einen Eindruck von Unordnung, den Emma ebenso schlimm fand wie die sterile Sauberkeit, die der Raum sonst ausstrahlte. Warum hatte Vincent die Mädchen nicht aufräumen lassen? Warum hatte er keine Drinks serviert? Wo in aller Welt war er überhaupt?

Natürlich draußen, um Brennholz zu holen, weil die Damen und Herren Künstler den Inhalt der Holzkiste komplett aufgebraucht hatten und zu faul gewesen waren, Nachschub zu holen. Als Emma noch wutschnaubend dastand, kam Vincent auch schon mit einem Segeltuchsack voll trockener Scheite, kehrte die Feuerstelle aus und fachte ein neues Feuer an. Sandy stürzte mit einem Tablett mit gefüllten Pilzen herein, stellte sie ans Feuer, damit sie warm blieben, und kümmerte sich um den Kartentisch. Vincent öffnete den Barschrank und begann, die Gläser aufzustellen. Bernice flitzte mit einem Kübel Eis und einer Platte Garnierungen zur Bar, rannte wieder hinaus und sauste mit einer Käseplatte und einem Korb mit Crackern wieder zurück ins Zimmer. Sandy beförderte den letzten Poker-Chip in den Ständer, schüttelte das letzte Sofakissen auf, griff nach dem Tablett mit den Pilzen und begann, die Gäste zu bedienen, während die Kuckucksuhr an der Wand, wohl ein weiteres Gastgeschenk, verkündete, was die Stunde geschlagen hatte.

Alles lief wieder wie geschmiert. Emma nahm einen der Pilze, die Sandy herumreichte, und biss hinein. Köstlich, wie zu erwarten. Sie schluckte den Bissen herunter und hatte dabei das Gefühl, irgendwie manipuliert zu werden. Sie schaltete den Fernseher an, vielleicht berichtete ja ein Sender über den Sturm, fand aber nur einen Werbespot für Abflussreiniger. Sie ging zu Vincent, um ihn um Scotch und Wasser zu bitten, stellte dabei fest, dass er ihr bereits einen Gin Tonic gemacht hatte, und nahm das Glas dankend in Empfang. Sie wollte auf keinen Fall seine Gefühle verletzen, auch wenn ihr Gin für eine stürmische Nacht wie diese nicht gerade das ideale Getränk zu sein schien.

Alles in allem war es ein langweiliger Abend. Niemand, nicht einmal Graf Radunov, wusste etwas Interessantes oder Unterhaltsames zu sagen. Alle hatten die Nase gestrichen voll von einander, waren es satt, eingesperrt zu sein. Wahrscheinlich hatten sie den Anblick des Toten im Stall noch nicht verdaut, auch wenn bisher keiner darüber gesprochen hatte, jedenfalls nicht in Emmas Beisein.

Alle schienen erleichtert, als das Ritual des Kaffeetrinkens endlich vorüber war und jeder seiner eigenen Wege gehen konnte. Vincent bestand darauf, die Gäste mit einer Batterielaterne zu ihren jeweiligen Unterkünften zu bringen. Emma beschloss, ebenfalls mitzugehen und Alding Fath einen Gutenachtbesuch abzustatten, auch wenn der Hausmeister ihr versicherte, dass Bubbles bereits mit einem leicht verdaulichen, aber nahrhaften Abendessen dort gewesen sei.

Sie fand die Kranke wach, jedoch nicht in der Stimmung für eine Konversation. Alles, was Emma aus ihr herausbekam, war die Versicherung, dass sie eigentlich nicht krank sei, sondern sich nur schwach fühle. Sie wolle kein Wasser, und lesen wolle sie auch nicht. Sie wolle eigentlich gar nichts, außer, so viel wurde deutlich, dass Mrs. Kelling sie endlich in Ruhe lasse.

Vincent wartete mit seiner Laterne auf Mrs. Faths Veranda. Emma hätte für diese Aufmerksamkeit eigentlich dankbar sein müssen, war es jedoch nicht. Wenn der Mann wirklich so fürsorglich und feinfühlig war, wie hatte er es dann fertig gebracht, den ganzen Tag nur ein paar Meter von einem Toten entfernt an seinem Elektrowagen herumzubasteln?

Das war ungerecht von ihr, wies sie sich selbst zurecht. Vincent musste schließlich seine Arbeit erledigen, und es gab nun einmal keinen anderen Ort, an dem er dies tun konnte. Der unbekannte Tote bedeutete ihm nichts, und der Körper im Stall war nur eine leere Hülle. Der Hausmeister hatte dem Verstorbenen den nötigen Respekt erwiesen, er hatte ihn aus dem Sturm gerettet, hatte ihn, so gut es ging, aufgebahrt, und hatte dafür gesorgt, dass die Pferdedecke makellos sauber war. Sollte man einem Mann vorwerfen, dass er nicht abergläubisch war, wenn es um einen Toten ging? Trotzdem war es Emma unangenehm, als Vincent respektvoll und höflich ihren Arm nahm, um ihr über eine besonders glitschige Stelle zu helfen.

Der einzige Hoffnungsfunke am Horizont war die Tatsache, dass der Sturm anscheinend abzuflauen begann. Fast die einzige Bemerkung, die Vincent auf dem Heimweg machte, wenn man einmal von »Vorsicht, da kommt wieder eine gefährliche Stelle« oder Ähnlichem absah, war: »Das Unwetter verzieht sich. Morgen früh kommt mein Bruder ganz bestimmt.«

»Das würde mich sehr erleichtern«, erwiderte Emma. »Ich frage mich nur, woran der unglückliche Mensch nun tatsächlich gestorben ist.«

»Is' mit dem Kopf auf die Felsen geschlagen und ertrunken, als er bewusstlos war.«

»Sie scheinen sich da ja ziemlich sicher zu sein.« Emma machte Vincents nüchterne Allwissenheit allmählich zu schaffen.

»Der zuständige Arzt is' mein Bruder Franklin.«

Und Pocapuk würde nicht in die Schlagzeilen kommen. So war es bisher immer gewesen und so würde es auch bleiben, jedenfalls so lange Vincent die treibende Kraft hinter den Sabines war. Jemand anderes namens Vincent, die Dichterin Edna St. Vincent Millay hatte eine Zeile geschrieben, die Emmas Stimmung besser entsprach: »Ich weiß. Aber ich heiße es nicht gut. Und ich gebe nicht auf.«

Sie entledigte sich ihrer schmutzigen Stiefel und hängte das tropfnasse Cape auf, ging auf ihr Zimmer, nahm ein heißes Bad und machte sich für die Nacht zurecht. Dann nahm sie wieder ihr Buch mit den Kreuzworträtseln, machte es sich auf der Chaiselongue bequem und wartete darauf, dass das Haus ruhig wurde. Sobald sie sicher sein konnte, dass man sie nicht beim Umherschleichen entdecken würde, steckte sie sich den Schlüssel zum Telefonkabinett in die Tasche, ging zu dem Apparat in der Küche und schloss die Tür, damit man sie nicht hören konnte, und wählte eine Bostoner Nummer.

Die Bittersohns waren in ihrem Haus auf dem Beacon Hill. Sarah war immer noch die Eigentümerin des historischen Backsteinhauses, das sie von Alexander Kelling geerbt hatte. Da sie immer noch nicht dazu gekommen war, das Schlafzimmer im Erdgeschoss wieder in ein Wohnzimmer zu verwandeln, war der Raum genau das Richtige, um dort einen Ehemann mit einem übel zugerichteten Bein und diversen gebrochenen Rippen zu umsorgen, der gerade aus dem Massachusetts General Hospital entlassen worden war und sich dort weiteren Behandlungen unterziehen würde, sobald das Ärzteteam die Zeit für gekommen hielt.

Das Bettchen von Sohn Davy hatte man in Theonia Kellings Boudoir im ersten Stock aufgestellt. Seine hingebungsvolle

Tante war überglücklich, den Kleinen in ihrer Nähe zu haben, besonders jetzt, wo ihr Gatte Brooks die Laufarbeiten seines Schwagers Max übernommen hatte. Brooks war momentan nicht in der Stadt und vollauf damit beschäftigt, einer Riesen-Prachtausgabe von Audubuns Vogel-Werk, drei Pastellzeichnungen von Mary Cassatt und einen kostbaren Kakadu namens Barnaby aufzuspüren, die allesamt aus einem Privathaus in Cape May, New Jersey, gestohlen worden waren. Kakadus gehörten normalerweise nicht zum Spezialgebiet der Bittersohn-Kelling-Detektivagentur, doch Barnaby war zufällig ein persönlicher Bekannter von Brooks, der gleichzeitig ein Experte für Ornithologie war und daher den Auftrag nicht hatte ablehnen können.

Sarah teilte das Doppelbett mit Max und spendete ihm so viel Trost wie unter den ungewöhnlichen Umständen möglich, während sie sich daran zu gewöhnen versuchte, neben einem Gatten zu schlafen, der zum größten Teil in Gazeverbänden und Gips verschwand. Mit seinem freien unverletzten Arm griff Max nach dem Telefonhörer.

»Max«, sagte eine vertraut klingende Stimme, die eigentümlich aufgeregt klang, »bist du das?«

»*Oui, c'est moi, je t'Emma.*« Max, der ein leidenschaftlicher Opernfan war, wenn man ihm die Möglichkeit dazu gab, hatte am Nachmittag gerade Faust gehört. »Was ist denn passiert? Ich dachte, du wärst ans Meer geflohen?«

»Ich bin auf Pocapuk und stecke bis zum Hals in Schwierigkeiten. Ist Sarah da?«

»Genau neben mir. Eine Sekunde. Ich schalte den Zimmerlautsprecher an, dann können wir dich beide hören. Okay, du kannst loslegen. Wie sehen deine Schwierigkeiten aus?«

»Eigentlich sind es keine Schwierigkeiten, es ist ein ausgewachsenes Dilemma. Und mach dich bitte nicht über mich lustig, ich bin dazu nicht in der richtigen Stimmung. Du kannst dir nicht vorstellen, was mir alles passiert ist. Zuerst hat man mich unter Drogen gesetzt und mir auf der Fähre die Tasche mit meinem Feenschmuck gestohlen. Als ich sie wiederfand, stellte ich fest, dass in der Zwischenzeit etwas dazugekommen war, über das ich nicht zu sprechen wage. Als ich gestern Nacht schlief, hat man mich wieder bestohlen, was wahrscheinlich bedeutet, dass man mich erneut unter Drogen gesetzt hat, auch wenn mir dies erst gerade in diesem Moment bewusst wird. Den Dieb hat man heute Morgen aus dem Meer gezogen, wobei nicht klar ist, ob das Ganze wirklich ein Unfall war. Vincent, der Hausmeister, hat ihn draußen im Stall aufgebahrt und wartet darauf, dass der Sturm endlich abflaut, damit sein Bruder Lowell kommt und die Leiche mitnimmt und seinem Bruder Franklin übergibt, der dann die Autopsie vornehmen wird. Vincent weiß bereits, wie Franklins Bericht aussehen wird, obwohl ich nicht weiß, ob er es Franklin schon mitgeteilt hat. Und die Hellseherin fühlt sich unwohl.«

»Moment mal, Emma. Den letzten Satz habe ich nicht ganz verstanden. Würdest du ihn bitte ein wenig erläutern?«

Emma erläuterte. Sie holte weit aus, begann mit dem Taxifahrer und arbeitete sich über die Sommergäste bis zu Vincent und seiner ein wenig beängstigenden Organisation des Anwesens und Herrenhauses der Sabines vor. »Um es auf den Punkt zu bringen: Ich habe ein Problem und weiß nicht, wie ich es lösen soll. Ich habe gehofft, ihr beide hättet vielleicht ein paar hilfreiche Vorschläge.«

»Mein Vorschlag ist, dass du die ganze Meute zusammentreibst und dahin zurückschickst, wo sie hergekommen ist, und unser Haus in Ireson's Landing hütest, bis deine Jodler wieder weg sind«, sagte Sarah. »Aber wahrscheinlich wirst du das Angebot nicht annehmen.«

»Eine wundervolle Idee, Liebes. Aber es geht leider nicht, schließlich habe ich Adelaide Sabine versprochen sie zu vertreten. Der Ärmsten geht es im Moment gar nicht gut. Ach Gott, ich sehne mich wahrscheinlich nur danach, dass jemand meine Hand hält und mich tröstet. Aber du kannst Max und Davy ja auch nicht einfach allein lassen.«

»Nein, das kann ich wirklich nicht. Und Brooks steckt bis zum Hals in Arbeit, Onkel Fred ist mit Martha auf einer Kreuzfahrt.

Zusammen mit einer Gruppe querschnittgelähmter Kinder aus der Schule, die er unterstützt. Cousin Dolph hat genug mit seinen Senioren zu tun, und Onkel Jem ist ein absolut hoffnungsloser Fall, wie wir alle wissen. Aber mir wird schon noch etwas einfallen. Erzähl uns mehr über Alding Fath, Tante Emma. Sie gefällt mir.«

»Mir auch. Ich weiß zwar, dass sie eine Schwindlerin sein muss, aber ihre Vorstellungen sind absolut überzeugend. Ich weiß wirklich nicht, wie sie es macht. Aber das ist ja wahrscheinlich der Zweck der Übung, nicht? Es mag absurd klingen, aber für mich ist Mrs. Fath die Sympathischste in der Gruppe, und ich bedaure sehr, dass es ihr nicht gut geht, egal, was sie nun hat. Ich dachte zuerst, sie würde nur nach einer Entschuldigung suchen, weil sie nicht in der Lage ist, den lächerlichen Piratenschatz in ihrer Kristallkugel oder in was auch immer zu orten. Aber inzwischen glaube ich, dass mit ihr wirklich etwas nicht stimmt. Es klingt vielleicht bizarr, aber es scheint ganz so, als stünde sie unter einem Zauber.«

»So abwegig ist das gar nicht«, meinte Max. »Ich könnte mir vorstellen, dass so etwas durchaus zu den Risiken ihres Berufes gehört. Cousine Theonia weiß sicher mehr darüber. Sie kann es uns gleich bestimmt erklären. Und wie ist dieser Radunov? Er trägt nicht zufällig ein Monokel und raucht mit einer langen Zigarettenspitze?«

»Nein, aber es würde gut zu ihm passen. Jedenfalls das Monokel. Bei der Zigarettenspitze bin ich mir weniger sicher. Er ist ein wenig übertrieben höflich und adrett, aber nicht unangenehm, wenn ihr wisst, was ich meine.«

»So ungefähr. Und du sagst, dieser Radunov kennt mich?«

»Er machte eindeutig den Eindruck, als ich deinen Namen erwähnte, schien aber nicht allzu glücklich darüber zu sein. Dafür scheint er große Stücke auf Sarah zu halten. Er hat sie angeblich auf einer Botschafterparty in Washington getroffen und behauptet, sie sei die eleganteste Frau dort gewesen.«

»Dann ist er entweder kurzsichtig oder redet dummes Zeug«,

sagte Sarah. »Bei mir klingelt bei dem Namen überhaupt nichts. Kannst du ihn ein wenig näher beschreiben?«

Emma tat, was sie konnte. Sarah hatte immer noch keinen Schimmer, doch Max erinnerte sich. »Ich glaube, ich kenne den Kerl«, knurrte er. »Sag ihm, Bittersohn gebe ihm den Rat, seine Finger bei sich zu halten.«

»Max! Ich kenne Graf Radunov nur flüchtig, und ich werde ihm ganz sicher nichts dergleichen sagen. Wie meinst du das, seine Finger bei sich halten? Adelaide hat natürlich nichts wirklich Wertvolles hier. Nur ein paar Silbersachen und einige recht ordentliche Orientteppiche. Er ist doch nicht etwa ein gemeiner Dieb?«

»Gemein ist Radunov ganz sicher nicht. Okay, Emma. Du brauchst einen Geheimagenten, also schicken wir dir jemanden. Wie sieht deine Insel denn aus?«

Häuser waren einfacher zu beschreiben als Personen. Emma schilderte die wichtigsten Einzelheiten und spielte auch auf den Safe an, indem sie von »einem Schränkchen, wie ihr es auch habt«, sprach. Max schien zufrieden.

»Gut. Sorge dafür, dass morgen früh jemand das Bett in Mrs. Sabines Zimmer richtet und man sich auf einen zusätzlichen Gast zum Mittagessen einstellt. Und jetzt gehst du bitte zu Bett und hörst auf, dir Sorgen zu machen.«

Er wartete, bis Emma aufgelegt hatte, und sagte dann: »Die Sorgen machen wir uns jetzt. Verdammt nochmal, Sarah, warum müssen deine Verwandten aber auch immer in Schwierigkeiten geraten?«

Kapitel 14

Der Sturm hatte sich verzogen. Als Emma erwachte, wurde sie von strahlendem Sonnenschein und einem funkelnden Meer begrüßt. Die See war zwar immer noch nicht ganz ruhig, doch Emma war überaus erleichtert. Bis Mittag würde sie Unterstützung haben. Max hatte ihr zwar nicht gesagt, wen er zu schicken gedachte, das hing zweifellos davon ab, wer gerade verfügbar und kurzfristig einsatzbereit war, doch es kümmerte Emma nicht weiter. Bald würde sie jemanden in ihrer Nähe haben, den sie kannte und dem sie vertrauen konnte, und sie würde das schreckliche Collier endlich los werden. Sie musste sich nur noch überlegen, wie sie es am besten unauffällig weitergeben konnte.

Das einzige, was ihr auf die Schnelle einfiel, war ein leeres Schmuckkästchen, dessen Größe und Form ungefähr einem Buch entsprach. Sie konnte das Collier in Kosmetiktücher packen und hineinlegen, das Ganze in den großen gepolsterten Umschlag stecken, den sie für das Buch aus der Bibliothek mitgebracht hatte, das sie noch nicht ausgelesen hatte und zurückschicken wollte, und den Umschlag an Sarah adressieren. Mehrere Briefe, die sie inzwischen geschrieben hatte, warteten schon darauf, abgeschickt zu werden, und konnten zusammen mit dem Päckchen abgegeben werden. Sie überlegte gerade, ob sie noch ein oder zwei Notizen schreiben sollte, als Sandy mit dem Tee hereinschneite.

»Bernice wollte Ihnen Ihr Tablett bringen, aber ich hab' sie auf morgen vertröstet. Soll ich Ihnen einen Schal oder so was holen, Mrs. Kelling? Oder soll ich die Heizung hochdrehen?«

»Gib mir einfach die Mohairstola, die auf der Chaiselongue liegt, Liebes. Es ist ein bisschen frisch heute, aber ist das Wetter nicht wunderbar? Richte Bernice aus, dass ich heute Morgen eine ganz besondere Aufgabe für euch beide habe. Ich möchte, dass ihr eines der Betten in Mrs. Sabines Zimmer neu bezieht und alles herrichtet. Entfernt alle Bürsten und Fläschchen von der

Kommode und legt sie vorsichtig in eine der Schubladen. Wir bekommen einen neuen Gast, und es ist kein anderes Zimmer mehr frei. Bitte lüftet den Raum und pflückt ein paar Rosen und stellt sie auf den Nachttisch, so wie du es auch für mich gemacht hast. Wärst du so lieb, mir ein Bad einlaufen zu lassen, während ich meinen Tee trinke?« Emma wollte auf jeden Fall vermeiden, dass Sandy Zeit hatte, ihr eine Frage zu stellen, auf die sie keine Antwort wusste.

»Dann kannst du meinen grünen Rock und die grüne Bluse herauslegen und das Zimmer aufräumen, bevor du mit Mrs. Sabines Zimmer beginnst. Ich weiß nicht genau, wie schnell wir es brauchen, aber ich möchte auf jeden Fall, dass alles vorbereitet ist. Ich werde deinem Vater alles erklären, wenn ich nach unten komme.«

»Okay, Mrs. Kelling, wie Sie meinen. Bernice dreht durch, wenn sie das Frühstück allein servieren muss.«

»So viel ist gar nicht zu tun. Bubbles kann ihr helfen. Wenn nötig, kann ich ihr auch helfen.« Oder einer der Gäste konnte einspringen, das würde schon niemandem einen Zacken aus der Krone brechen. Es entsprach sicher nicht der Tradition des Hauses, doch das war Emma herzlich gleichgültig. »Bist du bitte so lieb und bringst mir meinen Morgenmantel und meine Pantoffeln? War dein Onkel übrigens schon hier?«

»Nein. Aber Ches und Wal waren vor einer Stunde hier. Wal sagt, dass irgendwas mit Onkel Lowells Boot nicht in Ordnung ist. Und sie wissen noch nicht, wie lange es dauert, bis sie es repariert haben. Vater ist völlig ausgerastet. Onkel Lowell ist, glaub' ich, auch nicht besonders glücklich darüber. Haben Sie diese Bluse hier gemeint, Mrs. Kelling?«

»Nein, die Baumwollbluse mit dem Blättermuster. Was macht mein Badewasser?«

Irgendwie gelang es ihr, nach unten zu gehen, bevor Sandy ihre Neugier stillen konnte. Vincent war noch nicht in der Küche, Bubbles sagte, er sei draußen und sehe nach Sturmschäden. Emma war erleichtert. Es war ihr ohnehin lieber, wenn sie mit der Nachricht von dem neuen Gast noch so lange warten konnte, bis sie wusste, um wen es sich handelte. Bubbles schien die Nachricht nicht das Geringste auszumachen, und selbst Bernice schien die Aussicht, ohne Sandy auskommen zu müssen, nicht sonderlich zu stören. Emma erzählte ihnen, wie sehr sie es genieße, von derart kompetentem Personal umgeben zu sein, und ging ins Esszimmer, um sich noch eine Tasse Tee einzuschenken und auf die Ankunft der Gäste zu warten.

Wieder war Black John der Erste. Diesmal allerdings nicht mit nackten Beinen, heute trug er eine ausgebeulte rote Jogginghose zu seinem Tycho Brahe-Sweatshirt. Die kupferne Nasenprothese des berühmten Astronomen kam auf einer so männlichen Brust natürlich besonders gut zur Geltung. Für einen Schriftsteller schien Sendick wirklich äußerst durchtrainiert zu sein, dachte Emma. Er war an diesem Morgen nicht draußen im Meer geschwommen, weil die Strömung noch zu stark war, wie er ihr mitteilte, sondern statt dessen um die Insel gejoggt. Vincent sei mit den Jungs draußen und zerkleinere einige umgefallene Bäume. Er habe gehört, der Mensch, der die Leiche abholen solle, sei verhindert, weil sein Boot kaputt sei, und ob Mrs. Kelling etwas davon wisse?

Emma erwiderte, dass sie etwas in der Richtung gehört habe, und erkundigte sich, ob Mr. Sendick vielleicht eine Tasse Kaffee wolle?

Mr. Sendick sagte, danke nein, er ziehe eigentlich Milch vor und würde sich freuen, wenn Mrs. Kelling ihn nicht immer Mr. Sendick nennen würde. Es klinge so ernst, und er sei ohnehin schon ziemlich down wegen des armen Toten in der Scheune. Was Mrs. Kelling denn davon halte?

Mrs. Kelling sagte, sie ziehe es vor, am Frühstückstisch lieber nicht über dieses Thema zu sprechen. Danach schleppte sich die Unterhaltung recht zähflüssig weiter, bis Joris Groot auftauchte, zu Emmas Verwunderung dicht gefolgt von Graf Radunov, der heute einen weiten Aran-Pullover und eine graue Flanellhose trug. Groot war an Alding Faths Hütte vorbeigegangen und hatte kurz durchs Fenster gespäht. Mrs. Fath habe ausgesehen, als schliefe sie, daher habe er nicht geklopft. Radunov war ebenfalls dort gewesen. Er hatte allerdings geklopft oder behauptete dies jedenfalls, berichtete aber, es habe sich nichts geregt. Er habe nicht versucht, die Tür zu öffnen, da er dies für ungehörig gehalten habe. Emma sagte, sie wolle später selbst nach Mrs. Fath sehen und hoffe, alle hätten eine gute Nacht verbracht.

Während des Frühstücks plauderte man über Belanglosigkeiten. Everard Wont tauchte gegen viertel nach neun auf, einigermaßen ansehnlich, aber nicht in Konversationsstimmung. Lisbet Quainley erschien zehn Minuten später auf den allerletzten Drücker. Sie habe auf dem Weg bei Alding Fath vorbeigeschaut, entschuldigte sie sich. Alding fühle sich immer noch schlecht und benommen, daher habe sich Lisbet wieder zurückgezogen.

Emma entschied, dass es auch für sie an der Zeit war, sich zurückzuziehen. Sie wollte noch zu Alding Fath, doch vorher musste sie nachschauen, ob die Mädchen Adelaides Schlafzimmer schon vorbereitet hatten. Doch dann hörte sie ein Motorboot draußen auf dem Meer und beschloss, als allererstes einen kleinen Spaziergang zum Dock zu machen. Sie hoffte inständig, dass es Bruder Lowell war, der mit seinem inzwischen reparierten Boot den Fremden abholen kam.

Vincent war schon auf dem Pier und befestigte eine Planke, die sich gelöst hatte. Plötzlich legte er den Hammer beiseite und sprang überrascht auf. Dazu hatte er allen Grund. Das Motorboot, das Emma zu hören geglaubt hatte, war in Wirklichkeit ein Wasserflugzeug, das auf den unruhigen Wellen herumhüpfte und das Dock ansteuerte. Als Emma nach unten eilte, um es zu begrüßen, das Päckchen mit dem Collier bereits in der geräumigen Tasche ihres weiten Rockes verstaut, sah sie, wie die Flugzeugtür geöffnet wurde und jemand Vincent eine Leine zuwarf.

Das Flugzeug legte am Pier an. Eine Laufplanke wurde nach draußen geschoben, ein Passagier trat heraus und griff nach Vincents ausgestreckter Hand.

Es war eine groß gewachsene, majestätisch wirkende Frau, die ein schwarzweiß gemustertes Kleid und eine weiße Jacke trug. Um ihren schwarzen Strohhut hatte sie einen roten Schal geschlungen, die Enden flatterten munter im Wind. Außer Emma selbst gab es nur eine einzige Frau mittleren Alters in Emmas Bekanntenkreis, die in der Lage war, beim Aussteigen aus einem lächerlichen kleinen Flugzeug auf bewegter See derart souverän an Land zu schweben.

»Cousine Theonia!« Emma flog ihr entgegen. »Wie lieb, dass du gekommen bist!«

Eine geniale Lösung. Warum in aller Welt hatte Emma nicht schon viel früher an Theonia gedacht? Mrs. Brooks Kelling hatte schon mehrfach mit ihrem Gatten und auch mit Sarah und Max zusammengearbeitet, wenn man ihre ungewöhnlichen Fähigkeiten gebraucht hatte. Sie war klug, einfallsreich und sehr viel zäher als sie aussah. Wer sonst würde sich mit Alding Fath in deren Spezialgebiet messen können? Theonia war die Tochter einer wunderschönen jungen Zigeunerin und eines Anthropologiestudenten, der sich ein wenig zu intensiv auf sein Forschungsprojekt eingelassen hatte, und hatte bereits als junges Mädchen alle Feinheiten der Wahrsagekunst beherrscht.

Die beiden Frauen umarmten sich und rieben zärtlich ihre Wangen aneinander, mit genau der richtigen feinen Balance zwischen echter Zuneigung und Rücksichtnahme auf das Make-up der anderen, die so rührend anzuschauen und so angenehm zu erfahren ist. Vincent starrte sie sprachlos an. Das war endlich etwas außerhalb der Routine. Emma tat der Mann Leid.

»Darf ich vorstellen: Mrs. Brooks Kelling, und das ist Vincent, der eigentliche Herrscher von Pocapuk. Mrs. Brooks wird ein paar Tage mit uns verbringen, Vincent. Ich habe gestern Abend mit ihr telefoniert. Wie hast du es bloß geschafft, so schnell hier zu sein, Theonia?«

»Mir ist zufällig eingefallen, dass Brooks Freund Tweeters Arbuthnot heute in Richtung Maine flog, um Papageitaucher zu zählen, also habe ich ihn kurzentschlossen angerufen und mich mitnehmen lassen. Mein Mann ist ebenfalls Ornithologe, Vincent, wenn auch kein ausgesprochener Spezialist für Papageitaucher. Momentan befasst er sich vor allem mit Ohrentauchern. Ich habe mich übrigens mit unserer lieben Freundin Adelaide unterhalten, Emma. Sie fühlt sich ein klein wenig besser und bestellt liebe Grüße. Ganz besonders herzlich soll ich Vincent grüßen«, fügte Theonia hinzu, mit einem Lächeln, das den Herrscher der Insel fast aus seinen L. L.Bean-Schuhen kippen ließ.

»Ich muss Tweeters unbedingt Guten Tag sagen«, meinte Emma, »ich habe ihn seit dem Tag, als er uns zu den Dreizehenmöven gebracht hat, nicht mehr gesehen.«

Bevor Vincent Gelegenheit hatte, sich von der umwerfenden Wirkung zu erholen, die Theonia unvermeidlich auf alle Männer ausübte, die ihr zum ersten Mal begegneten, eilte Emma bereits über die Laufplanke, stieg in das Wasserflugzeug und begrüßte den Piloten wie einen alten Freund, den man lange nicht gesehen hat, ungeachtet der Tatsache, dass sie ihn noch nie im Leben zu Gesicht bekommen hatte. Sie drückte ihm ihr Päckchen in die Hand, brabbelte ein paar Nichtigkeiten über Papageitaucher und rannte zurück, um ihre Rolle als Hausherrin zu übernehmen.

»Vincents Tochter hat dein Zimmer schon gerichtet, Theonia. Sag bloß, der kleine Koffer da ist dein ganzes Gepäck?«

»Mehr hat Tweeters mir nicht erlaubt. Das Flugzeug ist randvoll mit Heringen für die Papageitaucher. Da wir ungefähr gleich groß sind, hege ich die skrupellose Absicht, mich über deinen Kleiderschrank herzumachen, um mein Garderobendefizit auszugleichen. Du siehst wunderbar aus, Emma. Das Inselleben scheint dir gut zu bekommen. Nein, wirklich, Vincent, lassen Sie sich bitte durch uns nicht von der Arbeit abhalten. Aber es wäre nett, wenn Sie Mr. Arbuthnot helfen könnten, das Dock zu verlassen, ohne seine Schwimmkörper zu beschädigen. Tschüsschen, Tweeters! Wirf den Papageitauchern einen Hering von mir zu.«

Unter Girren und Winken mit wohlgeformter Hand eiste Theonia Emma und sich von den Männern los, und die beiden begaben sich gemeinsam ins Haus. Sandy stand an der Tür und hüpfte vor Ungeduld. Sie konnte es anscheinend kaum erwarten, das Gepäck der unerwarteten Besucherin auspacken zu dürfen, um herauszufinden, was sie mitgebracht hatte.

»Wow! Zwei Mrs. Kellings! Jetzt brauche ich mich mit Bernice nicht mehr darüber zu streiten, wer morgens den Tee raufbringt. Darf ich Ihren Koffer tragen, Mrs. Kelling? Wo ist denn Ihr anderes Gepäck? Bringt Daddy es hoch?«

»Mrs. Brooks ist überstürzt abgereist, daher wird sie meine Garderobe mitbenutzen«, sagte Emma. »Und du nennst sie am besten von jetzt an Mrs. Brooks, damit jeder weiß, wer gemeint ist. Habt ihr das Frühstück schon weggeräumt?«

»Nöh. Miss Quainley und Mr. Wont sind immer noch da und futtern wie die Scheunendrescher. Möchten Sie noch was, Mrs. Brooks? Ich kann Ihnen ein schönes Tablett bringen. Bubbles macht bestimmt gern frischen Kaffee für Sie, das macht er für Pop dauernd. Mein Vater hasst nämlich aufgewärmten Kaffee.«

»Vielen Dank, Sandy, es wäre lieb, wenn du mir den Kaffee aufs Zimmer bringen würdest. Schwarz, bitte, und ohne Zucker.« Theonia versuchte ständig, Diät zu halten, wenn auch nur bis zu einem gewissen Punkt. »Und ein Muffin oder etwas in der Art, falls ihr so etwas habt. Aber nur mit einem winzigen Klacks Konfitüre.«

»Alles klar, wird gemacht. Bubbles macht tolle Muffins, falls die Leute sie nicht schon alle verputzt haben. Meine Güte, können die reinhauen! Soll ich zuerst Ihre Tasche rauftragen?«

»Das schaffen wir schon allein«, sagte Emma. »Nichts wie los, Sandy.«

Theonia versuchte, ernst zu bleiben. »Das ist also deine persönliche Kammerzofe. Wie niedlich.«

»Finde ich auch. Es gibt sogar zwei, wie du sicher erraten hast. Sandy hat ihre Freundin mitgebracht. Bernice ist noch ein wenig schüchtern, aber ich fürchte, das wird sich bald ändern. Vincent hat übrigens auch einen Sohn, der ebenfalls hier bei uns arbeitet. Die Mutter ist den Sommer über bei einer Ausgrabung. Sie ist Archäologin, hat er mir erzählt.«

»Interessante Familie«, girrte Theonia. »Gibt es noch weiteres Personal? Wer ist dieser Bubbles?«

»Unser Koch. Mit Nachnamen heißt er Ryan. Du wirst schon sehen, warum man ihn Bubbles nennt. Er hat mir erzählt, er sei Krankenpfleger und arbeite während des Winters in einem Hospiz. Den Sommer verbringt er auf der Insel, weil er Depressionen davon bekommt, dass alle seine Patienten sterben, was ich sehr gut verstehen kann. Ich kann über ihn nur sagen, dass er immer fröhlich ist, wenn ich ihn sehe, ein reizendes Lispeln hat und phantastisch kocht. Bubbles kümmert sich auch rührend um Mrs. Fath, die einer der Gründe ist, warum ich so froh bin, dass du hier bist. Hat Max dir alles erzählt?«

»Vor allem das, was dir zugestoßen ist. Ich muss schon sagen, du hast einiges durchmachen müssen, meine Liebe. Ich wollte nicht, dass er mir allzu viel über die Gäste erzählt, weil ich der Meinung bin, dass der erste Eindruck oft sehr hilfreich ist. Wie gefällt dir das Haus, Emma?«

»Genau das wollte ich dich gerade fragen. Ich finde es absolut perfekt, aber wenn ich freie Hand hätte, würde ich es auf der Stelle abbrennen.«

Diesmal konnte sich Theonia das Lachen unmöglich verkneifen. »Eine typische Emma Kelling-Bemerkung! Ich persönlich würde es außen hellgrün streichen und unter allen Kiefern Gartenzwerge aus Plastik aufstellen. Ich kann gut verstehen, warum Vincent das Bedürfnis hatte, seine Kinder mitzubringen. Er versucht sich damit selbst weiszumachen, dass das Haus nicht völlig tot ist. Er ist übrigens ziemlich fertig mit den Nerven, falls es dir noch nicht aufgefallen sein sollte.«

»Meinst du wirklich? Auf mich wirkt er immer wie ein Fels in der Brandung.«

»Selbst Felsen können bröckeln, meine Liebe, wenn der Druck allzu lange anhält. Oder Risse bekommen, wenn die Erschütterung stark genug ist.«

Emma dachte einen Moment nach und nickte. »Du bist feinfühliger als ich, Theonia. Wahrscheinlich macht Vincent sich Sorgen darüber, was passiert, wenn Adelaide Sabine stirbt. Außerdem liegt bereits ein Toter im Ponystall. Hat Max dir davon erzählt?«

»Ja, und ich würde ganz gern einen Blick auf den Mann werfen, wenn das möglich ist, ohne Aufsehen zu erregen. Ist er denn noch nicht abgeholt worden? Max meinte, die Leiche würde heute Morgen als allererstes fortgebracht.«

»Das habe ich auch geglaubt, aber in dem Sturm gestern Nacht ist das Boot von Vincents Bruder beschädigt worden, daher konnte er nicht wie geplant kommen.«

»Vincents Bruder?«

»Lowell, der Hafenmeister. Sein Bruder Franklin ist der ärztliche Leichenbeschauer oder wie immer man das hier nennt. Vincent hat mir zu verstehen gegeben, dass Franklin sich kooperativ verhalten wird, was die Todesursache betrifft.«

»Ach ja? Scheint eine ziemliche Dynastie hier zu sein. Welche Schuhgröße hast du, Emma?«

Emma verstand den Wink und zeigte Theonia ihre Garderobe. Theonia hatte sich bereits umgezogen und trug einen von Emmas langen Röcken, eine blaue Baumwollbluse und flache Sandalen mit Kreppsohlen, als Sandy mit frischem Kaffee, einem fußballgroßen Heidelbeermuffin, hausgemachter Konfitüre und einem kleinen Stückchen Butter, das man in ein Förmchen gepresst und mit dem Bild einer Kuh verziert hatte, erschien.

»Du solltest noch etwas überziehen«, sagte Emma. »Die Luft ist recht kühl. Hier, nimm das.«

Sie reichte Theonia spontan ihren Musselinschal mit den riesigen Pfingstrosen. Er passte umwerfend gut zu dem langen, weiten Rock und Theonias pechschwarzem Haarknoten. Theonia musterte die Halbzigeunerin im Spiegel und kicherte.

»Jetzt brauche ich nur noch ein paar große goldene Ohrringe und einen Tanzbären. Vielleicht kann ich ein bisschen Geld sammeln, indem ich wahrsage.«

»Das kannst du bestimmt, wenn du Lust hast«, sagte Emma. »Die offizielle Seherin der Expedition ist nämlich unpässlich. Hat Max dir von Alding Fath erzählt?«

»Ja, aber ich möchte, dass du mir alles noch einmal erzählst. Wie wirkt die Frau auf dich, Emma?«

»Wahrscheinlich ist sie eine Schwindlerin, aber sie ist mir sehr sympathisch.«

Während Theonia ihren Kaffee trank und sich durch das Riesenmuffin arbeitete, berichtete Emma, was in der ersten Nacht passiert war. »Was hältst du davon?«

»Das kann ich erst sagen, wenn ich sie kennen gelernt habe.« Theonia stellte ihre leere Tasse ab und betupfte vorsichtig ihre Lippen mit der Serviette. »Ich möchte mir nur noch schnell die Konfitüre vom Gesicht waschen, dann laufen wir zum Stall, bevor Vincent das Dock repariert hat. Meinst du, das geht?«

»Wir nehmen die Seitentür. Und den Weg hinter dem Haus. Es ist nicht sehr weit.«

»Ich habe einen Spaziergang ohnehin dringend nötig, immerhin war ich von Lake Cochituate bis hier in dem Pfützenspringer eingepfercht. Tweeters musste meine Hüften praktisch einfetten, damit ich überhaupt noch in seinen Flieger passte.«

Für den Fall, dass jemand sie belauschte, unterhielten sich die beiden eindrucksvollen Damen detailliert über Max Bittersohns multiple Frakturen, während sie durch das Haus gingen und hinaus auf den federnden Kiefernnadelweg traten. Vom Wasser her wehte immer noch eine steife Brise, so schien es nur natürlich, dass sie es vorzogen, auf der Leeseite des Hauses spazieren zu gehen. Zu ihrer Erleichterung war in der Nähe des alten Ponystalls niemand zu sehen. Vincent hatte die Tür mit einem Vorhängeschloss gesichert, doch Theonia hatte eine Ahnung, dass er den Schlüssel unter den Balken versteckt hatte. Die Ahnung stimmte.

Der Tote lag immer noch ausgestreckt unter der sauberen Pferdedecke auf den Planken, genau wie Emma ihn zuletzt gesehen hatte. Irgendwo hatte sie gelesen, dass Zigeuner religiöse Skrupel hätten, Leichen zu berühren. Sie hatte Cousin Brooks Frau zwar noch nie als Zigeunerin gesehen, doch der Schal passte einfach zu gut. Sie machte einen Schritt nach vorn und lüpfte die Decke gerade genug, dass Theonia das wachsbleiche Gesicht des

Toten sehen konnte. Der Bart war immer noch feucht vom Meerwasser. Der Anblick war nicht gerade angenehm, doch Theonia zuckte nicht mit der Wimper.

»Das ist also aus ihm geworden«, sagte sie. »Aber ich kann nicht sagen, dass es mich sonderlich überrascht.«

Kapitel 15

»Du kennst diesen Mann?« rief Emma entgeistert.

»Ja.« Theonia hörte Schritte auf dem kleinen Kiesweg, der wahrscheinlich aus Gründen der besseren Drainage vor der Stalltür angelegt worden war. Sie warf Emma einen Blick zu, den man bei einer weniger stattlichen Dame als schelmisch bezeichnet hätte, und hob die Stimme um ein oder zwei Dezibel.

»An der Ohrenpartie kann man deutlich erkennen, dass er ein Pence ist. Du weißt doch, dass ich einen ausgesprochenen Blick für Familienähnlichkeit habe, und Ohren sind äußerst charakteristische Unterscheidungsmerkmale, findest du nicht? Ich bin ziemlich sicher, dass es sich um den Vetter dritten Grades handelt, von dem mir die liebe Adelaide erzählt hat.«

Theonias Bekanntschaft mit der lieben Adelaide beschränkte sich auf eine einzige Unterhaltung von ungefähr sechs Minuten Dauer, die vor mehreren Jahren bei einer von Emmas Gartenpartys stattgefunden hatte. Außerdem wäre die liebe Adelaide sicher die letzte Person, die mit einer ihr völlig Fremden über die Familie ihres Schwiegersohns tratschen würde, selbst wenn die Betreffende den Namen Kelling trug. Doch diese Nebensächlichkeiten taten nichts zur Sache. Bei der Person draußen vor dem Stall handelte es sich aller Wahrscheinlichkeit nach entweder um Vincent oder um einen seiner Helfer, und jetzt war der ideale Zeitpunkt, um ihm bezüglich der Autopsie den Kopf zurecht zu rücken. Emma verstand genau, was Theonia sagen wollte, und war völlig ihrer Meinung.

»Wie scharfsinnig von dir, Theonia! Ich hatte Polydore Pence völlig vergessen. So ein begabter junger Mann, hat mir Adelaide erzählt. Bis er beim Tauchen auf diese Riesenmuschel gestoßen ist – wo war es noch gleich – in Osaka, nicht wahr? Jedenfalls soll er danach unter der Wahnvorstellung gelitten haben, er sei ein Seehund.«

»Ich glaube, es war ein Walross«, widersprach Theonia. Damen aus Boston legten großen Wert auf eine korrekte Wiedergabe der Tatsachen, selbst wenn sie gerade dabei waren, sie zu erfinden. »Walrosse haben diese Riesenschnurrbärte.«

»Aber keine Vollbärte«, insistierte Emma.

»Ich nehme an, der Bart sollte darüber hinwegtäuschen, dass er keine Stoßzähne hatte. Vielleicht hat Polydore auch nur vergessen, den Schnurrbart richtig zu schneiden, und irgendwann die Kontrolle über seinen Bartwuchs verloren. Er soll schrecklich vergesslich geworden sein, hat mir Adelaide erzählt.«

»Bis hin zu Anfällen völliger Amnesie«, warf Emma prompt ein. »Der Walrosswahn war sozusagen nur eine Teilzeitbeschäftigung. Er zog einen schwarzen Taucheranzug an, trieb sich an Stränden herum und schlug mit den Flossen gegen die Felsen. Aber ich kann mir nicht vorstellen, dass er je so weit gegangen ist, rohen Fisch zu essen.«

»Er hat praktisch nur von Sardinen gelebt«, sagte Theonia. »Und manchmal hat er sich sogar für einen Nöck gehalten. Wahrscheinlich wäre es den Pences lieber gewesen, wenn er sich auf die Walrossrolle beschränkt hätte. Er plantschte nur mit seinen Schwimmflossen bekleidet im Meer herum und suchte an den merkwürdigsten Stellen nach Schätzen. Leider war sich Polydore nicht bewusst, wie sein Adamskostüm auf andere wirkte. Er selbst war davon überzeugt, von der Taille abwärts Fischschuppen zu haben, weißt du. Aber man kann sich vorstellen, wie peinlich es war, wenn er gegen zwei Uhr morgens im Schlafzimmer einer Frau aufkreuzte. Das war eine seiner Angewohnheiten.«

»Tatsächlich?« sagte Emma. »Das würde erklären, warum er meine Tasche mit dem Theaterschmuck gestohlen hat. Wie gut, dass ich nicht aufgewacht bin. Ein Nöck im Schlafzimmer kann ein ziemlich schockierendes Erlebnis sein, meinst du nicht auch?«

»Scheußlich«, stimmte Theonia zu. »Und was passierte, wenn er vorzeitig aus seiner Nöckrolle fiel? Meinst du, dass er dann seine Amnesieanfälle bekam?«

»Ich glaube, die hatte er vor allem als Walross. Er merkte urplötzlich, dass er kein Flossenfüßler war und saß plötzlich auf dem Trockenen. Theonia, das ist ja furchtbar. Anscheinend war Polydore bei den Pences ziemlich beliebt. Nicht jeder verfügt schließlich über einen Meeressäuger, der auf Geburtstagspartys und Familienfesten auftaucht. Meinst du, ich sollte Adelaide informieren?«

»Um Himmels willen, auf gar keinen Fall! Nicht in ihrem momentanen Zustand. Wir dürfen niemandem etwas sagen, bis wir herausgefunden haben, ob es wirklich Polydore ist. Ich will nicht unken, aber ich halte es für ziemlich unwahrscheinlich, dass er durch einen Unfall ums Leben gekommen ist. Von Adelaide weiß ich, dass er als äußerst trittsicher galt. Außerdem war er sozusagen im Wasser zu Hause, ganz gleich wie kalt es war. Er schob einfach die Eisschollen zur Seite und tauchte ab.«

»Ich sollte unbedingt mit Vincent darüber sprechen«, sagte Emma. »Du weißt, wie prozesssüchtig einige von den Pences sind. Sie werden auf einer zweiten Meinung bestehen, ganz gleich, wer die Autopsie vornimmt. Ein einziger Fehler und Vincents Bruder Franklin hat einen Kunstfehlerprozess am Hals.«

Es war an der Zeit festzustellen, wer ihr Gespräch belauschte. Emma ging zur Tür.

»Oh, Vincent, kommen Sie doch herein. Mrs. Brooks befürchtet, dass wir ein neues Problem haben.«

»Ich hab's gehört. Ich sag' meinen Brüdern Bescheid.« Merkwürdigerweise schien er sich kein bisschen für den geheimnisvollen Polydore zu interessieren. »Wissen Sie zufällig, wo Sandy is'? Bernice sucht sie schon seit 'ner Ewigkeit. Sie hat überall nachgesehen, aber das Kind is' wie vom Erdboden verschluckt.«

»War Bernice schon oben in den Schlafzimmern?« erkundigte sich Emma. »Ich habe Sandy zuletzt gesehen, als sie Mrs. Brooks den Kaffee hochbrachte. Vielleicht ist sie wieder nach oben gegangen, um das Tablett zu holen, und ist dort geblieben, um ein bisschen aufzuräumen.«

Wohl eher um Theonias Hut anzuprobieren. »Vielleicht ist sie auch zu den Cottages gegangen.«

Vincent schüttelte den Kopf. »Bernice hat schon oben nachgeschaut. Und Sandy is' bestimmt nich' in den Cottages, sonst kann sie nämlich was erleben. Die beiden Mädchen haben strikte Order, nur zusammen hinzugehen un' sich auf keinen Fall dort aufzuhalten, wenn die Gäste da sind. Nich' dass ich unsren Gästen nich' traue, aber es gibt heutzutage so viele Verrückte, dass man gar nich' vorsichtig genug sein kann.« Er rieb sich das Kinn und warf einen Blick auf den Mann unter der Decke. »Dann glauben Sie also, dass der Mann ein Pence ist, Mrs. Brooks?«

»Wir müssen alle Möglichkeiten in Betracht ziehen«, erwiderte Theonia. »Ich hoffe, dass ich mich irre. Aber da wir völlig im Dunkeln tappen, sollten wir so vorsichtig wie möglich sein. Vermutlich wollen weder Sie noch Cousine Emma die Pences auf Polydore ansprechen, bis endgültig geklärt ist, ob er es wirklich ist. Die Polizei wird wissen, wie man seine Identität möglichst schnell herausfindet. Hat das FBI nicht so etwas wie eine digitalisierte Datei mit Fingerabdrücken?«

Emma machte sich schon halb darauf gefasst, dass Vincent gestand, er habe auch einen Bruder beim FBI, doch er schwieg. Vielleicht hatte Theonia Recht und er war tatsächlich völlig fertig mit den Nerven. Jedenfalls wirkte er momentan auffallend verstört, was sie gut verstehen konnte.

»Ich gehe ins Haus und suche mit«, sagte sie. Falls das kleine Biest tatsächlich so weit gegangen war, Emmas Sachen anzuprobieren, hatte sie es vielleicht am Ende mit der Angst bekommen und sich im Kleiderschrank versteckt, als sie Bernice kommen hörte. »Kommst du mit, Theonia?«

»Ich kann nicht behaupten, dass mir viel daran liegt, hier mit Polydore allein zu bleiben, falls dieser Mann tatsächlich Polydore ist. Ich helfe dir natürlich gern bei der Suche nach dem Kind. Machen Sie sich keine Sorgen, Vincent. Sie trödelt sicher nur ein wenig herum und hängt ihren Träumen nach, wie es junge Menschen häufig tun.«

»Sandy trödelt nie rum.«

Noch während er sprach, war Vincent wieder an der Tür. Die

beiden Frauen ließen ihn den Stall abschließen und gingen zurück zum Haus.

»Ich könnte mir vorstellen, dass Sandy sich bei dir im Badezimmer eingeschlossen hat, um an deinem Parfum zu schnuppern und dein Make-up auszuprobieren«, sagte Emma. »Aber man kann es einem Vater nicht verübeln, wenn er sich um sein Kind sorgt.«

»Kann es sein, dass sie mit ihrem Bruder unterwegs ist?« mutmaßte Theonia.

»Ich glaube nicht, aber man kann nie wissen.« Obwohl sie sich einzureden versuchte, es sei alles in Ordnung, legte Emma noch einen Schritt zu. Sie ging mit Theonia durch die Küchentür ins Haus, weil es der nächste Eingang war. Bubbles war nicht da. Vielleicht brachte er Mrs. Fath gerade einen kleinen Nachtisch. Oder sah im Dienstbotenflügel nach, ob Sandy in ihrem Zimmer war, obwohl Vincent das sicher längst selbst getan hatte. Die Arbeit war jedenfalls erledigt, das Geschirr war abgeräumt, das Esszimmer und das große Wohnzimmer waren aufgeräumt und befanden sich in ihrem gewöhnlichen Zustand versteinerter Eleganz. Emma führte Theonia nach oben. Die Tür zu Theonias Zimmer stand offen. Sie betraten den Raum. Hinter dem Bett, das für Theonia frisch bezogen worden war, genau vor dem Schrank, in dem sich der Geheimsafe befand, saß Sandy auf dem Fußboden, das umgestürzte Frühstückstablett neben sich.

»Sandy!« rief Emma. »Dein Vater ist außer sich. Warum bist du nicht bei Bernice?«

»Ich weiß nicht.«

Sandy klang benommen, nicht übersprudelnd wie sonst. »Warum sitz' ich hier auf dem Boden?«

»Ich habe nicht die geringste Ahnung.« Emma kniete sich neben Sandy und versuchte, durch die Stachelfrisur Sandys Kopf abzutasten. »Tut es weh, wenn ich hier drücke?«

»Aua! Ja, genau da, neben dem Ohr. Vielleicht hab' ich auch Amnesie.«

»Wie heißt du?«

»Sandy. Alexandria, meine ich.«

»Und wie heiße ich?«

»Mrs. Kelling.«

»Du hast keine Amnesie. Aber vielleicht eine leichte Gehirnerschütterung. Erinnerst du dich, ob du dir irgendwo den Kopf gestoßen hast?«

»Vielleicht an der Schranktüre hier?« schlug Theonia vor. Die Tür stand offen. Als Theonia den Raum verlassen hatte, war sie noch geschlossen gewesen, aber das sagte sie nicht. Theonias Reisekleid, der Hut, ein opulentes spitzenverziertes Satin-Negligé und ein ebenso eleganter Morgenmantel hingen darin. »Sandy, kannst du dich daran erinnern, dass Bernice hier war, um dich zu suchen?«

»Nein.«

Die beiden Frauen schauten sich achselzuckend an. »Wenn Bernice nur den Kopf ins Zimmer gesteckt hat, konnte sie Sandy vielleicht nicht sehen, weil das Bett im Weg war«, sagte Emma.

Das ziemlich hohe antike Himmelbett und die dicke Steppdecke, die bis auf den Fußboden reichte, waren die perfekte Deckung für ein auf dem Boden sitzendes oder liegendes Mädchen. Vielleicht war Sandy sogar wirklich kurze Zeit bewusstlos gewesen. Aber wie konnte sie sich derart gestoßen haben?

Diese Frage konnte immer noch geklärt werden, jetzt musste man vor allem Vincent informieren, dass seine Tochter gefunden worden war. Gemeinsam hievten Theonia und Emma das Mädchen aufs Bett, zogen ihr die Turnschuhe aus und deckten sie mit einer Wolldecke zu.

»Und jetzt bleibst du schön brav hier liegen, Sandy«, teilte Emma ihr mit. »Und zwar so lange, bis wir dir sagen, dass du wieder aufstehen darfst. Wahrscheinlich wird es dir noch eine Zeit lang schwindelig sein, und du willst doch sicher nicht fallen und dir wieder den Kopf stoßen, oder? Ich suche jetzt deinen Vater und sage ihm, wo du bist. Aber du solltest nicht allein bleiben. Theonia, würdest du so lieb sein und ihr Gesellschaft leisten?«

»Aber sicher. Geh ruhig.«

Theonia zog einen Stuhl ans Bett und stellte sich darauf ein, vorübergehend Sandys Schutzengel zu spielen. Emma bedauerte, dass sie vergessen hatte, Theonia zu fragen, ob Max ihr von dem Wandsafe im Schrank erzählt hatte. Sie war beileibe keine Schwarzseherin, doch sie konnte sich einfach nicht vorstellen, dass es sich hier um einen Zufall handelte. Vielleicht war es tatsächlich möglich, dass Sandy sich irgendwo hart genug gestoßen hatte, um für kurze Zeit das Bewusstsein zu verlieren, doch es kam Emma recht unwahrscheinlich vor.

Sie hoffte inständig, dass Onkel Franklin möglichst schnell erscheinen würde, um sich das Kind genauer anzusehen. Falls nicht, musste Sandy im Hummerboot zum Festland gebracht werden, sobald sie transportfähig war. Mit einer Kopfverletzung, die stark genug war, jemanden völlig außer Gefecht zu setzen, war nicht zu spaßen. Vincent musste sofort davon erfahren. Emma sammelte das auf dem Teppich liegende Geschirr ein, stellte es auf das Tablett und trug es in die Küche. Dann läutete sie die Schiffsglocke neben der Tür.

Natürlich bekam sie bedeutend mehr Resonanz, als sie eigentlich beabsichtigt hatte. Bubbles erschien als Erster, rannte den Weg von den Cottages zum Haus hoch und trug etwas, das wahrscheinlich Mrs. Faths Frühstückstablett war.

»Waf if denn paffiert, Miffif Kelling? Ef gibt heute kein Mittageffen im Hauf.«

»Ich weiß. Ich muss dringend mit Vincent sprechen. Er hat mir gesagt, ich sollte die Schiffsglocke läuten, falls ich ihn irgendwann einmal dringend bräuchte. Ah, da kommt er ja schon.«

Vincent rannte mit großen Schritten zum Haus und hatte Ted und Neil im Schlepptau. »Was is' los?« keuchte er.

»Es ist alles in Ordnung, Vincent. Wir haben Sandy gefunden. Sie hat sich anscheinend den Kopf an der Schranktür gestoßen, als sie Mrs. Brooks' Frühstückstablett aufheben wollte. Sie saß hinter dem Bett auf dem Boden, als wir sie fanden, und war immer noch etwas benommen. Ich könnte mir vorstellen, dass sie sogar kurze Zeit bewusstlos war. Das würde auch erklären, warum sie nicht reagiert hat, als Bernice sie suchte. Wir haben sie in Mrs. Sabines Zimmer ins Bett gepackt. Mrs. Brooks ist momentan bei ihr. Ich halte es für das Beste, wenn Sandy so lange im Bett bleibt, bis sie von einem Arzt untersucht worden ist. Bei Kopfverletzungen kann man gar nicht vorsichtig genug sein, wissen Sie.«

»Mein Gott, was denn sonst noch alles?« stöhnte der geplagte Vater. »Okay, Jungs, ihr geht am besten wieder zurück und kümmert euch um die abgebrochenen Äste. Und seid um Gottes willen vorsichtig mit der Kettensäge. Wir ham schon genug am Hals. Komm, Bubbles, du siehst dir am besten Sandy mal an.«

Auch die anderen hatten sich inzwischen eingefunden, um zu sehen, was der Krach zu bedeuten hatte, und Emma bedauerte ihre unüberlegte Aktion mit der Schiffsglocke zutiefst. Sie musste notgedrungen unten bleiben und den verstörten Gästen und der zitternden Bernice erklären, was passiert war, statt mit nach oben zu gehen und nachzuschauen, ob jemand versucht hatte, den Safe zu öffnen. Wie sie das schaffen sollte, ohne Vincent und Bubbles das Versteck zu verraten, das Adelaide Sabine so lange geheim gehalten hatte oder von dem sie angenommen hatte, dass es geheim war, wusste Emma selbst noch nicht.

Doch es blieb ihr keine andere Wahl, selbst wenn sie es nur für ihren eigenen Seelenfrieden tat. Warum hatte sie bloß das Collier nicht dort gelassen, wo sie es gefunden hatte? Dann würde der Mann, der nicht Polydore Pence war, vielleicht noch leben und hätte es inzwischen längst von Pocapuk fortgeschafft. Und dem Mädchen wäre der Schlag auf den Kopf erspart geblieben. Oder auch nicht, wer wusste das schon?

Emma neigte nicht dazu, über verschüttete Milch zu jammern, aber sie hatte auch noch nie eine nennenswerte Menge Milch verschüttet. Sie hatte zwar schon oft impulsiv reagiert, doch immer genau gewusst, wer das Netz hielt, in das sie sprang. Da waren immer der liebe Bed und die unerschütterlichen Heatherstones gewesen, der Kelling-Clan, ihre zahlreichen Freunde und Nachbarn, und später ihre eigenen erwachsenen Kinder, um sie bei allen Projekten zu unterstützen, die ihr gerade in den Kopf kamen. Sie war zwar daran gewöhnt, die Rolle des Generals zu spielen, doch niemals ohne Armee. Und jetzt? Theonia war eine kluge Frau, doch reichte sie allein?

Emma erinnerte sich plötzlich, dass Theonia immer noch keine Gelegenheit gehabt hatte, ihr zu sagen, wer der Mann im Stall wirklich war. Sie musste es herausfinden, ganz egal, ob sie mit der Information etwas anfangen konnte oder nicht. Außerdem musste sie die Gäste befragen, um zu erfahren, wer möglicherweise in Adelaide Sabines Kleiderschrank herumspioniert hatte, als Sandy versucht hatte, einen Blick auf Theonias elegante Negligés zu werfen.

Aber wer würde so etwas schon zugeben? Und welchen Sinn hatte es, den anderen zu verraten, dass sie den Verdacht hegte, der Schlag auf Sandys Kopf sei alles andere als ein Unfall gewesen? Sie versicherte gerade Black John Sendick, dass das Haus nicht in Flammen stand und niemand gerettet werden musste, als Vincent die Treppe herunterkam. Er trug Sandy in seinen Armen.

»Sie bleibt jetzt hier unten, wo ich sie sehen kann«, erklärte er Emma. Er klang nicht besonders freundlich, was Emma durchaus verstehen konnte.

»Aber sicher, Vincent. Wenn Sandy meine Tochter wäre, würde ich sie auch keinem Fremden anvertrauen. Bubbles und Bernice schaffen es sicher auch allein, bis der Arzt eintrifft. Meine Cousine und ich bleiben hier, für den Fall, dass jemand einspringen muss. Bubbles, hatten Sie vor, uns etwas zu essen zu machen, oder soll ich für Mrs. Brooks und mich schnell selbst etwas vorbereiten?«

Der Koch war sichtlich entsetzt. »Oh nein, Miffif Kelling, auf gar keinen Fall! Miffif Fabine hat immer Punkt halb einf ihr Mittageffen auf der Veranda bekommen. Pafft Ihnen daf?«

»Wunderbar.« Emma hatte die kleine verglaste Veranda, die ans Esszimmer angrenzte, völlig vergessen. An ihrem ersten Nachmittag hier im Haus war sie viel zu erschöpft gewesen, um es sich dort bequem zu machen, und gestern war wohl kaum das geeignete Wetter für eine Sonnenveranda gewesen. Nach dieser leichten Zurechtweisung tat sie wohl gut daran, kein weiteres Durcheinander anzurichten. Immerhin war Sandy nicht mehr oben im Schlafzimmer, so daß sie ungestört nach dem Safe sehen konnte.

Fehlanzeige. Graf Radunov nahte in vornehmem Trab.

»Mrs. Kelling, darf ich in aller Höflichkeit anfragen, wem die Stunde geschlagen hat?«

»Warum nicht? Die anderen haben schließlich auch alle gefragt. Was hat Sie so lange aufgehalten?«

»Mein fortgeschrittener Zustand der Hinfälligkeit und die erfreuliche Tatsache, dass ich begonnen habe, mein *Opus magnum* zu entwerfen. Ich dachte gerade darüber nach, ob ich Grigori Rasputin einen kurzen Flirt mit Königin Victoria erlauben sollte.«

»Meinen Sie denn, dass er ihr Typ war?«

Radunov zuckte mit den Achseln. »Immerhin gab es in ihrem Leben Disraeli und John Brown. Der eine war gebürtiger Jude, der andere Protestant, und wir dürfen annehmen, dass ihr Geschmack daher katholisch im Sinne allumfassend war. Aber um wieder auf die Glocke zurückzukommen – «

»Ich wollte nur möglichst schnell mit Vincent sprechen, und die Glocke schien mir das beste Mittel zum Zweck. Beim nächsten Mal weiß ich es besser. Allerdings hoffe ich inständig, dass es kein nächstes Mal geben wird.«

Er schenkte sich die Frage, warum sie es so eilig gehabt hatte. Diese Zurückhaltung musste belohnt werden, entschied Emma.

»Seine Tochter hat sich ziemlich den Kopf gestoßen, und ich dachte, er sollte es besser sofort erfahren.«

»Aber natürlich. Er ist offenbar ein hingebungsvoller Vater. Hoffentlich ist das Kind nicht ernsthaft verletzt.«

»Das hoffe ich auch. Sandy ist wirklich ein Schatz.«

»Tatsächlich? Das ist mir noch gar nicht aufgefallen. Meine Schätze sind da schon etwas reifer.«

Da er mit einigem Nachdruck sprach, war sich Emma nicht sicher, ob es sich möglicherweise um einen Flirtversuch handelte. Vielleicht sah er sich selbst als Rasputin und sie als Victoria Regina und versuchte die Gelegenheit beim Schopf zu packen und ein wenig für sein Meisterwerk zu recherchieren. Aber noch wahrscheinlicher erklärte sich sein Verhalten aus der Tatsache, dass Theonia inzwischen an der Tür aufgetaucht war.

Kapitel 16

»Oh, Theonia«, sagte Emma, »darf ich dir Graf Alexei Radunov vorstellen, er ist einer unserer Gäste. Graf Radunov, das ist Mrs. Brooks Kelling, die Frau meines Vetters. Mrs. Brooks ist gerade unerwartet für einen kurzen Besuch eingetroffen.«

»Es gefällt mir sehr gut hier auf der Insel.« Theonia streckte ihre wohlgeformte Hand aus, die der Graf selbstverständlich küsste. »Freut mich, Sie kennen zu lernen, Graf Radunov. Emma hat mir erzählt, Sie seien hier, um an Ihrem Roman zu arbeiten. Sind Sie zufrieden mit dem Fortgang Ihrer Arbeit?«

»Ich bin mehr als zufrieden, die Gegenwart zweier so bezaubernder Damen genießen zu dürfen, Mrs. Brooks. Was meinen Roman betrifft, kann man nur hoffen. Und wie, wenn ich fragen darf, sind Sie nach Pocapuk gekommen? Doch sicher nicht mit der Fähre, denn ich habe keine Schiffssirene gehört. Doch nicht zufällig in Ihrer eigenen Jacht? Falls dies der Fall sein sollte, muss ich Sie warnen. Denn dann wird unser ambitionierter Professor Wont sicher alles daran setzen, sie für seine Schatzsuche zu chartern.«

Theonias Lachen klang wie das Läuten kleiner Silberglöckchen. Das kurze Geläut brachte den galanten Russen derart aus der Fassung, dass er leicht zu schwanken begann und den Griff um die Hand, die er bis jetzt fest gehalten hatte, lockerte. »Professor Wont wird sich auf eine herbe Enttäuschung gefasst machen müssen. Ein alter Freund meines Mannes, der mit seinem Flugzeug unterwegs ist und Papageitaucher beobachten will, hat mich mitgenommen. Kennen Sie Tweeters Arbuthnot vielleicht zufällig? Er wohnt auf der langen, kurvigen Straße drüben bei den Kittiwakes.«

Graf Radunov schien den Namen nicht zu kennen, auch wenn er ein wenig zu lange brauchte, um den Kopf zu schütteln. »Bedauerlicherweise hatte ich noch nicht das Vergnügen, Mr. Arbuthnots Bekanntschaft zu machen. Doch wie schön für Sie und uns, dass er die Möglichkeit hatte, Sie direkt nach Pocapuk zu fliegen. Wie hat er es geschafft, auf der kleinen Insel zu landen? Besitzt er einen Helikopter? Oder sind Sie etwa mit dem Fallschirm abgesprungen, wie Ihre furchtlose Cousine es zweifellos getan hätte?«

»So furchtlos bin ich gar nicht«, sagte Emma.

»Ich auch nicht«, gab Theonia mit einem weiteren glockenhellen Lachen zu. »Tweeters hat natürlich ein Wasserflugzeug. Er ist auf dem Wasser gelandet und hat mich zum Dock geschippert.«

Der Graf schlug sich mit melodramatischer Geste vor die Stirn. »Wie enttäuschend prosaisch! Statt eines todesmutigen Sprunges haben Sie Ihr kostbares Leben lediglich dem wütenden Ozean anvertraut. Brr! Das wäre nichts für mich. Sind Sie nicht furchtbar durchgeschüttelt worden?«

»Oh, das macht mir nichts aus. Tweeters landet ständig an den unmöglichsten Stellen und hat noch nie irgendwelche Probleme gehabt. Mein Mann begleitet ihn ziemlich häufig. Brooks hätte mich auf keinen Fall mitfliegen lassen, wenn auch nur die geringste Gefahr bestünde.«

Brooks hatte Theonia nur fliegen lassen, weil er nicht da gewesen war, um sie davon abzuhalten, dachte Emma. Musste dieser Radunov sie die ganze Zeit so unverhohlen anstarren? Jetzt schüttelte er langsam den Kopf und setzte eine amüsierte Miene auf.

»Ihr Gatte fliegt mit diesem Tweeters in der Weltgeschichte herum, um Papageitaucher zu beobachten, obwohl er zu Hause bleiben und Sie ansehen könnte? Ehrlich gesagt erscheint mir das Verhalten der amerikanischen Männer wunderbar und nur schwer zu begreifen.«

»Alle Männer sind schwer zu begreifen, wenn auch nicht immer wunderbar.« Emma entschied, dass man sie lange genug ausgeschlossen hatte. »Sollen wir Sie zurück zu Ihrer Hütte begleiten, Graf Radunov? Wir wollen nämlich Mrs. Fath einen kleinen Krankenbesuch abstatten.«

»Ah, jetzt fällt es mir wieder ein. Mrs. Fath hat mir etwas aufgetragen. Als ich eben an ihrer Hütte vorbeiging, rief sie mir zu ›Sagen Sie bitte meinem Schutzengel, er soll mir noch etwas Orangensaft bringen.‹ Sie erwähnte nicht, wer dieser Schutzengel ist, daher hatte ich vor, den Koch um etwas Orangensaft zu bitten und ihn Mrs. Fath zu bringen.«

»Das ist sehr nett von Ihnen. Sie hat wahrscheinlich wirklich den Koch gemeint. Ich weiß von Vincent, dass Bubbles Mrs. Fath mit allen möglichen Köstlichkeiten verwöhnt. Wir kümmern uns um den Saft, und Sie sollten besser wieder zurück zu Ihrer Königin Victoria, solange die Feuer der Inspiration noch lodern.«

Emma hoffte, dass Graf Radunov sich daran erinnerte, dass man die Gäste ausdrücklich gebeten hatte, möglichst nicht in die Küche zu gehen und den Koch zu stören. Doch das konnte sie ihm bei einem derart hehren Motiv kaum direkt ins Gesicht sagen. Gleichzeitig war sie erleichtert zu hören, dass Alding Fath wach war und Lust auf ein Getränk verspürte.

Theonia, die es hervorragend verstand, Peinlichkeiten zu überspielen, ging hinaus auf den Weg und zeigte dem Grafen einen braunen Vogel, der fleißig einen Baumstamm herauf und hinunter lief und mit seinem gekrümmten Schnabel in den Rindenritzen herumstocherte wie eine Vogelversion von Everard Wont auf der Suche nach dem verlorenen Schatz. Der Vogel schien allerdings mehr Glück zu haben. Emma konzentrierte sich wieder auf den Orangensaft. Würde es die Hausregeln sehr verletzen, wenn sie einfach hinging, den Kühlschrank aufmachte und etwas herausnahm? Höchstwahrscheinlich ja. Sie hatte die Küche gerade betreten, als Bubbles auch schon aus dem Seitentrakt herbeilief.

»Kann ich waf für Fie tun, Miffif Kelling?«

»Ja, das können Sie, Bubbles. Graf Radunov hat mir gerade mitgeteilt, dass Mrs. Fath noch etwas Orangensaft wünscht. Wenn Sie mir ein Glas voll einschenken, kann ich es ihr bringen. Mrs. Brooks und ich wollen sie ohnehin gleich besuchen.«

»Aber ich hab' ihr heute Morgen zum Frühftück eine ganze Karaffe Faft gebracht«, protestierte Bubbles. »Fie kann unmöglich allef getrunken haben.«

»Vielleicht ist ihr die Karaffe umgefallen.«

Oder sie sehnte sich nach einem weiteren Besuch ihres Schutzengels. Aber es wäre Emma nicht mal im Traum eingefallen, dies Bubbles zu sagen.

Bubbles konnte sich nicht vorstellen, dass Mrs. Fath den Saft verschüttet haben könnte. Er habe ihn in eine Plastikkanne mit Schraubverschluss gefüllt, mit der man nur ausschenken könne, wenn man gleichzeitig mit dem Daumen auf einen Hebel drücke. Er habe ihr genau gezeigt, wie es funktioniere. Vielleicht hatte sie es vergessen? Am besten ging er selbst hin und zeigte es ihr noch einmal.

Der kleine Gefallen schien immer gewichtigere Ausmaße anzunehmen. Auf einen Machtkampf mit Adelaide Sabines Koch wollte Emma sich auf keinen Fall einlassen.

»In Ordnung, Bubbles, wenn Sie es für besser halten, gehen Sie lieber selbst. Aber Sie lassen doch Sandy nicht allein, oder? Vincent verlässt sich darauf, dass Sie sich um sie kümmern.«

»Bernif if bei Fandy. Ef dauert ja nur ein paar Minuten.«

»Ganz wie Sie meinen.«

Emma machte dem Koch nicht den Vorschlag, ihn zu Mrs. Faths Hütte zu begleiten, denn das entsprach sicher nicht den Regeln, die hier im Haus normalerweise galten. Sie nickte daher nur und ging zurück zu Theonia. Der Graf hatte überraschenderweise ihren Vorschlag befolgt und war zu seinem Roman zurückgekehrt, daher machten sich die beiden Frauen nun doch wie geplant allein auf den Weg.

Emma brannte darauf, Theonia zu fragen, wer der Mann im Ponystall nun wirklich war, doch es war immer noch Vorsicht geboten. Es war durchaus möglich, dass zwischen den Kiefern noch ganz andere Lebewesen als kleine braune Vögel lauerten. Theonia würde es ihr schon bald genug sagen. Momentan war es sicherer, sich an den Schönheiten der Natur zu freuen.

Als sie Mrs. Faths Hütte erreichten, fanden sie die Seherin tief schlafend in ihrem Bett vor. Auf dem Bambus-Nachttisch neben dem Bett stand ein halbvolles Glas Orangensaft. Eine komplizierte Thermoskanne, wie man sie in teuren Versandhauskatalogen findet, stand daneben.

Emma nahm die Kanne in die Hand und schüttelte sie ein bisschen. »Fühlt sich ungefähr halbvoll an«, sagte sie. »Theonia, was hältst du von dem Ganzen?«

Statt zu antworten nahm Theonia das Glas, schnupperte daran und nippte vorsichtig. Dann nahm sie einen kleinen Plastikbehälter mit einem leuchtend roten Deckel aus ihrer geflochtenen Umhängetasche, goss etwa ein Drittel des Saftes hinein, prüfte nach, ob der Verschluss auch wirklich fest saß, und steckte den Behälter wieder in ihre Tasche. Sie wiederholte diese Prozedur mit einem Behälter mit blauem Verschluss und etwas Saft aus der Kanne. Einen Moment lang dachte Emma, Theonia hätte den Verstand verloren, doch dann verstand sie.

»Theonia, du glaubst doch wohl nicht ernsthaft – «

»Pst!«

Bubbles erschien gerade auf der Veranda, in der Hand eine Kanne, die genauso aussah wie die auf Mrs. Faths Nachttisch. Emma öffnete die Tür.

»Mrs. Fath schläft tief und fest, Bubbles. Sie hat sich wahrscheinlich nach dem Gespräch mit Graf Radunov wieder hingelegt. Sehen Sie nur, es ist immer noch Saft in der Kanne und auch in ihrem Glas. Sie war anscheinend verwirrt, als sie um mehr gebeten hat. Könnte es sein, dass sie irgendetwas nimmt?«

Die freundlichen blauen Augen des Mannes verengten sich zu misstrauischen Schlitzen. »Waf foll fie denn nehmen?«

»Alkohol ist es jedenfalls nicht, sonst würde man es riechen. Vielleicht irgendwelche Tabletten, was meinen Sie?«

Bubbles schüttelte so heftig den Kopf, dass seine fetten Backen schaukelten. »Miffif Fath würde nie Tabletten nehmen! Fie fagt, daf würde ihre Fwingungen ftören. Ihr fehlt gar nichtf. Daf macht die Feeluft. Beim erften Befuch ift daf manchmal fo. Die

Leute flafen nur noch. Jemand, der fo fenfibel ift wie fie, ift natürlich befonderf anfällig.«

»Vielleicht ist mir deshalb so schwindelig, seit ich hier bin«, meinte Theonia. »Ich dachte schon, es käme daher, dass ich heute Morgen so früh aufgestanden bin. Dann halten Sie es also nicht für notwendig, dass Mrs. Kelling den Arzt bittet, nach Mrs. Fath zu sehen, wenn er Sandy untersucht hat?«

Bubbles Reaktion war ausgesprochen heftig. »Daf würde fie zu Tode ängftigen. Miffif Fath ift meine Patientin. Ich weif, waf für fie daf Befte ift. Glauben Fie mir, allef, waf fie braucht, ift Ruhe.«

»Dann sollten wir sie auch in Ruhe weiter schlafen lassen.« Etwas anderes würde ihnen kaum übrig bleiben, soweit Emma sehen konnte, ohne dass es zu Handgreiflichkeiten mit Bubbles kam. »Komm, Theonia, wir gehen zum Shag Rock Point und sehen nach, was unsere Schatzsucher treiben. Wir sind zum Lunch um halb eins wieder zurück, Bubbles. Falls Sie Mrs. Fath irgendwann einmal wach antreffen sollten, bestellen Sie ihr bitte, wir seien hier gewesen, um ihr guten Tag zu sagen.«

Radunov wurde anscheinend gerade von seiner Muse geküsst, man konnte ihn durch die offene Tür mit dem Fliegengitter schreibend an seinem kleinen Tisch sitzen sehen. Er schaute nicht auf, als sie vorbeigingen. Ansonsten schien niemand in der Nähe zu sein, anscheinend waren sie alle zusammen zum Strand gegangen. Es gab einen weiteren Weg, der an den Klippen entlang führte, hoch, kahl und einsam. Emma entschied sich für diesen Weg. Sobald sie weit genug von den Hütten entfernt waren, nutzte sie die günstige Gelegenheit und murmelte: »Theonia, was hältst du von der ganzen Geschichte? Glaubst du, dass Mrs. Fath Graf Radunov tatsächlich losgeschickt hat, um Orangensaft zu holen, oder hat er gelogen? Und wenn ja, warum?«

»Ich weiß genauso wenig wie du, meine Liebe, und ich kann mir gut vorstellen, dass unsere Vermutungen in dieselbe Richtung gehen. Morgen um diese Zeit werden wir sicher mehr wissen.«

»Morgen? Willst du etwa die Proben, die du eben mitgenommen hast, bis dahin testen? Wie willst du das anstellen?«

»Ich nicht, aber Tweeters. Vielleicht habe ich vergessen zu erwähnen, dass er später noch einmal einen kleinen Zwischenstopp hier bei uns einlegen wird. Ich habe ihm gesagt, dass es gegen fünf Drinks gibt. Ist das in Ordnung?«

»Natürlich. Dann haben wir vorher noch genug Zeit, uns zu unterhalten, bevor die Gäste eintreffen. Bleibt er zum Abendessen? Und will er hier übernachten? Ich möchte nicht ungastlich sein, Theonia, aber wir haben leider keinen Platz mehr für ihn.«

»Keine Sorge, Emma. Ich habe nicht vor, dir noch ein Kuckucksei ins Nest zu legen. Tweeters wird einen doppelten Martini trinken und ein Stückchen Käse oder sonst etwas in der Art essen, weil er wieder mal sein Mittagessen vergessen hat, und dann fliegt er auch schon wieder zurück nach Boston, mit dem Orangensaft und den Filmen.«

»Welchen Filmen?«

»Den Filmen, die ich vollgeknipst habe. Mit meiner kleinen Dick-Tracy-Kamera, wie Max sie immer nennt. Ist dir mein Armband noch nicht aufgefallen?«

Emma lächelte. »Es ist kaum zu übersehen.«

Das Schmuckstück, das Theonia an ihrem linken Arm trug, war gute sechs Zentimeter breit, ziemlich massiv und gehörte zu der Art Schmuck, die Klein-Em so liebte. Emma hatte angenommen, das Armband sei aus Indien, denn es bestand aus einem schmalem, dunkelrotem Seidenband, das um irgendetwas Dickes gewickelt war und über und über mit spiegelartigen polierten Metallplättchen besetzt war, wie man sie oft bei Artikeln aus Ostindien sah. Emma wäre sich mit diesem Teil etwas überladen vorgekommen, doch Theonia konnte alles tragen und tat dies auch oft genug, so dass Emma dem Armreif bisher keine Bedeutung zugemessen hatte.

»Willst du damit sagen, dass eines dieser Spiegelchen ein Objektiv ist?«

»Richtig geraten, meine Liebe. Wieder einer von Brooks klugen Einfällen. Du erinnerst dich vielleicht noch, dass er seine erste Minikamera in eine Gürtelschnalle eingebaut hat, damit er die Fischadlerhorste fotografieren konnte und trotzdem beide Hände frei hatte, falls die Adlermutter ihn angreifen sollte. Die hier hat er für mich konstruiert. Ich habe sie schon einmal getragen, doch da steckte sie in einer riesigen Plastiksonnenbrille. Aber das Ding war einfach zu scheußlich, und man konnte die Kamera schlecht scharfstellen, daher hat er sich diesmal für ein Armband entschieden. Auf seine Art ist es eigentlich recht hübsch, findest du nicht?«

»Bezaubernd«, stimmte Emma zu. »Aber funktioniert es denn auch?«

Theonia erklärte es ihr. »Es befindet sich ein winziges Pümpchen darin. Ich drücke nur mit den Fingern darauf oder presse meinen Arm gegen irgendeinen Gegenstand, der gerade in der Nähe ist. Ich schneide den Leuten zwar manchmal Köpfe und Füße ab, aber ich fotografiere sie ohnehin mehrmals, so dass immer wenigstens ein gutes Foto dabei ist. Tweeters weiß, wie man die Filme entwickelt, Brooks hat ihm eine ganz ähnliche Kamera gebastelt. Für die Papageitaucher, weißt du. Tweeters Kamera steckt in seinem altmodischen Pilotenhelm, und er aktiviert sie, indem er an dem Kinnriemen zieht. Meistens macht er das anscheinend mit den Zähnen. Mir ist aufgefallen, dass der Kinnriemen ziemlich mitgenommen aussieht.«

»Ein Schicksal, das uns früher oder später alle trifft« meinte Emma. »Brooks steckt wirklich voller Überraschungen. Aber was ist mit dem Mann im Ponystall? Du klangst eben so, als würdest du ihn kennen.«

»Das stimmt leider, aber Gott sei Dank habe ich nicht allzu viel Zeit mit ihm verbringen müssen. Der Mann heißt Jimmy Sorpende.«

»Sorpende? War das nicht dein – « Emma wusste nicht genau, wie sie fortfahren sollte.

Theonia zuckte mit den Achseln. »Richtig. Sorpende hieß mein verstorbener und eindeutig unbetrauerter erster Mann. Jimmy war angeblich ein Neffe von Francis, doch ich hatte immer den Eindruck, dass er in Wirklichkeit sein Sohn war und aus irgendeiner flüchtigen Beziehung stammte. Frauen waren eins seiner Hobbys, aber seine erste große Liebe galt dem Ausnehmen fetter alter Katzen. Jimmy und Francis waren sich sehr ähnlich, nur dass Jimmy nicht so gut aussah wie sein so genannter Onkel. Vielleicht hat er sich deshalb den Bart zugelegt. Ich habe keine Ahnung, was er hier auf Pocapuk zu suchen hatte, außer deinen Schmuck zu stehlen, aber mit Sicherheit nichts Gutes. Meine Güte, was für eine wunderschöner Blick aufs Meer! Und da unten am Strand sind ja auch deine Schatzsucher. Ich nehme einmal an, dass es sich um einen Strand handelt, auch wenn er so winzig ist. Anscheinend bauen sie ein Floß.«

»Oder versuchen es zumindest.«

Emma konnte keinerlei Fortschritt erkennen, auch wenn inzwischen zahlreiche Bretter und Stämme überall verstreut lagen, und zwar gefährlich nah an der Hochwasserlinie. Die beiden Frauen hatten die Stelle erreicht, wo der Weg steil zum Shag Rock Point hinabzuführen begann, und blieben kurz stehen, um die Szene auf sich wirken zu lassen.

Everard Wont schien den Aufseher zu spielen, jedoch wenig Erfolg zu haben. Joris Groot stritt sich gerade mit ihm und fuchtelte dabei auf unverantwortliche Weise mit einem großen Hammer herum. Emma war erstaunt, den eher phlegmatischen Illustrator derart aufgeregt zu sehen. Anscheinend benahm sich Wont noch ekliger als sonst, wenn der Mann derart außer sich war. Sendick versuchte sich an einem Holzstamm, der viel zu schwer für ihn war, und brüllte, man solle ihm gefälligst helfen, was jedoch niemand tat. Lisbet Quainley wirkte sichtlich genervt, unternahm jedoch nichts, um die Lage zu verbessern.

»Ein klarer Fall von Viel Lärm um Nichts«, konstatierte Theonia. »Sollen wir nach unten gehen und das Chaos vollkommen machen?«

»Auf jeden Fall«, sagte Emma. »Aber pass auf, wo du hintrittst, die Steinchen rollen einem unter den Füßen weg.«

Der Abstieg war recht beschwerlich, und Emma bedauerte, dass Graf Radunov nicht da war, um ihnen behilflich zu sein. Doch sie hatten gerade erst die Hälfte des Weges bewältigt, als auch schon alle drei Männer herbeieilten, um ihnen zu helfen. Emma musste sich mit Sendick begnügen, Theonia wurde gleichzeitig von Wont und Groot unterstützt, wie zu erwarten gewesen war.

Es war klar, dass der Besuch von Mrs. Kelling und ihrer Begleiterin eine willkommene Unterbrechung bedeutete. Wont versuchte krampfhaft, seine Lippen zu einem gewinnenden Lächeln zu verziehen, was grausige Folgen hatte. Er sollte bei seinem normalen überheblichen Grinsen bleiben, dachte Emma, es wirkte viel natürlicher. Nachdem Joris Groot sich vergewissert hatte, dass Theonia heil unten angekommen war, griff er nach seinem Skizzenblock und begann, sie zu zeichnen. Sein Modell tat zwar so, als merke sie nichts davon, doch Emma entging nicht, dass sie eine ganz besonders elegante Haltung annahm.

Da sie nicht zurückstehen wollte, begann auch Lisbet Quainley mit Skizzieren. Während Everard Wont Theonia einen Vortrag über den Piraten Pocapuk und seinen Schatz hielt, den er, Everard Wont zu finden gedachte, hatte Emma die Wahl, Black John Sendick beim Transport seines Stamms zu helfen oder sich unauffällig im Hintergrund zu halten. Sie entschied sich für den Hintergrund, was ihr die Möglichkeit gab, die beiden Künstler eingehend zu beobachten.

Groots Zeichnung war akurat und professionell, doch nur im Fußbereich wirklich interessant. Der Mann hatte eindeutig eine Schwäche für Schuhe. Für Lisbet Quainleys Kunstwerk fiel Emma nur das Wort gemein ein. Hatte die Frau auch nur einen Funken Talent oder lediglich eine schmutzige Phantasie?

Emma Kelling war beileibe keine Kunstbanausin. Sie hatte auf ihrer ausgezeichneten Privatschule eine solide Unterweisung in Kunstgeschichte genossen, sich ihr ganzes Leben lang für Bilder interessiert und besaß sogar einige kostbare Originale. Im Zweifelsfall war sie durchaus gewillt, auch den unergründlichsten modernen Künstlern eine Chance zu geben, doch sie brachte es nicht fertig, jemanden zu loben, der keinerlei Begabung besaß. Sie war erleichtert, als der junge Sendick gierige Blicke auf seinen Lunchkorb zu werfen begann und sie Theonia daran erinnern konnte, dass es Zeit war, sich auf den Heimweg zu machen.

Theonia war von Wont derart mit Informationen überschüttet worden, dass sie sich wahrscheinlich erst einmal erholen musste. Auf dem Rückweg schien sie nicht in Konversationsstimmung zu sein, wofür Emma vollstes Verständnis zeigte. Als sie zum Haus kamen, fanden sie den Glastisch auf der Sonnenveranda bereits mit gelben Sets und Servietten und einem hübschen Service mit gelbem Rand gedeckt vor, das Emma noch nicht kannte. Es handelte sich wohl um das Geschirr, das ausschließlich für den Lunch auf der Veranda benutzt wurde.

Bubbles erfüllte wieder einmal alle Erwartungen. Es gab heiße Konsommee in gelben Deckeltassen aus Keramik. Außerdem Avokadohälften, die mit frischem Krabbensalat gefüllt waren, frische Brötchen, die schmeckten, als kämen sie direkt aus dem Backofen, auch wenn sie wahrscheinlich mit Ches und Wal im Hummerkutter gekommen waren. Zum Nachtisch gab es winzige wilde Erdbeeren und Sahne, die so steif war, dass man sie praktisch mit dem Löffel aus der Sahneschüssel graben musste. Und dazu wurde selbstverständlich der köstlichste Kaffee serviert, den man sich vorstellen konnte.

Bubbles bediente sie höchstpersönlich. Er sagte, Bernice sei bei Sandy und leiste ihr Gesellschaft. Ansonsten sagte er kaum etwas. Emma versuchte nicht, ihn auszuhorchen, schon gar nicht, was das Thema Mrs. Fath betraf. Sie erwähnte allerdings, dass Mr. Arbuthnot mit seinem Wasserflugzeug einen kleinen Zwischenstopp auf der Insel machen wolle und gegen fünf einen Drink erwarte, jedoch nicht zum Abendessen zu bleiben gedenke. Bubbles erwiderte: »Kein Problem, Madam«, und verschwand mit den leeren Dessertschalen.

»Was hat der Mann bloß?« wunderte sich Emma. »Hoffentlich hat sich Sandys Zustand nicht verschlechtert. Vielleicht macht er sich auch mehr Sorgen um Mrs. Fath, als er zugeben will. Und vielleicht hat er sogar guten Grund dazu. Das scheinst du auch zu denken, oder irre ich mich?«

»Ich versuche, so wenig zu denken wie möglich, liebe Emma. Davon bekommt man Falten.« Theonia hielt Emma ihre Tasse zum Nachfüllen hin. »Ah, sieht ganz so aus, als bekämen wir Gesellschaft.«

Ein schnelles Motorboot sauste rasant auf das Dock zu. Vincent war bereits losgerannt, um es zu begrüßen. Nach einem gekonnten Anlegemanöver sprangen zwei Männer, die nur Vincents Brüder sein konnten, an Land. Der Sonnengebräunte mit der Segelmütze und der großen gefalteten Plastikplane über dem Arm musste Lowell sein, der Blassere mit der altmodischen schwarzen Arzttasche war natürlich Franklin. Emma überlegte noch, ob sie nach unten gehen und die beiden begrüßen sollten, als Vincent ihr Dilemma löste, indem er die beiden Männer auf direktem Weg zum Ponystall führte.

Die beiden Frauen saßen noch in den gelbgestrichenen Sesseln aus Weidengeflecht und genossen ihren Kaffee, als Vincent und Lowell am Haus vorbeikamen und wieder das Dock ansteuerten. Sie saßen auf dem Elektrowagen, Vincent fuhr, Lowell passte anscheinend auf das lange, in Plastik gehüllte Bündel auf, das auf dem Gepäckanhänger lag. Emma verzog das Gesicht und stellte ihre Tasse auf den Tisch.

»So sollte der krönende Abschluss einer Mahlzeit wirklich nicht aussehen.«

Sie hatte keine Lust zuzusehen und versuchte stattdessen, sich auf die Clematis zu konzentrieren, die an der Seite der Veranda an einem altmodischen gusseisernen Spalier emporrankte. Ein stabiles Spalier und eine robuste Kletterpflanze, über und über bedeckt mit langen, spitz zulaufenden Blütenknospen, die sich jeden Tag öffnen konnten. Emma zwang sich, darüber nachzudenken, welche Farbe die Blüten wohl haben würden. Würden sie weiß, rosa, lavendelfarben oder etwa dunkelrot sein, eine Farbe, die sie immer an Beerdigungen denken ließ. Ein sinnloses

Ablenkungsmanöver, denn Ihr Blick schweifte immer wieder hinüber zum Dock. Sie fühlte sich erstaunlich erleichtert, als die Männer das Bündel endlich sicher auf das Boot des Hafenmeisters verfrachtet hatten, wo sie es nicht mehr sehen konnte.

Lowell blieb bei seinem Boot, Vincent fuhr allein mit dem Elektrowagen zurück. Kurz nachdem die Frauen ihn zum zweiten Mal an der Veranda hatten vorbeifahren sehen, kam er zu ihnen und erstattete Bericht.

»Franklin schaut sich Sandy an«, teilte er Emma ohne Umschweife mit. »Er is' gleich fertig.«

»Sie sind bestimmt unendlich erleichtert, dass er jetzt hier ist«, meinte Emma. »Und wir sind sehr gespannt darauf, was er sagen wird. Meinen Sie, Ihr Bruder hätte Lust auf eine kleine Erfrischung?«

»Die beiden ham schon zu Hause gegessen.« Vincent war offenbar nicht in Stimmung für Höflichkeiten. »Wir ham ohnehin schon verdammt viel Zeit vertan. Wolln Sie vielleicht noch Kaffee oder so?«

»Nein, danke, ich nicht. Aber du vielleicht, Theonia?«

»Oh Gott, ganz sicher nicht. Ich bin vollkommen satt. Es war der üppigste Lunch, den ich seit langem bekommen habe, und ich habe viel zu viel gegessen. Ich hoffe nur, Ihr Bruder stellt fest, dass es Ihrer Tochter schon wieder besser geht, Vincent.«

»Ich geh' besser mal nachsehen.«

Sprach's und machte sich sofort auf den Weg. Theonia stand auf und stellte ihre leere Tasse auf das gelbe Tablett neben die gelbe Kaffeekanne. »Ich bringe es schnell in die Küche.«

»Untersteh dich!« rief Emma. »So etwas tut man hier nicht. Hier bleibt jeder auf seiner Seite des Zauns. Wundert mich, dass es dir noch nicht aufgefallen ist. Ich habe mir bereits mehrere Zaunüberschreitungen zuschulden kommen lassen und bin ziemlich direkt auf meine Fehler hingewiesen worden.«

»Dann werde ich versuchen, dich auf keinen Fall noch mehr zu blamieren.« Theonia ließ das Tablett stehen und setzte sich wieder auf ihren Sessel. »Es ist wirklich interessant hier, Emma.«

»Freut mich, dass du das findest.« Interessant war sicher nicht das Adjektiv, das Emma gewählt hätte, aber vielleicht wusste Theonia es besser. Das hoffte sie jedenfalls inständig.

Kapitel 17

Aus dem Mund einer Ornithologengattin konnte sich die Bemerkung auch auf die hiesige Fauna beziehen. Falls ihnen jemand zuhörte, wäre dies sicher die beste Interpretation von »interessant«, fand Emma. Sie fragte Theonia gerade, ob sie es für möglich halte, dass man auf Pocapuk Bindentaucher beobachten könne, als Vincent gemeinsam mit seinem Bruder auf die Veranda trat.

Franklin und Vincent sahen einander sehr ähnlich, bis auf eine Kleinigkeit allerdings. Vincent war durchaus nicht unattraktiv, doch sein Bruder Franklin war ein Bild von einem Mann. Wie dies bei der großen Ähnlichkeit möglich war, konnte Emma sich nicht recht erklären. Aber so wichtig war es schließlich auch wieder nicht. Sie begrüßte den Arzt ihrer momentanen Stellung als Schlossherrin entsprechend freundlich, aber distanziert und erkundigte sich, was er vom Zustand seiner Nichte halte.

»Ich würde mir gern mal die Schranktür ansehen, an der sie sich Ihrer Meinung nach den Kopf gestoßen hat«, antwortete er barsch und ganz und gar nicht höflich.

»Ich kann mich nicht erinnern, etwas Derartiges behauptet zu haben.« Emma entschied, dass auch ihre Höflichkeit Grenzen hatte. »Ich habe die Tür nur als Möglichkeit erwähnt, weil meine Cousine und ich das Mädchen auf dem Boden vor dem Kleiderschrank gefunden haben. Und die Schranktür stand offen. Sie können es sich gern selbst ansehen. Wenn Sie mir bitte folgen würden. Theonia, am besten kommst du auch mit und gibst Acht, dass ich nichts Unrichtiges sage.«

Sie gingen alle vier schweigend nach oben, die beiden Frauen voran. Emma führte sie in das große, voll gestopfte Schlafzimmer, um das Bett herum, in dem Theonia die folgende Nacht zubringen würde, und zeigte auf die Stelle, an der sie die vermisste Sandy gefunden hatten.

»Hier hat sie gesessen. Die Schranktür stand offen, ungefähr so wie jetzt. Ich kann mich nicht erinnern, sie berührt zu haben. Oder irre ich mich, Theonia?«

»Nein, soweit ich weiß, haben wir beide nichts angerührt. Die Scharniere sind ziemlich schwergängig. Das ist mir aufgefallen, als ich meine Sachen in den Schrank gehängt habe. Man hätte ziemlich fest gegen die Tür drücken müssen, um den Winkel zu verändern.«

»Und wie haben Sie Sandy vorgefunden?« wollte Franklin wissen.

Emma ließ sich prompt auf den Boden fallen. »Genau so, den Kopf gegen das Bett gelehnt.«

Der Arzt schüttelte den Kopf. »So kann sie sich unmöglich an der Tür verletzt haben.«

»Das weiß ich auch«, erwiderte Emma ein wenig gereizt. »Als wir sie so fanden, nahm ich daher auch an, Sandy habe sich auf den Boden gesetzt und gegen das Bett gelehnt, weil ihr noch schwindelig war. Sie war zu diesem Zeitpunkt bereits eine ganze Weile verschwunden, wissen Sie. Es ist durchaus möglich, dass sie bewusstlos war.«

»Und sie war eindeutig benommen?«

»Ja, daran besteht kein Zweifel. Ich habe zwei Söhne großgezogen, die sich weiß Gott wie oft verletzt haben. Ich kann sehr wohl erkennen, ob jemand wirklich verletzt ist oder nur so tut. Außerdem glaube ich nicht, dass Sandy sich derart verstellen kann.«

Vincent stieß ein kurzes Schnauben aus. »Ganz bestimmt nich'. Sandy ist so verdammt ehrlich, dass es manchmal peinlich is'. Außerdem hat sie 'ne dicke Beule am Kopf, Frank, das has' du doch eben gesehen.«

»Trotzdem, Vince. Darf ich mir die Tür mal ansehen, Mrs. Kelling?«

Emma trat zur Seite, um den Arzt vorbei zu lassen. Er untersuchte die Tür von oben bis unten, tastete die Kante mehrfach ab und machte zum Schluss sogar ein paar merkwürdige Turnübungen. Dann schüttelte er wieder den Kopf.

»Völlig unmöglich, dass sie sich die Verletzung selbst zugefügt hat, Vince. Ich würde sagen, Sandy stand vor dem offenen Kleiderschrank, als jemand von hinten kam und ihr eins über den Schädel gab.«

Vincent war alles andere als begeistert. »Jessas noch mal!« platzte er heraus. »Dann gibt's also zwei!«

»Zwei was?«

»Teufel noch eins, Frank, überleg doch mal! Der Mistkerl, der Mrs. Kellings falsche Juwelen geklaut hat, war zu dem Zeitpunkt schon tot. Was bedeutet, dass sich noch 'n andrer Ganove hier auf der Insel rumtreibt.«

»Aber warum hätte er Sandy niederschlagen sollen? Und warum ausgerechnet hier?«

»Verflucht nochmal, das weiß ich doch nich'! Sowas is' hier noch nie passiert.«

Er starrte Emma an, als sei alles allein ihre Schuld. Sie entschied, den Stier bei den Hörnern zu packen.

»Ich vermute, Sandy war zum falschen Zeitpunkt hier im Zimmer. Gehe ich recht in der Annahme, Vincent, dass die Sabines Ihnen nie von ihrem Safe erzählt haben?«

»Was für 'n Safe? Wollen Sie damit etwa sagen, Sie wüssten was über dieses Haus, das ich nich' weiß?« Er war ziemlich aufgebracht, was Emma nicht verwunderte.

»Es bedeutet sicher nicht, dass man Ihnen nicht vertraut hat, Vincent. Ich nehme an, die Sabines wollten auf diese Weise verhindern, dass Sie im Falle eines Diebstahls verdächtigt würden«, improvisierte Emma. Es wäre unhöflich, ihn darauf aufmerksam zu machen, dass eigentlich kein Grund bestand, einen Dienstboten in sämtliche Geheimnisse einzuweihen.

»Wie dem auch sei«, fuhr sie fort, »da es ziemlich unwahrscheinlich ist, dass Mrs. Sabine irgendwann in dieses Haus zurückkehren wird, und ich nicht annehme, dass ihre Erben etwas dagegen haben, sehe ich keinen Grund, Sie länger im Unklaren zu lassen. Hinter der Zedernholzverkleidung in diesem Schrank gibt es tatsächlich einen kleinen Wandsafe. Mrs. Sabine hat es mir verraten, weil sie annahm, dass ich vielleicht Geld oder Wertgegenstände fortschließen wollte. Sie machte sich Sorgen, weil sie die Gäste nicht kennt, die in diesem Jahr den Sommer hier verbringen.«

Das schien den attraktiven Arzt zu schockieren. »Wollen Sie damit sagen, dass Mrs. Sabine einen Haufen Leute hierher eingeladen hat, die sie noch nie im Leben gesehen hat?«

»Soweit ich weiß, hat sie die Leute nicht einmal persönlich eingeladen. Sie hat die Auswahl Dr. Wont überlassen, einem ihr völlig Fremden. Ich weiß, dass es verantwortungslos klingt, aber ich glaube, dass man ihr damit Unrecht tut. Das alles berührt sie einfach nicht mehr. Sie ist schon lange krank und sehr alt. Mrs. Sabine hat einfach so getan, als sei alles in Ordnung, und versucht, so weiterzumachen, wie sie es immer getan hat. Ihre Kinder sollten nicht merken, dass sie allen Lebensmut verloren hat. Als eine Bekannte ihr erzählte, dass Dr. Wont eine Gruppe Maler und Schriftsteller für den Sommer herbringen wollte, sah sie darin die Lösung ihres Problems und ließ ihn alles organisieren. Wie schon gesagt, ohne ihn je gesehen zu haben.«

Auch diese Information schien ihrem Hausmeister neu zu sein. »Bei Gottfried, wenn ich das gewusst hätte – «

»Dann hättest du trotzdem haargenau dasselbe getan«, beendete sein Bruder den Satz. »Was wäre dir sonst übrig geblieben, Vince? Es ist immer noch Mrs. Sabines Haus, und sie ist nach wie vor deine Arbeitgeberin. Du hättest keinen Grund gehabt, ihr Urteil in Frage zu stellen. Es sei denn, sie hätte von dir verlangt, etwas Illegales oder absolut Verrücktes zu tun. Sind Sie wohl so nett und zeigen uns den Safe, Mrs. Kelling?«

»Aber natürlich, warum nicht?« sagte Emma. »Wenn diese Birne stärker wäre, könnten wir mehr sehen.«

Vincent zog natürlich auf der Stelle eine Taschenlampe hervor. Emma drückte auf das Astloch und ließ die kleine Holztür zur Seite schwingen. Der Safe war verschlossen, und es gab keinen Hinweis, dass jemand versucht hatte, ihn gewaltsam zu öffnen. Emma gab die Kombination ein und öffnete die kleine runde

Metalltür. Die leeren Schmuckkästchen und die Papiere, die sie ordentlich aufeinander gelegt zurückgelassen hatte, befanden sich in heilloser Unordnung.

Emma zögerte. Sollte sie das Collier erwähnen? Theonia gab ihr auch keinerlei Hilfestellung, nur ihre Lippen waren fester zusammengepresst als sonst. Emma beschloss, das Collier nicht zu erwähnen. Aber irgendetwas musste sie sagen.

»Ja, hier ist eindeutig jemand gewesen. Ich habe den Safe selbst gestern Nacht geöffnet. Einerseits aus Neugier, andererseits um nachzusehen, ob Mrs. Sabine vielleicht etwas Wertvolles hier gelassen hatte, das man ihr nach Pleasaunce schicken sollte. Ich habe es nicht über mich gebracht, die Papiere näher zu untersuchen, weil mir das wie ein Vertrauensbruch erschien. Aber ich habe in die Schmuckkästchen geschaut, und sie waren alle leer. Danach habe ich alles wieder genauso hingestellt, wie ich es vorgefunden hatte, und gewiss nicht so, wie Sie es jetzt sehen. Irgendjemand muss in aller Eile den Safe durchwühlt haben, meinen Sie nicht?«

»Als wollte er unbedingt fort sein, bevor Sandy das Bewusstsein zurückerlangte«, meinte Theonia.

»Wir sollten dankbar sein, dass sie nicht im falschen Moment zu sich gekommen ist«, sagte der Arzt. »Wahrscheinlich braucht man gar nicht erst zu versuchen, Fingerabdrücke von diesen Samtschatullen zu nehmen. Sie haben hoffentlich keine Wertgegenstände hier deponiert, Mrs. Kelling?«

»Ich habe nichts mitgebracht, das wertvoll genug wäre, um eingeschlossen zu werden. Mit Ausnahme meines Verlobungsringes, aber den lege ich niemals ab, und einigen Reiseschecks, mit denen ein Dieb nicht viel anfangen könnte. Zumal sie sich immer noch in meiner Handtasche befinden.«

»Dann ist es ja gut. Aber vielleicht sollten wir uns die Dokumente für alle Fälle auch einmal ansehen. Das machst du am besten, Vince.«

Es stellte sich heraus, dass es sich um nichts Weltbewegendes handelte, sondern nur um die Pläne, auf denen das Abwassersystem der Insel dargelegt war. Vincent studierte sie interessiert und legte sie dann vorsichtig zurück in den Safe. »Schwer zu verstehen, warum Mrs. Sabine leere Kästchen im Safe stehen hat.«

Emma zuckte mit den Achseln. »Warum nicht? Dafür gibt es sicher eine Erklärung. Vielleicht sind die Sabines anfangs mit großen Schrankkoffern nach Pocapuk gereist. In diesen Koffern hatte einfach alles Platz. Später sind sie dann mit normalen Koffern gekommen, und Mrs. Sabine hat eine Schmuckrolle aus weichem Leder benutzt, die man leicht verstauen konnte. Möglicherweise hat sie nach ihrer Ankunft den Schmuck immer in die Kästchen umgepackt oder sie aus alter Gewohnheit einfach im Safe liegen lassen, genau wie Sie vielleicht ein paar leere alte Kästchen für Manschettenknöpfe hinten in einer Schublade liegen haben. Vincent, glauben Sie, wir sollten Ihren Bruder Lowell zu Rate ziehen?«

»Wüsste nicht warum. Er is' schließlich kein Polizist. Für das hier is' der County Sheriff zuständig, soweit ich das sehe. Wir hatten hier draußen noch nie 'n Problem, all die Jahre nich', in denen die Sabines hergekommen sind. Warum muss das alles ausgerechnet jetzt passieren?«

»Vielleicht weil jemand der irrigen Annahme war, dass es auf Pocapuk drunter und drüber geht, seit Mrs. Sabine so alt und krank ist, dass sie nicht mehr reisen kann, und glaubte, ungestraft tun und lassen zu können, was er wollte«, sagte Theonia ruhig. »Vincent, ist es möglich, dass jemand außerhalb der Saison hier ins Haus eindringen und den Safe finden konnte? Sie sind doch sicher im Winter nicht hier, nehme ich an.«

»Nein, bin ich nich'. Ja, möglich wär's schon. Wenn ich hier wegfahre und das Haus für den Winter fertig mache, sichre ich immer alle Fenster mit Brettern und schließ' die Türen ab. Aber das heißt natürlich noch lange nich', dass nich' jemand kommt und eins von den Brettern entfernt. Er müsste es dann nur wieder genauso befestigen, wie ich's immer mache, sonst würd's mir sofort auffallen, wenn ich herkomme und nach dem Rechten sehe, was ich treu und brav einmal die Woche mache. Den ganzen

Winter über. Nur nich', wenn das Wetter so schlecht is', dass ich nicht herkommen kann«, gab er zu, »aber dann kann auch sonst keiner herkommen.«

»Kommen Sie immer am gleichen Tag?« fragte Theonia.

»Samstags oder Sonntags. An den anderen Tagen hab' ich keine Zeit. Ich arbeite fünf Tage die Woche am College.«

Zweifellos als College-Präsident. Man konnte sich Vincent kaum in einer anderen Position vorstellen, dachte Emma.

»Dann brauchte also lediglich jemand an einem Montag oder Dienstag hier aufzukreuzen«, knurrte Franklin. »Du weißt genauso gut wie ich, Vincent, dass man überall reinkommen kann, wenn man nur will. Wie geht es eigentlich Ted?«

»Ganz gut, denk ich. Ganz schön vorlaut, der Junge.«

»Dann sollte ich vielleicht besser mal ein Wörtchen mit ihm reden.«

»Wär nich' schlecht.«

»Dann komm ich in ein oder zwei Tagen nochmal vorbei. Ich glaube, Lowe ist soweit fertig, so dass wir abfahren können. Sorg dafür, dass Sandy sich heute den ganzen Tag ruhig verhält, und warte ab, wie sie sich morgen fühlt. Ich ruf später nochmal an und sag dir Bescheid, ob ich was über euren Mann herausgefunden habe. Ich habe gehört, die Damen seien der Meinung, es handele sich bei ihm um ein Mitglied der Familie Pence?«

»Wir hoffen natürlich inständig, dass dies nicht der Fall ist«, erwiderte Theonia. »Wir haben Polydore nie persönlich kennen gelernt, wissen Sie, wir wollten nur nicht, dass Sie in Schwierigkeiten geraten. Falls es wirklich Polydore ist, sind seine Fingerabdrücke sicher irgendwo registriert. Er ist mehrfach von der Polizei aufgegriffen worden, wegen seiner Amnesieschübe und weil er die unangenehme Angewohnheit hatte, Schmuck zu stehlen. Polydore selbst sieht es nicht als Diebstahl an, aber die Eigentümer sind verständlicherweise anderer Meinung. Sie können sich vorstellen, wie peinlich so etwas sein kann.«

»Möglich wäre es natürlich schon«, meinte Emma. Wenn Theonia Märchen erzählte, konnte sie genauso gut ihr Glück versuchen. »Als Familienmitglied hätte er natürlich leichter von dem Safe erfahren können als ein Wildfremder. Die Pences sind ein richtiger Clan. Genau wie die Kellings. Ihre eigene Familie ja wahrscheinlich auch. Aber wir sollten Sie hier nicht aufhalten, während Ihr Bruder unten auf Sie wartet. Dann werden Sie vermutlich heute Abend den Autopsiebericht vorlegen können?«

»Mit ein bisschen Glück, ja. Ich versuche, den County Sheriff zu erreichen, sobald wir die Leiche an Land gebracht haben. Bist du so weit, Vince?« Mit einem Minimum an Höflichkeit verabschiedete sich Dr. Franklin von den beiden Frauen und verließ nach seinem Bruder das Zimmer.

»Meine Güte«, sagte Emma. »Die arme kleine Sandy. Was für eine schreckliche Geschichte. Obwohl ich zugeben muss, dass es mich kaum überrascht hat. Du bist wirklich die charmanteste Lügnerin, die mir je über den Weg gelaufen ist, Theonia.«

»Übung macht den Meister, meine Liebe. Was ist eigentlich mit diesem Ted?«

»Gute Frage. Weißt du, dass ich seit meiner Ankunft kaum mehr als zwei Worte mit dem jungen Mann gewechselt habe? Bei unserem einzigen Treffen wurde er gemeinsam mit Neil von Vincent zur Schnecke gemacht, weil die beiden deinen Stief-was-weiß-ich ohne Erlaubnis ins Haus gebracht hatten.«

»Was man ihm kaum verübeln kann«, sagte Theonia. »Wo könnte Ted sich momentan aufhalten?«

»Ich weiß nur, dass Vincent ihn gestern Abend losgeschickt hat, um die Sturmschäden zu beseitigen. Umgefallene Bäume und dergleichen.«

»Dann lass uns losgehen und ihn suchen.«

»Hältst du es für sicher, wenn wir beide allein auf der Insel herumstreifen?«

»Meine liebe Emma, was muss ich da hören? Ich dachte immer, das Wort sicher käme in deinem Vokabelschatz nicht vor. Du weißt doch, dass wir, statistisch gesehen, draußen sicherer sind als hier drinnen. Glaubst du, Sandy hat die Person gesehen, von der sie niedergeschlagen wurde?«

»Leider werden wir kaum Gelegenheit haben, sie zu fragen, weil wir gar nicht erst in ihre Nähe gelassen werden«, sagte Emma. »Vincent wird sie bewachen wie ein Schießhund. Ich hatte den Eindruck, dass er über das, was sein Bruder sagte, eher wütend als überrascht war.«

»Allerdings. Aber ich kann ihn gut verstehen. Was für eine schreckliche Situation für einen Hausmeister!«

Emma dachte, dass die Situation für eine stellvertretende Hausherrin mindestens genauso schrecklich war, sagte jedoch nur: »Ich hole bloß noch schnell meinen Hut.« Die Sonne brannte inzwischen vom Himmel, und sie hatte keine Lust, neben Theonia mit ihrem hübschem Strohhut mit Adelaides ausgeblichenen Relikt gesehen zu werden. Eigentlich waren all diese Dinge in der momentanen Situation völlig unwichtig, doch der Mensch war nun einmal ein Gewohnheitstier. Sie rückte ihren Hut so lange zurecht, bis sie zufrieden war, und ging dann mit Theonia zu dem Kiefernwäldchen auf der Westseite des Hauses.

Das Kreischen einer Kettensäge bestätigte, dass ihre Vermutung richtig war. Bereits nach wenigen Minuten hatten sie ausgemacht, woher der Lärm kam. Ted arbeitete allein, er entfernte gerade die Äste von einer Kiefer, die er gefällt hatte. Er war sichtlich erfreut über die Gelegenheit, seine Kettensäge auszuschalten.

»Kann ich irgendwas für Sie tun, Mrs. Kelling?«

»Ich zeige Mrs. Brooks nur gerade die Insel. Wo ist Neil?«

»Unten am Dock, unterhält sich mit seinem Onkel.«

»Ist Lowell nicht auch Ihr Onkel?« erkundigte sich Emma erstaunt. »Ich hatte den Eindruck, dass hier jeder mit jedem verwandt ist.«

»Ha! Nur gut, dass Vincent das nich' gehört hat.«

»Würde ihn das ärgern, Ted?« Theonia sprach, als würde sie den jungen Mann schon seit Ewigkeiten kennen. »Weshalb hast du eigentlich gesessen?«

Ted war sichtlich erschrocken. Er riss die Säge herum und richtete sie mit einer hässlichen, unentschlossenen Geste auf sie.

»Wovon reden Sie überhaupt? Wo soll ich gesessen haben? Was soll das?«

»Die Frage kannst du sicher selbst am besten beantworten, Ted. Du hast deine Bewährungsauflagen verletzt, nicht?«

Der junge Mann starrte auf die Säge und legte sie dann langsam und vorsichtig auf den gefällten Baum. »Sind Sie etwa 'ne Bewährungshelferin?«

»Nein«, sagte Theonia. »Aber du tust gut daran, mich trotzdem nicht anzulügen. Es ist alles in Ordnung, beruhige dich. Ich zeige dich bestimmt nicht an, wenn du uns die Wahrheit erzählst.«

»Warum sollte ich Ihnen vertrauen?«

»Versuch es einfach mal. Genauso, wie du Jimmy Sorpende vertraut hast.«

»Jimmy?« Jetzt war er völlig fassungslos. »Wer zum Teufel sind Sie überhaupt?«

»Ich heiße Theonia Kelling und ich bin mit Mrs. Kellings Vetter Brooks verheiratet. Sie stellt mich immer als Mrs. Brooks vor, um Verwechslungen vorzubeugen. Du kannst mich ruhig auch so nennen, wenn du möchtest. Warum hat man dich eingelocht? Lass mich raten. War es Körperverletzung unter Alkoholeinfluss?«

»Der Mistkerl hatte es nicht besser verdient«, knurrte Ted. »Aber woher sollte ich wissen, dass seine Tante bei der Polizei ist?«

»Das Leben steckt voller Überraschungen, Ted. Es war dein erstes ernsthaftes Vergehen, nehme ich an, sonst wärst du nicht schon wieder draußen. Du stammst hier aus der Gegend. Deine Eltern sind angesehene Bürger und mit Dr. Franklin befreundet. Sie glauben, dass man dir Unrecht getan hat. Und du hast dich im Gefängnis gut betragen, sonst wärst du jetzt nicht hier. Aber Vincent hat keine Ahnung, dass du nur auf Hafturlaub bist, stimmt's? Genau damit hat Jimmy dich dazu gekriegt, ihn ins Haus zu lassen, oder?«

Ted schluckte. »Was hätte ich denn tun sollen?«

»Du hättest da bleiben sollen, wo du herkommst, und dich dort um einen Job bemühen können.«

»Wie denn? Wer stellt schon ’nen Knacki ein?«

»Es gibt momentan so viele Arbeitsplätze, dass du sicher etwas Passendes gefunden hättest.«

»Kann ich mir vorstellen. Kanalreiniger oder Müllmann für den Mindestlohn.«

»Selbst das wäre immer noch besser als gegen die Bewährungsauflagen zu verstoßen und zu riskieren, dass man dich wieder einsperrt, Ted. Aber das ist dein Problem, nicht meins. Ich will nur wissen, mit wem Jimmy zusammengearbeitet hat. Mit dir sicher nicht. Selbst Jimmy hätte sich keinen Komplizen ausgesucht, der zu Wutanfällen neigt. Nun komm schon, Ted, was hat er dir erzählt? Und jetzt lass endlich die Säge in Ruhe, am Ende verletzt du dich noch.«

»Ich könnte noch was ganz andres damit machen«, drohte der Junge.

Theonia schüttelte den Kopf. »Das würdest du nie tun, Ted. Du hast zwar etwas Dummes getan, aber ich glaube nicht, dass du etwas Saudummes tun würdest. Was hat Jimmy gesagt?«

»Er hat gesagt, ich soll tun, was er sagt, sonst würde er rumerzählen, dass ich nur bedingt entlassen worden bin und was angestellt habe. Meine Familie glaubt, ich wäre wegen guter Führung vorzeitig rausgekommen. Was ja auch stimmt.«

»Oder zumindest stimmte, bis du es vermasselt hast. Ihr habt also Doktor Franklin um Hilfe gebeten, und er hat bei Vincent ein gutes Wort für dich eingelegt. Was würde Vincent sagen, wenn er die Wahrheit wüsste?«

»Mich in Handschellen nach Boston zurückschicken, wahrscheinlich. Er nimmt das Gesetz so wörtlich, dass es einen ankotzt.«

Theonia ließ sich nicht aus der Ruhe bringen. »Dazu möchte ich mich lieber nicht äußern. Hat Neil gehört, was Jimmy gesagt hat?«

»Nein. Jimmy is’ in seinem alten kaputten Taucheranzug hier

an Land gekommen. Er hat behauptet, er weiß nicht, wer er is' und wie er hergekommen is'. Als ich rausgefunden hab', wer er war, hab' ich mir gedacht, an der Sache is' was faul. Daher habe ich Neil ins Haus geschickt, um 'ne Decke und heißen Kaffee zu holen. Dann hat Jimmy mir gesagt, was ich tun soll, und das hab' ich dann auch getan.«

»Er hat also nicht gesagt, warum er hier war?«

»Nein.«

»Oder wen er hier treffen wollte?«

»Menschenskind, dazu hatte er gar keine Zeit! Neil kam mit den Sachen angerast, als wär der Teufel hinter ihm her. Der Junge kann wahnsinnig schnell rennen. Dann haben wir Jimmy den Taucheranzug ausgezogen und ihn in die Küche gebracht, und das war's. Mehr weiß ich nicht! Ehrlich, ich schwör's!«

Wahrscheinlich sagte er die Wahrheit, dachte Emma. Schade. »Haben Sie Jimmy aus der Speisekammer herausgelassen?« erkundigte sie sich.

»Nein, das war ich nicht.« Ihr gegenüber verhielt er sich aufmüpfiger als er es bei Theonia zu tun wagte. »Wenn ich erst in meinem Schlafzimmer bin, dann bleib ich auch drin.«

»Warum? Hatten Sie Angst, Neil zu wecken?«

»Neil schläft bei seinem Vater im Zimmer. Sie glauben doch wohl nicht, dass Vincent seinen Sohn zu 'nem gefährlichen Kriminellen wie mir ins Zimmer legt! Und seine Tochter darf ich nich' mal angucken, deshalb bleib' ich auch lieber in meinem Zimmer. Selbst wenn das bedeutet, dass ich aus 'm Fenster pinkeln muss, wenn ich mitten in der Nacht aufs Klo muss. Und jetzt muss ich weiter meine Arbeit machen, wenn Sie das verstehen. Vincent fragt sich bestimmt schon, warum er die Kettensäge nicht mehr hört. Ich hab' auch so schon genug Probleme am Hals.«

»Dann solltest du aufpassen, dass du nicht noch mehr bekommst«, sagte Theonia mit zuckersüßer Stimme. »Willst du uns nicht sagen, wie Jimmy tatsächlich aus der Speisekammer gekommen ist? Hast du vielleicht zufällig den Schlüssel an dich genommen, nachdem Vincent ihn eingeschlossen hatte? Und dann einen kleinen Spaziergang gemacht und den Schlüssel durch einen der Belüftungsschlitze zu ihm reingeworfen? Mit einer kleinen Notiz, ihn anschließend wieder draußen an den Haken zu hängen? Du glaubst vielleicht, das sei nicht dasselbe wie jemanden persönlich herauszulassen, aber ich bezweifle, ob Vincent oder der Richter genauso denken würden. Am besten erzählst du uns endlich, wie es wirklich war, Ted. Du bist gar nicht gerissen genug, um ein erfolgreicher Ganove zu sein.«

Kapitel 18

»Manchmal bist du mir wirklich ein bisschen unheimlich, Theonia. Woher in aller Welt hast du das alles gewusst?«

»Das reinste Kinderspiel, Emma. Jeder, der erfolgreich in Teeblättern lesen will, muss zuerst lernen, seine Kunden mit einem Blick einzuordnen. Ted ist der Prototyp eines arroganten jungen Taugenichts, der besoffen in Kneipen herumhängt und nur darauf wartet, jemandem eins auf die Nase zu geben. Es ist eine Frage der Zeit, wann so jemand von der Polizei aufgegriffen wird, weil er in eine Schlägerei verwickelt war oder sturzbetrunken Auto gefahren ist, wenn es nicht noch etwas Schlimmeres ist. Einige dieser Typen sind ansonsten ganz in Ordnung, aber Ted schien mir vom ersten Moment an so egozentrisch. Ich konnte mir unmöglich vorstellen, dass er aus freien Stücken den guten Samariter spielt, daher bin ich davon ausgegangen, dass Jimmy Druck auf ihn ausgeübt hat.

Die einzigen Orte, an denen die beiden sich hätten kennen lernen können, waren Kneipen oder Gefängnisse. Ich habe letzteres angenommen und eine entsprechende Bemerkung gemacht. Ted hat genau so reagiert, wie ich mir erhofft hatte. Von da an war es kinderleicht. Absolutes Standardrepertoire jedes Wahrsagers. Du könntest es genauso gut, wenn du nicht so ein ehrbares Leben geführt hättest.«

»Sei kein Snob, Theonia. Wenn es dich nicht stört, möchte ich lieber weiter glauben, dass du allwissend bist. Es beruhigt mich irgendwie in der vertrackten Lage, in der ich mich befinde.«

»Dann darfst du mich weiter verehren, so viel du willst. Mich stört es kein bisschen.«

»Glaubst du, Ted wusste, weshalb Jimmy hier war?«

»Du meinst wegen des Colliers? Das ist eine schwierige Frage, Emma. Wir müssen davon ausgehen, dass deine Tasche auf der Fähre nur gestohlen wurde, um das Collier nach Pocapuk zu schmuggeln. Der Mann, der es versteckt hat, könnte beim zweitletzten Stopp an Land gegangen sein, in der Annahme, dass der Finder der Tasche auf jeden Fall in Pocapuk aussteigen würde.«

»Wäre das nicht ziemlich riskant gewesen? Immerhin ist es ein äußerst wertvolles Schmuckstück«, argumentierte Emma. »Was wäre passiert, wenn niemand mehr die Herrentoilette aufgesucht hätte? Oder der Finder beim zweitletzten Stopp an Land gegangen wäre? Oder wenn kein Passagier, sondern ein Crewmitglied die Tasche gefunden hätte?«

»Für die Crew gibt es wahrscheinlich eine eigene Toilette. Außerdem vermute ich, dass der Dieb sich in einer der Zellen versteckt hat, bis er sicher sein konnte, dass die Tasche von der richtigen Person gefunden wurde.«

»Aber wie hätte er das wissen können?«

»Weil er die Passagiere, die an Bord kamen, genau beobachtet hat und wusste, welche Farbe ihre Fahrkarten hatten. Tweeters und ich haben uns auf dem Hinflug schlau gemacht und herausgefunden, dass man am Fahrkartenschalter für die einzelnen Stopps Tickets in verschiedenen Farben bekommt. Der Preis richtet sich nach der Länge der Strecke. Man zeigt seine Fahrkarte, wenn man an Bord geht, und gibt sie ab, wenn man an Land geht, damit man nicht weiter fahren kann, als man bezahlt hat. War es bei dir nicht genauso?«

»Stimmt«, sagte Emma. »Soweit ich mich erinnere, hatte ich eine scheußliche lachsrote Karte.«

Theonia nickte. »Leicht zu erkennen, wie du siehst. Und da nur wenige Passagiere nach Pocapuk fuhren, hat der Dieb dich leicht wiedererkannt. Aber du hast Recht, er ist ein ziemliches Risiko eingegangen. Wahrscheinlicher scheint es mir, dass die Person ursprünglich selbst mit dem Collier nach Pocapuk wollte. Doch dann wurde sie nervös und hielt es für sicherer, dir den Schmuck unterzuschieben, weil deine Tasche mit dem Theaterschmuck ein hervorragendes Versteck war.«

»Warum sagst du Person?« wollte Emma wissen. »Es kann doch nur ein Mann gewesen sein, schließlich war er auf der Herrentoilette.«

»Man kann nie wissen. Wenn jemand Jeans, Turnschuhe und ein weites Sweatshirt trägt, ist es manchmal ziemlich schwierig festzustellen, ob man einen Mann oder eine Frau vor sich hat. Und der Haarschnitt hilft einem heutzutage auch nicht mehr weiter.«

»Stimmt, manchmal ist man sich wirklich nicht sicher. Aber warum hätte die Person nervös sein sollen?«

»Nun, meine Liebe, wenn es jemand aus Dr. Wonts Gruppe war, würde ich annehmen, dass Alding Fath der Grund war. Erzähl mir doch noch ein wenig mehr über sie.«

Emma berichtete Theonia alles, woran sie sich erinnern konnte. Ihre langjährige Erfahrung im Memorieren von Rollen aus Gilbert und Sullivan-Operetten hatte ihr Gedächtnis enorm geschärft. Sie war daher sogar in der Lage, den größten Teil der Unterhaltungen, die sie auf der Fähre und während des Dinners gehabt hatten, wörtlich wiederzugeben. Es gelang ihr außerdem, den Tonfall der Frau überzeugend nachzuahmen.

Theonia ließ sich keine Silbe und keine Modulation entgehen. »Du hast gesagt, sie sei dir aus der ganzen Gruppe die Sympathischste gewesen, obwohl du sie für eine Schwindlerin hältst?«

»Sie kann doch nur eine Schwindlerin sein, oder?«

»Da bin ich anderer Meinung. Sie mag vielleicht an einigen Stellen ein bisschen übertrieben haben, das tun die meisten Hellseher, um ihre Kunden nicht zu enttäuschen. Aber ganz ehrlich, wenn ich ein heißes Diamantcollier bei mir hätte und mich in ihrer Gesellschaft befände, würde ich versuchen, das Ding so schnell wie möglich loszuwerden. Das mag dir zwar ziemlich merkwürdig erscheinen, aber wenn die Steine so groß sind, wie du sagst, senden sie unglaublich starke Schwingungen aus. Ein echtes Medium würde es bestimmt spüren.«

»Du auch?«

»Vielleicht, aber ich halte mich nicht für ein echtes Medium. Es wäre ja nicht allein das Collier, weißt du. Auch der Träger würde irgendwie auffallen, selbst wenn er ein hervorragender Schauspieler wäre. Er würde deutliche Signale aussenden, ungewöhnliche Anspannung, Angst, Misstrauen. Ich würde vielleicht nicht verstehen, was ich empfange, aber ich würde spüren, dass etwas nicht stimmt, und anfangen nachzuhaken, genau wie ich es eben mit Ted gemacht habe. Möglicherweise würde ich das Objekt selbst nicht identifizieren, aber ich würde sicher etwas finden. Alding Fath scheint mir eine sehr begabte Frau zu sein. Sie hätte möglicherweise sogar eine Vision des Colliers haben können. Vielleicht hätte sie sogar geschildert, was sie sah. Anscheinend ist sie so stolz auf ihr Talent, dass sie gern ein bisschen damit angibt. Das hätte für die Person mit dem Collier ein ziemliches Desaster werden können.«

»Aber wenn Alding Fath den Dieb verunsichert hat, kann nur einer der Gäste die Tasche gestohlen und mir das Schlafmittel gegeben haben«, sagte Emma. »Mrs. Fath hat mir erzählt, dass Dr. Wont ihr die Fahrt bezahlt hat, und soweit ich weiß, hat sie nur mit den Leuten aus seiner Gruppe gesprochen.«

Theonia zuckte mit den Achseln. »Wir dürfen keine voreiligen Schlüsse ziehen. Sollen wir zurückgehen und sehen, ob ich bei den Schatzsuchern etwas spüre?

»Auf jeden Fall. Welche Eingebungen hattest du denn bei Dr. Franklin?«

»Dass er sich seine Patientinnen wahrscheinlich nur mit Gewalt vom Leib halten kann.«

Emma lachte. «Das hätte selbst ich sehen können. Ich habe mir schon überlegt, ob er nicht vielleicht ein klein wenig beleidigt war, weil wir nicht sofort auf ihn angesprungen sind. Obwohl es für eine Frau in meinem Alter absolut lächerlich gewesen wäre.«

»Was für ein Unsinn, Emma. Du bist eine charmante, intelligente, ungeheuer attraktive Frau und hast tonnenweise Geld. Erzähl mir bloß nicht, dass dich die Männer nicht immer noch umschwirren wie Motten, sobald du grünes Licht gibst.«

»Na ja«, gab Emma zu, »seit Beds Tod hat es ein paar Ouvertüren gegeben, aber ich habe immer angenommen, dass nicht mein Charme, sondern Beds Geld sie angezogen hat.«

»Wenn du das glaubst, sollten wir dich mal zusammen mit Cousine Mabel und sechs geeigneten Bewerbern in ein Zimmer setzen und sehen, für wen sich alle sechs sofort entscheiden.«

Emma war belustigt. «Mabel ist wirklich keine sonderlich große Konkurrenz.«

»Wie kommst du denn darauf?« widersprach Theonia. »Sie ist nicht hässlicher als viele andere Kelling-Frauen und sehr viel reicher als die meisten.«

»Jedenfalls sehr viel reicher als ich. Schon gut, Theonia, bei Mabel magst du Recht haben. Allerdings bin ich mir nicht sicher, ob Graf Radunov sie nicht vielleicht verführerisch finden würde.«

»Ich kann mir nicht vorstellen, dass er so verzweifelt ist, aber man kann nie wissen. Lade sie doch einfach mal beide zu einem deiner Musikabende ein, wenn du wieder in Pleasaunce bist, und warte ab, was passiert. Ist es nicht merkwürdig, wie man seinen Geschmack in Bezug auf Männer ändert, Emma? Radunov ist genau der Typ Mann, von dem ich früher geträumt habe. Doch er hat keinerlei Wirkung auf mich.«

»Dafür hast du umso mehr Wirkung auf ihn.« Emma klang ein klein wenig spitzer als beabsichtigt.

»Du übertreibst«, meinte Theonia bescheiden. »Ich würde sagen, es handelte sich lediglich um eine Art Reflex. Radunov ist viel zu intelligent, um sich von einer in die Jahre gekommenen Abenteurerin hinreißen zu lassen, denn dafür hält er mich.«

»Dann kann er so intelligent nicht sein.«

»Sei nicht so streng mit ihm, Emma. Ich bin schließlich nicht gerade die typische Bostoner Hausfrau, auch wenn ich mir noch so viel Mühe gebe.«

»Wenn du das wärst, hätte Brooks dich gemieden wie die Pest.«

»Und was wäre dann wohl aus mir geworden? Sterben Menschen tatsächlich an gebrochenen Herzen?«

Dazu musste angemerkt werden, dass Brooks Kelling ein ganzes Stück kleiner war als seine stattliche Frau, etwas älter und weitaus weniger attraktiv. Er erinnerte manche Leute an ein Backenhörnchen und andere an den ehemaligen Gouverneur von Massachusetts und späteren Präsidenten Calvin Coolidge, an den man sich eher wegen seiner puritanischen Anschauungen als wegen seines Charismas erinnerte. Man sollte außerdem anmerken, dass Coolidge ebenfalls eine groß gewachsene, schöne, charmante Frau geheiratet hatte.

»Ich wüsste nur gern, wer vom Personal so brutal sein konnte, die arme kleine Sandy niederzuschlagen«, sagte Emma. »Mir ist die Vorstellung lieber, dass es Jimmy war. Der Gedanke, dass sein Komplize noch frei auf der Insel herumläuft, ist wirklich beunruhigend. Aber wo sollte sich diese Person denn verstecken? Ich war schon so gut wie überall, außer im Dienstbotenflügel und in den Cottages. Um Gottes willen, Theonia! Meinst du, dass Mrs. Fath nicht aus ihrem Cottage kommt, weil sie jemanden unter ihrem Bett versteckt hat und nicht will, dass wir herumschnüffeln und ihn finden?«

»Möglich ist alles. Auf diese Weise könnte sie die Person jedenfalls problemlos mit Nahrung versorgen. Er oder sie könnte sich das Essen, das Bubbles bringt, mit Mrs. Fath teilen. Das würde allerdings bedeuten, dass beide ziemlich kleine Portionen bekommen.«

»Nicht, wenn Mrs. Fath die ganze Zeit schläft«, insistierte Emma. »Selbst wenn sie nur so tut als ob, kann sie nicht sehr hungrig sein. Immerhin ist sie völlig inaktiv. Vielleicht hat sie auch Wonts ganze Gruppe eingeweiht, und alle steuern ein bisschen von ihren Lunchpaketen bei. Die Männer verdrücken alle so ein Riesenfrühstück, dass sie bestimmt das eine oder andere Sandwich entbehren können. Oder Lisbet Quainley spendiert ihres. Sie isst ohnehin wie ein großer Spatz.«

»Das wäre ein Fuchssperling«, sagte Theonia. »Das ist die größte Sperlingsart.«

»Stimmt, jetzt wo du es sagst, fällt es mir auch wieder ein. Lisbet Quainley hat durchaus etwas Fuchsartiges. Sie ist ziemlich gerissen. Wenn sie Malerin ist, bin ich Whistlers Mutter, aber vielleicht hält sie sich auch nur selbst für eine Künstlerin. Dr. Wont scheint sie jedenfalls von ihrem Talent überzeugt zu haben.«

»Das ist gar nicht so selten«, sagte Theonia. »Ich kann die Selbsttäuschung einiger Künstler durchaus verstehen. Mich wundert nur, wie sie es schaffen, andere von ihren Phantasien zu überzeugen. Aber ich bin eben altmodisch und liebe Traditionen.«

»Das kommt daher, dass du aussiehst wie ein Tizian«, sagte Emma.

»Ah, du hättest mich sehen sollen, als ich noch ein Boucher war!«

Die beiden Frauen lachten immer noch, als sie den Strand erreichten. Inzwischen war es den Männern gelungen, ein merkwürdiges Sammelsurium von Ästen und Stämmen zusammenzunageln. Mit etwas Glück würde es lange genug halten, um Dr. Wont auf Shag Rock auszusetzen, dachte Emma.

Als er Theonia sah, ließ Joris Groot sofort den Hammer fallen, mit dem er wahllos Nägel ins Holz geschlagen hatte, und griff nach seinem Skizzenblock. Black John Sendick nahm sich gerade noch die Zeit, das zu Ende zu bringen, was er momentan tat und von dem er sich anscheinend einen Sinn versprach, dann stand er stramm.

Everard Wont war anscheinend gerade dabei, Lisbet Quainley etwas zu diktieren. Die Frau diente ihm offenbar als Privatsekretärin, vermutete Emma, einmal abgesehen von den anderen Diensten, die sie ihm möglicherweise angedeihen ließ. Er hörte auf zu reden und bedachte die beiden Kelling-Frauen mit einen merkwürdig hinterhältigen Blick. Miss Quainley unterbrach ihre Kritzeleien auf dem gelben Papier, das sie auf ihren Skizzenblock gelegt hatte, und starrte sie ebenfalls an.

Miss Quainleys Blick war völlig anders, als Emma ihn von einer relativ umgänglichen Frau, die viele Jahre jünger war als sie, erwartet hätte. Sie nahm daher automatisch an, dass er nur Theonia gelten konnte. Und wenn sie sich irrte? Bildete sich dieser weibliche Kleiderständer tatsächlich ein, Beddoes Kellings Witwe könnte auch nur im entferntesten an einem flegelhaften Wichtigtuer wie Everard Wont interessiert sein? Das ist zu lachen, hätte Emmas einstige französische Gouvernante in dieser Situation sicher gesagt.

Doch Emma hatte für heute genug gelacht. Sie musste den Sommergästen reinen Wein einschenken. Sie würden es ohnehin erfahren, sobald die Polizei eingetroffen war. Black John gab ihr das Stichwort.

»Wollen Sie nachschauen, wie weit wir mit unserer Arbeit sind, Mrs. Kelling?«

»Nein«, erwiderte Emma. »Wir möchten Ihnen berichten, was im Haus passiert ist. Sie sind sicher schon sehr gespannt.«

Wont bezog die Bemerkung naturgemäß auf sich. »Warum sollte ich gespannt sein? Ich habe schließlich nichts damit zu tun.«

»Ich hoffe inständig, dass keiner von uns damit zu tun hat, Dr. Wont. Doch es scheint ganz so, als müssten wir dies der Polizei gegenüber erst noch beweisen.«

Die Bemerkung verursachte allgemeine Aufregung, doch Emma schaffte sich schnell Gehör. »Hören Sie bitte genau zu. Dr. Franklin, der hiesige Gerichtsmediziner, war hier und hat die Leiche unseres geheimnisvollen Fremden mitgenommen. Er erwartet den Autopsiebericht heute Abend und wird uns dann informieren. Vielleicht ist der Mann bis dahin auch schon identifiziert. Außerdem hat er Sandy untersucht. Ich habe Ihnen ja schon erzählt, dass Mrs. Brooks und ich sie oben im Haupthaus gefunden haben, wo sie ziemlich benommen auf dem Fußboden saß. Dr. Franklin hat festgestellt, dass Sandy sich nicht zufällig den Kopf an der Schranktür gestoßen hat, wie wir bis dahin angenommen hatten, sondern dass jemand sie von hinten niedergeschlagen hat. Der Schlag hat ihr beinahe eine Schädelfraktur eingebracht und sie einige Zeit bewusstlos gemacht.«

»Oh Gott!« rief Sendik. »Meinen Sie, sie erholt sich wieder?«

»Das wissen wir noch nicht. Sandy ist wieder bei Bewusstsein und völlig klar im Kopf, aber sie kann sich nicht daran erinnern, wie es passiert ist. Und der Arzt kann momentan auch nichts anderes tun, als ihr Bettruhe zu verordnen und das Beste zu hoffen.«

»Das ist ja nicht zu fassen!« Joris Groot schaffte es, seine Aufmerksamkeit einen Moment lang auf etwas anderes zu konzentrieren als auf seine neueste Skizze von Theonias Füßen. »Sie hat also keine Ahnung, was passiert ist?«

»Nein, aber es ist völlig klar, warum sie niedergeschlagen wurde«, erwiderte Emma. »Wer auch immer es getan hat, wollte einen kleinen Wandsafe ausrauben. Er befindet sich im Kleiderschrank des Zimmers, in dem Sandy sich gerade aufhielt. Es ist das Schlafzimmer, in dem Mrs. Brooks heute Nacht schlafen soll.«

»Was ich auch immer noch vorhabe, es sei denn, man hindert mich daran«, warf Theonia ein. »Du solltest noch erwähnen, Emma, dass der Safe sorgfältig untersucht wurde und außer ein paar leeren Schmuckkästchen und den Plänen des Abwassersystems hier auf der Insel nichts enthielt. Es ist übrigens auf keinen Fall eine getarnte Schatzkarte, falls einem von Ihnen diese Idee durch den Kopf geistert«, fügte sie mit einem Seitenblick auf Dr. Wont hinzu.

»Ich sollte außerdem erwähnen, dass ich den Wandsafe bereits gestern geöffnet habe und genau dasselbe darin gefunden habe«, ergänzte Emma. Was der Wahrheit entsprach. Sie hatte schließlich nichts herausgenommen, sondern etwas hineingetan.

»Da hat man das arme Kind also für nichts und wieder nichts niedergeschlagen«, Black John schien sich das Problem sehr zu Herzen zu nehmen. »Ach, ich weiß nicht. Es ist etwas ganz anderes, wenn man in einem Buch beschreibt, wie jemand eins über den Schädel bekommt. Aber wenn es einem niedlichen Mädchen in einem Schlumpf-Sweatshirt passiert, das einem frische Muffins zum Frühstück bringt, ist es so schlimm, dass man sich überlegt, ob man nicht doch lieber Western schreiben soll.«

»Dann müssten sie ständig armen kleinen Kälbchen Brandmale aufdrücken. Und das würde Ihnen sicher nicht einmal auf dem Papier gefallen«, gurrte Theonia mitfühlend. »Man muss seiner Kunst nun einmal Opfer bringen, Mr. Sendick.«

»Und ein Buchmacher sollte bei seinen Leisten … ohje, der Satz ist mir entgleist«, sagte Emma. »Ich hoffe nur, dass jeder von uns, wie immer er sich auch fühlen mag, beweisen kann, wo er gerade war, als Sandy niedergeschlagen wurde. Danach wird uns die Polizei sicher fragen.«

»Von uns kann es keiner gewesen sein!« rief Black John.

»Irgendjemand muss es aber gewesen sein, Mr. Sendick. Und es gibt momentan auf Pocapuk nicht sehr viele Leute.«

»Aber warum soll der Kerl, der hier ertrunken ist, nicht einen Komplizen gehabt haben? Er hätte sich doch am Dock oder sonst wo verstecken können, oder?«

»Gute Idee, John«, meinte Lisbet Quainley, »warum gehst du nicht hin und schaust nach?«

»Na ja, warum eigentlich nicht? Wenn Mrs. Kelling es wünscht, gehe ich nachschauen.«

»Auf keinen Fall«, protestierte Emma. »Ein Mensch ist tot, und ein anderer wurde angegriffen, was ebenfalls tödlich hätte enden können. Sicher nicht der richtige Zeitpunkt, um hier den Helden zu spielen. Ich möchte, dass Sie kühlen Kopf bewahren, möglichst zusammen bleiben und vor allem nichts tun, das Sie oder andere in Gefahr bringen könnte. Vincent sorgt dafür, dass die Insel abgesucht wird. Wenn er Ihre Hilfe benötigt, wird er sich an Sie wenden und Ihnen genau sagen, was Sie tun sollen.«

Everard Wont explodierte. »Mrs. Kelling, glauben Sie etwa im Ernst, dass ich hier bin, um mir von Ihrem Dienstboten sagen zu lassen, was ich zu tun oder zu lassen habe? Da Sie offensichtlich vorhaben, mein gesamtes Projekt zu vereiteln, kann ich genauso gut hier und jetzt alles hinschmeißen und aufgeben. Wenn ich mir eine letzte Bitte erlauben darf: Könnten Sie mir vielleicht freundlicherweise ein Boot besorgen? Sie haben da sicher Ihre Beziehungen, nehme ich an. Ich will so schnell wie möglich weg von hier.«

»Ich würde Ihnen den Gefallen liebend gern tun, Dr. Wont«, erwiderte Emma wahrheitsgemäß, »aber ich bezweifle, dass wir die Fähre so kurzfristig herholen können. Außerdem bin ich mir absolut sicher, dass Sie diese Insel auf keinen Fall ohne offizielle Erlaubnis verlassen dürfen. Wann dies der Fall sein wird, hängt wahrscheinlich vor allem vom Ergebnis des Autopsieberichts ab.«

»Die Autopsie wird ergeben, dass der Mann ertrunken ist. Was soll sonst dabei herauskommen?«

»Ich habe keine Ahnung. Nach dem brutalen Angriff auf Sandy halte ich alles für möglich. Wir könnten natürlich die Erfüllung von Dr. Wonts Wunsch beschleunigen. Es braucht nur jemand hier und jetzt ein Geständnis abzulegen.«

Sie hatte nicht erwartet, einen Freiwilligen zu finden, und hatte sich nicht geirrt. Wonts Gesicht nahm allmählich einen purpurroten Farbton an. Groots Gesicht verriet keinerlei Regung. Black John schien eher interessiert als alarmiert. Lisbet Quainley begann zu kichern. »Ihr drei seht aus wie Goldfische im Glas. Mrs. Kelling, Sie glauben doch wohl nicht, dass einer von uns sich an diesem Kind vergriffen hat?«

»Daran möchte ich lieber gar nicht erst denken«, antwortete Emma. »Soweit ich weiß, waren Sie und Dr. Wont heute Morgen als Letzte mit dem Frühstück fertig. Miss Quainley, können Sie uns sagen, was Sie gemacht haben, nachdem Sie den Speisesaal verlassen haben?«

»Ich? Ich bin zurück in mein Cottage gegangen und habe mir die Zähne geputzt. Dann bin ich mit den anderen hergekommen, und seitdem war ich die ganze Zeit hier. Das könnt ihr doch alle bezeugen, oder?«

Emma merkte, dass sie einen Fehler gemacht hatte. Warum hatte sie überhaupt gefragt? Selbstverständlich würden sich alle Mitglieder der Gruppe gegenseitig Alibis liefern. Wont machte sich gerade für eine weitere verbale Attacke bereit, die sie nicht hören wollte. Sie warf Theonia einen Blick zu. Theonia zuckte mit den Achseln. Emma machte einen Rückzieher.

»Wie schade. Ich hatte gehofft, Sie hätten vielleicht einen geheimnisvollen Fremden gesehen, der gerade die Treppe hoch schlich, als Sie das Haus verließen. Da keiner von Ihnen etwas Hilfreiches anzubieten hat, sollte ich wohl besser in mein Zimmer gehen und mich ein wenig aufs Ohr legen. Ich weiß nicht, ob es von der Sonne oder von der Aufregung kommt, aber ich habe plötzlich schreckliche Kopfschmerzen.«

Kapitel 19

Theonia wollte nicht, dass Emma allein zurückging. Joris Groot wollte sein Modell nicht aus den Augen verlieren. Black John wollte Vincent suchen und als Freiwilliger beim Durchkämmen der Insel helfen. Everard Wont wollte dastehen und wettern, doch niemand wollte zuhören, nicht einmal Lisbet Quainley.

»Halt endlich den Mund, Ev«, hörte Emma sie zischen. »Siehst du denn nicht, was für ein tolles Motiv das ist? Der Fluch der toten spanischen Matrosen lastet auf uns und macht jede Weiterarbeit unmöglich. Schreib dein Buch unter diesem Aspekt. Das ist verdammt einfacher, als hier im Schlamm rumzuwühlen.«

»Und jeder, der dämlich genug ist, dein Buch zu lesen, wird dir den Unsinn auch abkaufen«, fügte Black John hinzu, hauptsächlich um Emma einen Gefallen zu tun. Sie schenkte ihm einen dankbaren Blick und fragte sich, ob er wohl Lust hatte, adoptiert zu werden.

Ihr Kopf fühlte sich wirklich an, als würde er jeden Moment platzen, die Männer mussten ihr sogar helfen, den Heimweg sicher zu bewältigen. Theonia führte sie nach oben in ihr Zimmer, kühlte ihre Schläfen, zog ihr die Schuhe aus, wartete, bis sie bequem auf der Chaiselongue lag, und deckte sie zu. Emma schlief sofort ein und wurde erst wieder wach, als Theonia ins Zimmer trat, um sich nach ihrem Befinden zu erkundigen und zu fragen, ob sie sich gut genug fühle, nach unten zu kommen und Tweeters Arbuthnot zu begrüßen. Emma machte eine kurze innere Bestandsaufnahme und beschloss, nach unten zu gehen.

»Meine Kopfschmerzen sind Gott sei Dank weg. Ist Mr. Arbuthnot schon da?«

»Noch nicht. Er dreht gerade seine Kreise und kann jeden Moment landen. Am besten nennst du ihn Tweeters, sonst erschreckst du ihn noch zu Tode. Siehst du das Flugzeug da draußen?«

»Dann solltest du besser nach unten gehen. Ich komme nach, so schnell ich kann. Hast du etwas zum Anziehen gefunden? Ah, ich sehe schon, du hast etwas gefunden. Gut.«

Theonia hatte sich Emmas langen auberginefarbenen Rock ausgesucht und trug dazu eine malvenfarbige Seidenbluse. Eigentlich waren die Farben für Theonia ein wenig zu düster, doch vielleicht verspürte sie den atavistischen Drang, ihren verblichenen angeheirateten Ex-Neffen auf irgendeine Weise zu betrauern. Vielleicht war er ja sogar ihr Ex-Stiefsohn gewesen. Emma entschied, dass für sie unter den gegebenen Umständen Grau die angemessene Farbe war. Sie benetzte ihr Gesicht mit kaltem Wasser, schminkte sich, setzte ihre Perücke auf, legte ihre Perlenkette an und griff nach ihrer amethystfarbenen Satinstola. Noch war ihr zwar nicht kalt, aber das konnte sich leicht ändern. Außerdem passte die dunkle Farbe besser zu ihrem Teint als die taubengraue Seidenbluse, die zu dem Rock gehörte.

»Alles ist eitel«, murmelte sie, »Jahrmarkt der Eitelkeiten. Dumme alte Frau!« Sie streckte ihrem Spiegelbild die Zunge heraus, lockerte ihre Frisur mit den Fingern auf, legte sich die schmeichelnde Amethyststola kapuzenartig um die Schultern, ließ die Enden wie zusammengefaltete Flügel nach hinten fallen und machte sich auf, um Tweeters Arbuthnot als würdige Hausherrin entgegenzutreten.

Die Cocktails eine Stunde früher zu reichen als sonst, war sicher ein schwerer Verstoß gegen die Tradition des Hauses, doch Bubbles meisterte die Herausforderung hervorragend mit Kaviarbrötchen und einer Platte mit Käsehäppchen. Den Käse hatten sie gestern Abend frisch angeschnitten. Joris Groot nahm offensichtlich an, er sei mit von der Partie, und hatte das Feuer bereits angezündet. Groot war der einzige anwesende Gast, Black John spielte anscheinend tatsächlich den Freiwilligen, und Wont und Miss Quainley überarbeiteten wohl ihren literarischen Schlachtplan. Radunov schien bei Königin Victoria und Rasputin mehr Erfolg zu haben als erwartet.

Emma hoffte, dass die lieben Künstler genau dort blieben, wo sie gerade waren. Tweeters war bereits da, Theonia hatte ihm einen Stuhl angeboten. Er machte es sich gerade bequem, zog seine Hosenbeine zurecht und ordnete seine alte graugrüne Cordjacke mit dem nervösen Gerupfe und Gezupfe einer Henne, die dabei war, sich auf ihrer Stange niederzulassen. Emma hatte den Eindruck, dass der Mann bei der Ankunft von zu vielen Personen gleichzeitig sofort die Flucht ergreifen würde. Was schade wäre, denn sie wollte den komischen Zugvogel gern näher kennen lernen.

Tweeters wollte Emma ebenfalls kennen lernen. Das war deutlich zu erkennen an der Art, wie er vom Stuhl hochflog. Wie ein aufgescheuchter Fasan mit ausgebreiteten Flügeln und offenem Schnabel. Der Vergleich mit einem Vogel drängte sich bei diesem Mann förmlich auf. Seine lange, dünne Nase befand sich ungewöhnlich nah über seinem langen, dünnen Mund. Das Kinn ging unmittelbar in einen langen, dürren Hals über, der aus einem schlacksigen birnenförmigen Körper ragte, der wiederum auf langen spindeligen Beinen thronte, die einem Kranich alle Ehre gemacht hätten.

Das Auffallendste an diesem Vogelmann waren seine Augenbrauen, eine üppige Mischung aus steifen schwarzen und weißen Borsten, die kühn nach vorn wuchsen und Augen beschatteten, die scharf und rund wie die eines Reihers waren. Die fliehende Stirn wurde oben auf dem Schädel von langen, schräg nach hinten stehenden Haaren abgelöst. Eindeutig ein Reiher, dachte Emma, die einem Vertreter dieser Gattung noch nie so nahe gekommen war.

Tweeters gab ihr sofort unmissverständlich zu verstehen, dass sie ausgiebig Gelegenheit haben würde, dieses besondere Exemplar nach Herzenslust zu betrachten, solange sie wollte. Seit ihrer Debütantinnenzeit war Emma nicht mehr derart gekonnt in eine Sofaecke gedrängt worden. Nachdem Tweeters sie erfolgreich ins Nest geschleust hatte, schlug er seine unglaublichen Spindelbeine übereinander und hockte sich so nah neben sie, wie es die Höflichkeit erlaubte. Er hatte die langen knochigen Händen auf die Knie gelegt und strahlte sie an, als sei er wirklich ein Reiher und sie eine besonders üppige schmackhafte Froschdame.

»Mrs. Kelling, es ist mir wirklich ein Vergnügen«, zwitscherte er. »Ich konnte kaum erwarten, Sie zu treffen, seit Theonia mir von Ihrem Einsatz bei der Feuerwehr von Pleasaunce berichtet hat. Ich bin früher auch mit Begeisterung in Sprungtücher gesprungen. Vorher habe ich immer auf dem Trampolin geübt. Tun Sie das auch?«

»Die Idee ist mir noch nie gekommen«, sagte Emma. »Die Feuerwehrleute haben mir gezeigt, was ich tun musste, und dann habe ich mich einfach vom ersten Stock hochgearbeitet. Ich bin wirklich nur eine Amateurin. Was machen Ihre Papageitaucher?«

»Ah, meine Papageitaucher. Faszinierende Tiere! Sie wissen sicher, dass sie mit dem Riesenalk verwandt sind? Eine Seitenlinie, sollte ich korrekterweise anfügen. Die Alke sind eine recht große Familie, wobei der Tordalk heute wahrscheinlich der nächste Verwandte in der direkten Linie ist. Und dann gibt es auch noch die Lummen. Sie kennen Sie doch sicher, oder?«

Das Treffen nahm allmählich Formen an wie eine von Appie Kellings Familienteepartys. Emma bedauerte ausdrücklich, dass sie bisher noch nicht das Vergnügen gehabt hatte, eine Lumme persönlich kennen zu lernen, und musste nach weiterem Nachhaken gestehen, dass sie auch die Teisten nicht kannte. Tweeters schien über diese Wissenslücke besonders enttäuscht zu sein.

»Sie nisten in Felsspalten und Höhlen. Ganz im Gegensatz zu Alken und Lummen, die im Grunde gar nicht nisten. Sie legen ihre Eier einfach auf hohe Felsvorsprünge, die aufs offene Meer hinausgehen.«

»Das scheint mir ziemlich unverantwortlich«, erwiderte Emma ziemlich streng. »Rollen denn die Eier nicht herunter?«

Tweeters hob einen dürren klauenartigen Finger und fuchtelte damit spielerisch unter ihrer Nase herum. »Sie unterschätzen die schlauen Alke. Sie legen nämlich birnenförmige Eier. Der Vorteil dieser Form liegt darin, dass sich die Eier, wenn sie denn rollen, was natürlich vorkommt, lediglich im Kreis drehen und ungefähr wieder da landen, wo sie losgerollt sind. Wenn ich einen Apfel und eine Birne hätte, könnte ich Ihnen den Unterschied demonstrieren.«

»Das ist nicht nötig«, sagte Emma. »Ich kann es mir gut vorstellen.«

»Da bin ich mir ganz sicher, Sie sind schließlich eine hochintelligente Frau!« Tweeters rückte noch ein wenig näher. »Die Tragödie des Riesenalks war, dass er nicht fliegen konnte. Oder nicht wollte. Er hatte zwar Flugfedern, doch sie waren nicht sonderlich gut entwickelt.«

Einen Moment lang schien er äußerst niedergeschlagen über das traurige Schicksal des Riesenalks, doch sein Gemüt hellte sich bald wieder auf. »Heute fliegen die Alke recht gut. Sie können sogar unter Wasser fliegen, indem sie ihre Flügel benutzen. So sind sie noch schneller, wenn sie nach Fischen jagen, was sie sehr oft tun.«

Tweeters strahlte wie ein stolzer Vater, der die letzte Eskapade seines Söhnchens schildert. »Papageitaucher sind sehr viel häuslicher als Lummen und Teisten. Sie graben sich tiefe Höhlen, und beide Eltern brüten abwechselnd, obwohl ich zugeben muss, dass die Weibchen immer viel länger brüten als die Männchen.«

»Das erstaunt mich kein bisschen«, sagte Emma.

»Dafür sind die Männchen hervorragende Versorger«, verteidigte Tweeters seine Geschlechtsgenossen. »Das Küken wird zweimal am Tag bis zum Rand voll gestopft. Natürlich mit Fischen.«

»Natürlich«, meinte Emma. »Wie schön für das Küken. Bekommt die Mutter auch etwas, oder muss sie sich selbst was fangen?«

»Das Weibchen ist völlig gleichberechtigt, was Fischen und Füttern betrifft«, gestand Tweeters. Er aß etwas Kaviar und wirkte ein wenig verlegen, doch dann hellte sich seine Miene wieder auf. »Wussten Sie schon, dass sich bei Papageitauchern die leuchtende Färbung des Schnabels während der postnuptialen Mauser verändert?«

»Das passiert ja häufig, wenn die Flitterwochen erst einmal vorüber sind, nicht wahr?« entgegnete Emma mit bittersüßem Lächeln.

»Kann schon sein, aber bei Papageitauchern wird der Schnabel am Anfang der nächsten Paarungssaison wieder genauso schön wie vorher.«

Tweeters hatte inzwischen seinen zweiten doppelten Martini fast ausgetrunken, und seine Schnabelnase glühte wie eine gute Tat in einer bösen Welt. Emma fragte sich allmählich, wohin dieses Gespräch wohl noch führen würde. Tweeters hatte anscheinend gemerkt, dass er den Grenzen des guten Geschmacks gefährlich nahe gekommen war, und machte einen neuen Anlauf.

»Papageitaucher schlurfen auch nicht so plump durch die Gegend wie andere Alke. Sie stelzen herum wie ein Matrose mit Holzbein bei einer Kneipentour.«

Er wirbelte vom Sofa hoch und begann, auf dem Läufer herumzustolzieren, wobei er den Gang eines Papageitauchers so gekonnt imitierte, dass Emma und Theonia sich vor Lachen bogen. Joris Groot hatte ein belangloses Gespräch mit Theonia geführt, während er ihr Profil vor dem Feuerschein skizzierte. Er zuckte mit den Achseln, nahm sich ein neues Blatt vor und begann, Tweeters als Papageitaucher zu karikieren, wobei er erwartungsgemäß besonderes Gewicht auf die Darstellung der Füße legte. Emma nahm an, dass Groot sich auf die ihm eigene ruhige Weise durchaus amüsierte, doch sie wünschte sich, er würde endlich gehen und sie eine Weile allein lassen. Sie wollte sich mit Tweeters über all das unterhalten, womit er seinen Tag wirklich verbracht hatte. Sie spielte mit dem Gedanken, den Vogelmann zu fragen, ob er ihr nicht das Innenleben seines Wasserflugzeuges zeigen wolle, doch er hatte gerade begonnen, einen Vortrag über das merkwürdige Verhalten junger Trottellummen zu halten. Außerdem war sie nicht sicher, ob ein derartiger Vorschlag nicht doch ein wenig unhöflich und unvernünftig wäre.

Von den Alken war es nur ein Katzensprung zu den Skuas und Falkenraubmöwen, von denen Tweeters so manche Untat zu berichten wusste. Besonders Skuas waren seiner Erfahrung nach schreckliche Vögel, die ihre Jungen mit den Nestlingen anderer Vögel fütterten und manchmal sogar ihrem zweitgeschlüpften Küken das erstgeschlüpfte zu fressen gaben. Cousine Mabel würde sich mit den Skuas sicher hervorragend verstehen, dachte Emma gerade, als Graf Radunov in seinem marineblauen Blazer auftauchte und sie erschrocken feststellte, dass es bereits sechs Uhr war.

Joris Groot schloss seinen Skizzenblock, steckte seinen schwarzen Stift in die dazugehörige Haube und sagte, er gehe besser und mache sich für das Abendessen frisch. Tweeters, der es sich wieder auf dem Sofa neben Emma bequem gemacht hatte, stand auf und bemerkte mit offensichtlichem Bedauern, dass es höchste Zeit für den Rückflug nach Boston sei. Radunov, der den fehlenden Sicherheitsabstand zwischen Tweeters und Emma mit einer Miene quittierte, die auch Emmas Vater vor fünfzig Jahren aufgesetzt hätte, brachte ohne viel Worte deutlich zum Ausdruck, dass er dies für eine hervorragende Idee hielt.

Doch Tweeters schaffte es einfach nicht, sich loszueisen. Theonia sah sich schließlich gezwungen einzugreifen. »Ich bringe dich zum Flugzeug, Tweeters. Ich glaube, ich habe heute Morgen meine Handschuhe auf dem Sitz liegen lassen.«

»Ich kann mich gar nicht erinnern, dass du Handschuhe getragen hast«, lautete Tweeters taktlose Antwort.

»Aber natürlich habe ich sie nicht getragen. Wie hätte ich sie sonst vergessen können?« wies ihn Theonia mit einiger Schärfe zurecht.

Tweeters war Gentleman genug, um die Logik dieses Arguments nicht weiter in Frage zu stellen. »Ah ja. Da hast du Recht. Na, dann wollen wir uns mal auf die Socken machen. Emma, hätten Sie vielleicht Lust, uns bei der Handschuhsuche zu begleiten?«

Als er hörte, wie Tweeters so nonchalant ihren Vornamen benutzte, verlor Graf Radunov fast die Beherrschung. Emma selbst fand es ein wenig grausam dem Grafen gegenüber, doch Tweeters war immerhin ein enger Freund der Beacon Hill-Kellings und beging daher mit Sicherheit keinen Verstoß gegen die Etikette, wenn er ein anderes Mitglied der Kelling-Familie, das ihm zudem offiziell vorgestellt worden war, beim Vornamen nannte. Doch wenigstens konnte sie die Einladung freundlich ablehnen, es wäre ohnehin unhöflich gewesen, sie anzunehmen.

»Es tut mir schrecklich Leid«, teilte sie ihrem neuen Verehrer mit, »aber ich kann meine Gäste unmöglich allein lassen. Vielleicht legen Sie gelegentlich wieder eine kleine Flugpause hier bei uns ein?«

»Morgen, beispielsweise?«

»Oh ja, sehr schön, wenn es Ihnen zeitlich passt.« Mit einer derart enthusiastischen Reaktion hatte sie nicht gerechnet. »Es kann allerdings sein, dass ich mich um häusliche Probleme kümmern muss, die gerade anfallen« – das war sehr harmlos ausgedrückt –, »aber ich bin sicher, dass Theonia Ihnen gern die Insel zeigen wird. Wahrscheinlich finden Sie Pocapuk enttäuschend. Wir haben hier noch nicht einmal Papageitaucher.«

»Papageitaucher sind nicht alles im Leben«, gestand Tweeters in einem heroischen Anfall von Selbstverleugnung. »Da wäre beispielsweise auch noch Drachenfliegen. Sie sind bestimmt ein absolutes Naturtalent, Emma.«

»Sehr freundlich von Ihnen. Wir müssen uns unbedingt ein andermal darüber unterhalten.«

»Oder Fallschirmspringen und Heißluftballons«, rief Tweeters noch, während Theonia ihn buchstäblich mit brutaler Gewalt aus dem Zimmer zerrte.

»Eigentlich hätte ich nicht übel Lust, über Heißluftballons zu plaudern«, teilte Emma Radunov mit, nachdem der Vogelmann endgültig entfleucht war. »Ich wollte immer schon einmal eine kleine Spritztour in so einem Ding unternehmen.«

Graf Radunov schien davon wenig zu halten. »Mrs. Kelling, in einem Heißluftballon würde es Ihnen ganz sicher nicht gefallen. Sie würden sich damit nur einer ganz besonders unangenehmer Kombination von schrecklicher Langeweile und qualvoller

Enge aussetzen. Ganz zu schweigen von dem verstörenden Krach und den Flammen. Eine konstante Gefahr für Leib und Leben. Glauben Sie mir, ich weiß, wovon ich rede.«

»Auch gut.« Emma verspürte einen inneren Auftrieb, ob mit oder ohne Ballon. »Bleibt ja noch das Drachenfliegen. Was darf ich Ihnen zu trinken anbieten? Anscheinend ist unser Barkeeper noch nicht da. Wahrscheinlich durchkämmt Vincent immer noch die Insel. Wissen Sie zufällig, ob Mr. Sendick ihn gefunden hat?«

Graf Radunov wusste es nicht. Er wusste auch nicht, warum Vincent die Insel durchkämmen sollte, oder behauptete dies jedenfalls. Erst jetzt fiel Emma ein, dass er nicht anwesend gewesen war, als sie Wonts Gruppe am Strand von den Geschehnissen berichtet hatte. Sie holte das Versäumte nach. Radunov war entsetzt oder behauptete dies zumindest.

»Und wie geht es dem armen Kind jetzt?«

»Als Bubbles ihr vor etwa einer Stunde die Hors d'oeuvres brachte, ging es ihr recht gut«, antwortete Emma. »Apropos, möchten Sie welche?«

Er warf einen Blick auf den Couchtisch und zuckte mit den Achseln. Emma sah, was er meinte.

»Ach herrje, Tweeters hat fast den ganzen Käse und den gesamten Kaviar gegessen. Aber es war ohnehin nur roter«, erklärte sie entschuldigend. »Ich werde mal nachschauen, was Bubbles sonst noch für uns zaubern kann. Heute Abend herrscht hier wirklich beträchtliches Chaos. Vielleicht sollte ich – oh, Bernice, da bist du ja. Gibt es irgendwelche Neuigkeiten, die Sandy betreffen?«

»Sie sagt, dass sie okay ist«, antwortete das Mädchen. »Sie will aufstehen und ›Dr. Who‹ gucken, aber ihr Vater hat es ihr verboten. Und Bubbles möchte wissen, ob Sie vielleicht noch Eis oder so brauchen.«

»Sag ihm, wir bräuchten noch ein paar Appetithäppchen. Graf Radunov hatte noch nichts, und die anderen werden vermutlich auch jede Minute hier eintreffen. Wo ist Sandys Vater? Ist er immer noch draußen?«

»Nöh. Ich meine natürlich nein, Mrs. Kelling. Er telefoniert und klingt stinksauer. Wenn er aufgelegt hat, kann ich ihm sagen, dass Sie mit ihm sprechen wollen.«

»Sag einfach nur, falls es irgendwelche Neuigkeiten gäbe, würde ich sie gern erfahren. Aber falls er etwas Wichtiges zu tun hat, werden wir mit den Drinks und dem Abendessen auch ohne seine Hilfe fertig. Kannst du das alles behalten?«

»Ich glaub' schon. Und auch noch mehr Eis, stimmt's?«

Bernice nahm die leeren Platten vom Couchtisch und rannte los. Sie trug immer noch ihr grünes Schlumpfhemd und würde wahrscheinlich auch keine Zeit zum Umziehen haben. Aber was machte das schon? Das arme Kind war schließlich den ganzen Tag ununterbrochen auf den Beinen, hatte buchstäblich für zwei gearbeitet und sich zwischendurch auch noch um Sandy gekümmert. Man konnte schließlich keine Wunder erwarten. Emma nahm den Drink, den Radunov ihr eingeschenkt hatte, und kehrte zu ihrem Sofanest zurück. Radunov warf einen fragenden Blick auf die freie Seite neben ihr. Sie lächelte ihn an.

»Wären Sie so lieb, ein Scheit Holz nachzulegen? Und dann setzen Sie sich doch neben mich und genießen das Kaminfeuer. Ich nehme an, Sie fragen sich, warum wir gelogen haben, was das Telefon betrifft?«

»Es war keine Lüge. Ich würde es eher als Mehrdeutigkeit bezeichnen.« Er legte das Scheit genau an die richtige Stelle und kam sofort bereitwillig Emmas Einladung nach. »Was Ihre Gründe betrifft, könnte ich mir vorstellen, dass Sie auf diese Weise verhindern wollten, dass die Gäste mit ihren Ferngesprächen horrende Telefonkosten verursachen?«

»Wie scharfsichtig Sie sind. Vincent sagt, dass die Telefonrechnungen früher Schwindel erregend waren und er auf diese Weise verhindern möchte, dass so etwas wieder passiert. Ich glaube, wir sollten solange wie möglich bei unserer Mehrdeutigkeit bleiben. Es wäre nett, wenn Sie Bernices kleinen Versprecher schnell wieder vergessen würden.«

»Wenn Sie es wünschen, werde ich auf der Stelle stocktaub.

Sie brauchen mir nur zu sagen, auf welchem Ohr. Groot wechselt also sein Hemd, Sendick durchkämmt die Wildnis, und Mrs. Brooks verabschiedet sich von dem Kranich.«

Emma konnte sich ein Lachen nicht verkneifen. »Ich hätte auf Reiher getippt.«

»Da haben Sie sicher Recht. Ornithologie gehört nicht zu meinen Fachgebieten. Dann bleibt wohl nur noch unser wackerer Autor und seine – wie soll man Miss Quainley beschreiben? Für eine Turteltaube ist sie etwas mager geraten.«

»Das ist aber wirklich nicht nett!« Emma versuchte, ein Lächeln zu unterdrücken, doch es gelang ihr nicht. »Ich weiß auch nicht, wo wir Mrs. Quainley einordnen sollen. Vielleicht bei den Sekretärvögeln? Heute Nachmittag hat sie jedenfalls die Rolle von Dr. Wonts Amanuensis gespielt oder wirkte jedenfalls so. Übrigens hat man anscheinend beschlossen, die Schatzsuche abzublasen und die Geschichte darauf zu konzentrieren, wie die Expedition von den Geistern der spanischen Matrosen durchkreuzt wurde. Dr. Wont will die Insel unbedingt so schnell wie möglich verlassen. Ich habe ihm gesagt, dass die Polizei ihm dies kaum erlauben wird, aber vielleicht haben er und Miss Quainley beschlossen, auf dem so genannten Floß, das Mr. Groot und Mr. Sendick gebaut haben, zum Festland zu paddeln. Sonst kann ich mir wirklich nicht erklären, warum sie nicht längst hier sind.«

Kapitel 20

»Hast du Tweeters gut verabschiedet?«

Es war zwar eine dumme Frage, aber Emma konnte unmöglich noch direkter werden und Theonia fragen, ob sie ihm den Orangensaft und die Filme aus ihrer Dick Tracy-Kamera mitgegeben hatte.

Theonia lächelte und nickte. »Oh ja, Tweeters hat alles, was er braucht. Hast du nicht gehört, wie er ums Haus geschwirrt ist? Ursprünglich wollte er sogar tief genug fliegen, um dir mit den Tragflächen auf Wiedersehen zu winken, aber ich konnte ihn davon überzeugen, dass du bestimmt nicht aus dem Fenster schauen würdest. Ich könnte mir durchaus vorstellen, dass er uns morgen wieder seine Aufwartung macht. Ich weiß, wie Ornithologen sind. Sobald sie eine interessante Spezies entdecken, können sie es kaum erwarten, sie genau zu erforschen. Brooks ist genauso, wenn es um Bindentaucher geht.«

»Hast du schon mal darüber nachgedacht, die Viecher wegen ehewidrigen Verhaltens zu verklagen? Und können wir dir noch einen frischen Drink anbieten?«

»Vielleicht einen winzigen Sherry?«

»Trocken oder süß?« fragte Graf Radunov und erhob sich ein wenig widerwillig vom Sofa.

»Auf jeden Fall trocken. Ich bin ziemlich – « Theonia unterbrach sich. Vincent stand an der Tür und sah aus wie vom Donner gerührt.

»Was ist passiert, Vincent?« rief Emma, bemüht, ihre Stimme unter Kontrolle zu behalten.

»Mord!« stieß er aus. »Der Kerl is' von hinten niedergeschlagen worden, genau wie meine Sandy! Und dann hat ihn entweder jemand die Klippen runtergestoßen oder beim Kragen und beim Hosenboden gepackt und runtergeworfen. Das kann man im Nachhinein nich' so genau feststellen. Es gibt 'n paar komische Risse in seiner Kleidung. Als er unten aufgeprallt is', war er bewusstlos un' is' dann erstickt, weil er mit 'm Gesicht im Schlamm gelandet is'. Wahrscheinlich war grade Ebbe, was bedeutet, dass es irgendwann vor drei Uhr morgens gewesen sein muss. Vielleicht auch 'n bisschen später, aber sicher nich' viel. Mein Gott! Ausgerechnet hier muss sowas passieren!«

»Sie haben doch nachgesehen, ob keine Fremden auf der Insel sind, nicht wahr?«

»Teufel auch, und ob ich das hab'! Wir ham jeden Felsen auf Pocapuk umgedreht. Nichts, keine Spur. Ich weiß nich', was ich noch tun soll.«

»Haben Sie den County Sheriff informiert?«

»Das hat Franklin schon getan. Die kommen, so bald sie können. Mehr konnte er nich' sagen. Die ham momentan ein ganz hohes Tier von der Regierung da und müssen sich mit Unruhen in der Zahnstocherfabrik rumschlagen. Zu viel auf einmal und wie üblich nich' genug Leute, um damit fertig zu werden. Anscheinend sind im Moment alle total verrückt.«

»Vincent«, sagte Emma, »setzen Sie sich erst mal hin, sonst kippen Sie uns noch um. Graf Radunov, würden Sie ihm bitte einen Brandy einschenken?«

»Ich glaube, er hätte lieber einen Scotch«, sagte Theonia. »Geben Sie her, ich übernehme das schon. Versuchen Sie das mal, Vincent.«

Er nahm das Glas in Empfang und schenkte ihr ein trauriges Lächeln. »Können Sie etwa auch Gedanken lesen?«

»Aber sicher. Im Moment überlegen Sie, ob Sie Mrs. Sabine schon heute Abend informieren sollen oder lieber warten sollen, bis Sie ihr eine Erklärung anbieten können. Ich würde Ihnen raten zu warten. Es wird nicht mehr lange dauern, höchstens einen Tag, denke ich. Nun machen Sie schon, trinken Sie.«

Vincent nahm einen großen Schluck von dem Whisky, den sie ihm eingeschenkt hatte. »Brr! Das wird mir den Kopf wieder frei pusten. Wieso sind Sie sich da so sicher?«

»Vertrauen Sie mir, Vincent. Mrs. Kelling kann Ihnen bestätigen, dass ich mich selten irre. Hier, nehmen Sie sich ein bisschen

Käse. Ich wette, Sie haben den ganzen Tag noch nichts gegessen.«

»Was hätt' ich denn machen sollen? Mich hinsetzen und voll stopfen, während mein Sohn sein Leben riskiert, weil er 'ne Leiche aus 'm Wasser ziehen will, un' meine Tochter fast hops gegangen wär'? Wenn ich den Mistkerl in die Finger kriege – « Er kippte den restlichen Whisky herunter und warf das Glas in den Kamin. Es zerbarst an der Wand hinter den Holzscheiten. Vincent starrte in die Flammen und schämte sich für das, was er gerade getan hatte.

»Ach du lieber Gott«, flüsterte er. »Die Whiskygläser sind dreißig Jahre alt, un' ich hab' hier noch nie was zerbrochen. Ich weiß nich', was in mich gefahren is'.«

»Sie haben völlig normal auf den Stress reagiert, unter dem Sie gerade stehen«, klärte Emma ihn auf. »Und diese Gläser sind ohnehin nicht besonders kostbar. Vergessen Sie es einfach sofort wieder, Vincent. Was hat Ihr Bruder über Sandys Zustand gesagt? Bernice hat mir erzählt, dass sie es kaum erwarten kann, aufzustehen und sich vor den Fernseher zu setzen.«

»Stimmt. Aber das lass ich nicht zu, jedenfalls nich' heute Abend. Er sagt, wir solln ihr 'n ordentliches Abendessen geben. Wenn das drin bleibt, is' sie bald wieder in Ordnung. Franklin sagt, das Zeug, das sie sich immer in die Haare schmiert, hat sie wahrscheinlich vor Schlimmerem bewahrt. Und ich hab' immer rumgemeckert und verlangt, sie soll damit aufhören.«

Vincent umklammerte die Sessellehnen und sprang auf. »Ich geh' besser nachsehen, was draußen los ist.«

»Der arme Kerl«, meinte Theonia, als er außer Hörweite war. »Er steckt wirklich in einer verzwickten Lage. Wo bleiben eigentlich unsere Sommergäste, Emma? Hast du eine Erklärung?«

»Graf Radunov und ich haben uns das auch schon gefragt. Vielleicht packen sie alle, weil sie nach Hause wollen?«

Emma fand den Gedanken ziemlich angenehm, hätte jedoch wissen sollen, dass dies nicht der Fall war. Sie wollte es sich gerade wieder bequem machen und in Ruhe ihren Sherry trinken, als Black John Sendick hereinstürmte, in bester Laune und von oben bis unten mit Kratzern bedeckt, die er sich im Brombeergestrüpp geholt hatte. Er trug eine zugeknöpfte blaue Jeansjacke und sah eigentlich recht manierlich aus, doch Emma vermutete, dass sich darunter ein schmutziges Sweatshirt verbarg.

»Haben Sie Dr. Wont und Miss Quainley gesehen?« erkundigte sie sich.

»Nein, aber ich habe sie gehört«, grinste er. »Sie sind wahrscheinlich auf dem Weg hierher.«

Emma unterdrückte einen Seufzer. »Und Mr. Groot müsste auch jede Minute zurück sein. Er wollte sich nur rasch umziehen.«

Diese Mitteilung schien Black John zu überraschen, doch er äußerte sich nicht weiter dazu. Er mixte sich einen Rum mit Cola – in Emma wurden Erinnerungen an ihre Jugend wach – und setzte sich so nah wie möglich zu den Appetithäppchen. Der junge Schriftsteller war Emma schon vorher als enthusiastischer Esser aufgefallen, aber nach einem Tag mit Floßbauen und Durchforsten eines Brombeerdschungels schien er den Appetit einer Anakonda entwickelt zu haben. Er war noch schlimmer als Tweeters, dachte Emma. Hoffentlich musste sie nicht noch eine dritte Ladung Käse und Cracker kommen lassen, bevor Bubbles mit dem Abendessen fertig war. Sie warf einen Blick auf ihre Armbanduhr. Noch zwölf Minuten. Es kam ihr vor wie eine Ewigkeit.

Zweieinhalb Minuten später erschienen Miss Quainley und Dr. Wont. Emma bedurfte keiner Hellseherin, um zu sehen, dass die beiden einen handfesten Streit gehabt hatten. Wont ignorierte die düstere Miene seiner Begleiterin einfach, marschierte schnurstracks zur Bar und goss sich ein großes Glas Gin ein. Er warf einen Eiswürfel hinein, schwenkte mit einer symbolischen Geste die Wermutflasche darüber und setzte sich neben Theonia, die sofort aufstand, um Miss Quainley einen Drink zu mixen. Die junge Frau sah aus, als hätte sie eine kleine Stärkung bitter nötig, und zögerte auch nicht, den Grund zu nennen.

»Ich habe eben etwas Furchtbares erlebt! Ich bin zu Alding gegangen, um nachzusehen, ob sie schon wach war, und da hat mir jemand einen Schlag auf den Kopf gegeben.«

»Sie phantasiert«, schnaubte Wont. »In Wirklichkeit ist sie vor die Wand gelaufen.«

»Stimmt überhaupt nicht! Es war gar keine Wand in der Nähe, und ich habe eine Beule auf dem Kopf, die so groß ist wie ein Ei. Fühlen Sie mal, Mrs. Kelling.«

Emma hatte dazu zwar keine große Lust, hielt es jedoch für besser, der Bitte nachzukommen. Lisbet Quainley hatte ihr langes Haar mit einer goldfarbenen Metallspange oben auf dem Kopf festgesteckt, so dass es ihr als Pferdeschwanz auf den Rücken fiel, was nur allzu gut zu ihrem langen schmalen Gesicht passte. Emma konnte beim Abtasten des Kopfes keine auffällige Schwellung finden, entdeckte jedoch ein wenig Blut an einer Fingerspitze. Sie teilte das Haar an der Stelle, wo es sich feucht anfühlte, und fand eine kleine Schnittwunde.

»Sieht ganz so aus, als hätte der Schlag, den Sie auf den Kopf bekommen haben, die Haarspange getroffen und in Ihre Kopfhaut gedrückt. Die Wunde ist nicht schlimm, aber am besten kommen Sie trotzdem schnell mit nach oben, und ich betupfe sie mit etwas Jod.«

»Machen Sie sich bitte meinetwegen keine Umstände, Mrs. Kelling«, meinte die junge Frau zögernd. »Ich möchte wirklich kein Aufhebens um die Sache machen.«

»Ha! Wenn man bedenkt, wie albern du dich bisher aufgeführt hast, halte ich diese Bemerkung für völlig fehl am Platz«, zischte Wont sie über sein Ginglas an.

»Dir hört sowieso keiner zu, Ev.«

Emma hatte keine Lust, die beiden in ihrer Gegenwart einen kindischen Streit ausfechten zu lassen. »Und wo waren Sie, als Miss Quainley angegriffen wurde, Dr. Wont?« erkundigte sie sich.

»In meinem Cottage. Miss Quainley war schon vorgegangen, weil sie Mrs. Fath kontrollieren wollte, wie sie sich ausdrückte. Ich sagte, ich würde bald nachkommen. Was ich auch tat. Ich fand sie auf dem Weg, in einem Zustand, der an Hysterie grenzte.«

»Haben Sie sich nach Spuren umgesehen, die auf den Angreifer hingedeutet hätten?«

»Ich war der festen Überzeugung, dass sie niemand angegriffen hatte, und das bin ich auch immer noch.«

Wont trank seinen Gin aus und ging sich einen neuen holen. Emma hätte ihm am liebsten einen Tritt versetzt.

»Wir gehen besser nach oben«, sagte sie. Lisbet Quainley sah Emma Kellings energisch vorgeschobenes Kinn und gehorchte.

Wie es sich für eine perfekte Hausherrin gehört, hatte Adelaide Sabine dafür gesorgt, dass sich im Medizinschränkchen in der Gästetoilette mehrere Erste-Hilfe-Sets befanden. Emma erinnerte sich, Wasserstoffsuperoxyd, Merthiolat und steriles Verbandsmaterial gesehen zu haben. »Kommen Sie bitte mit«, forderte sie ihre zögernde Patientin auf, und öffnete die Tür zu ihrem Schlafzimmer.

Genau in diesem Moment hörte sie draußen einen lauten Aufprall und spürte einen kalten Luftzug. Wie war das möglich? Sie konnte sich genau erinnern, das Fenster geschlossen zu haben, bevor sie nach unten gegangen war. Die frische Meeresbrise war für ihren Geschmack ein bisschen zu steif gewesen. Aber jetzt stand ausgerechnet das Fenster am anderen Ende des Zimmers offen, das sie bisher noch kein einziges Mal geöffnet hatte. Der untere Teil war so weit wie überhaupt möglich hoch geschoben. Sie rannte hin, stellte fest, dass auch das Fliegengitter hoch geschoben war, und steckte den Kopf nach draußen.

Die Sonnenveranda befand sich unmittelbar unter ihrem Zimmer, was Emma bisher noch gar nicht bemerkt hatte. Für einen durchtrainierten Menschen war ein Sprung aus diesem Fenster kein Problem. Auch vom Verandadach aus kam man gut nach unten, wenn man das schmiedeeiserne Spalier als Leiter benutzte. Sie hoffte, dass die wunderschöne Clematis dabei nicht beschädigt worden war, als wäre eine derartige Belanglosigkeit in dieser Situation wichtig.

»Was ist denn los?« rief Lisbet Quainley aufgeregt. »Oh Gott, nicht schon wieder!«

»Leider doch.«

Emma inspizierte ihre Schubladen. Sie waren zwar nicht allzu sehr in Unordnung, jedoch eindeutig durchsucht worden. Sie ging zurück und schloss das Fenster, als ob dies jetzt noch etwas nutzen würde, nahm ihre Patientin am Arm und führte sie ins Badezimmer. Dort ließ sie die junge Frau auf einem Hocker Platz nehmen.

»Nehmen Sie bitte das Ding aus Ihrem Haar, ich möchte mir die Schnittwunde genauer ansehen.«

»Aber wollen Sie denn nicht vorher nachsehen, ob der Einbrecher was gestohlen hat?«

»In diesem Zimmer gibt es nichts zu stehlen. Meine Perlenkette habe ich an, und mein Portemonnaie befindet sich in meiner Rocktasche. Würden Sie bitte still halten? Das sieht schlimmer aus, als ich dachte. Kopfhautverletzungen bluten immer sehr stark.« Sie reinigte die Wunde mit Wasserstoffsuperoxyd, während Miss Quainley sich wand wie ein Aal. »Keine Angst, es ist nur eine Fleischwunde. Drücken Sie bitte den Wattebausch auf die Stelle, bis es aufhört zu bluten. Und jetzt sollten wir auch wieder nach unten gehen. Ich muss unbedingt so schnell wie möglich Vincent finden.«

»Ich wette, Sie hätten ihn schon längst gefunden, wenn Sie ein oder zwei Sekunden früher hier gewesen wären.«

»Miss Quainley, Sie glauben doch wohl nicht, dass es Vincent war?«

»Warum nicht? Wissen Sie etwa, wo er war?«

»Vor ein paar Minuten war er noch mit uns unten.«

»Es hat ja auch nur ein paar Minuten gedauert«, argumentierte Lisbet Quainley. »So machen es professionelle Einbrecher immer. Sie dringen so schnell wie möglich in ein Zimmer ein und sind genauso schnell wieder weg.«

»Falls Vincent in mein Zimmer gewollt hätte«, insistierte Emma, »hätte er heute wirklich genug Gelegenheit dazu gehabt.«

»Ach ja?«

Nicht, während er sich um seine verletzte Tochter kümmerte. Nicht, während er seinen Brüdern dabei half, Jimmy Sorpendes leblosen Körper wegzuschaffen. Und auch nicht, als er den kleinen Suchtrupp durch das Brombeerdickicht führte. Die Zeit wäre durchaus günstig gewesen, dachte Emma, denn er wusste schließlich, dass sie und Theonia mit den Gästen beschäftigt waren. Und wo war Vincent gewesen, als Lisbet Quainley in Alding Faths Häuschen einen Schlag auf den Kopf bekommen hatte? Es war durchaus möglich, dass er nach dem Ausbruch von Wut und Frustration dorthin gegangen und dann zum Haus zurückgeeilt und über die Hintertreppe in ihr Zimmer geschlichen war. Emma vermutete jedenfalls, dass es eine Hintertreppe gab. Die Sabines gehörten zur alten Schule. Sie mochten zwar in mancherlei Beziehung die verständnisvollsten Arbeitgeber der Welt sein, doch sie hätten sicher nie zugelassen, dass ihre Dienstboten die Vordertreppe benutzten. Und die Gäste wohnten nicht weit vom Haus. Was auf einer winzigen Insel wie Pocapuk auch kaum möglich war.

Sie führte Miss Quainley wieder nach unten ins Wohnzimmer, ließ sie mit ihrem Gazetupfer zurück und eilte in die Küche. Als sie das Esszimmer durchquerte, stieß sie auf Bernice, die versuchte, den Tisch zu decken. »Leg bitte die Messer rechts und die Gabeln links neben den Teller«, sagte Emma im Vorbeigehen. Neil saß am Küchentisch und aß Fischsuppe. Bubbles füllte Fischsuppe in eine Majolikaterrine, die wie ein Fisch geformt war. Sicher auch wieder ein Gastgeschenk, schoss es Emma durch den Kopf. Ansonsten war niemand zu sehen.

»Wo ist denn dein Vater?«

»Bei Sandy.« Neil legte seinen Löffel auf den Tisch und starrte sie an. »Was ist denn los, Mrs. Kelling?«

»Jemand hat gerade mein Zimmer durchsucht. Als er mich kommen hörte, ist er aus dem Fenster gesprungen und über das Verandadach geflohen.«

»Wow!« Neil sprang auf und rannte ins Nebengebäude. »Dad! He, Dad! Bei Mrs. Kelling hat jemand eingebrochen!«

Emma hörte, wie ein Stuhl umfiel und Vincent einen äußerst profanen Fluch ausstieß. Er würde jeden Moment da sein. »Wo ist Ted?« fragte sie Bubbles.

Der Koch schöpfte weiter Chowder aus dem Kessel. Sie fragte noch einmal: »Wo ist Ted?« Inzwischen hörte Vincent ihre Frage. »Was is' passiert, Mrs. Kelling? Warum wollen Sie Ted sprechen?«

»Ich würde gern wissen, wo er während der letzten Viertelstunde gewesen ist. Miss Quainley kam vor ein paar Minuten mit einer Verletzung am Kopf, die ihr zugefügt wurde, als sie Mrs. Fath besuchen wollte. Sie wurde von hinten angegriffen, genau wie Sandy. Ich bin mit ihr nach oben gegangen, um die Wunde zu versorgen. Als ich die Schlafzimmertür aufmachte, hörte ich draußen einen lauten Aufprall. Das Fenster über dem Verandadach stand weit offen, und auch das Fliegengitter war hoch geschoben, daher nahm ich an, es wäre vielleicht jemand hinuntergesprungen. Die Schubladen in meinem Schreibtisch sind durchwühlt worden. Wahrscheinlich werden wir Spuren am Spalier finden, die darauf hinweisen, dass jemand es als Leiter benutzt hat. Theoretisch hätten auch Sie dieser Eindringling sein können, was ich natürlich nicht glaube. Neil war es wahrscheinlich auch nicht, denn als ich eben in die Küche kam, aß er noch seine Fischsuppe, und sein Teller war fast leer. Es bleibt also nur noch Ted übrig. Wo steckt er?«

»Jessas noch, woher zum Teufel soll ich das wissen? Ich kann doch nich' dauernd den Babysitter spielen – « Vincent riss sich zusammen. »Tut mir Leid, Mrs. Kelling. Ted sollte eigentlich das Werkzeug säubern, das wir heute Morgen benutzt haben, und dann zum Abendessen erscheinen. Ich geh' und seh' nach, ob er noch im Ponystall is'.«

Die Mühe konnte er sich eigentlich sparen. Ted wäre natürlich zurück zum Stall gelaufen und würde jetzt Stein und Bein schwören, die ganze Zeit dort gewesen zu sein. Vincent konnte ihm kaum das Gegenteil beweisen. Von Emma ganz zu schweigen. Trotzdem bat sie den Hausmeister, nach dem Jungen zu suchen. »Wenn Sie ihn finden, lassen Sie ihn bitte nicht aus den

Augen. Sobald wir mit dem Abendessen fertig sind, möchte ich mich mit dem jungen Mann unterhalten. Außerdem bin ich der Meinung, dass Mrs. Fath nicht länger allein in ihrer Hütte bleiben sollte. Am besten holen wir sie so schnell wie möglich hier ins Haus. Neil kann Ihnen vielleicht helfen, sie auf den Elektrowagen zu verfrachten. Ich glaube nicht, dass sie sehr schwer ist. Am besten geben wir ihr das freie Bett in Mrs. Sabines Zimmer.«

»Wo Sandy den Schlag auf 'n Kopf bekommen hat?« schnaubte Vincent. »Wir bringen sie lieber in Teds Zimmer. Soll der doch bei Bubbles schlafen oder auf 'm Feldbett im Vorratsraum. Is' mir sowieso egal.«

Als Vincent nach draußen ging, wandte sich Emma mit einem entschuldigenden Lächeln an Bubbles. »Es tut mir Leid, dass ich Sie hier bei Ihren letzten Vorbereitungen gestört habe. Aber Sie verstehen sicher, dass ich keine andere Wahl hatte.«

»Klar, Miffif Kelling. Vinfent if fofort hergekommen, nachdem Fie mit ihm gefprochen hatten. Er hat fwei Teller Fischfuppe genommen und in Fandyf Fimmer gebracht, damit Fie fufammen effen konnten. Vinfent if ein guter Mensch. Er hat beftimmt nichtf Unrechtef getan, da brauchen Fie fich keine Forge zu machen.«

»Vielen Dank, Bubbles. Die Vorstellung ist mir auch mehr als unangenehm. Ich denke, wir können mit dem Abendessen beginnen. Soll ich die anderen bitten, sich an ihre Plätze zu begeben?«

»Daf wäre fehr nett.«

Das heutige Abendessen war bestimmt eine schreckliche Farce, doch was sollte sie tun? Emma richtete sich auf und ging ins Wohnzimmer. Joris Groot war bereits da, anscheinend war er gerade gekommen. Er redete wie ein Wasserfall, ein für ihn untypisches Verhalten, und seine Stimme klang unnatürlich hoch und laut.

»Sowas Verrücktes ist mir noch nie im Leben passiert. Ich wollte bloß nachsehen, ob ich was für Alding tun kann, und als ich wieder nach draußen gehen wollte, war die Tür abgeschlossen! Von außen, wohlgemerkt! Ich wusste nicht, was zum Teufel ich tun sollte. Alding schlief, und ich wollte nicht gegen die Tür schlagen oder rufen, sonst hätte ich sie geweckt. Ich dachte zuerst, die Tür würde nur klemmen, daher habe ich versucht, sie aufzudrücken. Aber sie bewegte sich keinen Millimeter. Schließlich habe ich ein Fenster aufgemacht und bin mit den Händen zuerst herausgekrochen, deshalb bin ich auch so schmutzig. Tut mir Leid, Mrs. Kelling, aber ich wusste, dass ich sowieso spät dran sein würde, weil ich so lange an meiner Skizze gearbeitet hatte, daher wollte ich nicht nochmal zurück und mich ein zweites Mal umziehen. Dann habe ich mir die Tür noch mal angesehen, und stellen Sie sich vor, draußen im Schloss steckte der Schlüssel!«

»Steckte er auch schon, als Sie reingegangen sind?« erkundigte sich Radunov.

»Nein, da stand die Tür offen, und ich bin einfach reingegangen. Falls einer von euch Spaßvögeln mir einen Streich spielen wollte – «

»Von wegen Streich«, wies ihn Lisbet Quainley scharf zurecht. Sie nahm den Gazetupfer von ihrem Kopf und hielt es Groot unter die Nase, damit er das Blut sehen konnte. »Das ist mir vor fünfzehn Minuten in Aldings Hütte passiert. Wer immer mir den Schlag auf den Kopf gegeben hat, muss noch da gewesen sein, als ich weggerannt bin.«

»Und wo in aller Welt soll er gewesen sein?« Everard Wont glaubte ihr immer noch kein Wort.

»Woher soll ich das wissen? Ich habe schließlich die Hütte nicht abgesucht. Wahrscheinlich im Badezimmer oder hinter dem Vorhang, wo Aldings Kleider hängen.«

»Und als ich gekommen bin, hat sich der Kerl aus dem Haus geschlichen und die Tür hinter sich abgeschlossen, damit ich ihm nicht folgen konnte«, sagte Groot. »Das gibt Sinn.«

»Zumindest für dich.« Der Gin verbesserte Wonts Stimmung nicht im Geringsten.

Warum nur hatte der schlagwütige Unbekannte die Person, die es wirklich verdient hatte, bisher verschont? Emma biss die Zähne zusammen und verkündete: »Ich soll Ihnen ausrichten, dass das Abendessen jeden Moment serviert wird. Würden Sie bitte zu Tisch gehen?«

Kapitel 21

»Du glaubst gar nicht, wie erleichtert ich bin, endlich mit jemandem reden zu können, der heute noch keinen Schlag auf den Kopf bekommen hat!«

Emma stand in der Speisekammer und telefonierte mit dem Apparat aus der Küche, Theonia benutzte den Zweitanschluss aus dem chinesischen Kabinett im Salon. Die beiden Mrs. Kellings hatten Sarah und Max die Neuigkeiten des Tages geschildert. Da es ein ereignisreicher Tag gewesen war, hatten sie ziemlich lange gebraucht. Jetzt waren sie bereit, auch die Bittersohns zu Wort kommen zu lassen.

»Weißt du schon, was in dem Orangensaft war?« erkundigte sich Theonia bei Max.

»Ja. Ein Beruhigungsmittel, sagt unser Chemiker. Er versucht noch herauszufinden, um was genau es sich handelt, aber das macht meiner Meinung nach auch keinen großen Unterschied. Die Dosis reicht gerade aus, um jemandem, der ohnehin schon genug von dem Zeug im Körper hat, weiter ruhig zu halten. Wie bist du überhaupt auf den Orangensaft gekommen?«

»Durch deinen Freund, Graf Radunov. Es erschien mir auffallend philantropisch, dass ein Mann wie er sich freiwillig bereit erklärte, die Arbeit eines Dienstboten zu übernehmen. Dass die anderen ständig bei Mrs. Fath hereinschauten, fand ich nachvollziehbar. Schließlich gehört sie zur Gruppe, daher ist es natürlich, dass man sich um sie sorgt. Doch Radunov hat Emma erzählt, dass er die anderen noch nie im Leben gesehen hätte. Als ausgerechnet er sich liebenswürdigerweise für einen Akt der Nächstenliebe anbot, wurde ich stutzig. Als wir dann in Alding Faths Hütte waren, stellten wir fest, dass noch genügend Orangensaft vorhanden war. Das hat mich noch stutziger gemacht.«

»Theonia und ich wollten ihr den Saft selbst bringen, aber Bubbles bekam buchstäblich einen Anfall, als er davon hörte«, fügte Emma hinzu. »Habe ich gestern Abend erwähnt, dass er von Beruf Krankenpfleger ist? Wahrscheinlich hegt Bubbles den Verdacht, dass sich jemand an Mrs. Faths Essen zu schaffen macht. Ich kann mir sonst beim besten Willen nicht erklären, warum er sich so besitzergreifend aufführt.«

»Könnte es nicht sein, dass er die Frau unter Beruhigungsmittel gesetzt hat, damit er einen Patienten hat, für den er sorgen kann?« schlug Sarah vor. »Hast du nicht gestern Abend gesagt, Bubbles käme wegen seiner Depressionen nach Pocapuk, Emma?«

»Bubbles sagt, dass er Depressionen bekommt, weil die Patienten in seinem Hospiz alle aufs Sterben warten«, korrigierte Emma ihre Nichte. »Das bedeutet nicht, dass mit ihm etwas nicht stimmt, sondern nur, dass er tiefes Mitleid mit anderen empfindet. Hoffe ich jedenfalls. Ich werde mich auf keinen Fall mit Bubbles anlegen, denn er kocht einfach göttlich. Es sei denn – um Himmels willen, du glaubst doch wohl nicht, er könnte irgendwann Arsen in seine Suppe streuen und uns alle umbringen?«

»Nein, Tante Emma, natürlich nicht. Es scheint mir nur nahe liegend, dass Bubbles das Essen von Mrs. Fath präpariert, weil er so auffallend viel Wert darauf legt, dass niemand sonst ihr Essen auch nur anrührt. Da er gleichzeitig Koch und Pfleger ist, wüsste er auch genau, was er zu tun hat. Falls er sie wirklich unter Beruhigungsmittel setzt, tut er es vielleicht sogar aus reiner Menschenfreundlichkeit. Möglicherweise glaubt er, dass sie sich am Rande eines Nervenzusammenbruchs befindet und viel Ruhe braucht. Oder er hat sich Hals über Kopf in sie verliebt und will sie gesund pflegen, weil er hofft, dass sie sich vor lauter Dankbarkeit und Rührung dazu hinreißen lässt, Mrs. Bubbles zu werden.«

»Klingt gar nicht so unlogisch«, sagte Max. »Auch ich werde meine Krankenschwester mit Liebe und Dankbarkeit überschütten, sobald man mich von diesem verdammten Gips befreit. Falls ich dann überhaupt noch in der Lage bin, ihr nachzustellen, sollte ich wohl hinzufügen. Dann führt Radunov also irgendetwas im Schilde?«

»Oder im Kopf«, sagte Emma. »Er hat mir erzählt, er schriebe über alle möglichen Themen. Vielleicht arbeitet er gerade an einer kleinen Studie über Beruhigungsmittel? Aber warum sollte er sich ausgerechnet Mrs. Fath als Versuchskaninchen aussuchen? Falls er wirklich jemanden sedieren muss, warum kann er uns nicht allen den Gefallen tun und Everard Wont aus dem Verkehr ziehen?«

»Kopf hoch, Emma. Dr. Wont wird dich aller Wahrscheinlichkeit nicht mehr lange ärgern«, erinnerte sie Theonia.

»Ach ja, Max, das wollte ich dir auch noch erzählen. Als ich Wont und seiner Crew mitteilte, dass hier jemand frei herumläuft, der andere niederschlägt, und ihnen sagte, sie stünden alle unter Verdacht, hat er einen seiner Wutanfälle bekommen und wollte die Insel auf der Stelle verlassen. Ich habe ihm natürlich klar gemacht, dass dies nicht möglich sei, was auch stimmt, weil wir hier nämlich kein Boot haben.«

»Keine Sorge«, sagte Theonia, »Tweeters wird sich sofort in die Lüfte schwingen und uns holen, wenn es uns hier zu ungemütlich wird. Wir brauchen nur mit den Fingern zu schnippen. Kannst du dir vorstellen, Sarah, dass es Emma gelungen ist, Tweeters von seinen Papageitauchern abzulenken?«

»Selbstverständlich kann ich das«, erwiderte Sarah. »Der Mensch lebt schließlich nicht vom Papageitaucher allein, oder? Aber ihr habt noch gar nicht nach dem Collier gefragt. Sag du es ihnen, Max.«

»Liebend gern. Du hast wirklich einen tollen Fang gemacht, Emma. Das Ding, das du aus deiner alten Tasche gefischt hast, gehörte einst der Herzogin von Cantilever und wurde ihr von einem jungen Lakaien gestohlen, mit dem sie eine fragwürdige Beziehung verband. Der ehemalige Lakai hat es später an einen reichen New Yorker verkauft. Der schenkte es einem der Floradora Girls, das wiederum von dem inzwischen verwitweten Herzog von Cantilever geheiratet wurde und somit das Schmuckstück zur allseitigen Freude wieder zurück in den Schoss der Familie brachte. Als der Herzog hochbetagt starb, kehrte die Herzogin nach New York zurück, wo sie schließlich das Collier ausgerechnet an den Sohn des reichen New Yorkers verkaufte, der es ihr ursprünglich gegeben hatte.«

»War das der Mann, der es von dem Lakaien gekauft hatte?« Emma behielt gern die Übersicht.

»Dem Ex-Lakaien«, korrigierte Max. »Er wurde natürlich sofort gefeuert, als seine Verfehlung ans Licht kam. Doch man konnte ihm nichts nachweisen. Später änderte er seinen Namen, nahm die amerikanische Staatsbürgerschaft an und wurde schließlich sogar ein Mitglied der Harding-Regierung. Er wurde durch den Teapot Dome Skandal steinreich, kaufte nach dem Börsencrash von 1929 das Collier von dem ehemals reichen New Yorker zurück – dem Sohn des anderen reichen New Yorkers, Emma – und verehrte es einem gewissen Mitglied der Ziegfeld Follies. Über den Namen der Dame wollen wir lieber schweigen, da sie später einen Neffen des verstorbenen Herzogs von Cantilever heiratete und eine berühmte Stütze der High Society wurde. Ihre Enkelin hat sich gerade mit einem Mitglied der momentanen Regierung verlobt. Wie das Leben so spielt, ist der Betreffende ein Spross eben der berühmten New Yorker Familie, die 1929 bei dem Börsencrash alles verlor, es jedoch seitdem geschafft hat, erneut ein Vermögen zusammenzutragen.«

»Wie das?« fragte Theonia.

»Auf verschiedene Weise«, erwiderte Max. »Mit ein wenig Unterstützung von Freunden. Die ehrwürdige Follies-Lady besuchte just letzte Woche hier in Boston einen offiziellen Empfang für das glückliche Paar, als man ihr das Collier raubte und sie dabei beträchtlich beschädigte. Sowohl die Cantilevers als auch die berühmte New Yorker Familie haben verständlicherweise ein gewisses Interesse an dem Collier und haben Belohnungen für die Auffindung des Schmuckstücks ausgesetzt. Alles in allem kannst du davon ausgehen, Emma, dass du ungefähr fünfzigtausend Dollar netto bei der Geschichte verdienen wirst. Und Radunov wird sich schwarz ärgern, wenn er herausfindet, was ihm entgangen ist, nur weil er den Gentleman gespielt hat.«

»Dafür wird sich die Witwe von Feuerwehrmann Bechley freuen«, sagte Emma. »Denn ich werde das Geld natürlich dem Hilfsfond für bedürftige Feuerwehrleute zukommen lassen. Wenn ich nicht auf der Wohltätigkeitsveranstaltung gewesen wäre, hätte ich nicht mit Adelaide Sabine gesprochen und wäre jetzt nicht hier auf Pocapuk. Somit hat die ganze schreckliche Geschichte wenigstens ein Gutes.«

»Es gibt da allerdings einen Haken«, erklärte Max. »Du bekommst das Geld erst, wenn du außerdem Hinweise lieferst, die zur Festnahme und Überführung der Person führen, die das Collier gestohlen und Lady Cantilever so übel beschädigt hat.«

»Höchstwahrscheinlich war es Jimmy Sorpende«, protestierte Theonia. »Aber einen Toten kann man ja wohl kaum überführen. Reicht es denn nicht, wenn wir beweisen können, dass er der Schuldige war?«

»Wahrscheinlich ja, wenn ihr gleichzeitig auch Beweismaterial erbringen könnt, aus dem hervorgeht, mit wem er zusammengearbeitet hat.«

»Das können wir bestimmt, auch wenn ich nicht glaube, dass Ted Sharpless uns dabei eine große Hilfe sein wird. Emma hat ihn sich heute Abend nach dem Abendessen noch einmal vorgeknöpft, nachdem wir herausgefunden hatten, dass Jimmy eindeutig angegriffen worden war, bevor man ihn die Klippe hinabstürzte. Der Junge weicht keinen Deut von seiner ursprünglichen Version ab. Fragt sich nur, ob er dabei bleibt, wenn die Polizisten ihn in die Mangel nehmen. Ich hoffe nur, sie kommen bald. Was machen übrigens meine Filme? Hat Tweeters sie schon entwickelt?«

Sarah antwortete. »Ja, er hat sie gerade aus Brooks Dunkelkammer geholt und uns gebracht. Du hast wirklich hervorragende Arbeit geleistet, Theonia. Ich lege die Bilder jetzt so hin, dass Max sie gut sehen kann. Kennst du irgendeine dieser Personen, Liebling?«

»Radunov natürlich«, sagte Max. »Der Mann bleibt immer gleich.«

»Stimmt irgendetwas nicht mit Graf Radunov, Max?« Emma hoffte, dass sie nicht allzu interessiert klang. »Er ist wirklich äußerst charmant. Es wäre mir höchst unangenehm, von einem Mörder hofiert zu werden.«

Zu ihrer Erleichterung hörte sie Max leise lachen. »Ich kann es zwar noch nicht mit Sicherheit sagen, Emma, aber die Wahrscheinlichkeit, dass Radunov Jimmy Sorpende von der Klippe gestoßen hat, erscheint mir nicht sehr groß. Radunov mag sehr vielseitig sein, aber er ist niemals grob.«

»Das ist zwar nicht die Antwort, die ich gern hören würde, Max, aber ich denke, sie muss genügen. Um wieder auf die Fotos zurückzukommen, erkennst du sonst jemanden?«

»Ich erkenne Wont.«

Als Max noch im Krankenhaus lag, hatte Jeremy Kelling ihn besucht und ihm die übelsten Lügen aus Wonts Buch vorgelesen, für die Jem höchstpersönlich verantwortlich war. Das Foto des Autors auf dem Buchumschlag war zwar weitaus schmeichelhafter als das in Theonias Sammlung, doch der hochnäsige Gesichtsausdruck war unverkennbar.

Nachdem Max das Collier von Tweeters erhalten hatte, hatte er Sarah gebeten, Jem auf einen Drink einzuladen, obwohl Jem sicher auch ohne diese Aussicht gern gekommen wäre. Als sie ihn fragten, ob er sich Everard Wont als möglichen Komplizen vorstellen könne, hatte Jem kundgetan, dass Wont seiner Meinung nach weder genug Intelligenz noch Mumm besitze, um auch nur einem schlummernden Kleinkind den Lutscher zu entwenden.

Er hatte noch hinzugefügt, dass Wont viel zu sehr damit beschäftigt sei, über sein eigenes Ego zu stolpern, um irgendetwas zu tun, das ihn nicht automatisch in den Mittelpunkt des Geschehens rückte. Falls es Wont tatsächlich gelingen sollte, einen erfolgreichen Juwelenraub zu bewerkstelligen, würde er sich wahrscheinlich selbst alles vermasseln, indem er ein Buch darüber schrieb oder versuchte, die Kosten des Fluchtwagens steuerlich abzusetzen.

Vielleicht hatte Wont genau das vor, man konnte schließlich

nie wissen. Das musste selbst Emma zugeben, wenn sie daran dachte, wie bequem seine Schatzsuche von feindlichen Piratengeistern vereitelt worden war.

Sarah hatte als Einzige etwas wirklich Neues hinzuzufügen, auch wenn es nicht sehr viel war. Sie erkannte Lisbet Quainley, obwohl ihr der Name nichts sagte.

»Sie hat vor einiger Zeit in einer der Kunstgalerien in der Newsbury Street gearbeitet. Ich weiß nicht mehr genau, welche, aber ich könnte das Foto mitnehmen und mich erkundigen. Was hältst du davon, Theonia?«

»Es kann nicht schaden. Aber wirklich nur, wenn du die Zeit aufbringen kannst. Vielleicht kannst du herausfinden, ob Miss Quainley tatsächlich Künstlerin ist oder nur irgendwo als Kunststudentin eingeschrieben ist. Obwohl sie mir dafür etwas zu alt scheint. Ich schätze sie auf etwa dreißig bis fünfunddreißig. Wahrscheinlich wirkt sie älter, weil sie so mager ist«, fügte Theonia eine Spur selbstgefällig hinzu.

Sarah musste lächeln. »Ich lasse euch wissen, was ich herausfinde. Wo wir gerade dabei sind, was ist eigentlich mit dem anderen, dem Illustrator? Hast du nicht gesagt, er hieße Groot, Emma? Ist er der attraktive junge Mann in dem Sweatshirt?«

»Nein, Groot ist der etwa Vierzigjährige mit den großen Füßen, der aussieht, als sei er von einem Ausschuss entworfen worden. Mit Vornamen heißt er Joris. Er hat mir erzählt, er sei vor allem auf das Zeichnen von Kinderschuhen spezialisiert. Hältst du das für möglich?«

Auch Sarah hatte sich schon einige Male als Illustratorin betätigt. »Oh ja«, erwiderte sie, »das ist sogar sehr gut möglich. Viele kommerzielle Künstler spezialisieren sich auf eine bestimmte Richtung, vor allem, wenn die Nachfrage groß ist. Die Schuhindustrie hier in Boston war früher sehr bedeutend. Ich weiß allerdings nicht, wie es heute in diesem Bereich aussieht. Habt ihr irgendeine Idee, für wen Groot arbeitet?«

»Haben wir. Er hat mir erzählt, er hätte gerade einen ganzen Katalog mit Kinderschuhen fertig gestellt. Itsy-Bitsy Footsy-

Wootsies hat er sie genannt. Ich hatte nicht den Eindruck, dass er versuchte, witzig zu sein, deshalb wird es wohl ein Markenname sein. Manche Leute kommen auf die merkwürdigsten Ideen. Ich weiß allerdings nicht, ob die Firma in Boston sitzt.«

»Ich rufe morgen früh in der Kirstein-Bibliothek an, vielleicht kann man uns dort Auskunft geben. Soll ich sonst noch jemanden überprüfen? Wie steht's mit Sendick? Habt ihr über ihn etwas herausfinden können?«

»Nur dass sein Großvater die Black John-Geschichten im *Globe* gelesen hat und seine Mutter eine geborene Black war. Mr. Sendick ist ziemlich gesprächig, auch wenn er im Grunde wenig sagt, wenn man es recht bedenkt. Jedenfalls was persönliche Dinge betrifft.«

»Kommt er hier aus der Gegend?«

»Das nehme ich an. Er besitzt ein Sweatshirt mit einem Bild von Tycho Brahe.«

»Vielleicht ist er ein Aussteiger vom MIT«, mutmaßte Max.

»Dann würde er Science Fiction-Romane schreiben und keine Thriller«, argumentierte Sarah. »Versuch doch mal, ihm noch ein paar Informationen zu entlocken, Emma.«

»Ich werde es versuchen, Liebes, auch wenn ich gestehen muss, dass ich keine besonders gute Detektivin bin. Aber es gibt noch etwas, das du noch für mich tun könntest, Sarah. Wärst du so lieb und würdest Marcia Pence anrufen und dich diskret erkundigen, ob Adelaide im vorigen Jahr ein Dienstmädchen mit auf die Insel genommen hat? Falls ja, frag bitte, wer sie ist. Eigentlich wollte ich Vincent danach fragen, aber irgendwie war mir die Sache peinlich.«

»Natürlich kann ich fragen, aber warum so diskret?«

»Weil die Pences und vor allem Adelaide immer noch nicht wissen, was hier vor sich geht. Vincent und ich halten es für besser, ihnen nichts zu sagen, bis die Situation geklärt ist. Adelaide ist so gebrechlich, dass Marcia und Parker auch so schon genug Probleme haben. Ich möchte ihnen nicht unnötig noch mehr Kummer machen. Sie können ja ohnehin nichts tun.«

Max gab eine Lautäußerung von sich, die Emma nicht verstand. Vielleicht störte ihn auch nur sein Gipsverband. Sie murmelte etwas Mitfühlendes. Er erwiderte, es sei immer noch angenehmer, in Gips zu stecken, als von einer wütenden Gnuherde zu Tode getrampelt zu werden.

»Freut mich, dass du es von der heiteren Seite siehst, lieber Max«, sagte Emma. »Ich glaube, ich sollte jetzt gehen, bevor jemand beschließt, sich hier ein Glas Wasser zu holen oder so etwas.«

»Bist du etwa ganz allein in der Speisekammer?«

»Natürlich. Es ist die einzige Möglichkeit für uns beide, gleichzeitig mit euch zu telefonieren.«

»Dann solltest du verdammt vorsichtig sein, wenn du den Raum verlässt. Und du auch, Theonia. Diese Kopfverletzungen könnten sich zu einer Epidemie ausweiten.«

»Mach dir keine Sorge, Max. Ich habe das Licht gar nicht erst angemacht, und außerdem würde mich hier sowieso keiner finden. Dann also gute Nacht. Ruft morgen an, falls ihr etwas herausgefunden habt.«

»Es ist bereits seit geraumer Zeit morgen«, erklärte Sarah. »Wir schicken euch unsere Lieblingsbrieftaube mit einer Nachricht am Beinchen. Tweeters ist startklar. Ihn jucken schon die Flügel. Er kann es kaum erwarten, dass wir ihn in die Luft werfen.«

»Ich wollte, du hättest nicht ›jucken‹ gesagt«, jammerte Max. »Wenn der Mensch sogar in der Lage ist, auf dem Mond zu landen, warum schafft er es dann nicht, einen Gipsverband zu entwickeln, der nicht juckt?«

Sie telefonierten noch etwa eine Minute auf Adelaide Sabines Rechnung und verabschiedeten sich aufs herzlichste voneinander. Schließlich legte Emma auf. Sie schloss die Speisekammertür hinter sich, knipste ihre Taschenlampe gerade lange genug an, um sich orientieren zu können, und tastete sich durch die Küche. Sie wusste, dass es ein großer Raum war, doch warum fühlte er sich im Dunkeln noch größer an? Emma gelang es, sich am Tisch und an dem großen Eisenherd vorbei zu manövrieren, ohne über einen Stuhl oder ein Holzscheit zu stolpern. Sie hatte gerade die schwarz lackierte Mehlkiste erreicht, als sie strauchelte und ihren Pantoffel verlor. Genau in diesem Moment versetzte ihr jemand einen Schlag auf den Kopf.

Kapitel 22

»Jetzt reicht es mir aber!«

Die Stimme gehörte einer Frau, die bei zahlreichen Versammlungen den Vorsitz geführt hatte. Zunächst kam sie Emma nur irgendwie bekannt vor, doch dann begriff sie, dass es ihre eigene war. Gleißendes Licht schien ihr ins Gesicht, und Bubbles wedelte mit einer Ammoniakflasche unter ihrer Nase herum. Theonia hantierte mit einem Beutel voller Eiswürfel. Legte ihn ihr auf die Stirn, wie Emma feststellte. Sie hatte Mühe, sich zu orientieren. Theonia schien es ebenso zu gehen, denn Emma hatte den Schlag schließlich nicht auf die Stirn, sondern auf den Hinterkopf bekommen.

Da war sie ganz sicher. Der Schlag war nicht sehr hart gewesen, aber sie hatte sich ziemlich erschrocken. Richtig verletzt hatte sie sich erst, als sie beim Fallen mit dem Gesicht auf die Kante der Mehlkiste aufgeschlagen war. Auf ihrer Stirn prangte eine eindrucksvolle Beule, Emma konnte sie fühlen, als sie unter dem Eisbeutel ihre Haut abtastete. Sie tat zwar weh, schien jedoch nicht zu bluten. Ein Bluterguss, aber keine Fleischwunde. Wie mochte sie wohl aussehen? Ein blaues Auge war für eine Frau in ihrem Alter und ihrer Position höchst unpassend. Emma versuchte, ihre Gedanken in Worte zu fassen. Theonia streichelte ihr die Wange.

»Bleib einfach einen Moment lang still liegen, Liebes. Du hast dich ziemlich gestoßen. Kannst du dich erinnern, was passiert ist?«

»Natürlich kann ich mich erinnern. Ich habe meinen Pantoffel verloren. Als ich mich gebückt habe, um ihn aufzuheben, hat mir jemand von hinten eins über den Kopf gegeben.«

»Ich glaube, da irrst du dich. Du hast das Gleichgewicht verloren und bist mit der Stirn auf die Mehlkiste gefallen.«

»Das war aber erst nach dem Schlag!«

»Ganz wie du meinst, Liebes.«

Theonia machte sich anscheinend über sie lustig. Emma wollte nicht, dass man sich über sie lustig machte. Sie stieß die Ammoniakflasche und den Eisbeutel fort, setzte sich auf und betastete ihren Hinterkopf. Es gab eine Stelle, die sie nicht berühren konnte, ohne vor Schmerz zusammenzuzucken. Sie war geschwollen und lange nicht so riesig wie die Beule, die Sandy bei dem Schlag davongetragen hatte, der ihr beinahe den Schädel zertrümmert hätte, und auch nicht blutig wie Lisbet Quainleys Verletzung, doch eindeutig geschwollen.

»Kannst du mir dann sagen, was das hier ist?« fragte sie grimmig.

Theonia und Bubbles betasteten nacheinander Emmas Beule und kamen überein, dass sie wirklich nur ganz klein war. Sie brauche sich keine Sorgen zu machen, versicherte Bubbles.

Emma wollte nicht beruhigt werden. Sie wollte Rache, wie sie zu ihrem eigenen Erstaunen feststellte. Kein sehr feiner Zug. Sie versuchte, sich am Rand der Mehlkiste fest zu halten, um besser aufstehen zu können, doch Bubbles wandte einen seiner Pflegergriffe an und half ihr mühelos auf die Füße, ohne dabei ihren schmerzenden Kopf zu gefährden.

»Fo, Miffif Kelling, ich bringe Fie jetft nach oben und gebe Ihnen ein Fedativ. Miffif Brookf, Fie flafen am beften heute im felben Fimmer. Wir wollen doch nicht, daf noch waf paffiert, oder?«

»Auf gar keinen Fall«, stimmte Theonia zu. »Ich denke nicht im Traum daran, Mrs. Kelling in diesem Zustand allein zu lassen. Fühlst du dich stark genug, die Treppe hochzusteigen, Emma, oder sollen wir lieber hier unten im Wohnzimmer unser Lager aufschlagen?«

»Ich fühle mich durchaus im Stande, nach oben zu gehen«, erwiderte Emma mit aller Würde, die sie in ihrer Lage aufbringen konnte. »Und ein Fedativ brauche ich auch nicht.«

Ohje, das war ihr jetzt einfach so herausgerutscht. Sie konnte nur hoffen, dass Bubbles glaubte, sie hätte sich bei ihrem Sturz auf die Zunge gebissen. »Ich nehme stattdessen lieber zwei Aspirin«, erklärte sie und achtete dabei sorgsam auf ihre Zischlaute. »Sehen Sie, ich bin schon wieder ganz sicher auf den Beinen. Vielen Dank für Ihre Hilfe, Bubbles. Gehen Sie ruhig wieder zurück ins Bett, es sei denn, Sie glauben, wir sollten alle ausschwärmen und den Menschen suchen, der hier herumschleicht und anderen eins über den Schädel gibt.«

»Das wäre äußerst unklug«, sagte Theonia. »Bubbles ist sicher auch meiner Meinung. Bist du so weit, Emma? Vielleicht sollte ich besser deinen Arm nehmen.«

Emma überlegte, ob sie dem Koch erklären sollte, was die momentane Hausherrin in Vertretung zu nachtschlafener Zeit in seiner Küche zu suchen hatte, entschied sich jedoch dagegen. Es verstieß todsicher gegen die Tradition dieses Hauses. Sie fragte sich, ob sie Bubbles dankbar zunicken sollte, ließ es dann jedoch bleiben. Dazu tat ihr der Kopf viel zu sehr weh. Sie hängte sich bei Theonia ein und ging langsam und vorsichtig durch das Haus, die Treppe hinauf und in ihr Zimmer.

Wahrscheinlich hätte sie Vincent wecken und ihn bitten sollen nachzusehen, ob alle Dienstboten in ihrem Trakt waren. Sie hätte ihn oder sonst jemanden los schicken sollen, um nach den Gästen zu sehen und herauszufinden, ob noch jemand angegriffen worden war. Beim Abendessen hätte sie beinahe alle aufgefordert, sich zu ihrer eigenen Sicherheit paarweise einzuschließen, doch woher konnte man wissen, mit wem man in Sicherheit war? Außerdem waren die Männer bestimmt in der Lage, auf sich selbst aufzupassen. Bisher waren ohnehin nur Frauen angegriffen worden, mit Ausnahme des verstorbenen Jimmy Sorpende. Alding Fath lag inzwischen hier im Dienstbotentrakt, wo Bubbles sich um sie kümmern konnte. Lisbet Quainley hatte ihren Schlag bereits abbekommen. Außerdem konnte Everard Wont sich um sie kümmern. Auch wenn es eher so aussah, als würde Miss Quainley sich um ihn kümmern, dachte Emma zynisch.

»In welchem Zimmer möchtest du schlafen?« erkundigte sich Theonia. »In meinem stehen zwei Betten.«

»Aber nur eins davon ist gemacht«, protestierte Emma. »Lass

uns bei mir schlafen. Ich nehme das Sofa, es ist wirklich sehr bequem. Vielleicht tut mir der Kopf weniger weh, wenn ich nicht so flach liege. Außerdem gehört mein Zimmer zu den wenigen, in denen noch niemand niedergeschlagen wurde.«

»Ich weiß zwar nicht, ob das für oder gegen das Zimmer spricht, aber ganz wie du willst, Liebes. Ich hole nur schnell meine Zahnbürste und meine Gelee Royal-Nährcreme. Nach dieser Nacht brauche ich jede Hilfe, die ich bekommen kann. Oh, Emma! Das darf doch nicht wahr sein!«

Irgendjemand hatte das Zimmer, das vor dem Anschlag auf Sandy eigens für Theonia gerichtet worden war, rücksichtslos und überaus gründlich durchsucht. Das Bettzeug lag auf dem Boden verstreut, die Matratzen hingen nur noch halb auf den Lattenrosten. Kommodenschubladen waren herausgerissen und irgendwo liegen gelassen worden. Selbst den mottenzerfressenen alten Bademantel, der einst dem verstorbenen Mr. Sabine gehört hatte, hatte man aus dem Schrank gezerrt und mit Theonias Reisekleid und Hut auf einen Haufen geworfen.

Emma konnte sich nicht erinnern, je in ihrem Leben so wütend gewesen zu sein. Sie schlug die Tür des verwüsteten Schlafzimmers zu, wirbelte so schnell herum, dass ihr blauer Morgenmantel wie der Rock einer Revuetänzerin hochflog, und marschierte die Treppe hinunter.

Theonia eilte ihr nach. »Emma, wohin willst du?«

»Ich tue jetzt endlich das, was ich bereits hätte tun sollen, bevor der ganze Zauber hier losging. Wir haben es mit einem Verbrecher zu tun, der keinerlei Rücksicht kennt, verdammt hartnäckig ist, weder über Manieren noch über Phantasien verfügt und dabei auch noch so unfähig ist, dass es einem graut. Eine gefährlichere Mischung kann ich mir kaum vorstellen. Theonia, dies ist nicht die Zeit für falsche Rücksichtnahme.«

»Dann mach bitte zuerst irgendein Licht an, sonst brechen wir uns noch beide den Hals. Du kannst so entschlossen sein, wie du willst, Emma, mir wäre einfach bedeutend wohler, wenn ich dir nicht dauernd auf den Bademantel treten würde.«

Theonia glaubte zu wissen, was Emma vorhatte, und sie sollte Recht behalten. Allerdings hatte sie nicht damit gerechnet, wie laut die Schiffsglocke neben der Küchentür war, wenn sie mit aller Kraft von der wutschäumenden ehemaligen Präsidentin des Pleasauncer Gartenclubs geläutet wurde.

Die Glocke weckte sogar Alding Fath. Innerhalb von eineinhalb Minuten hatte Emma die gesamte Bevölkerung von Pocapuk zur Küchentür zitiert. Einige standen davor, andere dahinter, allesamt in verschiedenen Stadien der Entkleidung von schicklich bis geradezu anstößig, und alle verlangten lautstark und ungeduldig nach einer Erklärung.

Eine Frau, die bei der Wohltätigkeitsveranstaltung der Pleasauncer Feuerwehr auch ohne Mikrophon problemlos die Begrüßungsrede halten konnte, war selbstverständlich auch in der Lage, ein Dutzend aufgeschreckte Inselbewohner zu übertönen. »Während der letzten halben Stunde«, informierte Emma ihre Zuhörer, »hat man mir einen Schlag auf den Kopf gegeben und Mrs. Brooks Schlafzimmer durchwühlt. Es war das vierte Mal innerhalb von vierundzwanzig Stunden, dass jemand hier auf Pocapuk tätlich angegriffen wurde, und das dritte Mal, dass jemand in ein fremdes Zimmer eingedrungen ist. Der erste Überfall hat zum Tod des Opfers geführt, und das zweite Opfer ist nur mit viel Glück einer Schädelfraktur entgangen. Beim nächsten Mal, falls es denn ein nächstes Mal geben sollte, könnte einer von Ihnen dabei sein Leben verlieren.«

Die letzte Bemerkung wurde mit unruhigem Gemurmel quittiert, das Emma jedoch sofort unterdrückte. »Aus diesem Grund habe ich Sie alle aus dem Bett geholt. Die Insel wurde sorgfältig abgesucht. Es gibt keinen geheimnisvollen Fremden, der in den Büschen auf sein nächstes Opfer lauert. Wer immer diese Untaten begangen hat, muss einer von uns sein. Ich gehe nicht davon aus, dass der Täter ein Geständnis ablegt. Wer Sie auch sein mögen, Sie sind offenbar ein gewissenloser Bösewicht und besitzen keinen Funken Höflichkeit und Anstand. Aber eins sollten Sie wissen: Sie können aufhören, Leute niederzuschlagen und Zimmer zu durchwühlen, denn das, wonach Sie suchen, werden Sie ohnehin nicht finden.«

»Sie meinen den Schatz?« erkundigte sich Black John Sendick, der sein Tycho Brahe-Sweatshirt diesmal falsch herum und mit der Innenseite nach außen trug.

»Nein. Ich meine damit ein außerordentlich hässliches, immens kostbares Diamantcollier, das ich unwissentlich selbst hierher gebracht habe. Während der Überfahrt mit der Fähre hat jemand meine Reisetasche gestohlen und das Collier im Futter versteckt. Offensichtlich in der Absicht, es später wieder an sich zu bringen. Der Mann, der gestern Morgen ertrunken hier aufgefunden wurde – «

»Hieß Jimmy Sorpende«, warf Theonia ein. »Er war ein ziemlich dummer Krimineller mit Gefängnisvergangenheit.«

»Warum zum Teufel ham Sie das nicht gesagt?« brüllte Vincent. Er trug einen alten Bademantel mit einem indischen Muster, wie sie Ende der zwanziger und Anfang der Dreißigerjahre modern gewesen waren. Wahrscheinlich ein Familienerbstück, schoss es Emma durch den Kopf.

»Aber das habe ich doch«, teilte Theonia mit zuckersüßer Stimme mit. »Entschuldige bitte die Unterbrechung, Emma. Sprich ruhig weiter.«

»Vielen Dank, Theonia. Ich weiß nicht, in welcher Mission der verstorbene Mr. Sorpende hier war. Da er ein erfahrener Einbrecher war, hat er wahrscheinlich vorgestern Nacht die Tasche aus meinem Zimmer entwendet, während ich schlief. Er nahm natürlich an, das Collier befände sich noch darin. Doch ich hatte es zufällig am Vorabend entdeckt, in einen Safe gelegt und durch eine Kette aus meinem Theaterschmuckfundus ersetzt. Ich weiß selbst nicht, warum, es schien mir zu dem Zeitpunkt einfach eine gute Idee zu sein.«

»Mein Gott!« rief einer der Anwesenden.

Emma wartete auf einen etwas erhellenderen Kommentar, doch als dieser ausblieb, fuhr sie fort. »Die Tatsache, dass Mr. Sorpende später einen Schlag auf den Kopf erhielt und die

Klippe hinuntergeworfen wurde, lässt darauf schließen, dass er einen Komplizen hatte. Der Komplize fand heraus, dass der echte Schmuck fort war, und nahm an, dass Mr. Sorpende das Collier für sich behalten wolle. Er – ich benutze das Pronomen selbstverständlich neutral – bekam daraufhin einen Wutanfall und ermordete Mr. Sorpende. Die Tasche mit dem wertlosen Schmuck warf er ihm in seinem Zorn hinterher. Glaubst du nicht auch, Theonia?«

»Entweder hat es sich so abgespielt, wie du gerade beschrieben hast, oder der Komplize hat Jimmy Sorpende zuerst ermordet, um selbst in den Besitz des Colliers zu kommen, und ihm die Tasche nachgeworfen, weil er sie wieder loswerden wollte. Wir werden vermutlich nie erfahren, wie es sich tatsächlich abgespielt hat. Aber das ist vielleicht gar nicht so wichtig. Vielleicht sollte ich noch unterstreichen, dass Mrs. Kelling hinsichtlich des neutralen Pronominalgebrauchs natürlich im Recht ist. Man braucht nicht besonders stark zu sein, um jemanden mit einem harten Schlag auf den Kopf außer Gefecht zu setzen, zum Klippenrand zu rollen und in die Tiefe zu stoßen. Jede Frau im Vollbesitz ihrer körperlichen Kräfte ist dazu in der Lage. Ich wage sogar zu behaupten, dass selbst ich dazu imstande wäre, wenn ich wollte.«

»Man könnte sich auch auf den Boden setzen und es mit den Füßen machen«, schlug Sendick vor. »Die meisten Menschen haben sehr viel mehr Kraft in den Beinmuskeln als in den Armen.«

»Sehr richtig«, sagte Theonia. »Ich muss zugeben, dass ich daran noch nicht gedacht habe. Aber jetzt sprich bitte weiter, Emma.«

»Vielen Dank, Theonia. Vielleicht sollte ich noch erwähnen, dass Dr. Franklin meint, Mr. Sorpende sei nach dem Sturz noch am Leben gewesen. Er wäre demnach nicht ertrunken, wie der Täter beabsichtigt hatte. Leider ist er jedoch zu seinem großen Pech mit dem Gesicht im Schlamm gelandet und erstickt. Wäre er auf den Rücken gefallen, hätte er den Aufprall vielleicht überlebt.«

»Dann handelt es sich also um Totschlag und nicht um Mord«, sagte Black John.

»Darüber habe ich noch gar nicht nachgedacht, aber Sie haben wahrscheinlich Recht«, gab Emma zu. »Sie wissen eine Menge über diese Dinge, nicht wahr, Mr. Sendick? Neil, du hast doch den Toten gefunden. Gibt es noch etwas, das du hinzufügen könntest?«

Neils Zähne klapperten. Er war barfuß und trug nur seine Schlafanzughose, doch er trat tapfer nach vorn und sagte, was er zu sagen hatte. »N-nur, dass Onkel Frank gesagt hat, dass sie an seinen Haaren Harz und Kiefernnadeln gefunden haben, als ob ihn jemand mit einem Kiefernast niedergeschlagen hätte oder irgendwo über den Boden gerollt hätte, wo Kiefernnadeln lagen. Das ist doch richtig. Oder, Paps?«

»Genau. Herr des Himmels, hättest du dir nich' was Ordentliches anziehen können? Komm mal her.«

Vincent wickelte seinen Sohn in eine Falte seines indischen Bademantels und zog ihn eng an sich. »Sandy! Marsch zurück ins Bett! In deinem Zustand solltest du gar nich' rumlaufen.«

»Jetzt sei doch nicht so, Paps!« protestierte seine Tochter. »Mir geht's wieder super! Ehrlich! Bernice und ich wollen uns nichts entgehen lassen. Sind Sie okay, Mrs. Kelling? Oh Gott, ich hoffe, der Mann hat Ihre schöne Perücke nicht ruiniert, als er Sie umgehauen hat.«

Sandy schien in der Tat eine peinliche Liebe zur Wahrheit zu haben. Emma versuchte, den Fauxpas so gut es ging zu überspielen. »Ich bin gar nicht so sicher, ob es wirklich ein Mann war, Sandy. Ich hatte ziemliches Glück, dass der Schlag nicht sehr hart war. Die Beule an meiner Stirn rührt daher, dass ich beim Fallen mit dem Kopf auf die Kante der Mehlkiste geschlagen bin. Und meine schöne Perücke hatte ich ohnehin nicht an. Ich trage sie nur, wenn ich mich fein machen will. Wie du siehst, habe ich genügend eigenes Haar, auch wenn es im Moment sicher schrecklich zerzaust ist.«

Emma bemerkte Graf Radunovs bewundernden Blick und

errötete, was sie ziemlich verstimmte. »Und dein Vater hat vollkommen Recht«, fuhr sie ein wenig barsch fort. »Du solltest wirklich im Bett liegen. Und du ebenfalls, Bernice. Wahrscheinlich erwarten Sie alle, dass ich mich dafür entschuldige, Sie um diese Zeit aus den Federn geholt zu haben. Da derjenige unter Ihnen, der die Kette gestohlen hat, sie anscheinend unbedingt wiederhaben will, hielt ich es jedoch für angebracht, Ihnen jetzt sofort reinen Wein einzuschenken, damit wir morgen früh nicht noch jemanden verletzt oder sogar tot auffinden.«

»Sie haben natürlich völlig Recht«, versicherte Graf Radunov. »Wir sind Ihnen zutiefst dankbar für Ihre Sorge um unser Wohlergehen und sind äußerst betroffen über den Anschlag, den man auf Sie verübt hat.«

Er wollte noch mehr sagen, doch Lisbet Quainley schnitt ihm das Wort ab.

»Wo ist das Collier denn jetzt, Mrs. Kelling?«

»Auf dem Weg zu seinem rechtmäßigen Besitzer«, erklärte Emma. »Fragen Sie mich bitte nicht, wer diese Person ist, denn das weiß ich selbst nicht. Ich weiß nur, dass der Schmuck während eines Wohltätigkeitsballs gestohlen wurde. Ich habe ihn mit Mr. Arbuthnot – das ist der Mann, der heute Morgen Mrs. Sorpende hergeflogen hat, zurück nach Boston geschickt. Inzwischen wurde es den zuständigen Autoritäten übergeben.«

Emma wusste, dass sie ein wenig übertrieb, doch es kümmerte sie nicht. Max Bittersohn war sicher zuständiger als Jimmy Sorpende und sein auf Kopfschläge spezialisierter Komplize. Max würde das Collier zweifellos den rechtmäßigen Eigentümern zurückgeben, sobald er ein angemessenes Honorar für Theonias Dienste herausgeschlagen und die Bezahlung der Belohnung an den Hilfsfonds der Feuerwehr sichergestellt hatte.

Tweeters war es gleichgültig, ob man ihn bezahlte oder nicht. Laut Theonia hatte er ohnehin mehr Geld als er ausgeben konnte, obwohl er der Audubon Society bereits einen ordentlichen Batzen gestiftet hatte und der einzige Betreuer mehrerer Papageitaucherkolonien war. Apropos Tweeters, Emma warf zuerst Theonia und dann Mrs. Fath, die sich in ihren japanischen Kimono gewickelt hatte und ziemlich verwirrt aussah, einen fragenden Blick zu.

Theonia nickte und griff den Faden auf. »Wir sollten Ihnen vielleicht außerdem noch mitteilen, dass wir Mr. Arbuthnot eine Probe von dem Orangensaft, den wir in Mrs. Faths Zimmer fanden, mitgegeben haben. Inzwischen haben wir das Ergebnis der Analyse erfahren. Es hat sich herausgestellt, dass irgendjemand Mrs. Fath ein Beruhigungsmittel verabreicht. Wahrscheinlich will man damit verhindern, dass sie mit Hilfe ihrer telepathischen Fähigkeiten die Schandtaten des Betreffenden aufdeckt. Wer immer Sie auch sind, Sie müssen unbedingt damit aufhören. Sie verstoßen gegen das Betäubungsmittelgesetz und machen sich strafbar. Außerdem ist es unverantwortlich, einem anderen Menschen so etwas anzutun, ganz zu schweigen davon, wenn es sich um einen besonders sensitiven Menschen handelt.«

»Beruhigungsmittel?« Mrs. Fath schien schlagartig aus ihrer Lethargie zu erwachen. »Ich kann doch Beruhigungsmittel nicht vertragen! Sie zerstören meine Schwingungen! Das ist doch nicht zu fassen! Warum hat man mir nicht einfach auch einen Schlag auf den Kopf gegeben, statt mir so etwas Schreckliches anzutun? Ohne meine Kräfte könnte ich genauso gut tot sein.«

»Wir werden alles nur Menschenmögliche tun, um Ihnen zu helfen, Ihre Schwingungen wiederherzustellen«, versicherte Emma. »In der Zwischenzeit möchte ich Bubbles bitten, besonders sorgfältig darauf zu achten, dass Sie nichts zu sich nehmen, das er nicht selbst vorher kontrolliert hat. Nicht einmal einen Schluck Wasser. Sie sollten sogar mit Ihrer Zahnpasta vorsichtig sein. Nirgendwo dürfen Getränke oder Nahrungsmittel herumstehen, die möglicherweise von jemandem manipuliert werden können. Haben Sie das verstanden, Mrs. Fath? Sie dürfen nichts anrühren, das Sie nicht unmittelbar von Bubbles bekommen. Außerdem soll er es zuerst probieren und so lange bei Ihnen bleiben, bis sie es gegessen oder getrunken haben.«

Lisbet Quainley bekam einen ihrer hysterischen Kicheranfälle. »Und wenn Alding wieder ausklinkt, wissen wir alle, wer daran schuld ist. Sie sind wirklich nicht zu beneiden, Bubbles.«

Sie hatte Bubbles anscheinend aus der Seele gesprochen, doch was konnte er sagen? »Einverftanden, Miffif Kelling. Ich werde mein Beftes tun.«

»Das weiß ich.« Der Einwurf stammte nicht von Emma, sondern von Alding Fath. Ihre Stimme klang bedeutend weniger lallend als während der letzten Tage. »Sie sind wie ein Engel zu mir gewesen. Das werde ich Ihnen nie vergessen.«

»Fagen Fie daf nicht, Miffif Fath. Ich – ich habe Fie furchtbar enttäuft.«

»Unsinn!« brüllte Vincent. »Sei nicht so streng mit dir, Bubbles. Du konntest schließlich nich' wissen, dass hier 'n gottverdammter Wahnsinniger rumläuft und uns alle umbringen will. Bloß wegen 'nem verdammten Collier, von dem mir netterweise keiner was gesagt hat.«

Er starrte Emma wütend an. Emma starrte zurück. »Woher sollte ich wissen, dass Sie nicht mit dem Dieb unter einer Decke steckten? Jetzt weiß ich es natürlich besser, denn Sie hätten schließlich niemals Ihre eigene Tochter niedergeschlagen. Aber gestern Morgen haben Sie zugelassen, dass Ihr Sohn seinen Hals riskierte, nur um meinen wertlosen Theaterschmuck zu retten. Da musste mir natürlich der Gedanken kommen, dass Sie möglicherweise alles versuchten, doch noch an das Collier zu kommen.«

»Ich hab' meinen Hals nicht riskiert«, protestierte Nick. »Paps hat mich nicht geschickt, aber er hat mich auch nicht zurückgehalten. Er wusste, dass mir nichts passieren würde.«

»Man kann Jungs nich' in Watte packen«, knurrte sein Vater. »Ich wusste nich', nach was Neil tauchte, aber ich geb' zu, dass mich interessiert hat, was er dort findet. Ich konnte mir nich' vorstellen, dass der Mann sich all die Mühe macht, hier raus nach Pocapuk kommt und sein Gedächtnis verliert, bloß um dann mit 'nem Koffer voll wertlosem Kram abzuhauen. Sie hätten mir ruhig die Wahrheit sagen können.«

»Sie haben völlig Recht, und es tut mir inzwischen Leid, dass ich es unterlassen habe«, gab Emma zu. »Aber bitte beantworten Sie mir eine Frage, Vincent. Wenn Sie in meiner Lage gewesen wären, hätten Sie mich eingeweiht?«

»Na ja, wohl kaum«, gab er nach einigem Hin und Her zu. »Ich hätte wahrscheinlich auch nichts gesagt. Aber wenn ich ers' mal rausfinde, wer von euch komischen Vögeln meine Tochter niedergeschlagen hat, dann – «

Er machte sich nicht die Mühe, seinen Satz zu beenden. Das war auch nicht nötig. Ted Sharpless zuckte zusammen, als habe auch er einen Schlag auf den Kopf bekommen. Black John Sendick machte Anstalten, etwas zu sagen, besann sich dann jedoch eines Besseren. Lisbet Quainley kicherte wieder und umklammerte Everard Wonts Arm, was dieser verärgert abwehrte. Sandy und Bernice standen da wie Besucher eines Horrorkabinetts, Neil lehnte gegen seinen Vater, als wäre Vince der große Held, der die Monster in die Flucht schlug. Joris Groot brach schließlich das Schweigen.

»Da befinden wir uns ja in einem ziemlichen Schlamassel«, sagte er.

»Sehr richtig«, sagte Emma. »Ich denke, wir sollten versuchen, das Beste daraus zu machen, und alle wieder zurück ins Bett gehen, um wenigstens ein bisschen Schlaf zu bekommen. Jetzt, wo unser krimineller Gast weiß, dass es nichts mehr zu holen gibt und er aufhören kann, anderen Leuten den Schädel einzuschlagen, sind wir vielleicht unseres Lebens wieder sicher. Was meinst du, Theonia?«

»Das hoffe ich auch. Ich wünsche Ihnen allen eine geruhsame Nacht.«

»Mit einer Ausnahme.« Lisbet Quainley versuchte entweder erst gar nicht, ihr albernes Gekicher zu unterdrücken, oder schaffte es einfach nicht.

Die Gruppe löste sich auf, und jeder ging seiner Wege, um sich von dem Schrecken zu erholen und mit etwas Glück so viel Schlaf wie möglich zu finden. Die beiden Mrs. Kellings gingen gemeinsam nach oben. Als Emma es sich auf der Chaiselongue bequem machte, fiel ihr plötzlich auf, dass Everard Wont trotz des allgemeinen Geschnatters und Gemurmels kein Wort von sich gegeben hatte.

Kapitel 23

Emma hatte zwar damit gerechnet, kein Auge zutun zu können, doch Aspirin und Erschöpfung verfehlten ihre Wirkung nicht. Sie wurde erst wach, als Bernice und Sandy mit dem Morgentee ins Zimmer kamen. Bernice trug das Tablett, Sandy schien ihr nur Gesellschaft zu leisten.

»Es ist halb neun, Mrs. Kelling. Paps sagt, wir sollen besser mal nachsehen, ob Sie beide noch leben. Hi, Mrs. Brooks. Oh, Sie haben aber ein scharfes Nachthemd an!«

»Wie ich sehe, sind wir heute Morgen wieder putzmunter.« Das war Theonia, Emma war immer noch zu sehr damit beschäftigt, Experimente mit ihren Augenlidern anzustellen. »Vielen Dank, Bernice. Stell das Tablett einfach hier auf den Tisch. Ist dein Kopf wieder in Ordnung, Sandy?«

»Die Beule tut noch weh, wenn ich sie anfasse, aber Paps hat gemeint, ich darf heute wieder aufstehen, damit ich ihm nicht den letzten Nerv raube. Sie brauchen sich übrigens keine Sorgen zu machen, dass Sie zu spät zum Frühstück kommen, heute Morgen sind nämlich alle spät dran. Bubbles hat Mrs. Fath zwei weich gekochte Eier zum Frühstück gemacht. Er hat sie vorher über 'ne Kerze gehalten, um nachzusehen, ob auch niemand 'ne Nadel reingesteckt hat und irgendein blödes asiatisches Gift oder sowas reingespritzt hat. War das so richtig, Mrs. Kelling?«

»Sehr gut.« Emma hatte inzwischen alle beweglichen Teile wieder unter Kontrolle, soweit sie dies in ihrem Zustand überhaupt beurteilen konnte. »Wie geht es denn Mrs. Fath heute?«

»Gut, glaube ich. Jedenfalls hat sie zusammen mit uns in der Küche gegessen, damit Bubbles sie immer gut im Auge hatte. Paps hat Neil zu ihrer Hütte geschickt, um ein paar von ihren Sachen zu holen, aber er hat natürlich die falschen mitgebracht. Mrs. Fath will ihm Unterricht in Gedankenlesen geben, sobald ihr Kopf wieder klar ist. Lassen Sie sich mit dem Anziehen ruhig Zeit. Bubbles hat eben erst die Muffins in den Ofen geschoben, und außer Black John ist noch kein einziger Gast aufgekreuzt. Er hat heute ein grünes Sweatshirt an, mit 'nem Bild von 'nem Elch in der Hängematte drauf. Ich wette, das hat ihm seine Freundin geschenkt. Hat Black John eine Freundin, Mrs. Kelling?«

»Dutzende, könnte ich mir vorstellen.« Nachdem sie es geschafft hatte, sich eine halbe Tasse Tee einzuverleiben, fühlte Emma sich sehr viel frischer. »Bist du wohl so lieb und gießt mir noch etwas Tee nach? Und da ihr beiden so munter seid, lauft ihr am besten gleich schnell wieder in die Küche und helft Bubbles mit dem Frühstück. Mrs. Brooks und ich kommen nach unten, sobald wir vorzeigbar sind.«

Das kann noch eine ganze Weile dauern, dachte Emma, als sie mit der grausamen Wahrheit im Badezimmerspiegel konfrontiert wurde. Normalerweise scheute sie vor keiner Herausforderung zurück, doch heute Morgen war ihr sprühender Kelling-Charme eindeutig schal. Sie musste sich gut zureden und tief in Theonias Topf mit Gelee Royal-Nährcreme greifen, bevor sie die Kraft aufbringen konnte, ihre zweitbeste Perücke vom Ständer zu heben. Ein schönes heißes Bad mit reichlich Geranienbadesalz würde ihr sicher gut tun, doch ihr Gewissen verbot ihr derartige Schwelgereien.

Emma entschloss sich als Kompromisslösung zu einer kurzen Dusche und schmetterte dabei ein Lied aus Ruddigore. »Die Pflicht, die Pflicht muss man erfü-hü-llen und darf sich nicht in Faulheit hü-hü-llen, und war es auch so schmerzlich nie, es nicht zu tun, wär fiddel-di-di. Die-his nicht zu tu-hun, wär fiddel-didihi, wär fiddel-di-dihi!«

Gar nicht so übel. Sie hatte das hohe C tatsächlich ohne Krächzen und Zittern getroffen. Zugegebenermaßen war das Lied für Richard und Sir Despard geschrieben, daher war das C auch nicht ganz so hoch. Doch warum sollte sie sich mit derartigen Kleinigkeiten aufhalten? Frischen Mutes trocknete sie sich mit Adelaides flauschigem, wenn auch verschossenem Badetuch ab und schlüpfte in eines der verspielten Dessous, die sie zu ihrem letzten Geburtstag von Klein-Em bekommen hatte. Das liebe Kind hatte damit wohl Vater Zeit ein Schnippchen schlagen wollen, dachte Emma und begann, an ihrem Gesicht zu werkeln.

Gar nicht so schlecht, stellte sie einige Minuten später fest. Jetzt war eigentlich nichts mehr an ihr auszusetzen. Noch schnell die Bluse mit dem Rosenmuster anziehen, bevor Theonia ihr zuvorkam und sie die höfliche Blusenverleiherin spielen musste. Nein, Theonia hatte sich die Bluse mit den roten Nadelstreifen ausgesucht und motzte sie gerade mit dem roten Schal ihres Matrosenhutes auf. Typisch Theonia.

Die rosa Bluse und ein paar Minuten zusätzliche Arbeit mit Zobelhaarquaste und Rougetöpfchen schafften alles, was Emma unter diesen Umständen erwarten konnte. »Hübsch siehst du aus«, sagte Theonia. »Wie eine Rose ohne Dornen.«

»Geschickten Handwerks hurt'ge Hilfe.« Emma wusch den Pinsel aus und legte ihn zum Trocknen auf den Waschbeckenrand. »Ich wette, ich bin eine bessere Malerin als Lisbet Quainley. Sollen wir nach unten gehen? Ich kann mir kaum vorstellen, dass Sarah noch vor Mittag hier anruft.«

»Oh, das kann man nie wissen. Sarah ist ungemein effizient, weißt du. Ich muss schon sagen, die Kombination von Seeluft und nächtlicher Schiffsglocke macht richtig hungrig. Hoffentlich sind die Muffins schon fertig.«

Die Muffins waren fertig, die Rechauds quollen über, und die Clans begannen sich zu sammeln. Joris Groot saß bereits mit Sendick am Tisch und stopfte sich voll, als sei es seine letzte Mahlzeit auf Erden. Alding Fath saß auf dem gleichen Platz wie an ihrem ersten Abend auf der Insel.

»Machen Sie sich keine Sorgen, Mrs. Kelling«, versicherte sie Emma. »Ich rühre nichts an, ich bin sozusagen nur auf Besuch.«

»Ich weiß. Sandy hat mir von den weich gekochten Eiern erzählt. Sehr vernünftig von Bubbles. Ich freue mich, dass Sie sich wieder besser fühlen, Mrs. Fath. Die Frau meines Cousins, Mrs. Brooks Kelling, haben Sie, glaube ich, noch nicht kennen gelernt. Um Verwechslungen zu vermeiden, nennen die anderen Sie hier Mrs. Brooks.«

»Das ist gut. Es hat ohnehin schon genug Verwirrung gegeben, wenn Sie mich fragen. Nett, Sie kennen zu lernen, Mrs. Brooks. Sagen Sie, kann es sein, dass wir uns schon mal irgendwo begegnet sind?«

Theonia reichte ihr die Hand. Alding Fath hielt sie lange genug fest, um Emma den Eindruck zu vermitteln, dass hier etwas vorging, das mehr war als höfliches Händeschütteln. Dann sagte Theonia: »Sie sind bald wieder ganz in Ordnung«, und ging sich ein wenig Schellfisch in Sahnesauce holen.

Der Schellfisch schmeckte hervorragend, Emma probierte ihn ebenfalls. Sie war gerade im Muffins-mit-Marmelade-Stadium, als Lisbet Quainley auftauchte. Sie steckte in einem riesigen, locker gestrickten Pullover. Einer Art Strickzelt, das wahllos mit giftgrünen Punkten übersät war, zwischen denen ab und zu düstere braune und kreischendrote Sprenkel prangten. Das Kleidungsstück war nicht nur abgrundtief hässlich, sondern zudem gänzlich ungeeignet für einen Tag wie diesen, dachte Emma, denn es war so warm, dass man durchaus leichte Baumwollkleidung tragen konnte.

Everard Wont würde höchstwahrscheinlich dem Frühstück fernbleiben, teilte Miss Quainley den anderen mit. Sie sagte zwar nicht direkt, dass er sich nach dem nächtlichen Schockerlebnis zurück in seine Hütte begeben und besinnungslos betrunken hatte, doch es war deutlich herauszuhören. Die junge Frau verhielt sich im Übrigen auffallend nervös, fand Emma.

Alding Fath schien derselben Meinung zu sein. »Was ist denn los mit dir, Lisbet? Man könnte glauben, du wolltest dich in deinem Pullover verstecken.«

»Red keinen Quatsch, Alding! Ich habe ihn nur angezogen, weil – ich weiß es selbst nicht so genau. Weil er mir als Erstes in die Hände gefallen ist, als ich in den Schrank gegriffen habe. Ich wollte nicht zu spät zum Frühstück kommen. Außerdem könnte es ja sein, dass mich ab und zu fröstelt, oder? Du weißt es vielleicht noch nicht, aber ich habe auch einen Schlag auf den Kopf bekommen. Mein Gott, war das eine Schnittwunde! Ich habe geblutet wie verrückt.«

Wer Schmerzen leiden musste, hatte wohl auch ein Anrecht darauf, die Aufmerksamkeit zu genießen, die sie einem verschafften, dachte Emma. »Wie geht es Ihrem Kopf denn heute Morgen, Miss Quainley?« erkundigte sie sich. »Ich hoffe, Sie fühlen sich wieder besser. Probieren Sie doch einmal den Schellfisch in Sahne. Er schmeckt einfach köstlich und ist genau das Richtige für einen empfindlichen Magen.«

»Wenn Sie meinen.«

Lisbet Quainley krempelte ihre unschönen Ärmel hoch, damit sie nicht in die Rechauds fielen, während sie sich eine winzige Portion Fisch und eine Scheibe Toast nahm. Was immer Wont getrunken hatte, dachte Emma, er hatte es todsicher nicht allein getrunken. Und wo war Graf Radunov? Dass dieser elegante vornehme Ritter des Glücks sich an nächtlichen Saufgelagen beteiligte, konnte sie sich einfach nicht vorstellen.

Emma goss sich gerade ihre zweite und letzte Tasse Kaffee ein, als Radunov auf der Bildfläche erschien, gepflegt wie immer, aber ein wenig fahl um die Augen. Er füllte sich am Buffet den Teller ohne genau hinzusehen. Anscheinend war ihm völlig egal, was er an diesem Morgen zu sich nahm. Anschließend setzte er sich und begann zu essen, schien jedoch im Gegensatz zu sonst keinerlei Bedürfnis nach Small Talk zu verspüren. Außer Theonia und Alding Fath, die am anderen Tischende im Flüsterton über ihre hochspezialisierten Fähigkeiten fachsimpelten, schien niemand in Konversationsstimmung zu sein. Die Wahrscheinlichkeit, dass hier an diesem Tisch ein Dieb und Mörder oder möglicherweise auch nur ein Dieb und Totschläger saß, sorgte für eine etwas angespannte Atmosphäre, was selbst Emma verstehen konnte.

Vincent kam herein, als sie gerade überlegte, ob sie nicht einfach aus ihrer Gastgeberinnenrolle schlüpfen und den Tisch dem überlassen sollte, der bereit war, den Vorsitz zu führen. »Mrs.

Kelling«, sagte er, »ich hab' Nachricht vom Büro des County Sheriffs. Die schicken gegen Mittag jemanden her.«

»Gut. Da sind Sie sicher genauso erleichtert wie ich.«

»Das kann man wohl sagen. Was solln wir jetzt bloß mit dem großen Schlafzimmer machen? Bernice kann das Durcheinander nich' allein bewältigen. Aber ich will nich', dass Sandy sich so viel bückt, sonst tut ihr nachher der Kopf wieder weh.«

»Das kann ich gut verstehen«, stimmte Emma zu. »Vielleicht könnte Neil uns helfen, die Matratze wieder richtig auf das Bett zu legen? Den Rest schaffen Mrs. Brooks und ich allein. Dann haben wir wenigstens etwas zu tun, während wir warten.«

»Ich schick' den Jungen hoch, sobald Sie fertig sind.«

Emma legte demonstrativ ihre Serviette auf den Tisch. »Dann fangen wir am besten gleich an. Theonia, komm einfach nach, wann immer du Lust hast.«

Mrs. Fath erhob sich ebenfalls. »Ich gehe am besten wieder zurück in mein Cottage und mache mich fertig, wenn Bubbles es mir erlaubt. Ich habe unsere Unterhaltung sehr genossen, Mrs. Brooks.«

»Und ich freue mich schon darauf, sie fortzusetzen, Mrs. Fath. Bis später.«

»Was hältst du von ihr?« fragte Emma, während sie nach oben gingen.

»Sie ist ein richtiger Schatz.« Theonias Stimme ließ keinerlei Zweifel zu. »Die Theorie, dass sie eine Spionin ist, die Informationen sammelt, kannst du vergessen, Emma. Sie wüsste überhaupt nicht, wie man so etwas anstellt. Die Frau ist vielleicht nicht ganz so unfehlbar, wie sie denkt, aber sie ist sicher absolut ehrlich. Mit den vagen Angaben, die sie vor ein paar Tagen gemacht hat, wollte sie bestimmt niemanden täuschen. Sie hat nur versucht, eine Vision wiederzugeben, was nicht immer leicht ist. Man wird gelegentlich irregeführt, weil man das, was ein Medium sagt, mit eigenen Assoziationen füllt.«

»Ich glaube, genau das ist passiert, Theonia. Mrs. Fath hat nur etwas von Schwarzweiß und Steinen, die aus dem Wasser kommen, gesagt. Das hat dann Mr. Groot aufgegriffen und mit seiner Vorstellung vom Shag Rock und den weißen Möwen verbunden.« Und so weiter. »Wont und die anderen haben sofort gemeint, sie habe den Ort beschrieben, wo Pocapuk seinen Schatz vergraben hat, weil sie genau das zu hören hofften. Gestern Morgen, als Neil in dem alten schwarzen Regenmantel hereinkam und den *Jolanthe*-Schmuck in einem weißen Handtuch bei sich trug, wurde klar, was sie wirklich gemeint hatte. Eigentlich ganz amüsant, wenn man genauer darüber nachdenkt.«

»Da könntest du Recht haben.« Theonia klang nicht sonderlich interessiert. »Na, dann machen wir uns mal an die Arbeit. Was für ein Chaos!«

»Das ist alles meine Schuld, weil ich so lange nichts von dem Safe gesagt habe«, sagte Emma. »Eigentlich müsste ich zur Strafe das Zimmer ganz allein aufräumen. Möchtest du nicht doch lieber wieder nach unten gehen und Graf Radunov beim Frühstücken zuschauen?«

»Jetzt sei bitte nicht albern. Ah, da kommt Neil. Genau das, was wir brauchen, ein starker Rücken.«

Der Junge grinste und machte sich an die Arbeit. Innerhalb von zehn Minuten lagen die Matratzen auf den Lattenrosten, waren die Betten gemacht und die Schubladen wieder in den Kommoden.

»Jetzt kommt der angenehme Teil«, stöhnte Emma, als sie das heillose Durcheinander von Kleidungsstücken und Nippsachen auf dem Fußboden in Augenschein nahm. »Lauf ruhig wieder zurück zu deinem Vater, Neil. Mrs. Brooks und ich schaffen das hier schon allein. Moment, ich wollte dich vorher noch etwas fragen – warst du letztes Jahr mit Mrs. Sabine hier?«

Er schüttelte den Kopf. »Nur ein paar Mal in der Nachsaison mit Paps. Aber nie, wenn sie da war. Wissen Sie, sonst ist Dads Onkel Winfield immer hergekommen und hat Dad geholfen. Zusammen mit seinem Freund Jake Pierce, der bei ihm wohnt, seit Tante May gestorben ist. Onkel Winfield haben sie im Krieg ein Bein weggeschossen, als er noch ganz jung war. Der Stumpf hat ihm nie Beschwerden gemacht, bis vor ’n paar Monaten. Da ging’s ihm so schlecht, dass er ins Krankenhaus musste. Sie mussten ihm den Stumpf bis rauf zur Hüfte amputieren, er sitzt immer noch im Rollstuhl. Sie wissen ja, dass meine Mutter nicht da ist, und Dad dachte, Jake sollte diesen Sommer besser zu Hause bleiben und sich um Onkel Winfield kümmern, statt nach Pocapuk zu kommen. Deshalb hat er diesmal Ted und mich mitgenommen.«

»Verstehe«, sagte Emma. »Mich würde interessieren, ob Mrs. Sabine damals ein Dienstmädchen bei sich hatte, irgendjemanden, der sich um ihr Zimmer kümmerte und dergleichen, so wie Sandy es für mich tut.«

»Keine Ahnung, Mrs. Kelling, ehrlich. Mum war vorigen Sommer bei Ausgrabungen in Washington County. Sie hat Sandy und mich mitgenommen. Wir haben die halbe Zeit gecampt.«

»Dann habt ihr also euren Vater den ganzen Sommer lang nicht gesehen?«

»Doch, klar haben wir ihn gesehen. Onkel Winfield und Jake waren ja hier, daher hat Paps ab und zu mal ’nen Tag frei genommen, wenn Mrs. Sabine grade nichts Besonderes vorhatte. Er hat nie viel über die Insel gesprochen, er war viel zu froh, wieder bei uns zu sein. Dieses Jahr kann Mum an den Wochenenden nicht nach Hause kommen. Und weil Sandy und ich hier bei Dad sind, und Ches und Wal jeden Tag vorbeikommen, hat Dad nicht vor, sich frei zu nehmen. Er sagt, ich sei zu jung, um hier allein die Verantwortung zu tragen. Und Ted sei ein Faulpelz. Und Mrs. Sabine ist nicht da, und Paps weiß noch nicht genau, was er von Ihnen halten soll. Oh, ich glaube, das hätte ich jetzt besser nicht gesagt.«

Emma lachte. »Warum nicht? Dein Vater ist wenigstens klug genug, fremden Menschen nicht einfach blind zu vertrauen, besonders wenn man bedenkt, was in den letzten Tagen alles passiert ist. Mrs. Sabine hat großes Glück, einen so gewissenhaften Hausmeister zu haben. Aber jetzt machst du dich besser auf die Socken, ich nehme an, dein Vater hat genug für dich zu tun.«

»Das kann man wohl sagen. Paps ist ein Naturtalent, wenn es darum geht, einen mit Arbeit zu versorgen. Dann bis später.«

Emma und Theonia fuhren fort, das Durcheinander in Ordnung zu bringen, das der Möchtegerndieb hinterlassen hatte. Adelaide Sabine hatte sich anscheinend angewöhnt, Jahr für Jahr Unmengen von Dingen wie Dessous, Nachtwäsche und Freizeitkleidung in Pocapuk zurückzulassen. Vielleicht hatte sie keine Lust gehabt, jedes Mal tonnenweise Gepäck hin und her zu schleppen. Was durchaus vernünftig war, Emma hätte es genauso gemacht. Trotzdem hätte sie mit den persönlichen Kleidungsstücken der alten Dame lieber nichts zu schaffen gehabt. Irgendwie hatte sie das Gefühl, in die Privatsphäre eines anderen einzudringen. Adelaide gehörte einer Generation an, für die derartige Dinge noch sehr wichtig waren.

Nun ja, wenn Adelaide nichts davon wusste, konnte sie sich auch nicht aufregen, dachte Emma. Ob Sarah mehr Glück bei ihren Nachforschungen über das potenzielle Dienstmädchen hatte als sie? Es war schon fast Mittag. Wenn Sarah sich nicht bald meldete, würde Emma sie anrufen. Und wenn jemand am Zweitanschluss mithörte? Eigentlich auch egal, je früher Licht in die Sache kam, desto besser für alle Beteiligten. Mit einer Ausnahme allerdings, wie Lisbet Quainley in ihrer Albernheit so treffend bemerkt hatte.

Aber immer eins nach dem anderen. Erst galt es, die Arbeit hier zu Ende zu tun. Sie hängte gerade Mrs. Sabines schäbigen Morgenmantel zurück in den Schrank, als Bernice nervös an die Tür klopfte und den Kopf ins Zimmer steckte.

»Mrs. Kelling, da ist ein Anruf für Sie. Es ist Ihre Nichte.«

»Oh, gut. Vielen Dank, Bernice. Möchtest du mithören, Theonia?«

»Geh ruhig allein. Ich komme nach, sobald ich hier oben fertig bin.«

Emma versuchte gar nicht erst, Theonia zu überreden, und ging sofort nach unten. Vincent war schon im Wohnzimmer und hatte den Apparat aus dem chinesischen Kabinett geholt. Einen perfekteren Hausmeister konnte man sich wirklich nicht vorstellen. Emma nickte ihm zu und nahm den Hörer entgegen.

»Ja, Sarah. Was ist denn los?«

»Ziemlich viel. Erstens hatte Mrs. Sabine im vorigen Jahr tatsächlich ein Dienstmädchen dabei. Ein junges Mädchen von neunzehn Jahren namens Cecily Green. Sie war die Tochter von jemandem, der für die Pences arbeitet. Eine Kunststudentin, was dich vielleicht interessieren wird. Mrs. Sabine hat dem Mädchen tatsächlich verraten, wie man den Safe öffnet. Sie musste wohl tagelang das Bett hüten, weil sie einen ihrer Schwächeanfälle hatte, und wollte nicht, dass ihr Schmuck offen herumlag.«

»Aber warum hat sie denn Vincent nicht eingeweiht?« wunderte sich Emma. »Vielleicht war es ihr peinlich, dass er in ihrem Schlafzimmer Botengänge für sie erledigte, während sie im Nachthemd im Bett lag. Daher hat sie sich wohl dem fremden Mädchen anvertraut. Oje!«

»Es kommt noch schlimmer«, sagte Sarah. »Ich bin der Geschichte nachgegangen und habe mich genauer nach Cecily Green erkundigt. Sie war ein sympathisches Mädchen aus einer respektablen Bostoner Familie, wenn auch nicht sonderlich intelligent. Als sie wieder in Boston war, hat sie sich mit einem Jungen namens Ted Sharpless angefreundet, der irgendwo aus der Gegend kommt, in der du dich gerade aufhältst. Sie haben sich in einer Single-Bar kennen gelernt, wenn ich richtig informiert bin. Sie hat sich Hals über Kopf in den Jungen verliebt. Aber ihr Vater fand heraus, dass er auf Bewährungsurlaub war, und zwang seine Tochter, sich von ihm zu trennen. Das war irgendwann Ende April. Kurz nach der Trennung von Ted kam Cecily bei einem Unfall mit Fahrerflucht ums Leben. Vielleicht war es auch nur ein vorgetäuschter Unfall. Das könnte der eigentliche Grund dafür sein, dass Sharpless wieder zurück nach Maine gekommen ist.«

»Sarah!«

»Eine merkwürdige Geschichte, findest du nicht? Wir wissen natürlich nicht, ob sie ihm beiläufig von dem Safe erzählt hat oder ob er sich das Mädchen absichtlich ausgeguckt hat, um sie über das Haus der Sabines auszuhorchen. Was den vermeintlichen Unfall betrifft, hätte es natürlich auch Sharp sein können, was ich allerdings bezweifle. Es wäre viel zu offensichtlich gewesen. Wahrscheinlich saß er zur fraglichen Zeit mit seinem Freund Jimmy irgendwo in einer Bar und bastelte an seinem Alibi, während ein drittes Bandenmitglied Cecily Green aus dem Weg räumte. Wenn man Sharpless ordentlich in die Mangel nimmt, packt er sicher aus.«

»Vincent sagt, dass die Leute des Sheriffs bis Mittag hier sein wollen. Vielleicht sollten wir Ted vorher noch ein bisschen mangeln.«

»Einen Moment noch, Tante Emma. Das ist längst nicht alles. Du hattest mich doch gebeten, Joris Groot und Black John Sendick auf den Zahn zu fühlen. Es wird dich interessieren, dass Footsy-Wootsy vor drei Jahren von einem Konzern aufgekauft wurde. Die Firma hatte zwar seit längerem Verluste gemacht, aber der Konzern ruinierte sie nach kürzester Zeit völlig und verschaffte sich dadurch eine enorme Verlustabschreibung, was natürlich von Anfang an so geplant gewesen war. Seitdem existiert die Marke Footsy-Wootsy nicht mehr.«

»Warum hat mich Mr. Groot dann angelogen? Meinst du, er hatte einen Nervenzusammenbruch oder so etwas und es war die letzte Arbeit, an die er sich überhaupt erinnert? Wenn jemand jahrelang Kinderturnschuhe zeichnet und plötzlich damit konfrontiert wird, dass es keine Turnschuhe mehr zu zeichnen gibt, könnte es doch sein, dass er einen üblen Schock bekommt, meinst du nicht? Aber wovon hat er in der Zwischenzeit gelebt?«

»Gute Frage, Tante Emma. Ich habe mich bei unserem Freund Bill Jones nach ihm erkundigt. Bill ist ja selbst Werbegraphiker.« Und vieles andere, aber darauf ging Sarah jetzt nicht näher ein. »Er sagt, Groot sei tatsächlich Schuhspezialist gewesen, habe jedoch nach der Auflösung von Footsy-Wootsy in diesem Bereich nur wenig zu tun gehabt. Groot ist übrigens Junggeselle. Er hat immer noch ein Atelier mitten in Boston und scheint über genug Geld zu verfügen, doch Bill weiß nicht genau, womit er sich seinen Lebensunterhalt verdient. Aber das wird er noch herausfinden, darin ist Bill ein Genie.«

»Vielen Dank, Sarah. Das ist in der Tat mehr als genug Stoff zum Nachdenken.«

»Und Sendick ist der Sohn einer ziemlich gut betuchten Familie, die in Beneficence lebt.«

»Beneficence? Das ist doch ganz in der Nähe von Pleasaunce. Ob sie vielleicht zufällig Kunden von Parker Pence sind?«

»Gute Frage. Jedenfalls scheint dieser Black John ein ziemliches Problem zu sein. Er hat das Boston College besucht, sich dabei aber vor allem in Lacrosse, Wrestling, Leichtathletik und Fußball hervorgetan, was ihm wenig oder gar keine Zeit für akademische Ziele übrig ließ. Nachdem er durch die Prüfung gefallen ist, fuhr er per Anhalter nach Alaska und arbeitete dort eine Zeit lang als Lachsfischer. Danach ging er nach San Francisco, wo er praktisch über Nacht den schwarzen Gürtel in Karate bekam. Er ist ein begnadeter Athlet, hat schon mehrere College-Wettbewerbe als Langstreckenläufer gewonnen und war beim BAA Marathon vor zwei Jahren Fünfter. Außerdem hat er einen Golden Gloves Boxkampf im Weltergewicht gewonnen, als er noch zur Highschool ging. Was seine Schriftstellerkarriere betrifft, hat er einige Artikel für die *Pacific Salmon-Gutters' Gazette* geschrieben, die recht gut besprochen wurden. Das scheint bis dato seine einzige literarische Leistung zu sein. Er ist allgemein beliebt, gilt allerdings auch als unbeherrscht und soll einen ziemlich üblen Sinn für Humor zu haben. Hilft dir das weiter?«

»Keine Ahnung.«

Emma bestellte liebe Grüße an Max und den kleinen Davy. Dann stellte sie das Telefon sorgsam zurück in das chinesische Kabinett und schloss es ein. Sendick war also ein Läufer und Raufbold und genoss es, anderen üble Streiche zu spielen. Und Groot war ein Lügner. Aber warum log er? Und was würde passieren, wenn Emma zu Wonts Hütte ging, ihn aus seinem angeblichen Alkoholrausch rüttelte und ihm mitteilte, dass die Polizei auf dem Weg nach Pocapuk war?

Kapitel 24

Es blieb ihr wohl nichts anderes übrig, als abzuwarten. Emma hatte die Sommergäste wie Gänse auf der Sonnenveranda zusammengetrieben. Es war ein zu schöner Tag, um drinnen im Haus zu hocken, doch sie wollte auch nicht, dass sie frei herumliefen, wenn die Männer des County Sheriffs eintrafen. Sie wollte, dass diese schreckliche Geschichte endlich vorbei war, und zwar so bald wie möglich.

Und was kam dann? Würden sämtliche Gäste abreisen? Würde sie allein mit den Dienstboten den Rest des Sommers auf der Insel ausharren? Adelaide Sabine würde bestimmt nicht den ganzen Betrieb nur für sie aufrechterhalten. Oder Adelaide würde das Haus sogar zum Kauf anbieten, um ihren Nachkommen die Erbschaftssteuer zu ersparen, und Emma hatte die dankbare Aufgabe, sich um die potenziellen Käufer zu kümmern. Das wäre vielleicht sogar die vernünftigste Lösung.

Doch soweit kam es sicher nicht. Marcia würde es zu verhindern wissen. Der Verkauf von Pocapuk bedeutete schließlich, dass man mit Adelaides baldigem Ableben rechnete. Als einzige Tochter hatte Marcia ein besonders enges Verhältnis zu ihrer Mutter, sie würde Adelaide sicher erst dann aufgeben, wenn absolut keine Hoffnung mehr bestand. Deshalb hatte Marcia auch dieses verrückte Arrangement zugelassen und einem Haufen wildfremder Zeitgenossen den Sommer auf der Insel ermöglicht.

Die Gäste nahmen ihre Freiheitsberaubung übrigens ausgesprochen gelassen hin. Black John Sendick las einen Krimi, Joris Groot machte Skizzen von seinen Füßen oder vielmehr seinen riesigen weiß und hellblau gestreiften Turnschuhen. Alding Fath strickte an einem undefinierbaren Kleidungsstück aus brauner Zottelwolle und musste ständig niesen, weil ihr Flusen in die Nase kamen. Lisbet Quainley und Everard Wont saßen einträchtig nebeneinander auf der Hängematte am anderen Ende der Veranda. Die junge Frau hatte ihren gelben Block auf den Knien.

Anscheinend diktierte Wont wieder, auch wenn nicht viel niedergeschrieben wurde, soweit Emma sehen konnte.

Graf Radunov dagegen kritzelte wie ein Besessener und blickte immer wieder zu Theonia hoch, als suche er nach neuen Inspirationen. Vielleicht war sie sein Modell für Königin Victoria, auch wenn Emma dies nicht ganz nachvollziehen konnte. Man konnte sich Theonia eher als Zarin vorstellen, doch auch mit Alexandra hatte sie keinerlei Ähnlichkeit. Theonia trug den blauen Rock und die Bluse, die sie gestern von Emma ausgeliehen hatte, was überaus rücksichtsvoll von ihr war. Emma wusste nämlich immer noch nicht, wer für die Wäsche zuständig war. Vielleicht löste sich das Problem auch ganz von selbst, weil sie Pocapuk bereits in Kürze mit den anderen verlassen würde.

Diese Aussicht erschien ihr im Moment recht verlockend, auch wenn die Insel wirklich wunderschön war. Wenn man sich seine Gäste selbst auswählen dürfte, könnte man auf Pocapuk bestimmt sehr glücklich sein, dachte Emma wehmütig. Aber wen aus dieser Gruppe hätte sie sich ausgesucht? Wohl niemanden, schließlich hätte sie von der Existenz dieser Personen gar nichts gewusst. Aber vielleicht war es ja besser, den vertrauten Umkreis zu verlassen und offen für neue Bekanntschaften, Erfahrungen und Ideen zu sein. Möglicherweise war Adelaides Methode trotz aller Risiken genau richtig. Vielleicht hatte Emma nie genug riskiert, war immer zu vorsichtig gewesen und nie beherzt ins Leere gesprungen.

Nun ja, sie konnte es immer noch mit Drachenfliegen und Fallschirmspringen probieren. Radunov schien ihre Gedanken zu erraten, obwohl dies eigentlich unmöglich war, er schaute sie jedenfalls an und lächelte. Emma lächelte zurück, doch dann bemerkte sie, wie zerzaust die arme Clematis draußen aussah, und verfiel wieder in Trübsinn.

Es war genau eine Minute vor zwölf, als Bruder Lowell mit zwei Passagieren an Bord eintraf. Beide trugen gepflegte khakibraune Uniformen, wie Emma unendlich erleichtert feststellte. Vincent, Neil, Sandy und Bernice eilten ihnen bereits entgegen, um sie zu begrüßen. Ted Sharpless blieb hinter ihnen zurück. Wenn er nur wüsste wohin, würde er bestimmt weglaufen, dachte Emma. Bubbles war nirgends zu sehen. Wahrscheinlich war er noch in der Küche und stellte das Picknick-Lunch zusammen, das er ihnen bald aushändigen würde, es sei denn, die ganze Gruppe wurde von den Männern des Sheriffs verhaftet und abgeführt.

»Charlotte sah, wie fortgetragen ward der Tote, und schmierte emsig weiter ihre Brote«, murmelte Emma, vorwiegend zu sich selbst. War sie die einzige, die heute noch Thackerey zitierte? Nein, Radunov lächelte viel sagend.

Wieder lächelte sie zurück, wenn auch ein wenig nervös. Sie fühlte sich allmählich wie ein Wasserkessel kurz vor dem Sieden. Lieber Gott, betete sie im Stillen, mach, dass endlich Schluss ist. Mehr konnte sie beim besten Willen nicht ertragen.

Meine Güte, war sie albern. Was für ein theatralischer Quatsch! Sie würde selbstverständlich alles ertragen, was es zu ertragen gab. So war es schließlich immer gewesen. Als Vincent mit den beiden Deputys auf der Veranda erschien, begrüßte Emma sie so entspannt, als wären sie geladene Gäste bei einer ihrer Gartenpartys.

Deputy MacDuff hatte diverse Streifen auf seiner Uniformjacke und war für den verbalen Part zuständig. Deputy MacIvor besaß weniger Streifen und hielt überwiegend den Mund.

»Wahrscheinlich möchten Sie genau wissen, was sich hier abgespielt hat«, begann Emma.

»Sie haben schon eine ziemlich genaue Vorstellung davon«, sagte Vincent.

»Genau«, sagte Deputy MacDuff. »Na, dann wollen wir mal schön der Reihe nach. Sie sind sicher Mrs. Kelling. Und Sie sind eine gute Freundin von Mrs. Sabine. Richtig?«

»Im Prinzip ja. Ich bin Mrs. Beddoes Kelling aus Pleasaunce, Massachusetts. Ich bin verwitwet, und mein Vorname lautet Emma. Allerdings bin ich seit vielen Jahren mit Mrs. Sabines Tochter Marcia und deren Ehemann Parker Pence befreundet.

Adelaide Sabine habe ich erst richtig kennen gelernt, als sie vor vier Jahren zu ihrer Tochter nach Pleasaunce zog. Seitdem sind wir ebenfalls befreundet. Daher habe ich mich auch angeboten, Mrs. Sabine hier auf Pocapuk zu vertreten, als ihr Arzt in letzter Minute entschied, dass sie besser nicht reisen sollte. Zu diesem Zeitpunkt hatte sie bereits das Personal eingestellt und alle sechs Cottages vergeben. Sie wollte ihre Gäste auf keinen Fall im Stich lassen, auch wenn sie keinen von ihnen je zu Gesicht bekommen hatte. Das hat sie übrigens bis heute nicht, wie Sie sich unschwer vorstellen können.«

»Verdammt nobel«, knurrte MacDuff.

In Wirklichkeit meinte er natürlich »verdammt dämlich«. Emma schüttelte den Kopf.

»Ich weiß, dass es merkwürdig klingt, aber Mrs. Sabine hatte immer schon die Angewohnheit, Maler und Schriftsteller, die sie nicht unbedingt persönlich kennen musste, auf die Insel einzuladen. Sie wusste, dass sie sich auch in diesem Jahr auf Vincent verlasen konnte und dass er alles wie gewohnt handhaben würde. Im Grunde bringt sie es einfach nicht übers Herz, Pocapuk aufzugeben. Glauben Sie nicht auch, Vincent?«

»Darüber kann ich mir kein Urteil erlauben«, antwortete er mit heiserer Stimme. »Ich weiß bloß, dass ich jeden Sommer herkomme, seit ich fünfzehn war. Wir sind immer sehr gut klargekommen. Sie weiß genau, dass ich – «

»Wie dem auch sei«, Emma griff schnell ein, damit die anderen nicht merkten, wie nah der Mann dem Zusammenbruch war. »Die erste Warnung, die bereits ziemlich drastisch ausfiel, bekam ich auf der Fähre, als man mich betäubte und meine alte Ledertasche mit Theaterschmuck stahl.«

»Sind Sie sicher, dass man Sie betäubt hat?«

Deputy MacDuff glaubte ihr kein Wort. Emma konnte es ihm zwar nicht verdenken, hatte jedoch keine Lust, als Lügnerin dazustehen.

»Allerdings. Ich gebe zu, dass es wie ein billiges Melodram klingt, aber das Gleiche ist mir vor einigen Jahren schon einmal passiert. Und zwar in meinem eigenen Haus, als dort ein wertvolles Gemälde gestohlen wurde. Die Symptome waren dieselben. Wie sich herausstellte, war meine Tasche jedoch nur vorübergehend verschwunden. Graf Radunov hat sie kurze Zeit später gefunden. Am besten erzählt er es Ihnen gleich selbst.«

»Moment noch«, sagte Vincent. »Am besten holen wir die anderen auch rein, damit alle hier sind, falls es sons' noch Fragen gibt.«

MacDuff sagte, das sei eine gute Idee, MacIvor schien diese Auffassung zu teilen, und Vincent ging hinaus, um seine Truppe zu holen. Die drei Jüngsten waren sichtlich begeistert, dabei sein zu dürfen, nur Bubbles jammerte, er müsse unbedingt schnell wieder in die Küche. Ted Sharpless war zu Tode erschrocken und konnte dies nur schlecht verbergen. Inzwischen war es auf der Veranda so eng, dass sie kaum noch Platz fanden. Bubbles setzte sich auf den einzigen noch freien Stuhl, Neil und die Mädchen machten es sich auf dem Boden bequem, Ted stellte sich an die Tür, die von der Veranda ins Esszimmer führte, als wolle er sich auf einen möglichst schnellen Abgang vorbereiten.

Radunov fuhr fort, wo Emma aufgehört hatte, und MacDuff befragte daraufhin die anderen. Der Deputy war alles andere als ein Trottel vom Lande, stellte klare und präzise Fragen und benötigte nur wenig Unterstützung von Emmas Seite. Emma hatte oft genug bei Versammlungen den Vorsitz geführt, um zu wissen, wann man besser den Mund hielt und wann nicht. Deputy Mac-Ivor notierte eifrig, was die anderen hervorsprudelten, und wandte sich ab und zu an Vincent, wenn er ein Wort nicht ganz verstand.

Die Befragung der Zeugen nahm mehr Zeit in Anspruch als Emma erwartet hatte. Als Deputy MacDuff schließlich konstatierte, jetzt habe man wohl das Wichtigste erfahren, schlug Vincent vor, eine kleine Kaffeepause zu machen, was die Männer des Sheriffs genauso gut fanden wie die übrigen Anwesenden. Allmählich sollten wir endlich auf den Punkt kommen, dachte Emma. Sie trank ihren Tee aus, tupfte sich mit der Serviette die

Lippen ab, reichte Sandy ihre Tasse und erklärte nun ihrerseits die Versammlung für eröffnet.

»Vielleicht interessiert es Sie, Deputy MacDuff, dass meine Cousine und ich Verwandte haben, die Privatdetektive sind. Wir haben uns mit ihnen in Verbindung gesetzt und dank ihrer Hilfe einige Informationen für Sie zusammengetragen. Zuerst einmal handelte es sich bei dem Mann, den Neil aus dem Wasser gefischt hat, um einen gewissen Jimmy Sorpende. Aber das wissen Sie ja vielleicht bereits?«

Sie wussten es nicht, und MacDuff schien nicht sonderlich erfreut darüber zu sein, dass die Kelling-Damen ihnen einen Schritt voraus waren. »Was wissen Sie sonst noch über den Mann?« verlangte er zu wissen.

»Er hatte ein Vorstrafenregister. Einzelheiten sind uns nicht bekannt, aber es wird Ihnen sicher ein Leichtes sein, mehr herauszufinden. Es sei denn, einer der Anwesenden kann Ihnen mehr dazu sagen.«

Vincent wusste sofort, was sie meinte. »Wie steht's mit dir, Ted?«

Doch der junge Mann machte nur ein düsteres Gesicht und warf einen misstrauischen Blick in Emmas Richtung.

»Tut mir Leid, Ted«, rechtfertigte sie sich. »Aber zwei Menschen sind tot und drei weitere, zu denen auch ich gehöre, wurden niedergeschlagen. Ich will nicht, dass so etwas noch einmal passiert. Sie sagen uns besser, was Sie wissen.«

Ted blieb stumm. Stattdessen sprach Vincent.

»Zwei Tote? Wer um Himmelswillen is' denn noch tot?«

»Eine junge Kunststudentin aus Boston namens Cecily Green.«

»Cecily Green? Sie meinen doch nich' etwa das Mädchen, das vorigen Sommer mit Mrs. Sabine hier war?«

»Genau die meine ich. Sie erinnern sich bestimmt, dass es Mrs. Sabine damals gesundheitlich nicht gut ging und sie sogar eine Weile das Bett hüten musste. Während dieser Zeit zeigte sie Miss Green, wie man den Safe öffnet, damit sie Mrs. Sabines Schmuck hineinlegen konnte.«

»Warum zum Teufel hat Mrs. Sabine mich nich' gefragt?«

»Weil dies ihrer Meinung nach eher zu den Aufgaben eines Dienstmädchens gehörte, nehme ich an. Einen Mann in Ihrer Position wollte sie damit nicht behelligen. Sie dürfen nicht vergessen, Vincent, dass Mrs. Sabine sehr altmodisch ist, wenn es um ihre Haushaltsführung geht. Miss Green wurde jedenfalls irgendwann im Mai angefahren und tödlich verletzt. Der Fahrer des Unfallwagens beging Fahrerflucht und konnte bis heute nicht ermittelt werden. Etwa einen Monat zuvor hatte sich das Mädchen mit einem jungen Mann namens Ted Sharpless angefreundet. Die beiden lernten sich angeblich in einer Single-Bar kennen. Doch der Vater des Mädchens erfuhr von der Bekanntschaft und zwang sie, die Beziehung zu beenden. Sie haben doch damals in Boston gewohnt, nicht wahr, Ted?«

»Na und?« fauchte er. »Vielleicht gibt's ja mehrere Leute mit dem Namen in Boston?«

»Möglich wäre das schon, aber es sieht ganz so aus, als stamme der Ted Sharpless, um den es hier geht, aus der Gegend von Maine, in der Miss Green ihren letzten Sommer verbrachte. Ich weiß, dass junge Männer wie Sie keine guten Ratschläge hören wollen, Ted. Trotzdem möchte ich Ihnen dringend raten, Ihre Lage nicht noch schlimmer zu machen, als sie ohnehin ist. Cecily Green hat Ihnen von dem Safe in Mrs. Sabines Kleiderschrank erzählt, nicht? Und Sie haben diese Information an Jimmy Sorpende weitergegeben.«

»Okay, sie hat es mir gesagt. Aber das war mir doch völlig egal, verdammt nochmal. Ich habe es Jimmy bloß aus Spaß erzählt.«

Emma zog ihre Augenbrauen hoch. »Theonia, kannst du dazu vielleicht etwas sagen?«

»Allerdings. Wenn es nur Spaß war, wüsste ich gern, warum Mr. Sharpless sich die Mühe gemacht hat, die Zahlenkombination für Jimmy Sorpende aufzuschreiben. Jimmy Sorpende hatte die Zahlen bei sich, als er herkam.«

Vincent konnte sich nicht länger beherrschen. »Und ich wüsste gern, woher Sie wissen, dass er die Zahlen bei sich hatte, Mrs. Brooks.«

»Das weiß ich gar nicht«, erwiderte Theonia mit Mona-Lisa-Lächeln. »Ich habe es lediglich gesagt, um zu sehen, welche Reaktion ich damit hervorrufen würde. Dann haben Sie die Kombination also gefunden.«

»Ich hab' 'n Streichholzbriefchen aus 'ner Bostoner Bar gefunden, als ich seine Taschen durchgesehen hab', um rauszufinden, wer er war. In dem Briefchen standen irgendwelche Zahlen. Ich hab's dann Lowell gegeben, als er die Leiche mitgenommen hat.«

»Und Lowell hat es ordnungsgemäß an uns weitergegeben.« Deputy MacDuff zeigte Emma einen kleinen Plastikbeutel, der ein durchnässtes Etwas enthielt, auf dem immer noch einige Zahlen sichtbar waren. »Ist das die Kombination, Mrs. Kelling?«

»Ja. Ich bin mir ganz sicher, weil es gleichzeitig Marcia Pences Telefonnummer ist. Falls Sie es gern selbst nachprüfen möchten, kann ich Sie nach oben führen und Ihnen den Safe zeigen.«

»Vielleicht später. Na, dann schießen Sie mal los, Sharpless. Sie haben also Ihre Freundin umgebracht, damit sie keinem sagen konnte, dass sie Ihnen die Kombination verraten hat.«

»Ich hab' Cecily nicht umgebracht! Sie wurde Mittwochabends um halb zehn auf der Huntington Avenue vor dem Kunstmuseum angefahren. Zu dem Zeitpunkt hab' ich als Barkeeper in 'ner Kneipe namens Gone Goose in Dorchester gearbeitet. Also weit weg. Ich hatte erst am nächsten Morgen um eins Feierabend. Fragen Sie doch die Polizei in Boston, die kann es Ihnen bestätigen. Mein Alibi ist so bombensicher, dass man es nicht mal mit 'ner beschissenen Kettensäge kleinkriegen würde.«

»Bitte mäßigen Sie Ihre Ausdrucksweise, Sharpless«, wies ihn MacDuff zurecht. »Und wo war Ihr Freund Sorpende in der betreffenden Nacht?«

»Er hat bei 'nem Hunderennen in der Nähe von Rhode Island gearbeitet. Soll ich Ihnen aufzeichnen, wo genau?«

»Nicht nötig. Sagen Sie uns lieber, mit wem Sie und Sorpende zusammengearbeitet haben.«

»Ich hab' mit niemandem zusammengearbeitet! Jimmy war bloß irgendein Typ, den ich in der Bar getroffen hab', sonst nichts. Vielleicht hat Jimmy mit jemandem zusammengearbeitet, aber davon weiß ich nichts. Wir waren nicht dick befreundet oder so.«

»Warum haben Sie ihm dann die Kombination zu Mrs. Sabines Safe gegeben?«

»Hab' ich doch schon gesagt.«

»Ich weiß sehr wohl, was Sie mir erzählt haben. Und jetzt rücken Sie zur Abwechslung mal mit der Wahrheit raus.«

Ted war inzwischen mit den Nerven ziemlich am Ende. »Jim hat gesagt, er macht mir Probleme, wenn ich's nicht tue«, knurrte er.

»Inwiefern Probleme?«

»Na ja, ich bin besoffen am Steuer erwischt worden und musste drei Monate sitzen. Jimmy wollte es überall rumerzählen. Also hab' ich gemacht, was er wollte.«

»Ach ja?« sagte Deputy MacDuff. »In dem Bericht, den wir vor kurzem über Sie erhalten haben, stand merkwürdigerweise etwas ganz anderes. Danach haben Sie zwei von drei Jahren abgesessen, die man Ihnen wegen schwerer Körperverletzung mit gefährlichen Waffen aufgebrummt hat. Sie haben jemanden mit Nagelstiefeln, einem Schlagring und einem Wagenheber angegriffen. Kurz nachdem man Sie wegen des angeblichen Unfalls mit Fahrerflucht verhört hat, bei dem Cecily Green in Boston ums Leben kam, haben Sie gegen Ihre Bewährungsauflagen verstoßen. Und wo wir schon mal beim Thema sind, wie hat denn der Vater des Mädchens herausgefunden, dass Sie gesessen hatten? Im Bericht steht, dass er seiner Tochter aus diesem Grunde die Beziehung untersagt hat. Hat Sorpende Sie vielleicht doch verpfiffen?«

»Kann schon sein.«

Das war natürlich gelogen, dachte Emma. Mr. Green hätte Teds Vergangenheit genauso gut aus der Zeitung kennen können.

Oder er hätte sich in den einschlägigen Bars erkundigen können. Jimmy musste etwas anderes gegen Ted in der Hand gehabt haben. Wahrscheinlich hatte der Junge schon früher gegen seine Bewährungsauflagen verstoßen. Gegen alle guten Manieren flüsterte sie Theonia etwas ins Ohr. Theonia nickte.

»Entschuldigen Sie bitte, Deputy MacDuff«, sagte Emma. »Ich hätte da eine Frage. Ted, Sie sagten eben, Sie hätten Jimmy Sorpende in einer Bar kennen gelernt. Wie genau hat sich das zugetragen? Wurden Sie vielleicht durch jemanden miteinander bekannt gemacht?«

»Was tut das schon zur Sache?«

»Eine ganze Menge, würde ich sagen. Bitte beantworten Sie meine Frage.«

»Beantworten Sie die Frage, Sharpless«, sagte Deputy MacDuff.

Ted zuckte mit den Achseln. »Okay, von mir aus. Die Bar war total überfüllt. Ich stand da und wollte grade was bestellen, da hat mir der Typ hinter mir 'nen Fünfer zugesteckt und mich gebeten, ihm ein Bier zu holen. Ich hab' das Bier geholt und bin los, um ihn zu suchen, und da saß er an 'nem Tisch und hat mich zu sich gewunken. Also bin ich hin und hab' ihm sein Bier gegeben, aber er wollte das Wechselgeld nicht. Da hab' ich mich zu ihm gesetzt, und wir sind ins Gespräch gekommen, das war alles.«

»So ähnlich hatten wir es uns auch vorgestellt«, sagte Emma. »Jimmy Sorpende hat Sie also ganz gezielt angesprochen. Könnte es sein, dass er zu diesem Zeitpunkt bereits wusste, dass Sie nur auf Bewährung frei waren und jeglicher Kontakt mit anderen bekannten Straffälligen, beispielsweise ihm, Sie wieder ins Gefängnis gebracht hätte, wenn die Sache aufgeflogen wäre? Wahrscheinlich haben Sie zunächst nicht geahnt, was Jimmy im Schilde führte, es aber sehr schnell herausgefunden, als Sie ihm von Cecily erzählten und dann ablehnten, ihm die Zahlenkombination zu verraten.«

»Ich wollte Cecily nicht in Schwierigkeiten bringen.«

»Aber als es hart auf hart ging, änderten Sie Ihre Meinung. Da war Ihnen das Hemd doch näher als der Rock. Wirklich nobel von Ihnen, Ted. Hat Jimmy Ihnen erzählt, was er mit der Kombination vorhatte?«

»Er hat gesagt, er kennt jemanden, der ihm dafür Geld gibt. Und die Knete könnten wir uns dann teilen.«

»Und wozu hätte diese Person die Zahlenkombination wissen wollen?«

»Um irgendwas drin zu verstecken, nehm' ich mal an.«

»Sehr richtig. Und was genau wollte er verstecken?«

»Woher soll ich das wissen? Das ging mich schließlich nichts an, oder?«

»Und haben Sie Ihren Anteil an dem Geld bekommen?«

»Nee. Ich hab' den Kerl nicht mehr gesehen, bis er hier in seinem kaputten Taucheranzug aufgekreuzt ist.«

»Woher wissen Sie dann, dass er an dem Abend, als Cecily Green getötet wurde, auf einer Hunderennbahn gearbeitet hat?«

»Hab' ich gehört. Ich hab' der Polizei gesagt, Jimmy wär Cecilys Freund gewesen, weil ich wollte, dass sie ihn verhören. Irgendwas musste ich ja sagen, oder? Die hielten doch mich für den Schuldigen. Ich dachte, wenn die glauben, dass Cecily 'nen anderen hatte, lassen sie mich in Ruhe. Außerdem hatte ich irgendwie das Gefühl, na ja, dass ich Cecily was schulde. Sie war eigentlich ganz nett. Nur dumm.«

»Mit anderen Worten: Sie wussten, dass Cecilys Tod kein Unfall war, und vermuteten, dass Jimmy dafür verantwortlich war. Deshalb haben Sie auch die Polizei auf seine Fährte gesetzt, oder? Sie hofften, dass er auf diese Weise genug mit seinen eigenen Problemen zu tun hatte und Sie nicht reinreißen würde. Hat Cecily ihn überhaupt gekannt?«

»Weiß ich doch nicht. Hätte sowieso nichts geändert. Die haben Jimmy sowieso nicht geglaubt, und Cecily konnte nichts mehr sagen.«

MacDuff schüttelte den Kopf. »Na wunderbar, Sharpless. Wie sind Sie denn an den Job in der Bar gekommen? Seit wann werden in Kneipen Knackis eingestellt?«

»War ja bloß für einen Abend. Jemand ist krank geworden und hat 'nen Ersatzmann gebraucht. Der Barkeeper ist irgendwie an meinen Namen gekommen und hat mich angerufen. Und ich hab' gesagt, klar mach' ich das.«

»War die *Gone Goose* Ihre Stammkneipe?«

»Nein. Ich bin noch nie vorher da gewesen.«

»Und wie ist der Barkeeper dann an Ihren Namen und Ihre Telefonnummer gekommen?«

»Keine Ahnung. Hat er nicht gesagt.«

»Sie erwarten doch wohl nicht, dass ich Ihnen diese Geschichte abkaufe, Sharpless.«

»Ich sag' doch, ich hab' keine Ahnung.«

Ted Sharpless starrte verzweifelt auf seine Turnschuhe. Schwarze Turnschuhe mit weißen Streifen und einem kleinen Loch über dem linken großen Zeh. Emma Kelling holte tief Luft.

»Schon gut, Deputy MacDuff. Wenn Ted es wirklich nicht weiß, kann ich Ihnen vielleicht weiterhelfen.«

Allmählich wurde es wirklich langweilig, dauernd Schläge auf den Kopf zu bekommen. Trotz ihrer Schmerzen hörte Emma, wie jemand ein Fenster einschlug und die Umstehenden in lautes Geschrei ausbrachen. Als sie endlich den Grund ihrer temporären Blindheit herausfand und die Perücke, die ihr über die Augen gerutscht war, zurechtgerückt hatte, war Joris Groot bereits durch das zerschlagene Verandafenster nach draußen gesprungen und stürmte den Weg zum Shag Rock hinunter. Fast die gesamte Bevölkerung von Pocapuk Island stürmte hinter ihm her.

Kapitel 25

»Wahrscheinlich muss ich noch eine Menge lernen, bevor ich ein Floß bauen kann.«

Black John Sendick klang ziemlich kleinlaut und hatte allen Grund dazu. Das provisorische Floß, auf das Joris Groot in seinem wahnsinnigen Versuch, Pocapuk Island zu verlassen, gesprungen war, hatte sich bereits in seine Bestandteile aufgelöst, bevor Vincent, Lowell und die beiden Deputys ihr Boot startklar machen konnten. Sie waren viel zu weit weg, um eingreifen zu können, als die letzten beiden Baumstämme in entgegengesetzte Richtung davontrieben. Groot versuchte verzweifelt, sich möglichst lange über Wasser zu halten. Doch das einzige, das sie schließlich bergen konnten, war ein weißblauer Turnschuh, Größe elfeinhalb.

»Wie kann man nur so dämlich sein«, schäumte Vincent. »Wenn er genug Verstand gehabt hätte, sich an 'nem Baumstamm fest zu halten, hätten wir ihn problemlos retten können.«

»Aber was hätte ihn dann erwartet?« gab Emma zu bedenken. »Man hätte ihn des Betruges, der Körperverletzung, des Totschlags und zweifellos auch des Mordes an Cecily Green angeklagt. Er hätte den Rest seines Lebens hinter Gittern verbracht und die Füße anderer Häftlinge skizziert. Sie sollten aufhören, sich Vorwürfe wegen etwas zu machen, das Sie ohnehin nicht verhindern konnten. Machen Sie uns lieber allen einen Drink. Sich selbst auch, wenn es Ihnen gelingt, ausnahmsweise mal gegen die althergebrachten Konventionen des Hauses zu verstoßen.«

»Ich hole Fnacks.« Bubbles verließ die Veranda, auf der sie sich trotz des zerbrochenen Fensters automatisch wieder eingefunden hatten, kehrte jedoch kurz darauf mit leeren Händen zurück. »Miffif Kelling, ein Anruf für Fie.«

»Ein Anruf?« Everard Wont hatte seine Stimme nun doch wiedergefunden. »Ich höre wohl nicht recht? Ich dachte, hier gäbe es kein Telefon.«

»Was Sie betrifft, is' das auch richtig«, brauste Vincent auf. »Und wo wir schon mal beim Thema sind, Professor, Sie warn doch so verdammt scharf drauf, die Insel zu verlassen. Am besten fangen Sie sofort mit Packen an. Mein Bruder hat sicher nichts dagegen, Sie rüberzufahren, aber er hat wenig Zeit. Die Deputys müssen ihren Bericht einreichen.«

Emma hätte den Mann küssen können. »Theonia«, sagte sie, »das kann nur Sarah sein. Würdest du bitte mit ihr sprechen? Sag ihr, ich sei verhindert, weil einer der Gäste abreist.«

»Aber sicher«, erwiderte Theonia. »Sie brauchen das andere Telefon nicht zu aktivieren, Vincent, ich nehme den Apparat in der Küche.«

Theonia verschwand mit dem Koch. Emma ging sofort zum Angriff über. »Neil, würdest du bitte den Gepäckwagen zu Mr. Wonts Cottage fahren und ihm helfen, seine Koffer zu verstauen? Wir dürfen deinen Onkel nicht warten lassen. Wie schade, dass aus Ihrem Projekt nichts geworden ist, Dr. Wont. Aber ich muss gestehen, dass ich von Anfang an ein ungutes Gefühl hatte. Möchte sonst noch jemand mit Dr. Wont die Insel verlassen? Falls ja, sagen Sie es bitte sofort. Was mich betrifft, sind Sie alle herzlich eingeladen, den Rest des Sommers hier zu verbringen. Sie müssen mir nur versprechen, in meiner Gegenwart Pocapuks Schatz mit keinem Wort zu erwähnen.«

Wont hatte sicher nicht vorgehabt, ausgerechnet jetzt, wo die Gefahr vorüber war, Mrs. Sabines Fleischtöpfe aufzugeben, doch es blieb ihm nichts anderes übrig. Wutschnaubend machte er eine Kinnbewegung in Richtung Lisbet Quainley. Die junge Frau erhob sich seufzend und verließ nach ihm das Haus.

»Ich habe geahnt, dass sie das tun würde«, sagte Alding Fath. »Vielleicht ein Zeichen dafür, dass meine Kräfte zurückkehren?«

»Diese Ahnung hatten wir wohl alle«, sagte Emma. »Daher ist es sicher kein angemessener Test, Mrs. Fath. Darf ich Sie Alding nennen?«

»Natürlich, Sie würden mir eine Riesenfreude damit machen.«

»Dann müssen Sie mich aber auch Emma nennen. Nachdem wir so viel zusammen erlebt haben, sollten wir uns ruhig alle beim Vornamen nennen. Einverstanden, Alexei?«

Graf Radunov reagierte, ganz wie Emma erwartet hatte, gleichzeitig dankbar und amüsiert. »Meine liebe Emma, Sie könnten mir keinen größeren Gefallen tun. Was etwaige telepathische Kräfte betrifft, muss ich sagen, dass die Ihren in der Tat hoch entwickelt sind. Wie sonst hätten Sie ausgerechnet den tranigen Groot als Bösewicht in unserem Melodrama entlarven können?«

»Machen Sie sich bitte nicht über mich lustig, Alexei. Ich bin zwar keine Detektivin, besitze jedoch eine gewisse Menschenkenntnis. Die Hinweise häuften sich. Erstens misstraue ich grundsätzlich Menschen, die keinerlei Mimik zeigen. Dann erzählte mir Vincent, dass die Spuren an Jimmy Sorpendes Kleidung darauf schließen ließen, dass man ihn hochgehoben und die Klippe hinuntergeworfen habe, was auf einen großen, starken Täter schließen ließ. Ich muss allerdings zugeben, dass ich als Erstes an Black John Sendick dachte.«

»Und ich war sicher der nächste Verdächtige«, brummte Vincent.

»Nun ja, es bestand immerhin die Möglichkeit«, gab Emma zu, »aber darüber haben wir uns ja bereits unterhalten. Ich schöpfte neuen Verdacht, als ich sah, wie Groot gemeinsam mit Black John das Floß baute. Groot brüllte Dr. Wont an und fuchtelte auf Furcht erregende Weise mit einem Riesenhammer herum. Nicht dass man es ihm hätte verdenken können, denn Dr. Wont ist sicher der schrecklichste Vogel, der je geschlüpft ist, aber die Szene bewies, dass Groot nicht immer der friedliche Mensch war, der zu sein er vorgab. Das Pokerspiel hat mich endgültig in meinem Verdacht bestärkte. Groot versuchte die ganze Zeit zu pfuschen und war stinksauer, als es nicht klappte.«

»Weil Sie ebenfalls pfuschten.« Alexei Radunov amüsierte sich köstlich. »Und ich dachte schon, Sie hätten mich verdächtigt, die Karten markiert zu haben.«

»An Sie habe ich natürlich zu allererst gedacht«, erwiderte Emma mit zuckersüßer Stimme.

»Vielen Dank für die Ehre, Teuerste, doch Sie überschätzen meine Fähigkeit, andere hinters Licht zu führen. Sie haben den alten Fingernageltrick angewandt, nicht wahr?«

»Nur weil er es zuerst getan hat.«

»Was ist der alte Fingernageltrick?« erkundigte sich Black John.

»Man macht winzige Knicke an den Ecken der Karten oder kleine Einkerbungen auf der Rückseite. Jemand hatte die Karten manipuliert. Ich konnte es beim Mischen genau fühlen. Also habe ich einfach noch ein paar weitere Kerben hinzugefügt und abgewartet, wer unsicher werden würde. Zu Lebzeiten meines Mannes haben wir uns diesen Spaß manchmal bei unserer wöchentlichen Pokerrunde gegönnt. Die Gewinne gingen ohnehin an den Hilfsfond für bedürftige Feuerwehrleute, daher gehörte Pfuschen einfach mit dazu.«

Radunov lachte herzlich. »Emma, Sie überraschen mich immer wieder aufs Neue! Demnach war es also eine Art *falsus in uno, falsus in omnibus*.«

»Sehr richtig«, erwiderte Emma. »Groot hat außerdem gelogen, als er mir von Footsy-Wootsy erzählt hat.«

»Dieser vulgäre Schuft! Nur gut, dass ich nichts davon gewusst habe, sonst hätte ich ihn auf der Stelle gefordert!«

»Alexei, es handelt sich dabei nicht um einen frivolen Scherz. Footsy-Wootsy ist der Name einer Schuhfirma, für die Groot angeblich bis vor kurzem gearbeitet hatte. Meine Nichte hat seine Angaben überprüft und festgestellt, dass die Firma schon seit drei Jahren nicht mehr existiert. Und dann die absurde Geschichte, jemand hätte ihn in Aldings Cottage eingeschlossen. Dabei hat er dort zum fraglichen Zeitpunkt Lisbet Quainley eins über den Schädel gegeben und ist dann ins Haus gerannt, um mein Zimmer zu durchsuchen. Er hat sich schmutzig gemacht, als er aus dem Fenster sprang und das Spalier herunterkletterte.«

Den eigentlichen Clou, nämlich das Loch in Teds Turnschuh,

den sie bereits auf Joris Groots Neujahrsskizze gesehen hatte, erwähnte Emma wohlweislich nicht. Eine Dame brauchte schließlich nicht alle ihre kleinen Geheimnisse preiszugeben. Außerdem hatte Deputy MacDuff inzwischen sowohl den Skizzenblock als auch den Turnschuhträger in Gewahrsam genommen. Und da nahte auch schon Theonia mit einem Tablett voller Hors d'oeuvres.

»Ah, da bist du ja, Theonia. Bernice, würdest du Mrs. Brooks bitte das Tablett abnehmen und es herumreichen? Was hat Sarah gesagt?«

»Sie hat noch ein paar weitere Fakten zusammengetragen. Lisbet Quainley lebt von einer kleinen Erbschaft und Gelegenheitsaufträgen im Bereich Kunsthandwerk. Sie ist zwar Malerin, gilt jedoch als wenig talentiert. Ihre wirkliche Begabung besteht darin, sich mit den unmöglichsten Männern einzulassen.«

Emma und Alding Fath tauschten ein Lächeln. »Wer hätte das gedacht? Und was hast du sonst noch erfahren?«

»Die große Entdeckung besteht darin, dass Bill Jones, ein Freund von Sarah und Max, herausgefunden hat, was Joris Groot gemacht hat, nachdem er den Footsy-Wootsy-Job verloren hat. Er hat er als freiberuflicher Grafiker für Juweliergeschäfte gearbeitet und Schmuck für ihre Werbekampagnen gezeichnet. Wenn es um winzige Details ging, war er wirklich gut. Außerdem hat er zeitweise als Kellner für eine große Catering-Firma gejobbt. Sie betreute wichtige Veranstaltungen, unter anderem den Ball, bei dem das Cantilever-Collier gestohlen wurde. Es hatte bereits eine Reihe ähnlicher Diebstähle gegeben, und die Catering-Firma begann allmählich, sich Sorgen zu machen.«

»Wozu es allen Grund gab«, warf Radunov ein. »Derartige Zwischenfälle können einen schnell in den Ruin treiben. Gehörte Groot zu den Verdächtigen?«

»Das weiß Bill nicht. Groot war ein derart ruhiger, farblos wirkender Mensch, dass er sicher niemandem aufgefallen ist.«

»Es sei denn, man hätte herausgefunden, dass er diverse Juweliere kannte«, meinte Radunov. »Auf die Weise ist er wahrscheinlich auch an den Hehler gekommen, der den gestohlenen Schmuck weiterverkauft hat.«

»Oder an jemanden, der ihn anspornte, noch mehr zu stehlen«, fügte Black John hinzu. »Und wie ist er an Jimmy Sorpende geraten?«

»Wie sich die beiden kennen gelernt haben, weiß ich nicht«, sagte Theonia. »Vermutlich machte Groot den Fehler zu glauben, er könne nach Belieben auf Jimmy zurückgreifen, wenn es um kleine Fische ging, und ihn von den wirklich großen Deals ausschließen. Es sieht ganz so aus, als habe Groot das Collier im Alleingang nach Pocapuk bringen wollen. Es war einfach eine ideale Möglichkeit, den Sommer bequem auf Kosten anderer zu verbringen. Vielleicht wollte er das Collier in Mrs. Sabines Safe verstecken und erst wieder herausnehmen, nachdem die Gäste abgereist waren und die Insel für den Winter vorbereitet war. Möglicherweise wäre es sicherer gewesen, sich erst zu diesem Zeitpunkt mit dem Hehler in Verbindung zu setzen. Wie er es geschafft hat, sich in Dr. Wonts Gruppe einzuschmuggeln, weiß ich nicht. Wahrscheinlich hat er sich über Lisbet Quainley eine Einladung verschafft.«

»Bestimmt«, sagte Alding Fath. »Lisbet besucht häufig Kneipen und Gaststätten, in denen sich Schriftsteller und Maler aufhalten. Das hat sie mir auf der Fähre erzählt. Sie wahrscheinlich auch, nicht wahr, Black John?«

»Richtig. Mir gefällt *Tintoretto's Taverna* ziemlich gut. Vor allem wegen der Spaghetti. Wer fit bleiben will, sollte besser die Finger vom Alkohol lassen. In *Tintoretto's* kennt jeder jeden. Ich bin kein richtiger Stammgast dort, aber Groot war sozusagen jeden Abend dort, und Liz genauso. Die beiden haben hochtrabende Diskussionen über Kunst geführt. Liz hat geredet wie ein Wasserfall, und Groot hat alle fünf Minuten genickt oder zustimmend gebrummt. Irgendwann hat Liz angefangen, Ev mitzubringen. Weiß der Teufel, wo sie ihn aufgegabelt hat. Sie scheint wirklich eine magnetische Wirkung auf Verlierer auszuüben. Einige Monate vorher hatte Ev die Pocapukgeschichte angeleiert und suchte jetzt nach Personen, die Lust hatten mitzukommen.«

»Was sicher nicht allzu schwer war«, meinte Emma ziemlich sarkastisch.

»Sollte man meinen«, erwiderte Black John. »Aber es bedeutete immerhin, dass man sich den ganzen Sommer an einem Projekt beteiligen musste, das wenig Erfolg versprechend klang. Und noch dazu an einem Ort, den kein Mensch kannte, zusammen mit einem Verrückten, den keiner leiden konnte. Doch dann sagte Joris, er käme mit, weil es ihn reize, endlich ein Buch zu illustrieren, und dies eine einmalige Chance sei. Liz wollte nichts weiter als mit Ev zusammen sein, Gott weiß warum. Ich hatte keine Lust, den Sommer in der Stadt zu verbringen. Leider hatte ich nur die Wahl zwischen Pocapuk und meiner Familie, und die versucht mir unablässig einzureden, ich soll endlich aufhören, mich für einen Schriftsteller zu halten, und mir lieber einen einträglichen Job suchen. Und wie war's mit dir, Alding?«

»Ev hat mich persönlich gefragt. Ich hatte gerade einer Frau geholfen, ihren verlorenen Schmuck wiederzufinden. Sie hat Ev von mir erzählt, und er fand, ich sei genau die richtige Person, um Pocapuks – oh, Verzeihung, Emma. Zuerst wollte ich nicht, weil mir die Schwingungen von Evs Brief nicht gefielen, aber dann sagte mir mein Gefühl, ich sollte es trotzdem tun. Also habe ich zurückgeschrieben und ihm mitgeteilt, ich würde mitmachen, wenn er mir die Fahrt bezahlt. Das hat er getan, und daraufhin bin ich hergekommen. Was weiter werden soll, weiß ich nicht, und ich habe auch keine Lust, mir jetzt schon darüber den Kopf zu zerbrechen. Erzählen Sie uns mehr von Joris und diesem Jimmy, Theonia.«

Theonia zupfte an ihrem roten Schal. »Da beide tot sind, können wir natürlich nur Vermutungen anstellen. Doch nachdem ich mit unserem Cousin, dem Detektiv, über alles gesprochen habe, bin ich der Meinung, dass Jimmy Sorpende entweder gewusst oder zumindest vermutet hat, dass Joris das Collier in seinem Besitz hatte. Und dass er nicht die geringste Absicht hatte, Jimmy an dem Gewinn zu beteiligen. Jimmy ist daraufhin Groot nach

Maine nachgereist und auf die Fähre gefolgt. Er konnte nicht wissen, dass die Gegenwart einer waschechten Hellseherin Groot in schiere Panik versetzte. Darauf deutet vieles hin, auch wenn wir es nicht genau wissen. Jimmy hat wahrscheinlich beobachtet, wie Groot etwas in Emmas Kaffee geschüttet und ihre Tasche gestohlen hat. Vielleicht hat ihn das veranlasst, wieder auf der Bildfläche zu erscheinen. Groot war zu diesem Zeitpunkt sicher mehr als erleichtert, ihm die Tasche überlassen zu können. Möglicherweise gab er Jimmy die Anweisung, sie bis zum vorletzten Stop zu verstecken und dann in der Herrentoilette zurückzulassen und von Bord zu gehen.«

»In der Hoffnung, einer von uns würde die Tasche schon finden und der rechtmäßigen Besitzerin zurückgeben oder sie mit an Land nehmen«, ergänzte Radunov. »Anscheinend ist keinem von beiden die Idee gekommen, dass der Finder den Koffer auch dem Fährenkapitän übergeben könnte. Und tatsächlich klappte alles genauso, wie die beiden es sich vorgestellt hatten.«

»Nur dass Jimmy nicht an Land ging«, sagte Theonia. »Anscheinend hat er sich versteckt und aus irgendeinem Fahrzeug einen Taucheranzug und einen Schnorchel gestohlen. Zu diesem Zeitpunkt hatte er die Tasche bereits wie vereinbart abgestellt. Er hielt sich irgendwo verborgen, bis die Fähre kurz vor Pocapuk war, schlüpfte dann heimlich ins Wasser und schwamm bis zur Insel. Jimmy war vielleicht schon unter dem Dock, als ihr auf der Insel ankamt, und wartete, bis die Luft rein war. Als du ihn zum ersten Mal bemerkt hast, Emma, probierte er wahrscheinlich gerade aus, wo er als armes Amnesieopfer am besten an Land kriechen konnte. Danach brauchte er nur auf eine Gelegenheit zu warten, um die Tasche erneut zu stehlen. Er wusste wahrscheinlich, dass Ted Sharpless schon auf Pocapuk war und ihm seine Hilfe nicht versagen würde.«

Vincent schnaubte. »Ich werd' nie im Leben mehr was für 'nen Knastbruder tun!«

»Jetzt übertreiben Sie aber, Vincent«, meinte Alding Fath, »es sind doch nicht alle wie Ted Sharpless!«

»Genau, Dad«, sagte Sandy. »Du brauchst sie nur vorher von Mrs. Fath überprüfen zu lassen.«

»Pass bloß auf, Fräulein!« drohte Vincent, doch seine Lippen zuckten. «Ich kann nur nicht verstehen, woher Groot wusste, dass Sorpende auf der Insel war. Ich hab' kein Wort davon gesagt.«

»Das Treffen war wohl für beide ein ziemlicher Schock«, meinte Theonia. »Vermutlich haben sie gleichzeitig nach dem Collier gesucht. Jimmy hat es wohl als Erster gefunden, da er der erfahrenere Einbrecher war. Groot hat ihn entweder verfolgt oder ihm absichtlich den riskanten Diebstahl in Emmas Schlafzimmer überlassen. Vielleicht ist er ihm aber auch erst begegnet, als er die Tasche schon hatte. Ich habe keine Ahnung, wie Jimmy die Insel verlassen wollte.«

»Hat wahrscheinlich gedacht, es gäb' hier 'n Boot, das er klauen könnte«, meinte Vincent.

»Das kann gut sein. Jedenfalls hat Groot Jimmy wohl mit einem Kiefernast niedergeschlagen und ihn dann über die Klippe geworfen, den Koffer durchsucht, darin nur Emmas Schmuck gefunden und in seiner Wut das ganze Zeug ins Meer geworfen. Möglicherweise ist er daraufhin noch nach unten geklettert und hat Jimmy durchsucht. Aber das werden wir nie erfahren, weil die Flut die Fußabdrücke natürlich längst fortgewaschen hat.«

»Er hätte auch Jimmys Gesicht in den Schlamm drücken können, um sicherzugehen, dass er erstickt«, schlug Vincent vor. »Ich würd' Groot alles zutrauen, wenn man bedenkt, was er mit Sandy gemacht hat. Ziemlich leichtsinnig, das Haus am helllichten Tag zu durchsuchen.«

»Ein Glück, dass er nicht noch mehr Menschen umgebracht hat«, sagte Emma. »Es gibt nichts Gefährlicheres als einen schlecht organisierten Verbrecher. Hast du sonst noch etwas erfahren, Theonia?«

»Tweeters Arbuthnot lässt dir ausrichten, es täte ihm furchtbar Leid, dass er heute nicht kommen kann. Sein zahmer Tukan sei in der Mauser, und er fühle sich verpflichtet, ihm in seiner Not beizustehen. Für morgen hat er sich in weiser Voraussicht einen Tukansitter gesucht und will vorbeikommen, um mich abzuholen. Aber vorher würde er sich gern mit dir in die Lüfte erheben und dir seine Papageitaucher zeigen.«

»Ich weiß nicht, ob ich in der richtigen Stimmung für Papageitaucher sein werde.«

»Er hat außerdem etwas von Drachenfliegen gesagt.«

»Ach ja?« Emmas Lebensgeister begannen sich zu regen. »Was zieht man für so etwas an?«

»Aber Emma, das kann doch nicht ihr Ernst sein!« rief Alexei Radunov entgeistert.

Theonia lachte. »Oh doch, Graf Radunov. Könntest du deine Entscheidung vielleicht auf später verschieben, Emma? Bubbles erwartet uns nämlich in der Küche. Sie übrigens auch, Vincent.«

Was für eine Überraschung. Vincent sah genauso verblüfft aus wie Emma. Doch beide folgten Theonia ohne Widerrede. Erst als sie durch das Esszimmer gingen, fragte Vincent: »Warum will er uns denn sehen?«

»Von Wollen kann gar nicht die Rede sein«, meinte Theonia. »Aber es gibt immer noch ein kleines Geheimnis, das ich vor meiner Abreise gern aufklären würde.«

Kapitel 26

Bubbles erwartete sie keineswegs. Er stand am Spülstein und wusch Gemüse, als sie hereinkamen. »Oh, hallo. If waf paffiert, Vinfent?«

Sein Chef wies mit dem Kopf auf Theonia. »Da musst du Mrs. Brooks fragen.«

»Wir würden gern sehen, was Sie in Ihrer Mehlkiste aufbewahren«, sagte Theonia.

»Nein!« Bubbles rannte durch die Küche, vergaß dabei völlig, vorher den Wasserhahn zuzudrehen, und stellte sich mit ausgebreiteten Armen vor den Kasten. »Daf dürfen Fie nicht! Daf gehört mir!«

»Was zum Teufel soll der Quatsch?« Vincent packte seinen pummeligen Freund, hob ihn hoch und stellte ihn beiseite. »Hol mir 'ne große Suppenkelle oder sowas.«

Bubbles schlich gehorsam wie ein geschlagener Hund zur Wandleiste mit den Küchenutensilien und reichte Vincent eine riesige Schöpfkelle, die fast einen Meter lang war. Vincent steckte sie so tief wie möglich ins Mehl und begann zu rühren. Eine halbe Sekunde später starrte er entgeistert auf eine Kette und zwei alte Münzen, die er aus dem Kasten gefischt hatte. Nachdem er das Mehl abgeblasen hatte, glänzten sie wie pures Gold.

»Menschenskind, Bubbles! Wen has' du denn beklaut?«

»Pocapuk«, seufzte der Koch. »Ich hab' den Fatf gefunden.«

»Da hol mich doch der Teufel!« Vincent rührte so heftig in dem Mehl, dass ein kleiner weißer Wirbelwind entstand. »Was wills' du denn mit all den Kieselsteinen?«

Theonia nahm einen der vermeintlichen Steine aus der Kelle und rieb es an ihrem Ärmel. »Ich glaube, es sind ungeschliffene Smaragde«, teilte sie ihm ruhig mit. »Vincent, seien Sie bitte vorsichtig. Sie machen die ganze Küche voll Mehl. Emma, würdest du wohl eine Schüssel oder so etwas holen, damit wir die Steine hineinlegen können? Wie viel ist denn noch von dem Schatz übrig, Bubbles?«

Der Koch zuckte nur mit den Achseln.

»Warum zum Henker has' du das Zeug nich' in Plastik oder sowas gepackt?« Vincent hatte inzwischen Mehl in die Nase bekommen und wurde mehrfach von Niesanfällen unterbrochen. »Wieso has' du nich' gesagt, dass du den Schatz gefunden has'? Herrgott, Bubbles, du wolltest das Zeug doch wohl nich' etwa behalten? Du doch nich'!«

»Doch, daf wollte ich!« Wütend, verzweifelt, den Tränen nahe, klang Bubbles wie ein störrisches Kind. »Ich brauch ef für daf Hofpif. Wir ham nicht genug Geld. Wir müffen schliefen, wenn wir nicht irgendwoher Geld kriegen. Ich kann daf einfach nicht ertragen, Vinf.«

»Okay, beruhig' dich ers' mal.« Vincent streckte seine riesige, mehlbestäubte Rechte aus, um dem Freund besänftigend auf die zuckenden Schultern zu klopfen. »Ich kann dich gut verstehen. Aber verdammt nochmal, Bubbles, denk doch mal nach! Wem willst du denn das Piratengold verkaufen?«

Bubbles schniefte laut. »Ich wollte um Erleuchtung beten.«

»Von wegen Erleuchtung. Du landest im Kittchen, wenn du so weiter machst. Weißt du denn nich', dass es für vergrabene Schätze alle möglichen Bestimmungen und Gesetze gibt? Außerdem is' das hier nich' dein Land, sondern Mrs. Sabines. Wenn irgendwer 'n Recht auf das Zeug hat, dann is' es Mrs. Sabine und sons' niemand. Wo has' du es überhaupt gefunden?«

»Unten in der Bucht, in der Nähe von Aldingf Hütte. Ich wollte an unfrem erften Tag Mufeln aufgraben. Dabei hab' ich ef gefunden. Ich hab' den Fatf einfach raufgeharkt und unter den Mufeln verfteckt. Den Reft wollte ich fpäter holen, aber dann kamen die Gäfte und ich hatte keine Feit mehr.«

Vincent stand eine ganze Weile kopfschüttelnd da und stieß dann einen Seufzer aus, der aus tiefstem Herzen zu kommen schien. »Ich kann's nich' fassen. Da liegt das Zeug die ganze Zeit direkt vor unserer Nase. Muss durch die Winterstürme oder so hochgewühlt worden sein. Vielleicht auch durch ’n Erdbeben. Bubbles, ich weiß verdammt nochmal nich’, was ich tun soll.«

»Als allererstes sollten wir uns darauf einigen, es niemandem zu erzählen«, schlug die praktische Theonia vor.

»Und als Zweites sollten wir Parker Pence herkommen lassen«, fügte Emma hinzu. »Er kümmert sich um Adelaides Angelegenheiten und weiß sicher, was zu tun ist. Ich rufe ihn morgen in seinem Büro an. Dann sind Sie Ihre Sorgen erst mal los, Vincent. Wie ich Parker kenne, wird die Insel so lange in der Familie bleiben, bis sich kein einziger Smaragd mehr im Schlamm befindet. Wenn die Pocapuk-Legende stimmt, müssten an der Stelle, wo Bubbles das hier gefunden hat, noch Unmengen an Schätzen liegen.«

Sie griff in die Schüssel und nahm eines der matten grünen Steinchen heraus. »Ich muss zugeben, dass ein Smaragd, der so groß wie ein Daumen ist, verflixt überzeugend wirkt. Sie werden sicher einen ordentlichen Finderlohn bekommen, Bubbles.«

»Daf reicht beftimmt nicht für unfer Hofpif!«

»Woher wollen Sie das wissen? Wie dem auch sei, es müssen ohnehin noch alle möglichen Formalitäten erledigt werden, bevor irgendjemand etwas bekommt. In der Zwischenzeit«, Emma warf den Smaragd zurück und wandte sich mit glänzenden Augen und leuchtendem Gesicht dem verzweifelten Koch zu, »organisieren wir eine Wohltätigkeitsveranstaltung.«

Hier sprach keine ältere Frau, die der längst vergangenen Jugend und dem verstorbenen Gatten nachtrauerte oder sich um eine sterbenskranke Freundin, ein sterbendes Haus und eine Liste mit ungelösten Katastrophen sorgte. Hier sprach Emma Kelling, wie sie leibte und lebte, gestiefelt und gespornt, bereit, sich sofort in den Sattel zu schwingen.

»Am besten fangen wir auf der Stelle mit der Planung an. Theonia, du hast geschicktere Finger als ich, du nimmst die Reisetasche mit und kümmerst dich um den Feenschmuck. Und dann fängst du an, deine Rolle einzustudieren.«

»Welche Rolle? Ich bin doch keine Schauspielerin.«

»Selbstverständlich bist du das. Wir brauchen für *Iolanthe* eine Feenkönigin, und du bist die Idealbesetzung. Und Alexei bitten wir, den Schatzkanzler zu spielen«, fügte Emma nachdenklich hinzu. »Die Lieder kennt er bereits. Kannst du dir die hübschen Gaze-Flügelchen schon vorstellen, die aus seinen Schultern sprießen? Ich werde ihn einladen, die Zeit während der Proben und der Aufführung in meinem Haus zu verbringen.«

Theonia lächelte. »Das wird den Damen im Gartenclub einiges zu reden geben.«

»Ja, sie werden bestimmt ihren Spaß haben. Den Erlös der Aufführung stiften wir dem Hospiz, aber das wird erst im nächsten April möglich sein. Daher müssen wir sofort aktiv werden. Was haltet ihr von einem Gartenfest hier auf Pocapuk, bevor Parker zu baggern anfängt und alle Welt von dem Schatz erfährt? Die Gäste werden auf Booten hergebracht, und wir veranstalten eine Art Gala-Tee mit Musik und vielleicht sogar eine improvisierte kleine Schatzsuche mit vielen lustigen Preisen. Ich werde mein Orchester informieren und die Einzelheiten planen. Bubbles könnte sich um unser leibliches Wohl kümmern, Neil kann mir bei der Vorbereitung der Schatzsuche helfen. Sandy und Bernice stecken wir in lustige alte Kostüme. Mit Häubchen, es sei denn, wir schaffen es, das schreckliche Haargel zu finden und irgendwo zu vergraben.«

»Nichts gegen das Haargel«, sagte Vincent. »Das Zeug hat dem Kind das Leben gerettet, das darf man nich' vergessen.«

»Stimmt auch wieder. Einverstanden, Sandy kann ihren Haarlack behalten, muss aber ein Häubchen tragen. Da fällt mir ein, dass Bubbles und ich noch ein kleines Problem zu klären haben.«

»Wie meinen Fie daf?« fragte der Koch sichtlich nervös.

»Ich meine damit, dass Sie Alding Fath die ganze Zeit sediert haben, weil sie am ersten Abend mit ihren Visionen am Abendbrottisch der Wahrheit zu nahe gekommen ist. Als sie von Schwarz und Weiß sprach, meinte sie nicht etwa Shag Rock, wie Joris Groot uns glauben machen wollte, sondern Ihren Schatz, die Smaragde in der Mehlkiste. Außerdem haben Sie mir einen

Schlag auf den Kopf gegeben, als ich zufällig an der falschen Stelle stolperte, oder etwa nicht? Was haben Sie dazu benutzt? Ein Nudelholz?«

»Um Himmelf willen! Natürlich nicht. Nur den grofen Holflöffel. Ich wollte Fie nicht verletfen, Miffif Kelling. Ich wollte nur unbedingt daf Hofpif retten.«

»Schon gut, Bubbles. Überlassen Sie mir das Hospiz, und konzentrieren Sie sich darauf, Alding Faths Schwingungen wieder in Gang zu bringen. Peter braucht sie bestimmt, um den restlichen Schatz zu finden, und ich freue mich schon auf ihre Gesellschaft.«

Es würde genug Gelegenheit für entspannte Teestunden und angeregte Unterhaltung geben. Black John Sendick würde in seinem verrückten Sweatshirt herumgeistern und vielleicht sogar endlich etwas richtig Spannendes zu Papier bringen, da er inzwischen einen kleinen Vorgeschmack auf die wirklichen Schrecken des Lebens bekommen hatte. Alexei Radunov würde den charmanten Unterhalter spielen, wenn er nicht allzu sehr mit seinem Rasputin und seiner Königin Victoria beschäftigt war. Und Sandy, Bernice und Neil würden nur darauf warten, ihr jeden Wunsch von den Augen abzulesen, während Vincent darüber wachte, dass sie auch alles richtig machten. Und Tweeters Arbuthnot hatte versprochen, auf seinem Weg zu den Papageitauchern vorbeizuschauen. Sie würde zwar keine Zeit zum Drachenfliegen haben, wenn sie das Hospiz vor dem Untergang retten wollte, aber man konnte schließlich nicht alles haben. Der Start war zwar alles andere als ideal ge-wesen, doch im Großen und Ganzen versprach es ein recht angenehmer Sommer zu werden.

Nachwort

Die Kelling-Saga geht weiter. Stoff genug bietet die weitverzweigte Bostoner Dynastie schließlich, die ihre Ursprünge und ihr Vermögen bis in die Kolonialzeit zurückverfolgen kann. Das damals im Ostasienhandel erworbene Geld wurde offensichtlich gut angelegt und vermehrt sich seitdem ständig. Drei Dingen ist dies zu verdanken: Zum einen sind die männlichen Kellings, von der farbigen Ausnahme des Lebemanns Jemmy Kelling abgesehen, eminent fleißig, zum andern leben sie nach der Devise, dass ein gesparter Cent ein verdienter Cent ist, und drittens heiraten sie gern innerhalb des Clans, da eine Nicht-Kelling vielleicht keine so solide Mitgift hätte und vor allem – eine schreckliche Vorstellung – dazu neigen könnte, Geld auszugeben. So sind alle Kellings von einer Sparsamkeit, die Nicht-Neuengländern nachgerade als Geiz erscheinen könnte. Es gibt nur eine Ausnahme, und das ist die Wohltätigkeit. Sarah Kelling, die Heldin der Serie, entstammte einem ärmeren Zweig der Familie, aber auch sie wurde dazu erzogen, einerseits jeden Cent zur Bank zu tragen und andererseits die sich so bildenden Sümmchen von Zeit zu Zeit für einen guten Zweck zu stiften.

Eine Lieblingstante Sarahs ist die angeheiratete Tante Emma, Witwe von Cousin oder Onkel Beddoes. ›Cousin‹ deckt dabei alles ab, Vettern und Cousinen, Onkel und Tanten und ist zudem generationenneutral. Jeder Kelling vermag von jedem ›Cousin‹ noch im Schlaf den Grad der Vetternschaft und die Stufe im Stammbaum anzugeben, wo diese Vetternschaft begründet ist, auf der Ebene der Eltern, der Großeltern oder gar der Urgroßeltern. Sarah gehört als erste zu der Generation von Kelling-Frauen, die sich zaghaft zu emanzipieren beginnen, die ebenso fähige wie resolute Emma noch nicht. Ihr Lebenslauf ist der der typischen Dame der Bostoner Oberschicht: Eine hervorragende Erziehung in allen weiblichen Fertigkeiten, Heirat mit einem wohlhabenden Mann aus der eigenen Schicht, tadellose Führung eines riesigen Haushalts, sorgfältige Erziehung der Kinder und daneben noch Wohltätigkeit aller Art. Nach dem Erwachsenwerden der Kinder und dem Tod des Gatten bleiben die Führung des Haushalts und die Wohltätigkeit, um das Leben der ebenso fähigen wie resoluten Frau auszufüllen – und die Kunst, die ebenfalls der Wohltätigkeit dient.

Wie wir aus »Ein schlichter alter Mann« (DuMonts Kriminal-Bibliothek Bd. 1052) wissen, ist sie die tragende Säule der »Piraten von Pleasaunce«, einer Gruppe von Laiensängern und -musikern, die unter diesem einer Oper von Gilbert und Sullivan nachempfundenen Namen das Œuvre der beiden pflegen. Sir Arthur Sullivan (1842–1900) hatte nach Libretti seines Partners Sir William Gilbert (1836–1911) eine Fülle von komischen Opern geschaffen, die wegen ihres geringen Schwierigkeitsgrades im englischen und amerikanischen Raum vor allem von Laienensembles von der Schulabschlussfeier über Studententheater bis zur Wohltätigkeitsveranstaltung gepflegt werden. Emma Kelling organisiert nicht nur alles von der Probe bis zur Aufführung, singt nicht nur ihr angemessene Partien mit großer Bravour, sondern stellt vor allem die Räumlichkeiten zur Verfügung. Sie hat eines der im Kelling-Clan gar nicht seltenen riesigen Unternehmerschlösser geerbt, wie sie auch in Deutschland in der Gründerzeit beliebt waren – Emmas Exemplar verfügt sogar über einen theatergroßen Saal.

Mit Wohltätigkeit in jeder Form nimmt dann auch alles seinen Anfang. Emma hat wieder einmal für die Hinterbliebenen eines im Dienst umgekommenen Wehrmanns ein Feuerwehrfest organisiert und dazu auch ihren Klassiker beigetragen und einen Sprung aus dem zweiten Stock in ein Sprungtuch absolviert. Unter den zwecks mildtätiger Spenden geladenen Gästen ist auch dic in letzter Zeit sehr hinfällige Adelaide Sabine, mit deren Tochter Emma befreundet ist. Adelaide und ihr verstorbener Mann George besitzen eine eigene kleine Insel vor der Atlantikküste von Maine und haben auf ihr seit Jahrzehnten eine eigene Art von Wohltätigkeit organisiert: In eigens dafür gebaute Cottages laden sie Künstler aller Sparten ein, die sich über einen

Sommer mit Kost und Logis allererster Qualität freuen und ihrerseits zur Unterhaltung der Sabines auf der sonst menschenleeren Insel beitragen – sie müssen sozusagen für ihr Essen singen, wie das englische Idiom lautet. Auch in diesem Jahr sind solche Einladungen ergangen, aber der kaum von einer schweren Krankheit genesenen Gastgeberin hat der Arzt den Aufenthalt in der auch im Sommer recht rauhen Einsamkeit verboten – was tun?

Sofort springt Emma ein – zum einen hilft sie gern allen Menschen, zum zweiten liebt sie spontane Entschlüsse und zum dritten ist sie selbst in diesem Sommer ohne ihr vertrautes Personal, während zudem und viertens ihr eigenes Haus von ihren Kindern genutzt wird, deren Heim gerade renoviert wird und die als Hobby von der Mutter bis zum Jagdhund zur internen Kommunikation das Jodeln pflegen.

Bücher gibt es auf der Insel nach den vielen Jahren der Existenz als saisonale Künstlerkolonie reichlich, so nimmt Emma – Müßiggang ist für den Puritaner aller Laster Anfang – eine altmodische Tasche mit dem viktorianischen Modeschmuck mit, der seit so vielen Jahrzehnten auf der Bühne von Pleasaunce Feen- und andere Königinnen ziert, dass eine Generalüberholung dringend angezeigt ist. »Gladstone Bag« – so der amerikanische Originaltitel – nennt man im englischen Sprachraum nach dem Premierminister Königin Victorias diese viereckigen Taschen mit Scharnier, die im Deutschen meist Landärzten zur Jahrhundertwende zugeordnet werden. Ihr Inhalt soll Emma an den langen behaglichen Sommerabenden beschäftigt halten.

Aber wir läsen keinen Roman von Charlotte MacLeod, wenn es je zu solchen Abenden käme. Gleich bei der Fahrt mit der Fähre, die die Insel der Sabines nur auf Verlangen ansteuert, verschwindet die Tasche samt ihrem pseudokostbaren Inhalt, der wohl einen Dieb getäuscht haben mag, während ihre Besitzerin offensichtlich mit einem Sedativum in einer Tasse Kaffee betäubt wurde. Noch auf derselben Fährfahrt taucht sie auch wieder auf – ein russischer Graf, der selbst darauf hinweist, russische Grafen seien heutzutage ein Witz, über den niemand mehr lache, hat sie an dem einzigen Ort auf dem Schiff gefunden, an dem Emma sie nicht suchen konnte, auf der Herrentoilette. Graf Alexei Radunov ist so perfekt der Kavalier alter europäischer Schule, dass er nur ein Hochstapler sein kann. Er ist übrigens einer der Inselgäste, und mit ihm zusammen stellt sich Emma der Fünfergruppe vor, die bis zuletzt auf der Fähre ausharrt, weil auch sie die Insel zum Ziel hat.

Emma hat zwar von der Gastgeberin, die sie jetzt einen Sommer lang vertreten soll, eine komplette Gästeliste bekommen, aber schon bald ergibt sich die verwunderliche Tatsache, dass Adelaide Sabine keinen der Eingeladenen persönlich kennt – sie würde sie nicht von einem Loch im Boden unterscheiden können, wie ein Außenstehender amerikanisch-drastisch formuliert. Ein angeblicher Historiker hat vier Mitarbeiter für ein Projekt mitgebracht, zwei Zeichner, einen Schriftsteller und eine Hellseherin, und Graf Radunov hat sich als Bekannter von Bekannten von Bekannten selbst eingeladen.

Aber auch das Projekt des Historikers Dr. Wont hat es in sich: Eine Insel ist natürlich bei Charlotte MacLeod nicht einfach eine Insel, sondern eine Schatzinsel. Wie Emma gleich vom Taxifahrer auf der Fahrt zur Fähre erzählt bekommt, hat die Insel Pocapuk ihren Namen von einem gleichnamigen Piraten, einem Mitarbeiter oder Zeitgenossen Captain Kidds oder des legendären Blackbeard. Er soll auf ihr den Inhalt einer kompletten spanischen Schatzgaleone vergraben haben, und bis die Sabines die Insel kauften und auf ihr ihr Sommerhaus errichteten, war es eine in Maine beliebte Freizeitbeschäftigung, die Insel bei der Schatzsuche um- und umzugraben. Diese Tradition will Dr. Wont wiederbeleben; die Seherin soll den Schatz erahnen, die beiden Künstler sollen die Suche zeichnerisch begleiten, der Schriftsteller soll das Abenteuer fiktional festhalten und Dr. Wont selber es historisch dokumentieren. Dass Adelaide Sabine von all dem nichts weiß oder nur ahnt, versteht sich von selber.

Auf der Schatzinsel überschlagen sich dann die Ereignisse. Die Tasche mit dem Talmischmuck verschwindet erneut, dafür taucht ein Unbekannter wortwörtlich auf, um ebenfalls sogleich wieder zu verschwinden, bis beide gemeinsam wiedergefunden werden. Die Seherin erkrankt unter rätselhaften Umständen, ein Mord wird als Unfall getarnt, und verantwortlich kann nur einer der offiziell auf der Insel Weilenden sein, schließlich wurde das kleine Eiland mehrfach nach ungebetenen Gästen abgesucht: Zum Schatzinsel-Syndrom tritt der Krimi-Topos von der hermetisch abgeschlossenen Insel, die wegen eines Sturms auch die Polizei zunächst nicht betreten kann.

So wird Emma Kelling zwangsläufig zur Zufalls-Detektivin, denn ihre inzwischen zu veritablen Privatdetektiven herangereiften Cousins Max und Sarah Kelling Bittersohn können ihr nicht zu Hilfe kommen. Max ist mit einem komplizierten Beinbruch und diversen gebrochenen Rippen bettlägrig, Sarah pflegt ihn, und Vetter Brooks muss die Außenarbeit erledigen. Emma arbeitet dabei mit dem Verfahren, das auch MacLeods Seriendetektive – neben den Bittersohns Professor Shandy in der Balaclava-Serie (»Schlaf in himmlischer Ruh'«, DuMonts Kriminal-Bibliothek Bd. 1001 und viele folgende Bände) immer anwenden: Blitzschnell entwickelt sie in jeder fraglichen Situation die abenteuerlichsten Hypothesen, getreu der Devise, dass niemandem zu trauen und prinzipiell jedem alles zuzutrauen ist. Motiviert ist sie dabei durch ihren gekränkten Stolz – sie sieht im Verhalten des unbekannten Täters oder der Täterin in erster Linie eine Herausforderung: Niemand tut einer Emma Beddoes Kelling ungestraft etwas in den Kaffee, um ihr dann eine noch so ramponierte Tasche mit egal wie wertlosem Schmuck zu stehlen!

Prinzipiell und jedem zu misstrauen – das gilt ganz besonders bei diesem bunten Käfig voller fragwürdiger Existenzen. Wer von ihnen ist überhaupt das, was er zu sein vorgibt? Bis Sarah und Max in Boston recherchieren können, gilt nur das, was die Leute selber von sich behaupten, Emma misstraut dabei nicht nur amerikanischen Hellseherinnen und russischen Grafen, sondern schlechthin jedem, sogar dem bodenständigen Faktotum der Sabines: Zu perfekt ist dieser in allen Rollen vom amtierenden Inseloberhaupt über den Hausmeister bis zum Butler, als dass er nicht eher ein Bediensteten-Darsteller als ein echter Diener sein könnte – er ist zu gut, um wahr zu sein.

Hier kommen Emma ihre langjährigen Erfahrungen auf der Laienbühne in Pleasaunce zustatten – sie weiß, wen, wie und was man alles spielen kann. Und die Bittersohns schicken ihr eine echte Assistentin – eine weitere angeheiratete Cousine. Sie hatte einst als Wahrsagerin aus der Teetasse die Serie betreten (»Madam Wilkins' Palazzo«, DuMonts Kriminal-Bibliothek Bd. 1035) und dabei das Herz des Junggesellen, Hobby-Ornithologen und ärmeren Kelling Brooks erobert. Wenn Emma aufgrund ihrer Schauspielkünste jeden überführen kann, der ihr etwas vorgaukeln will, ist Theonia mit parapsychologischen Phänomenen jeglicher Provenienz bestens vertraut.

Bei aller Outriertheit von Setting und Plot, für die Charlotte MacLeod inzwischen fast weltweit berühmt ist, ist die Lösung orthodox: Sie fällt Emma Kelling aufgrund eines klassischen Clues plötzlich zu, als alle Beteiligen auf der Veranda versammelt sind. Nach dem physischen Showdown einer genretypischen Verbrecherjagd wiederholt sie diese Lösung dann noch einmal vor der Polizei und allen Beteiligten, wie es schon hundert Jahre zuvor Sherlock Holmes liebte.

Danach wird sie dann endlich – vermutlich zum allerletzten Mal – den Sommer so verbringen, wie es auf der Insel seit jeher Tradition ist, als Gastgeberin eines stark geschmolzenen Schwarms schräger bunter Vögel. Zudem gilt es ja, den inzwischen gefundenen Piratenschatz vollends zu bergen und baldmöglichst auf der Insel ein großes Wohltätigkeitsfest für einen guten Zweck, der sich urplötzlich noch auf der vorletzten Seite ergeben hat, zu veranstalten. Ob sie bei all dem allerdings Zeit finden wird, neue Glassteine in den alten Bühnenschmuck im ›Gladstone Bag‹ zu kleben, ist mehr als fraglich – müßig wird sie jedenfalls nicht sein.

Volker Neuhaus

DuMonts Kriminal-Bibliothek

»Immer mal wieder wird der Detektiv totgesagt. Alles Gerüchte. Endlos wäre die Liste von Helden und Heldinnen, die man gegen die Behauptung vom Detektivtod anführen könnte. Stattdessen sei mit deutlich erhobenem Zeigefinger auf einen vorzüglich gepflegten Kleingarten verwiesen, in dem die Detektivliteratur nur so sprießt: **DuMonts Kriminal-Bibliothek**.« *DIE ZEIT*

Band 1002	John Dickson Carr	**Tod im Hexenwinkel**
Band 1006	S. S. van Dine	**Der Mordfall Bischof**
Band 1011	Mary Roberts Rinehart	**Der große Fehler** (Mai 2002)
Band 1016	Anne Perry	**Der Würger von der Cater Street**
Band 1022	Charlotte MacLeod	**Der Rauchsalon**
Band 1025	Anne Perry	**Callander Square**
Band 1033	Anne Perry	**Nachts am Paragon Walk**
Band 1035	Charlotte MacLeod	**Madam Wilkins' Palazzo**
Band 1040	Ellery Queen	**Der Sarg des Griechen**
Band 1050	Anne Perry	**Tod in Devil's Acre**
Band 1052	Charlotte MacLeod	**Ein schlichter alter Mann**
Band 1063	Charlotte MacLeod	**Wenn der Wetterhahn kräht**
Band 1070	John Dickson Carr	**Mord aus Tausendundeiner Nacht**
Band 1071	Lee Martin	**Tödlicher Ausflug**
Band 1072	Charlotte MacLeod	**Teeblätter und Taschendiebe**
Band 1073	Phoebe Atwood Taylor	**Schlag nach bei Shakespeare**
Band 1074	Timothy Holme	**Venezianisches Begräbnis**
Band 1075	John Ball	**Das Jadezimmer**
Band 1076	Ellery Queen	**Die Katze tötet lautlos**
Band 1077	Anne Perry	**Viktorianische Morde** (3 Romane)
Band 1078	Charlotte MacLeod	**Miss Rondels Lupinen**
Band 1079	Michael Innes	**Klagelied auf einen Dichter**
Band 1080	Edmund Crispin	**Mord vor der Premiere**
Band 1081	John Ball	**Die Augen des Buddha**
Band 1082	Lee Martin	**Keine Milch für Cameron**
Band 1083	William L. DeAndrea	**Schneeblind**
Band 1084	Charlotte MacLeod	**Rolls Royce und Bienenstich**
Band 1085	Ellery Queen	**... und raus bist du!**

Band 1086	Phoebe Atwood Taylor	**Kalt erwischt**
Band 1087	Conor Daly	**Mord an Loch acht**
Band 1088	Lee Martin	**Saubere Sachen**
Band 1089	S. S. van Dine	**Der Mordfall Benson**
Band 1090	Charlotte MacLeod	**Aus für den Milchmann**
Band 1091	William L. DeAndrea	**Im Netz der Quoten**
Band 1092	Charlotte MacLeod	**Jodeln und Juwelen**
Band 1093	John Dickson Carr	**Die Tür im Schott**
Band 1094	Ellery Queen	**Am zehnten Tage**
Band 1095	Michael Innes	**Appleby's End**
Band 1096	Conor Daly	**Tod eines Caddie**
Band 1097	Charlotte MacLeod	**Arbalests Atelier**
Band 1098	William L. DeAndrea	**Mord live**
Band 1099	Lee Martin	**Hacker**
Band 1100	**Jubiläumsband**	**Mord als schöne Kunst betrachtet – Noch mehr Morde**
Band 1101	Phoebe Atwood Taylor	**Zu den Akten**
Band 1102	Leslie Thomas	**Dangerous Davies und die einsamen Herzen**
Band 1103	Steve Hamilton	**Ein kalter Tag im Paradies**
Band 1104	Charlotte MacLeod	**Mona Lisas Hutnadeln**
Band 1105	Edmund Crispin	**Heiliger Bimbam**
Band 1106	Steve Hamilton	**Unter dem Wolfsmond**
Band 1107	Conor Daly	**Schwarzes Loch siebzehn**
Band 1108	S. S. van Dine	**Der Mordfall Skarabäus**
Band 1109	Ellery Queen	**Blut im Schuh**
Band 1110	Charlotte MacLeod	**Der Mann im Ballon** (Mai 2002)
Band 1111	Steve Hamilton	**Der Linkshänder** (Mai 2002)
Band 2001	Lee Martin	**Neun mörderische Monate** (3 Romane)
Band 2002	Charlotte MacLeod	**Mord in stiller Nacht** (Sonder-Doppelband)
Band 2005	Anne Perry	**Mehr viktorianische Morde** (2 Romane)

Band 1097
Charlotte MacLeod
Arbalests Atelier

Bartolo Arbalest ist Spezialist für die Restauration alter Kunstwerke. Ist es Zufall, dass frisch restaurierte Stücke aus Villen der Bostoner High Society verschwinden? Und dass Arbalests Kunde George Protheroe mit einem altertümlichen Speer in der Brust aufgefunden wird? Sarah und Max Bittersohn stoßen bei ihrer Jagd auf einen verschwundenen Schatz, einen Fluch und einen perfekten Racheplan.

Band 1104

Charlotte MacLeod

Mona Lisas Hutnadeln

Während ihr Mann Max in Argentinien nach Kunstschätzen jagt, verabredet sich Sarah Kelling Bittersohn mit den exzentrischen Mitarbeitern des Wilkins-Museums zum Lunch. Doch dann wird die umtriebige Museumsleiterin ermordet aufgefunden: Tatwaffe ist eine antike Hutnadel. Zu allem Überfluss ist Sarah als Vollstreckerin eines recht kuriosen Testaments eingesetzt ...

Band 1110

Charlotte MacLeod

Der Mann im Ballon

Das Hochzeitsfest könnte so schön sein. Aber als Max Bittersohns Neffe heiratet, läuft alles schief. Unter den Hochzeitsgeschenken finden sich die verschwundenen Rubine aus dem Familienerbe. Bei der Suche nach Hinweisen stößt Max auf eine vermeintliche Leiche, die auf einmal wieder quicklebendig ist und ihn niederschlägt. Dann landet auch noch ein Heißluftballon auf dem Hochzeitszelt. Unter den Resten des Zeltes findet sich eine Leiche. Und diese rührt sich tatsächlich nicht mehr.